迟晚 著

这是他的小菩萨，
不度苍生，只度他一人。

迟晚

图书在版编目（CIP）数据

"咸鱼"他想开了 / 迟晚著. — 武汉 : 长江出版社, 2024.10. — ISBN 978-7-5492-9692-7

I.I247.5

中国国家版本馆CIP数据核字第2024JD8328号

"咸鱼"他想开了 / 迟晚 著
XIANYU TAXIANGKAILE

出　　版	长江出版社
	（武汉市解放大道1863号 邮政编码：430010）
市场发行	长江出版社发行部
网　　址	http://www.cjpress.cn
责任编辑	李剑月
印　　刷	北京盛通印刷股份有限公司
	（地址：北京市大兴区亦庄经济技术开发区经海三路18号）
版　　次	2024年10月第1版
印　　次	2024年10月第1次印刷
开　　本	710mm×1000mm 1/16
印　　张	20.5
字　　数	348千字
书　　号	ISBN 978-7-5492-9692-7
定　　价	48.00元

版权所有，侵权必究。如有质量问题，请与本社联系退换。
电话：027-82926557（总编室）027-82926806（市场营销部）

目 录
CONTENTS

第 1 章　　001

第 2 章　　011

第 3 章　　021

第 4 章　　032

第 5 章　　045

第 6 章　　057

第 7 章　　068

第 8 章　　077

第 9 章　　085

第 10 章　　095

第 11 章　　104

第 12 章　　117

第 13 章　　127

第 14 章　　136

第 15 章　　144

目录
CONTENTS

第 16 章	157
第 17 章	166
第 18 章	178
第 19 章	189
第 20 章	198
第 21 章	207
第 22 章	216
第 23 章	229
第 24 章	242
第 25 章	251
第 26 章	261
第 27 章	272
第 28 章	283
第 29 章	295
第 30 章	304
番 外 丢 猫	317

第 1 章

"公子！公子——！"

"老爷，您就饶了公子吧，求求您了，公子体弱，放过他吧……"

尖锐的呼喊声带上了几分哭腔，江倦突然惊醒。他还没反应过来，就被人狠狠一扯，跌倒在地。

疼，他感觉好疼。

江倦混沌的意识勉强清醒了几分。

"江倦，我不管你愿意还是不愿意，我们尚书府送进离王府的人，就是你。"身着官服的中年男人厌恶地说道，"你别忘了，是你把小念推进了湖里。"

离王府？小念？他在说什么？

江倦越听越觉得耳熟，心中涌起了一丝不妙的感觉。

顿了顿，中年男人瞥了一眼哭花脸的丫鬟，又对江倦说道："你只要老老实实地进离王府，你与小念的事情，从此便可一笔勾销。"

中年男人语带轻蔑，姿态也高高在上，好似准许江倦踏入离王府是一种天大的恩赐。

江倦："……"

他好像知道了。

这不是他昨晚做的梦里的情节吗？

中年男人口中的小念是江念，安平侯请他来做自己的幕僚，还想让他去给离王做义弟。

至于与江偌同名同姓的"炮灰"角色，以及安平侯曾受长辈托付并许诺会照顾的人，就是他。

江念不愿意入离王府，那么必须有人代替他去。梦中，适逢江偌与江念起了一场争执，江偌在一气之下把江念推进了湖里，所以就由他这个倒霉蛋来将功赎罪。

江偌想得认真，睫毛低垂，竟有一种乖顺感。

江尚书看得怔了怔，随即皱了皱眉。

这个江偌看着倒是老实，心思却属实恶毒。

江尚书素来瞧不上这个儿子。江偌自小待在乡下，由外祖父抚养长大，性格唯唯诺诺，上不得台面，若非因为心疾严重，需要求医，江尚书根本不可能把他接回京城。这个儿子，只让他觉得丢脸。

思此及，江尚书对他更是厌烦，又道："对了，刚才侯爷来了一趟。你即将进入离王府，他不便再见你，让我当面砸碎你们的信物，再给你带一句话。"

话音落地，一块玉佩砸向江偌，江尚书又开了口。

"你与江念，天壤之别。契约已解，玉佩也无须再保留，你好自为之。"

玉佩即将落地，江偌慌忙将其按在身上，紧急拦截——毁约就毁约，玉佩是无辜的，这么漂亮的种水色，砸碎太可惜了。

江尚书误以为他还没死心，又警告道："江偌，不论玉佩如何，今后你都是离王的义弟，莫再去找安平侯。"

江偌只顾着检查玉佩，江尚书见他捏着玉佩不吭声，又问他："江偌，你可有什么不满？"

江偌白得一块玉佩，当然没有不满。但是对梦中的江偌来说，不满的地方太多了。

先不说安平侯之后会如何，宫中有传言，这个离王尽管是个病秧子，但性情残暴、喜怒不定，行事荒唐至极，甚至亲手杀害了他的母妃！

再者说，梦里的江偌从乡下来到京城，正是因为安平侯许诺会照顾他，为此，江偌不惜装病也要远赴京城。

没错，他其实没有心疾，充其量只是有点儿先天不足而已，远不到需要进京求医的程度。

按照梦里的剧情，出于对离王的恐惧心理，加之安平侯毁约，还听到了如此诛心之言，被连番打击之下，梦中的江偌心灰意懒地咬舌自尽了。

可是他不知道，第二日，离王就去世了。

王府里没了王爷，江倦每日自由自在，宫里的贵人念及他入王府是为离王挡灾，没有功劳也有苦劳，日日照拂着他，然而江倦并不喜欢这样的日子，整日闷闷不乐，这才忧思成疾，郁郁而终。

江倦当时醒来后就觉得离谱，并向表妹发出了"灵魂质问"："怎么会有人不想做'咸鱼'？"

表妹回答："主角嘛，要有事业心，怎么能做废物呢？！"

江倦真诚地说："如果是我，我就老老实实地走剧情，熬死了王爷，我就是最厉害的'咸鱼'，快活似神仙。"

结果……现在他进了这个梦里了？

江倦陷入了沉思之中。

"江大人，江大人！"仆人匆匆赶来，喜气洋洋地说道，"时辰要到了，得将三公子往离王府上送了。"

江倦闻言，倏地抬起眼，眼睛亮得惊人。仆人看见他的脸，怔了怔。

少年容颜极佳，纵是一身素色衣衫，也未减少一分颜色。或因方才拉扯，他的头发散落大半，垂落在肩头，少年肤色过于白皙，唇色又太淡，只显得人更为孱弱，仿若风一吹就会倒一般。

都说尚书府三公子是从乡下来的，沾染了满身小家子气，与那乡野村夫无异，今日仆人一见，竟觉得此人怎会这般、这般……出尘脱俗。

当真是这样的神仙公子把二公子推进了湖里？

仆人心里直犯嘀咕。莫说是他，连江尚书都有些发愣，只觉得江倦的眼睛过于清亮，不同于往日的阴郁样子。

但江尚书并没有放在心上，只是冷哼了一声："怎么，你有话要说？"

江倦费力地抓住他的衣摆，终于说出了进入梦境以来的第一句话："快，扶我起来，别误了吉时。"

江尚书："……"

他掀起衣摆，后退一步，好似江倦是什么脏东西，恨不得退避三舍。江尚书只当他现在受打击过重，开始胡言乱语了，不以为然道："来人，把三公子送上轿。"

三月二十一，宜入宅。

离王府上张灯结彩，鞭炮齐响，好不热闹。

轿子一路摇晃，江倦坐在里面临时抱佛脚，努力地回忆着相关剧情。

这个离王，梦中出现得不多，除了是个病秧子以外，还罔顾人伦、暴戾恣睢。

至于今日之事，之前的梦中江倦还没被送到离王府就咬舌自尽了，倒是江念有点印象。

——离王是一个深不可测的男人，令人畏惧，更令人恐慌。江念记得自己从下了轿起就低着头，不敢窥视分毫，那一路走得心惊胆战。更可怕的是，中途离王竟发病了，江念目睹离王杀了许多仆从，血流成河。

这人好像蛮可怕的样子。

江倦在心里给自己打气。

没有困难的工作，只有勇敢的狗狗。

问题不大，江倦你可以。

江倦深吸一口气，被搀扶着下轿，两脚刚落地，耳旁便传来破空之声，有支箭迎面射来。

江倦僵在原地，长箭堪堪擦过他的耳郭，削断了一缕长发，钉在他身后的轿子上。

江倦脸色苍白——被吓的。他下意识地抬起头，结果又是"嗖嗖"两声，两支箭往他的方向射来，江倦满脑子都是一个想法——有坏人想暗杀我！

惊慌之中，江倦对上了一双含笑的眼。

男人清瘦挺拔，如竹如鹤。他肤色苍白，唇色却又极红，穿着一身黑金色长袍，那本是张狂的颜色，偏生他气质温雅，生生压下了这份轻狂感，只显得矜贵不已。

他的身份也一目了然——离王，薛放离。

见江倦望向自己，薛放离漫不经心地颔首致意，拉弓，松手，再度向江倦放出一箭。

"嗖——！"

"王爷，够了，够了！"王府的管事小声道，"三箭定乾坤，三箭就够了。"

薛放离收手，把弓箭交给管事，缓缓向江倦走来。

"本王听说，挡灾之人下轿前，迎接之人要向轿上射箭，用以驱逐晦气，但本王许久不曾练习箭术，方才有一箭失了准头，"薛放离语气温和，"吓到你了吧？"

江倦愣愣地没答话。

这是离王？

那个罔顾人伦、暴戾恣睢的离王？

顿了顿，薛放离又诚恳道："三公子，是本王唐突了。"

好半天，江倦才慢吞吞地摇头："啊，没事。"

薛放离见状，仍是神色歉然："三公子没事就好。本王才想起三公子患有心疾，受不得惊吓，应当提前与三公子说好才是。"

话音落下，他笑了一下，一派光风霁月、芝兰玉树的样子。

江倦："……"

是不是哪里不对？

江倦没有说话，神色迷茫。

薛放离又慢条斯理道："说起来，本王听闻三公子来离王府并非出于本意，若是你当真不愿……"

江倦立刻回过神来，忙不迭地回答："没有不愿意，我是自愿的！"

他真的是自愿来做"咸鱼"的！

薛放离怔了怔，垂眸望着他。少年语气坚定，眼睛也亮晶晶的，薛放离并未从中看出一丝勉强之意，反倒尽是雀跃与期待之色。

雀跃与期待？

这个尚书府三公子不怕他？

薛放离眉梢轻抬。

过了许久，薛放离似笑非笑道："三公子，请。"

江倦毫不犹豫地说："好啊。"

薛放离看他一眼，若有所思。

他真不怕自己啊。

仆人见状松开江倦，不再搀扶他。江倦跟着往前走了一步，然而因为刚才那几箭还没缓过来，腿仍发软，这一动，江倦便直直地往前扑去。

完蛋了，这是什么丢脸现场。

江倦觉得自己要在众目睽睽之下摔一个狗吃屎了，结果突然有人拉了他一把然后扶住了他。

江倦有些发蒙，薛放离问他："三公子，怎么了？"

他腿软，还是被吓软的。江倦要开口，想想又觉得太丢人了，放弃说实话，灵机一动，扯了个谎："心口疼。"

薛放离低头，江倦的气色确实很差。而此刻两个人离得又近，他闻到了少年身上的草药清香，很淡很淡。

他不讨厌这个味道。

薛放离道："那便歇一歇再走。"

江倦"哦"了一声，瞄了一眼薛放离，心里更是纳闷了。

离王不是挺好说话的吗？

梦里对他的那些传言到底是怎么回事？

江倦思来想去，实在想不明白，只好选择放弃。这个时候他也感觉自己差不多歇够了，可以走动了，便后退几步，扯了扯薛放离的衣袖："王爷，我好了。"

随着他后退的动作，萦绕在薛放离鼻间的药香也渐渐散去。

薛放离皱了一下眉头，却语气如常道："嗯，走吧。"

仪式办得仓促，不只薛放离与江倦身着常服，就连离王府也只来得及在门口挂上灯笼，至于府内，也与往常无异。

江倦看了几眼，倒也不在意。

他现在在想另一件事情。按照梦里的剧情走向，薛放离应该就要发病了吧？

江倦开始频频偷瞄薛放离。

薛放离注意到了，若有所思地摩挲着手腕上的小叶紫檀佛珠，并没有过问。

两个人步入祠堂，仆人恭敬地送上香，江倦与薛放离各执一支。

江倦刚拿住香，就发现了一些不对。

身旁的男人动作似乎顿住了。

他接过香的手不可抑制地抖动起来，苍白的皮肤下浮出几根青筋。薛放离半合着眼，眉头皱得很紧，另一只手放在太阳穴处，似乎痛苦到了极点。

他头痛欲裂，犯病了。

这仿佛是一个信号，喜堂内的人——丫鬟、仆从、侍卫，甚至是王府的高管事，都诚惶诚恐地跪了下来，额头紧紧贴在地上，大气不敢出一下。

高管事把手伸入衣襟，因为手指抖得厉害，摸了好几次才顺利拿出药瓶，颤巍巍地向外倒药。

满堂静寂中，唯有取药的声音，然而几经倾倒，高管事都没有倒出药丸，脸色一白，意识到了什么——药没有了。

他呼吸一滞。

"王……王爷……"

"你头很疼吗？"

高管事与江倦同时开口，高管事又惊又怒地望向江倦——整个正堂之中，唯有这位三公子还站立着，高管事一时不知该说他是无知无畏，还是勇气可嘉。

满京城人尽皆知，离王病体沉疴，喜怒无常，阴鸷狠戾，若是谁碰见了他，又恰好赶上他发病，便可以等死了。

江倦接收到高管事的眼神，很是不解。当然，他更不解的是怎么所有人都跪下了。

迟疑片刻，江倦问薛放离："要不要我帮你揉一下？说不定疼痛可以缓解一点儿。"

在现实生活中，当初在做心脏病手术之前，江倦其实还去中医院休养了一段时间，毕竟手术的成功率太低，家人极力反对他冒险。他每天在病房里什么也干不了，连散步都不能走远，只好去隔壁病房跟老中医学推拿。

虽然他只学了皮毛，不过应该还是能缓和一点儿痛感吧，就当感谢这人刚才扶了自己一下。

江倦等了一会儿，见薛放离不搭腔，还以为他是不信任自己，又补充道："我真的会推拿。"

薛放离终于抬起眼皮，血丝布满他的眼睛，其痛苦也不言而喻。他盯着江倦，面无表情道："好啊。"

"啪"的一声，高管事头上的冷汗滴落，他无声地叹了一口气，看江倦的眼神与看死人无异。

唉，也不知三公子没了，宫里的贵人会不会怪罪下来。

江倦把薛放离按坐到椅子上，浑然未觉男人落在他的脖颈上的眼神之中那极为惊人的戾气。

薛放离猝不及防地抬起手，准备攻击江倦的脖子。

江倦愣了愣："怎么了？"

薛放离置若罔闻，五指微微合拢，将要触到江倦脖子时，又闻到了一股若有若无的药草香味。

他动作一顿。

头痛所引发的烦闷与焦躁情绪，似乎被什么东西抚平，薛放离嗅着这个味道，心绪竟渐渐归于平静。

见薛放离的手放下了，江倦瑟缩了一下，又问了薛放离一遍："怎么了吗？"

薛放离望入少年清亮的眼中，顿了顿，语气平淡道："你长了颗红痣。"

红痣恰好在颈窝处。

好巧啊，他这儿也有一颗红痣。

江倦胡乱地点了点头："嗯，是有一颗。"

薛放离收回手，江倦也站起来绕到他身后，开始帮他按头了。

少年穴道找得很准，但力道很轻，他只是会而已。薛放离却没有制止，双目轻合，一言不发地闻着周遭的气息，周身的戾气也跟着消散。

高管事跪了许久，始终没有听见惨叫声，试探地抬起头，当即惊掉了下巴。

怎么回事？

王爷怎么没杀人？

这不应当啊。

高管事愣在原地，目光也跟着停留了很久。薛放离似有所感地看了他一眼，高管事当即打了一个哆嗦，猛地匍匐在地，心脏也"扑通扑通"狂跳不止。

薛放离神色倦怠地开口："滚去取药。"

高管事急忙应下："是！"

他一头冷汗地站起来，扭头就跑，恨不得拔足狂奔。

江倦给薛放离揉了好一会儿，嫌累了，开始偷懒，企图用说话代替按摩："王爷，你总是会头痛吗？"

"嗯。"

其实这也是江倦第一次实践推拿手法。他是从小被宠大的小孩，再加上身体不好，家里人几乎把他当眼珠子在疼，好在江倦被养得性格不错，除了吃不得苦以外，没什么毛病。

江倦又问薛放离："我的推拿手法是不是还不错？"

"尚可。"

江倦心满意足。

没多久，高管事回来了。他似乎一刻也不敢逗留，出去时一身冷汗，回来时又是一身急汗。

薛放离接过药瓶。

推拿大师趁机停手，江倦低头看看，好奇心发作了。他记得梦中并没有明确的有关离王的病的剧情，只说这病无法治愈，便问道："王爷，您得的是什么病呀？"

喉结滚动了几下，薛放离服下药丸，目光却陡然冷了下来。

他得的什么病？疯病。

他漠然地望着江倦。

尚书府上不受宠的三公子，说是从小在乡下长大，性格胆小又畏缩，在他看来其实不然。

这人胆子倒是大，从被送进离王府起，什么都敢做，什么都敢说。

自己杀他，易如反掌。

不过……

薛放离想起少年的眼神：眼中的雀跃与期盼，眼睛明净得好似没有沾染上一丝尘埃，看他便是看他，没有惶恐，更没有不安，只是看着他而已。

杀了他，不至于，自己将他赶走便是。

思此及，薛放离缓缓开口："咳血。"

药物似乎缓和了他的痛苦，薛放离又披上了那温文尔雅的伪装，只是神色之间多了几分疏离之意。

咳血啊。

江倦睁大眼睛。会引起咳血的疾病，好像都蛮严重的，难怪之前的梦里薛放离会去世。

江倦叹了一口气，然后非常诚实地问薛放离："王爷，你好点儿了吗？还可以接着上香吗？"

"上了香，从此你便是离王府的人了，"薛放离轻叩药瓶，漫不经心地说，"本王时日无多，你做义弟，只会委屈你。"

"不委屈，"江倦眨了眨眼睛，如果快乐地做"咸鱼"也是一种委屈，他真的愿意委屈一辈子。江倦真心实意地说："王爷光风霁月，做你的义弟，算是我高攀。"

薛放离瞥了他一眼："趁还未礼成，送你走，你意下如何？"

当然不怎么样，江倦拼命摇头："我愿长伴王爷左右。王爷在，我为王爷挡灾；王爷不在了，我可以替王爷守一辈子王府。"

薛放离："……"

他与江倦对视，少年瞳仁乌黑，眼里一片赤诚。手指又轻叩了几下药瓶，良久，薛放离道："既然如此，过几日我再问你一遍。"

话音落地，他低头轻咳了几声，指间当真渗出几丝血迹。

江倦看见了，内心感慨不已。

唉，没有过几天啦，梦里你第二天就没了。

仆人给薛放离捧上金盆，他慢条斯理地净着手，水波荡漾中，薛放离莫名其妙地想起江倦说过的话。

——"我愿长伴王爷左右。王爷在，我为王爷挡灾；王爷不在了，我可以替王爷守一辈子王府。"

这人病弱至此，走几步路都会心口疼，能撑多久？

他无声轻嗤，嗓音倒是温和："那便继续上香吧。"

仆人自知方才在阎罗殿前兜了一圈，慌乱地擦了擦额头上的冷汗，堆起了满脸笑容，又送来几支香。

江倦把点燃的香插入香炉之中。

才做完这件事，江倦突然想起了什么。

梦里有关结拜这一段的剧情是什么来着？

——"离王是一个深不可测的男人，令人畏惧，更令人恐慌。江念记得自己从下了轿起就低着头，不敢窥视分毫，那一路走得心惊胆战。更可怕的是，中途离王竟发病了，江念目睹离王杀了许多仆从，血流成河。"

江倦看看面前温润如玉的薛放离，又看看毫发无损的仆从，再一次陷入了深深的迷茫之中。

第 2 章

江倦沉思许久。

怎么和书中相差这么远？

他正在思索间，有人步入了离王府。来人年岁不大，一身锦衣玉袍，连招呼都来不及打，嘴里只顾着嚷嚷道："放这儿，这几箱东西都放这儿。轻一点，你这个蠢材！"

待箱子都落了地，他又扭头道："五哥，父皇遣我来观礼，再顺道把他老人家私下给你添的贺礼一起送来，我是不是来晚了啊？"

他喊的是五哥，身份也不言而喻。

来人是六皇子，薛从筠。

薛放离："不算太晚。"

薛从筠"嘿嘿"一笑。他与薛放离同为皇子，不必行什么礼，旁人却不行，与他同行的人恭皆敬道："奴才见过离王。"

"离王殿下，这是礼单。"

尖细的嗓音响起，与六皇子薛从筠一起从宫里过来的，还有在圣上跟前伺候的张公公。薛放离扫了眼高管事，高管事忙不迭地接过礼单，重新退到了一边。

张公公面上不显，心里却了然。

离王并不在意这位才入府的义弟，否则，礼单应该由他义弟拿着才对。

不过嘛，想也知道，张公公笑吟吟地开口："方才在宫里，陛下还在念叨三公子，今日一见，果真……"

果真如何，他没了下文。

薛从筠一听这话，也扭过了头。他与江念走得近，当然知道江念最近出了点儿事，他念哥就是被这人推……

薛从筠看清江倦的脸，愣住了。

少年身材匀称，乌发如云，眉眼的俊美恰到好处，多一分则浓，少一分则淡。他的气质极为纯粹，整个人简直不似凡尘俗物，仿若来自瑶池仙境。

薛从筠被惊艳到了，几乎挪不开视线。

这是江倦？这是那个人？

以前他怎么没发现江倦这么好看啊。

张公公的反应与他如出一辙。张公公愣了一下，原先准备的客套话没用上，反而情不自禁地夸赞道："果真是雪玉堆就、姿容不俗。"

这位三公子怎么与京城之中的传闻相差这么大？

他们不知道，有这么一个词——相由心生。原来的江倦其实底子也好，但实在太自卑了，见了人几乎不敢抬头，言行举止也畏畏缩缩，怯懦到了令人生厌的地步，自然不会再有人注意到他的脸。

现在的江倦，是被家里养得很好的小孩，举手投足间自然不复那股小家子气，说是脱胎换骨也不为过。

薛从筠一晃神，下意识地跟着点头，但点了几下，又猛地回过神来。

不对啊，他可是来给念哥出头的！

这人再好看，还不是生了副蛇蝎心肠，连他念哥的头发丝都比不上。

他念哥可是人美心善呢。不像这人，空有一副好皮囊，他们两个人，云泥之别。

想到这里，薛从筠怒气冲冲地瞪视着江倦。

他的目光太不友好了，江倦当然注意到了，不过认出了这人的身份，也就不意外他怎么会对自己抱有这么大的敌意了。

梦中，六皇子是最小的皇子，颇得圣上宠爱，所以也养成了霸道无比的性子，无论在宫里宫外，都是人嫌狗烦。

后来他遇到了江念，在江念的温柔劝导下，被感化并收敛了本性，整日念哥长念哥短地跟在江念的屁股后面，成了江念的头号"小迷弟"。

"小迷弟"大概是来替江念出头的吧。

江倦没猜错，薛从筠是特地把这桩差事揽过来的。他瞪够了人，冷哼一声，转头对薛放离道："五哥，父皇也真是，什么人都往你府上送。"

薛放离漫不经心地瞥来一眼："嗯？"

放在往常，薛从筠必定不敢在他面前放肆，毕竟薛放离发起疯来太可怕了，他从小就怵这个五哥，不过现在情况特殊。

薛从筠得为江念出头，而且他知道今天这事本来薛放离就没松口，会顺利举行，大抵只是薛放离给他父皇一个面子而已，所以薛从筠难得有了底气。

他愤愤不平道："前几日，就前几日，这个江倦因为一点儿小事把念哥——他亲哥哥推进了湖里，念哥受惊又受凉，到现在都还没痊愈。"

说完，薛从筠看了一眼江倦，企图从他脸上看出几分羞愧之色，结果目光一落到他的脸上，薛从筠自己就先恍惚了，忘了自己的本意，直到江倦无辜地回望他。

薛从筠："……"

这人在装模作样！他凭什么一脸无辜的样子？

世上怎么会有如此厚颜无耻的人？！

实际上，江倦不仅无辜，还非常理直气壮。

把江念推进湖里的是过去的江倦，与现在的他又有什么关系呢？

薛从筠见状，恼怒不已。不过他多少还是知道分寸的，只对薛放离道："五哥，他心思这样歹毒，你可得小心一点儿。"

说到这里，薛从筠忍不住嘀咕了一句："长得倒是跟个仙人似的，不食人间烟火……"

他话音刚落，不知怎的，薛放离抬了抬眼皮，似笑非笑地盯着他。薛从筠心里一紧，登时汗毛直竖，差点儿咬到舌头。他硬着头皮接着道："要……要我说，五哥，根本没必要让他来给你挡灾，他本身就晦气得很。父皇也说了，你若觉得没必要，就算了，都随你的心意。"

当然，这并非圣上的原话，他的原话是："到你五哥府上瞧瞧。礼成了，这些就是贺礼；万一没成，你也放机灵点儿，别惹你五哥生气。"

知子莫若父，当今圣上也知晓薛放离的脾性。薛从筠赶到之后发觉两个人已经行过礼，别提有多惊诧。

"都随我心意？"薛放离笑了一声，自然知道这不是原话，但懒得追究，"本王知道了。"

薛从筠费了这么大一通口舌，纯粹是在向江倦示威，可这话听在江倦耳中就不是那么一回事了。

算了，什么算了啊？

江倦本来不想搭理薛从筠的。可是薛从筠告状就告状，又说什么没必要就算了，"咸鱼"都不能忍。

江倦幽幽地问："六皇子有没有听说过一句话？说人坏话，天打雷劈。"

薛从筠愣了愣："没……没有。"

江倦点了点头:"那你现在听说过了。"

薛从筠一时没反应过来,讷讷地问:"我说什么了?我不过和五哥说你的为人,像你这样蛇蝎心肠的人,五哥就该直接把你撵……"

薛从筠话音一顿,终于明白了。

他张了张嘴,想到天打雷劈,又闭上了。可薛从筠哪里是会吃亏的人,不甘示弱道:"不说这个就不说这个,那你把念哥推下湖,这一点我说错了吗?"

江倦恢复了"咸鱼"本性,敷衍地回答:"嗯嗯,没说错。"

薛从筠:"……"

他怎么更气了?

薛从筠深吸一口气,必须得在江倦身上扳回一局:"既然你承认了,那你道个歉也不过分吧?"

江倦瞄他一眼,非常能屈能伸地说:"对不起。"

他就差把"糊弄"两个字写到脸上了,薛从筠要被气死了:"你跟我道什么歉?我是让你跟念哥道歉!"

怎么都不对,江倦叹了一口气,慢吞吞地解释:"我跟殿下道歉也没错啊。我要是早点儿知道殿下的胜负欲这么强,你说什么,我就老老实实地听着,不跟你顶嘴。"

说完,江倦又真心实意地跟他道了一次歉:"对不起。"

薛从筠:"……"

这人在说什么?什么叫他胜负欲强?

薛从筠气得跳脚,偏偏对方性子绵软得跟棉花团似的,他有劲也使不出,憋了一肚子火:"我没有,你少胡说八道!你自己做的事,我只是……"

张公公见状,轻声劝慰他:"殿下不必在意。奴才听说三公子才被江大人接回京城不久,想必还不大懂京城里的规矩,三公子没有坏心,只不过……"

他话里话外都在暗指江倦不懂规矩。

宫里的人惯会踩低捧高,先不说礼单的处置问题,薛从筠这番摆明是来找碴,薛放离却没制止,态度再明显不过了。张公公乐得踩江倦一脚,讨好薛从筠。

顿了顿,张公公又说道:"说起来,殿下,这大喜的日子,三公子这么一身素衣,是不是不大合适?"

薛从筠愣了一下,还真是。他心里一喜,趾高气扬地责问江倦:"你进离王府,这么大的事情,怎么穿了一身素衣?"

江倦:这也行?

"你是不是故意的?"薛从筠借题发挥,"你不知道我五哥身体不好吗?你就是来给我五哥挡灾的，就算礼行得仓促，你穿什么颜色的衣服不好，非得穿这样一身来讨嫌，晦不晦气？"

薛从筠一通输出，说个不停，等了好一会儿都没听见江倦吭声，自觉扳回一局，连番吃瘪的郁气都散去了不少，只觉得浑身舒爽。

实际上，江倦根本没打算搭理他，只觉得自己好冤，真的好冤。

这一身素衣是梦里的模样，他能怎么办？

天大地大金主最大，江倦顾不上和他计较，在想该怎么跟薛放离解释。

"我没想这么多。"

江倦说着话，手也无意识地抓住了薛放离的衣袖。薛放离垂眸，就见少年蹙着眉，不大高兴的样子，甚至有点儿懊恼，这让他身上少了几分出尘的疏离感，眉眼反倒生动起来。

而薛放离的衣袖被他攥出了几道褶皱，衬着浓墨重彩的黑金颜色，少年的手指显得很白，仿若瓷做的一样。

他像是在寻求帮助。

薛放离看着他没搭腔。

薛从筠见他这样，倒吸一口凉气，又立刻捂住了嘴。

怎么有人敢上手抓他五哥？

这人是不想要手了还是不想要命了？

薛从筠烦江倦归烦，也没真想把他怎么样。薛从筠想提醒几句，又有点儿厌，反倒是张公公，不怀好意地添了一把火："三公子，这大好的日子，您但凡长点儿心，也不至于……"

拍完薛从筠的马屁，他又来讨好薛放离了。

话没说完，薛放离将手伸向江倦的手。少年从袖中露出来的这一小截手腕细得仿佛一碰就折。

果然，他五哥要动手了。

薛从筠不禁目露怜悯之色，只见薛放离将江倦的手拂去。

与此同时，薛放离缓缓开口："够了。"

薛从筠心里疑惑。

想象之中的血腥场面并没有发生，他瞪大了眼睛。

"今日辛苦你了，"薛放离语气如常地对江倦说，"先回房休息吧。"

江倦不太想走，怕六皇子和太监又挑事，尤其是这个太监，坏得很，自己走了就得背锅了。江倦犹豫道："我……"

似乎知道他在担心什么，薛放离微微一笑："本王信你。"

听他这样说，江倦眨了眨眼睛："真的吗？"

薛放离"嗯"了一声。

江倦看他好半天，感觉薛放离不是在哄自己，立马快乐地说道："那好吧。"

薛放离颔首，嘴角还噙着笑容，一个眼神也没给另外两个人，只一字一顿地吩咐道："来人，送义弟回房休息。"

他说的是义弟，不是江倦，更不是三公子，薛从筠眼皮猛地一跳。

看着江倦被领着走远后，薛放离收回目光，淡淡地说道："六弟，你可是忘了本王平生最恨什么？"

话音一顿，他又望向张公公。薛放离面上还带着笑容，姿态慵懒，语气悠然，好似只在与人闲谈："你们当着本王的面，说本王的人没有规矩？"

薛放离神色平静地说道："好大的胆子。"

他五哥最恨什么？

薛从筠愣了愣，没多久，后知后觉地明白过来，自己一时得意忘形，竟触了他五哥的逆鳞。

规矩。

他五哥是皇祖母口中不合规矩的野种。

"五……五哥，我忘了，"薛从筠动了动嘴唇，被吓得够呛，慌忙解释，"而且这件事，五哥不也不满意吗？我只是……只是……"

薛放离问他："那是本王的事，与你有什么关系？"

薛从筠嗫嚅道："我……我……"

薛从筠怕极了薛放离这副要笑不笑的模样。张公公也没好到哪里去，没想到自己马屁拍在马蹄子上，当即跪到地上，讨好道："王爷，您大人有大量，想必也不会在意……"

薛放离笑了一声，张公公身体一僵，立刻伸手打自己巴掌："王爷饶命，是奴才多嘴，是奴才多嘴！"

"啪，啪，啪……"

巴掌声不绝于耳，张公公用力极大，压根儿不敢浑水摸鱼，脸上火辣辣地疼，脑子也"嗡嗡"响，手上的动作却始终不敢停下来。

"大人有大量？"薛放离慢条斯理道，"张公公记错了吧，本王向来睚眦必报。"

张公公一听这话，只觉遍体生寒，慌忙手脚并用地爬向薛放离，声泪俱下道："王爷饶命！饶命——啊！"

薛放离一脚踹开他，张公公的声音跟着变了调。

薛放离淡淡地命令道："来人，把这狗奴才吊上房梁。"

侍卫听令，纷纷上前捉拿张公公。张公公连连后退，但根本无济于事。

肩膀被按住后，张公满脸惊惧之色，口不择言道："王爷，是陛下派奴才来的，是陛下！奴才若是回不去，您让陛下怎么想？"

薛放离不为所动，只居高临下地看着他，"啧啧"叹道："真是可怜啊。"

"一个奴才而已，"薛放离说道，"父皇会怎么想？本王只是在教你规矩罢了。"

话音落下，张公公被团团围住，剑光闪在他的脸上，他腿一软，面如死灰。

他完了。

薛从筠都看呆了。薛放离似乎才想起他，略带歉意道："六弟可是贵客，连茶水都没喝上一口，是本王招待不周。"

薛从筠整个人静如鹌鹑，连忙摆手表示不用了。喝什么茶？他现在只想开溜。

"给六弟上茶，"薛放离却视若无睹，"本王记得方才六弟说义弟一身素衣，晦气。"

薛从筠试图辩解："我那是……"

薛放离抬起眼皮："难道是本王听错了？"

薛从筠硬着头皮老实回答："没……没有。"

丫鬟上前斟茶，薛放离又笑道："六弟紧张什么？坐啊，喝茶。"

薛从筠瞪着茶水，头皮发麻。

交谈间，张公公已经被倒吊在房梁上，还在痛苦挣扎。汗水不断滴落，落入杯中。

薛从筠不敢再惹薛放离，僵硬地坐了下来，完全不想碰这杯茶。

薛放离却平静地问他："六弟怎么不喝茶？不喜欢？"

在他的注视下，薛从筠只好强忍着恶心感，将杯中的茶水一饮而尽，然后挤出一个比哭还难看的笑容："喝了，五哥，我喜欢，我喝光了。"

薛放离闻言，满意地颔首，又问薛从筠："六弟，现在还晦气吗？"

薛从筠疯狂摇头："不晦气，一点儿也不晦气！"

"那便好，"薛放离瞥他一眼，下逐客令了，"时辰不早了，六弟该回去了。"

薛从筠求之不得，一下弹起来："我这就走！"

可没走几步，薛从筠又被叫住："等一下。"

薛从筠心头一惊，缓缓扭过头来："五……五哥？"

薛放离："父皇遣你来观礼，六弟就没准备什么贺礼？"

薛从筠："……"

他当然没准备。不过出宫之前，薛从筠终于从父皇那儿讨来了自己垂涎已久的蚌雀——将雀鸟雕像置于蚌壳内。这玩意儿精巧无比，做起来耗时又耗力，至今唯有他父皇手上有几枚。这只雀儿是最好看的，薛从筠原本打算玩几日就送给他念哥，他甚至已经提前知会过江念了。

可现在……

"准备了，"薛从筠不敢说自己是两手空空来的，欲哭无泪地摸出蚌雀，自己都还没焐热呢，"这个……是我好不容易从父皇那儿讨来的呢。"

薛放离看也没看蚌雀一眼："六弟有心了。"

薛从筠心痛不已，可还得强颜欢笑："五哥喜欢便好。"

说到这里，薛从筠突然又想起什么："对了，五哥，既然你认了他做义弟，明日你们别忘了入宫见父皇。"

薛放离不咸不淡地"嗯"了一声。

薛从筠来时走路带风，临要走了，不仅被收拾了一顿，连宝贝也丢了，垂头丧气地往外走着，结果没走几步，听见王府的人问："王爷，这几箱东西？"

薛放离垂眸，厌倦的神色之下是森寒的冷意："拖走。"

他对赏赐的态度，高管事已经见怪不怪了，正要叫人，薛放离却又改了主意，若有所思道："既然是贺礼，那就拿给三公子吧。"

"仙人，"薛放离想起薛从筠的形容，江倦当真生得仿佛不食人间烟火，仿若无欲无求，他饶有兴趣道，"本王倒要看看，他是否真的不食人间烟火。"

高管事应了下来。他原先还觉得王爷对这位三公子态度颇好，现在看来，这位三公子也只是恰好引起了他们王爷的兴趣罢了。

上一个让王爷感兴趣的人，坟头的草都已经三丈高了。

高管事摇了摇头。

薛放离又把一个小物件抛了过去："这个蚌雀也一并送去。"

宫里出来的东西，再怎么稀奇，他也兴味索然。高管事将蚌雀接到手上，忙碌起来。

薛从筠听不下去了，简直心如刀割。

父皇的贺礼连带他的蚌雀，都给了那人。

他怎么这么难过啊？

薛从筠步履匆匆地走出离王府，越想越心痛，越想越心理不平衡，挠了一下头发，决定明天去蹲守江倦。

当然，才被狠狠地收拾完，薛从筠不大敢做什么，他的意图很卑微——跟他的蚌雀再见一面。

他能再摸上一把就更好了。

呜呜呜……

江倦被送回了房。

离王府颇大，江倦跟着仆人左拐右拐，穿过回廊又走过池塘，到了地方人已经蒙了，根本记不住路。

仆人把门一推，就有人急忙扑来，担心不已地问江倦："公子，您没事吧？"

她的声音很耳熟，江倦看了几眼，认出是刚醒来时为他求饶的丫鬟。江倦想了一下，这个丫鬟应该是兰亭，梦中的江倦与外公还住在乡下时，兰亭就跟在江倦身边。

仆人把他送到地方，关上了房门，江倦摇头回答："我没事。"

可兰亭听了，还是难过不已："公子何时受过这样的委屈？"

说到这里，兰亭的神情更加低落："老爷连多派几个人伺候公子都不肯。"

江倦来离王府上，怎么也得有几个自己人，江尚书却连这也免了，只让兰亭收拾好江倦的衣物带过来，好似卸掉了什么讨嫌的包袱。

江倦不大懂这些，刚好他正满心疑惑，便问兰亭："你知不知道离王是什么样的人啊？"

兰亭与他一同从乡下来的，当然不知道，但对离王还是略有耳闻，小声说道："奴婢听说……王爷凶狠残暴，无缘无故地杀过许多人。"

这跟梦里倒是对上了，可江倦还是茫然。

今天这一天，那位离王的态度很好，不仅为他着想，甚至在他被扣大帽子的时候，也说相信他，完全就是……

江倦说："可我觉得他是个好人。"

兰亭"啊"了一声，江倦忍不住猜测："他被说得这样可怕，有没有可能是误传？"

兰亭哪里会知道，不确定地说："可能？"

江倦思来想去，梦中有关离王的情节太少了，他甚至没有正式出场，所以离王到底是怎么样的人，江倦根本无从探究。

也许，他真的被人以讹传讹了？

门外，正要敲门的高管事愣了愣。

好人？

他们王爷？

高管事觉得不可思议。

过了许久,高管事心情复杂地敲响门。兰亭连忙将门打开,高管事恭敬地道:"三公子,王爷让奴才把几箱贺礼送来您这边,三公子可随意取用。"说完,他又把礼单呈上,"三公子可依此逐一清点。"

江倦低头一看,礼单上的字迹密密麻麻的,他勉强认出来几行。

翡翠莲花。

碧玺锦鲤。

珊瑚翠翎鸟。

玉藕坠……

江倦:"……"

这些东西看名字就属于博物馆镇馆级宝物。

他再看箱子,也许是搬运途中锁扣被晃开了,隐约可见浓烈欲滴的绿色,江倦简直要被这绿色刺伤眼睛。

东西太贵重了,江倦不敢收,忙不迭地摇头:"我不用,都用不着,你再搬回去吧。"

高管事看他几眼,苦笑着说:"三公子莫要为难奴才。王爷送出来的东西,奴才再给他搬回去,遭殃的可是奴才。"

好像直接将东西退回去的确不礼貌,江倦犹豫了一小会儿,只好说:"那先放着吧。"

"对了,王爷还让奴才转告一件事情,"高管事说,"明日一早,三公子需与王爷一同进宫面圣。"

"好的,我知道了。"

交代完一切,高管事不再逗留,行了礼便离开了。江倦捏着礼单继续往下读,越看越震惊,越看越觉得自己的猜测靠谱。

离王真的是个大好人,帮了他那么多,还送他这样贵重的东西。

可是按照剧情的走向,明天晚上离王就去世了。

想到这里,江倦连手里的礼单都看不下去了。

他记得离王是急症去世的。哪怕御医赶来得足够及时,也没能把人救回来。

江倦叹了一口气,突然有点儿于心不忍。

但他也帮不上什么忙啊。

江倦决定了,以后每逢祭日,多为薛放离烧几沓纸,让他成为全地府最有钱的鬼王爷。

第 3 章

夜深了，高管事提着灯笼踏入凉风院。入了夜，整座王府便寂静无声，丫鬟们沉默地侍立在一旁，唯有歌姬在轻唱。

"璧月夜夜满，琼树朝朝新……"

薛放离靠在软榻上，他的发冠已摘去，墨发垂落，衬着苍白的皮肤、殷红的唇色，莫名其妙地显出几分诡艳。

"王爷……"高管事掀开幕帘，走到他身旁，轻声道，"贺礼已经送到了。"

薛放离懒洋洋地问："他可喜欢？"

高管事如实回答："奴才见三公子脸上似乎只有惊讶之色，并无欣喜样子。他还让奴才把这几箱东西再抬回来。"

薛放离笑了一声，不以为意："明日再看。"

话音落下，他动了动手指，往高管事怀里扔去几枚金叶子："赏你的。"

高管事连忙捏起一枚金叶子，用牙齿咬了一下，瞅着金灿灿的牙印，笑得合不拢嘴："谢王爷！"

薛放离没再搭理他。

高管事收好金叶子，也想好了怎么花——他有段时日没去红袖阁喝酒了，这次得多找几个美娇娘陪他。

心里正美着呢，高管事冷不丁地又想起什么，忙说道："对了，王爷，还有一事奴才忘了说。"

"嗯？"

"奴才赶到时，正好听见三公子说……"高管事面色古怪地说道，"三公子说王爷是个好人。"

"……"

薛放离动作一顿，短暂错愕过后，他笑了出来。

"好人。"

这是薛放离头一回听人如此评价他。他听惯了别人说他暴虐无常、阴骛狠戾，这个形容于他而言实在是新奇。

越想越觉得有意思，薛放离噙着笑问正在弹唱的歌姬："红玉，依你看，本王可是个好人？"

被他唤到的歌姬打了一个哆嗦，弹错了一个音，硬着头皮回道："王爷……王爷自然是个好人。"

"你说谎了，"薛放离怜悯道，"怎么怕成这样呢？忘了本王讨厌你们言不由衷？"

歌姬面色一白，不敢再答话，慌忙跪下，放在身旁的手颤抖得不成样子。

薛放离缓缓敛起笑容，索然无味道："既然你爱跪，那便跪着吧。"

歌姬停止了弹唱，舞姬却不敢停止跳舞。裙摆飘扬间，高管事连忙使眼色，其中一人接过琵琶，僵硬地坐了下来，不多时，弹唱声再度响起。

薛放离饮了几口酒，神色倦怠地垂下手，酒杯"砰"的一声砸在地上，酒水泼洒一地，濡湿了委地的衣摆，他却浑不在意。

高管事见状，走到一旁将早已备好的香料点燃。

这是西域来的香料，有安神、助眠之效。

伴着靡靡之音，青烟袅袅，松香沉沉。没一会儿，高管事便昏昏欲睡。他勉强睁开眼皮，瞄了一眼软榻上的人。薛放离合着眼，手指却和着节拍轻轻敲击着。

——香料放得少了，对薛放离并不起效；放得多了，他倒是一夜昏睡，可第二日更是疲惫，不如不睡。

高管事无声地叹了一口气。

他们王爷，时不时头痛就罢了，怎么连个觉也睡不安稳。

明明是天潢贵胄，王爷却日日在活受罪，还没他过得快活。

高管事一阵感慨，重新低下头，在旁边打起了瞌睡，并不知道软榻上的薛放离睁开了眼睛，若有所思地盯着他。

人活一世，总有所求。离王府别人避之不及，他的这个管事却一头跳进火坑，皆因他贪财好色。

那位三公子呢？

薛放离心不在焉地听着曲，又是一夜无眠。

翌日，车夫早早候在府外，江倦被扶上车时，薛放离已经入座，正在闭目养神。

男人似乎才沐浴过，发梢仍有几分湿润。听见响动，他抬起眼皮，神色散漫而倦怠："昨夜可睡得惯？"

江倦不认床，几乎倒头就睡，但晚上还是被床硌醒了两次，不过这是可以克服的，于是回答："还好。"

薛放离颔首，又看了他几眼。

人不能在同一个地方跌倒两次，江倦今日特地挑了身蓝色外衫。明艳艳的颜色，他又生得殊丽，可他唇色太淡，气质也太干净，一身冰肌玉骨，纵是衣袍艳丽也带着仙气。

除此之外，江倦身上干干净净的，没有任何饰品。

薛放离轻抬眉梢："那些贺礼，你不喜欢？"

江倦不知道他怎么突然问起这个来，但还是摇了摇头："不是，我喜欢的。"

他说得坦然，眼神却一片纯净，没有丝毫欲念。

薛放离问他："喜欢怎么不用？"

江倦诚实地回答："太贵重了，而且……"

任意一件都是稀世珍品，他怕打碎了。要不是不符合社交礼仪，江倦还想将东西退回去呢。他只想做"咸鱼"，混吃等死就够了，不用这么风光。

薛放离没听他说完就抬起一只手，疲倦地撑起额头。江倦看出他不适，轻声问："你昨晚没睡好吗？"

"嗯。"

他是病情更严重了吧。

江倦欲言又止——他想提醒薛放离，可梦里又说得很清楚，薛放离的病连御医都束手无策，他就算现在提醒也无济于事。

想到这里，江倦干脆不打扰他，只掀起轿帘，好奇地往外张望。

街上人来人往，一盏又一盏的花灯被高高挂起，摊贩叫卖声不停，无比热闹。

江倦看得兴起，问薛放离："待会儿可以到街上逛一逛吗？"

因为他的病，江倦不是在住院就是待在家里。其实他很喜欢凑热闹，然而他脆弱的心脏说不定什么时候就宣布罢工，所以根本不被允许乱跑。

薛放离："你想逛？"

江倦："嗯。"

他侧过头，眼睛亮晶晶的。薛放离望了几眼，忽然说道："你不喜欢那些东西。"

江倦茫然地问："啊？不喜欢什么？"

薛放离却没有解释的意思，只漫不经心道："想逛就逛吧。"

江倦满足了，正要放下轿帘，却猝不及防地看见一张血淋淋的皮，手倏地一紧。

他吓了一跳，薛放离抬起眼："怎么了？"

江倦不敢看又担心，眼神飘忽："狼皮。"

不远处，猎人将狼皮向其他人展示。

就在猎人脚底，还有一个笼子，里面蜷缩着一只幼狼，它浑身血污，惊恐地瞪大了眼睛，瑟瑟发抖。

"害怕？"薛放离懒洋洋地问他。

"不是，"江倦摇了摇头，皱着眉说，"它们好可怜。"

"可怜……"薛放离笑了一声，不知道想起什么，神色中带了些嘲讽，"不忍心？"

江倦点头。纠结了一小会儿，江倦说："我想……"

"大的已经死了，"似乎知道他要说什么，薛放离缓缓地说，"小的那只，爪子和牙齿都被掰断了，就算救下来，它也活不了多久。"

江倦愣了愣，完全没注意到，震惊不已地说："怎么这样啊？"

薛放离问他："还想救吗？"

当然要救了，江倦还是点头，只不过幼狼伤成这样，就不只是买下来放回山林的事情了。江倦犹豫地望向薛放离。

——养宠物需要获得室友的首肯。薛放离勉强也算他的室友吧。

"可以吗？"

江倦征求他的意见，薛放离饶有兴趣地问："为什么要救？它的狼牙和狼爪都断了，你养它又有什么用？"

"它被折磨得太可怜了，"江倦不确定地说，"而且养它也还是有点儿用处的吧？养好了伤，它还可以看门呢，应该也能吓唬一下人。"

薛放离望着他没说话。不知怎的，薛放离想起了高管事的话。

——"奴才赶到时，正好听见三公子说……三公子说王爷是个好人。"

好人哪。

薛放离噙着笑摇头，"不行。"

江倦："那好吧。"

他语气有点儿低落，不过倒也没有责怪，只是扭头安静地看向幼狼，睫毛低垂，努力思考了起来。

这人很乖，太乖了。

薛放离不动声色地看着他，手指触上戴在手腕上的小叶紫檀佛珠，有一下没一下地摩挲着，直到江倦又开了口。

"兰亭。"

他喊来丫鬟，兰亭疑惑地用眼神询问，江倦对她说："帮我把那两只狼买下来，再多给猎户一点儿银两。大的那只……让猎户埋了，小的那一只养好伤就放了吧。"

江倦尽力了。

不管怎么样，他先保下它的命再说吧。

兰亭点头，立刻去办。然而只是两个人说话的工夫，猎户打开笼子，拎出里面的幼狼，准备对它下手了。

幼狼被按在案板上，猎刀高高抬起，正待砍下之际，浑身是血的幼狼突然剧烈挣扎起来，猎户一个没留神，竟让它逃脱了。

人群立刻作鸟兽散，"呼啦"一下退避三舍，猎户提着刀边追边骂："你这畜生往哪儿跑！"

幼狼一瘸一拐地跑着，突然之间对上了江倦的目光，然后毫不犹豫地奔过来，随即奋力一跃。

"保护王爷！保护王爷！"

高管事一愣，连忙呼救。侍卫迅速拔剑，狠狠朝小狼挥去，与此同时，江倦觉得有什么溅在他的脸上，一片温热。

他顾不上擦拭，忙不迭地望去，侍卫的长剑正抵着幼狼。它痛苦地蜷缩成一团，含着泪仰头看着江倦，哀嚎着。

"这畜生，"高管事走来，抬脚踹了几下狼崽，"真是不长眼。"

提着刀的猎户也赶了过来，一看见高管事就认出这是离王府的马车，当即吓得猎刀都握不住了，猎刀"哐当"一声掉在地上。

猎户立刻跪下，朝着马车磕头："王爷恕罪！王爷恕罪！草民没看住这畜生，让它冲撞了您，我这就把它剐了给您赔罪！"

说完，猎户哆哆嗦嗦地捡起刀，薛放离没说话，更没有制止，只是漠然地看着。

剁了这畜生之后，离王会不会放过他，猎户心里完全没底，但他知道不剁这畜生，自己绝对不会被轻饶，于是咬了咬牙，用力砍下。

"不要！"江倦连忙阻拦，猎户愣了愣，下意识地住手。

江倦对薛放离说："它刚才没想伤人，它的牙齿和爪子都断了的……"

江倦想起幼狼泪汪汪的眼神就觉得无比难受，硬着头皮问薛放离："能不能饶了它？"

薛放离没搭腔。

有意思，这人真有意思。

被江尚书捧在手心里的二公子江念有不少心思，反倒是江倦这个不受疼宠的小儿子，被养出了剔透心肝，菩萨心肠。

在一片沉默气氛中，高管事眼观鼻，鼻观心，心里的事却想了一轮又一轮。

这是在做什么？

三公子还真把他们王爷当成大善人了？

上一个胆敢求情的人，可是被罚了呢。

这人真是不知天高地厚。

"王爷。"

江倦自己都没发现他的语气有多诚恳。

薛放离终于抬起眼皮。

江倦的脸上落了血渍，殷红的一点更衬得他肌肤雪白。

而他透亮的眼里满是请求之色。

"好啊。"

不知道过了多久，薛放离悠悠然地开口，笑得令人捉摸不透。

轻描淡写的两个字，高管事听完，却猛地瞪大了眼睛。

王爷竟然答应了！

救下狼崽，事情说大不大，说小也不小。这事放在别人身上，有人求情，饶了便饶了，只是一句话而已，可这偏偏是薛放离。

他们王爷何曾这般好说话？

让高管事没想到的是，这还没完，后面还有更令他吃惊的事情。

"本王现在饶了它，日后养好伤送回山林，它还是活不了，"薛放离嗓音低沉，"本王从不做没有意义的事情。"

江倦好不容易松了一口气，又紧张起来："那……"

"带回王府，"薛放离平淡地说，"既然本王饶了它一命，它就要好好活着。"

话音落下，薛放离又随意地吩咐道："高德，给它找个兽医。"

高管事愣了半天，一度怀疑自己没睡醒，于是狠狠地掐了自己一把。高管事疼得龇牙咧嘴，绝望地发现这不是梦，连忙应下来："是，王爷。"

江倦怔了一下，倏地睁大眼睛。没想到事情还能峰回路转，他认真地说："王爷，你真的是个好人。"

薛放离似笑非笑地瞥了他一眼："是吗？"

江倦毫不犹豫地点头，回望薛放离，目光干净而纯粹，充满了信任感，似乎对此笃信不已。

薛放离微微一笑："你说错了。"

江倦眨了眨眼睛："啊？"

薛放离没有解释，只是抬起手，骨节分明的手指握着手帕。江倦蒙住了，愣愣地看着他。

薛放离对他的疑惑视若无睹，用手帕抹去少年眉心处的一点儿红色，说道："果然是小菩萨啊。"

只可惜，小菩萨错把恶鬼当作好人，他也只能是泥菩萨过河，自身难保。

薛放离轻嗤一声，王府的丫鬟向他递来手帕。薛放离擦拭手指，江倦也终于反应过来了，后知后觉地说："谢谢。"

"嗯。"

事情了结，幼狼得以安置在王府内，不过江倦还是让兰亭给猎户塞了点儿银两，让他把另一只狼埋了。

离王府的马车渐渐远去，猎户攥着银子却没立刻起身。他既庆幸自己逃过一劫，又不免想起惊惶之际看见的那张脸，真美啊。

回味许久，猎户返回摊位，正打算收了摊找地方把狼埋了，可他的摊位上除了一片血污，空空如也。

那只狼以及它被剥下的皮，不知所终。

马车里很安静。

江倦抬头看见薛放离闭着眼睛，想到他眉眼之间的倦怠之色，江倦便很安静地坐着。

薛放离又闻到了那股淡淡的清香，像是混合了许多种草药，清新如雨后的草地，沁人心脾。

清清淡淡的气息，效力却很大。

脑海中的嘈杂声响、无法入眠的烦躁情绪，都在此刻消失。薛放离感受到了许久未感受过的平静，甚至一反常态地放下了所有戒备。

道路不平坦，马车猛地颠簸了一下。江倦犹豫了几秒，向薛放离靠近，这样就能在他要摔倒的时候扶住他。

做完这一切，江倦又瞄了几眼薛放离，男人皮肤苍白，唇色却很红润，颜色还怪好看的。

江倦扭过头开始数帘子上的琉璃珠。不知道是不是昨晚被硌醒两次的原因，数着数着，江倦也睡着了。

在他平稳的呼吸声中，薛放离缓缓睁开眼。身旁熟睡的少年歪倒过来，睡得毫无防备。

薛放离垂眸望了他几眼，到底没有把人推开。

鼻息间的清香似乎更为浓郁，他听着少年一呼一吸的声音，没多久竟也生出几分困倦之意。

这是头一次，没有过度使用香料，薛放离生出了睡意。

他正欲合眼，车夫却一甩马鞭，立刻有人向他禀报："王爷，到了。"

"嗯。"

薛放离按了按跳动的太阳穴，却没有下车的意思。王府的仆人不敢多嘴，只好静立在一旁，倒是候在宫门处的汪总管走过来轻声询问："这是怎么了？出什么事了吗？"

仆人摇了摇头，没说话。江倦隐隐约约听见外面的说话声，也慢慢转醒，迷迷糊糊地说："王爷，到了吗？"

说着，江倦坐起来，这才发现自己竟然靠在薛放离的肩上睡着了。江倦不太好意思地说："马车晃得我好困，不小心睡着了。你怎么没叫我呀？"

"正要叫你，"薛放离神色如常，"你身上是什么味道？不算香，尚可。"

江倦愣了一下，茫然地抬手闻了闻，什么也闻不到，于是不确定地说："可能是香囊吧。早上兰亭拿给我，我不喜欢，她就收起来了，应该沾了点儿味道。"

薛放离"嗯"了一声，踏出马车。江倦跟在后面，人还没彻底清醒，步履不太稳，汪总管见状连忙扶了他一把。江倦向他道谢："谢谢。"

汪总管愣了愣，眉开眼笑道："三公子说的是哪门子话呀。您一走出来，奴才还以为是仙人下凡了，能给您搭把手，是奴才几辈子修来的福气。"

江倦："……"

这些人都怎么回事啊？又是仙人又是小菩萨的，他这条"咸鱼"不配。

"陛下一早就遣了奴才在这儿候着，"汪总管笑眯眯地说，"陛下见了三公子，心里定然欢喜。"

江倦听完这话，连忙扭头问薛放离："王爷，待会儿我要怎么办？"

他不大懂宫里的规矩，不过还好，梦里的江倦也没见过世面，江倦便理直气壮地说："我从小在乡下长大，没有进过城，好多规矩都不懂。"

薛放离瞥他一眼，漫不经心道："没什么规矩。"

江倦："……"

他觉得不应当，还想继续追问，汪总管也开口道："咱们陛下从不在意这些虚礼，三公子无须多虑。"

"好吧。"

江倦点点头，又回忆了一下剧情。

梦里，这个皇帝出场的次数不多，只有三次。他第一次出场是安平侯向他表明希望江念做自己的幕僚，第二次是江念入侯府后，第三次则因为沉迷养生之术，驾崩了。

这也是个"工具人"。

江倦放心了，不过又觉得自己好像忘了什么。

他来不及思索，他们已经到了寝宫，汪总管轻声细语道："陛下，王爷与三公子到了。"

"总算来了。"

门由内打开，披着龙袍的中年男人倒屣相迎。他面上带笑，但一身天家威严，却又如寻常父亲一般，与久不见面的儿子打趣："汪总管，这是谁呢？朕怎么瞧着这么眼熟？"

汪总管笑道："奴才也觉着眼熟，好像是……好像是……"

是谁，他偏不说了，当今圣上——弘兴帝睨了薛放离一眼："自你建了府，朕见你一面比登天还难，今日倒是托了三公子的福。"

薛放离笑笑地说："父皇，无事又岂能频繁入宫？"

托词而已，弘兴帝当然知道，也懒得拆穿，转而对江倦微笑道："你叫江倦是吧？来，让朕看看你。"

江倦点头，倒也没露怯。弘兴帝打量他片刻，越看越满意，连连点头："好孩子，是个好孩子。"

弘兴帝和蔼地叮嘱道："以后有什么不顺心的事，你尽管进宫来找朕做主，这么好的孩子，哪能受什么委屈呢？"

江倦眨了眨眼睛："不用麻烦您，有委屈找王爷就可以呀。"

"哦？"弘兴帝愣了愣，随即笑开了，轻拍几下江倦的肩膀，"是了，你找老五就是，找我这个糟老头子做什么？"

"昨晚老六已经被老五收拾了一顿。还有那些个不长眼的狗奴才，吃了熊心豹子胆，敢在主子面前挑拨是非。"

啊？

六皇子被王爷收拾了？

江倦睁大眼睛望向薛放离，有点儿高兴，也有点儿担忧。

六皇子再傻，也是皇子之一，薛放离收拾他没有关系吗？

薛放离与他对视，只淡淡道："总该让他长点儿记性。"

"老六就是个不成器的东西，确实该被教训一下了，"弘兴帝嫌弃地摆了摆手，又想起什么，接着说，"倒是你大哥，多少要给他一点儿面子，别让他下不来台。"

"上回的宴会，你们两人……"

他正说着，殿外有人传报："陛下，安平侯求见。"

殿内顿时安静了，许多道若有似无的目光落在了江倦身上，明着暗着打量他，就连薛放离也抬起了眼帘。

江倦："……"

安平侯？

这名字怎么有点儿熟悉？

江倦一时没反应过来，思索了好一会儿，突然间想起来。

这不是许诺入京以后，要照顾他的人吗？

沉默了几秒，江倦也想起来他忘了什么。

梦中，江倦被送入离王府的第二日——也就是江倦咬舌自尽的第二日，安平侯就入宫请求当今圣上准许江念入侯府做他的幕僚了。

江倦："……"

怎会如此？

他记得跟他同名同姓的"炮灰"真的很看重安平侯。

江倦头皮发麻地回忆着梦里的情形。

按照梦里的发展，安平侯受托照顾江倦，这在京城不是个秘密，更何况江倦入京以后，只要有安平侯的地方，就一定会有他。

安平侯出身不凡，友人众多，且无一不是世家子弟，江倦在其中微不足道，更何况里面还有一个江念，他时常遭到漠视与排斥。

再到后来，察觉安平侯想毁约，江倦狠了狠心，先是用长辈压他，又去侯府哭闹，闹得很是难看。

他的举动，不仅让尚书府颜面无光，也让安平侯生出不满情绪，更别提他还把自己的哥哥江念推进了湖里。

江倦："……"

他不懂，但大为震撼。

安平侯就这么好吗？

江倦在想什么，其他人当然不晓得，但他缠闹之事，是连弘兴帝都略有耳闻的，弘兴帝就怕两个人相见，闹得不好看。

思索许久，弘兴帝问江倦："好孩子，你说朕见还是不见？"

江倦其实不大想见的。

他只想混吃等死，安安稳稳地做"咸鱼"，不想靠近主角团，因为那样绝对会变得不幸。

不过现在他就不要影响情节发展了。

江倦坦然地说："当然见呀。说不定侯爷有什么要紧事。"

薛放离向他瞥来，江倦回望，还了一个无辜的眼神，薛放离嘴角轻扬。

他怎么忘了，这位三公子似乎与安平侯交情匪浅。

在他眼中，王爷是好人，那么安平侯呢？

大圣人？

薛放离漫不经心地笑着，神色却冷到了极致。

不多时，汪总管尖着嗓子道："宣——安平侯入内！"

第 4 章

　　立刻有人被请入殿内。
　　"微臣见过——"
　　安平侯正要行礼，弘兴帝摆手道："免了，免了，不必多礼。"
　　安平侯站直身体，又看见殿内的另外两个人，当即皱起了眉头。
　　江倦？
　　他怎么在这儿？
　　安平侯今日入宫，是为请求弘兴帝准许他收江念做幕僚。
　　身为天之骄子，安平侯一直把江倦视为累赘。这个从乡下来的少年，胆小、畏缩，说话不敢与人直视，眼神阴郁。
　　他极度厌恶江倦，也不想照顾这人。
　　可他舅舅不这么认为。
　　安平侯父母早逝，长公主，也就是他的舅母把他接到了公主府里。他是由舅舅与舅母抚养长大的，让他照顾江倦，也是他舅舅的意思。
　　彼时安平侯不想答应，但他还没有承袭爵位。依照大兴律令，承袭爵位会降级，长公主为此多次进宫面圣，安平侯不想在这个时候自找麻烦，便没有再提。
　　而现在，侯位已经尘埃落定，他的舅舅与舅母又出京散心，安平侯便想趁机丢掉这个累赘，又入宫请弘兴帝准江念入侯府。
　　待他们归来之时，木已成舟，圣上的金口玉言更是无可更改，舅舅再气恼也无济于事。

不过……安平侯没料到会碰到江倦。

昨日他已经把话说得很清楚了，希望江倦听进去了，今日不要再在弘兴帝面前胡搅蛮缠。

这样想着，安平侯警告般看了江倦一眼，少年却不如以往那样，见了他就巴巴地望着，安平侯只能看见他的侧脸。

江倦站在离王身旁，肤色白皙，眼睛低垂，乌发落下的一绺贴在脸庞上，莫名其妙地显得乖顺。

安平侯怔了怔，不知道是不是他的错觉，总觉得江倦不太一样了。

江倦好像……

"照时，你进宫来，是有什么事吗？"

弘兴帝开口，打断了安平侯对江倦的探究，安平侯回过神来，对弘兴帝说道："陛下，臣有一事相求。"

前几日，安平侯去尚书府探望江念，他临走时，江念含着泪问："侯爷，您还愿让我做您的幕僚吗？"

安平侯怔了怔，江念苦涩地说道："我屡次回绝侯爷的好意，如今可是已经晚了？"

怎么会晚了呢？

同是尚书府的公子，江倦一无是处，江念却与他不同。江念是金枝玉叶，气质温雅端方。

他心地善良，才华满腹，安平侯一早便想将他揽入门下，只可惜江念一再推辞，安平侯只得放弃，没想到这一日江念会主动询问。

峰回路转，安平侯狂喜："我有多看重你，难道你不清楚吗？"

江念微微一笑，安平侯与他对视，激荡的心情逐渐平复下来，他也暗暗做下了一个决定——放弃江倦，不能让江念进离王府。

"微臣想请陛下准许尚书府二公子做臣的幕僚。"

安平侯说完，余光下意识地扫向江倦。

在他看来，江倦不识大体，更不会审时度势。哪怕他已经入了离王府，以他的肚量，安平侯觉得他说不定会当众崩溃。

不只是他注意到江倦，目光落到了江倦身上，就连汪总管也没控制住自己，眼神飘了过去。

江倦："……"

为什么大家都在看他？

希望安平侯遵守承诺的是梦里的江倦，与现在的江倦有什么关系呢？

这样想着，江倦笑了一下，试图传达祝福，顺便证明自己是清白的。

你们一个是主角，一个是主角的伯乐，请立刻锁死。

安平侯对上江倦的目光，愣了一下。

少年望着他，眼神清透，唇角向上轻弯，眼睛也弯成了月牙。

他本就生得好，这么一笑，更是美得不可方物，只是少年唇色太淡了，身量也显得过于孱弱，脆弱又易碎。

安平侯有那么一瞬间有些恍惚。

他的气质怎么变化这么大？

而且以前江倦一碰到他，不是低着头就是紧张地拧着衣袖，安平侯嫌他气质阴郁、举止粗俗，从未发觉他原来这样美。

不过……他美又怎么样？

那只是一具漂亮的皮囊罢了，他心思那样恶毒，怎么也比不过心地善良的小念。

少年笑得毫不介怀，也浑不在意，好似只是一个无关紧要的人在向圣上请旨，而他又刚好碰上了。

江倦不介意？

安平侯心下疑惑。

江倦当然不介意。

注意到安平侯在看自己，江倦礼貌地对他点了点头，然后收回目光，往薛放离那边贴近了一点儿。

薛放离斜眼望着他，江倦歪了歪头，疑惑地冲他眨着眼睛。比起安平侯，他表现得与薛放离更为熟稔，也更愿意靠近薛放离一些。薛放离笑着抬起眼。

传闻似乎也不尽其然。

安平侯猝不及防地与薛放离对视。

薛放离似笑非笑地盯着他，神色之间满是彻骨的寒意。安平侯心下一骇，浑身都在叫嚣着危险，只觉得好像被猛兽盯上了，一阵毛骨悚然，慌乱地移开视线。

与此同时，弘兴帝也开了口："驸马可知晓此事？"

安平侯稳了稳心神，勉强回答："不知道。"

弘兴帝便笑了："你这孩子，是想用朕来压你舅舅？"

安平侯低着头没说话。他本要思考该怎么回答，却又不受控制地走了神。

他想不通江倦的态度。

就在前几日，江倦还因为自己毁约，把江念推到了湖里。而在昨日，江倦也执意保留信物，不舍得那枚玉佩被打碎，今日怎么就毫不在意了？

安平侯没说话，弘兴帝思来想去，还是摇了摇头："朕觉得不妥。幕僚，幕僚，合该为你出谋划策，绝非儿戏。朕点头了，回头驸马不满意，朕便是好心办坏事。"

安平侯堪堪回过神，张了张嘴："陛下……"

弘兴帝摆了摆手："朕不好插手这些事情，待驸马回来，你们自己商量吧。"

安平侯懊悔不已。他本是踌躇满志而来，没想到竟在紧要关头走了神，功亏一篑。

不过他并未放弃，想了一下，又说道："陛下……"

这个时候，殿外有人朝汪总管使了个眼色，汪总管意会地点了点头，又对弘兴帝耳语了几句。弘兴帝打断了安平侯的话："有什么话待会儿再说吧，先陪朕一道用膳。"

顿了一下，弘兴帝又说道："老五，最近沈道长给朕配了鹿茸血酒，你身体不好，也尝一尝吧。"

薛放离颔首，汪总管立刻吩咐下去，侍女们鱼贯而入，很快就布置好一桌席面。弘兴帝率先落了座，笑道："你们也随意，不必拘束。"

汪总管端来血红的鹿茸血酒，伺候着弘兴帝喝下，弘兴帝突然说："老五，说起来驸马还做过你的太傅，你还记得吗？"

弘兴帝语气平和，可饮下的血酒染红了他的牙齿。

薛放离："没什么印象。"

弘兴帝倒也没说什么，只遗憾道："驸马这个人啊，那会儿还是状元郎呢，打马过京都，风流出少年，现在……"

他长长地叹了一口气，转而问安平侯："你舅舅现在还与往常一样，整日游手好闲，钓鱼喝酒？"

安平侯无奈地笑了笑，不好说什么。

弘兴帝冷哼了一声，汪总管用勺子慢慢地搅动着血酒，浓稠的红色液体在杯中翻涌。他又伺候着弘兴帝饮下一口，弘兴帝的嘴唇也慢慢染上了猩红的颜色。

"王爷，奴……奴婢伺候您饮用。"

侍女端来鹿茸血酒，跪在薛放离身旁，努力让自己端稳酒杯。可对薛放离的恐惧让她根本无法控制地发着抖，酒也跟着在杯中反复晃荡。

弘兴帝闻言，随口说道："老五，你尝尝，这酒腥味重，但效果不错，你若喝得惯，朕让沈道长给你抄个方子，日后你在府上也可以喝。"

他絮絮叨叨地说着，嘴唇开合间，浓重的血腥味在殿内蔓延开来。薛放离面无表情地看了许久，垂下眼皮。

侍女捧着酒杯在发抖。

酒水摇晃间，薛放离的耳边响起女人泣不成声的声音。

"你可是我怀胎十月生下来的孩子。你怎么不向着我？你为什么不向着我？

"你这个野种，你该死，你该死！

"我要你食我肉，喝我血，死后堕入无间地狱，永生永世不得超脱！"

好吵，太吵了，太阳穴又开始跳动，尖锐的痛感袭来，薛放离眼前一片猩红，他闻着令人作呕的血腥味，又想起喝得兴起的弘兴帝，气息逐渐变得冰冷，真是恶心。

他头痛欲裂，也无比烦躁，无尽的戾气被激发了出来，直到薛放离听见一个声音。

"王爷，你怎么了？"

声音很轻，语带担忧。

与此同时，他的衣袖被扯动了几下，薛放离鼻息间的血腥味也渐渐散去，取而代之的是他闻了一路的少年身上独有的药草清香，无比干净又纯粹的气息。

这一刻，他从地狱回到了人间。

江倦见他没反应，又对惴惴不安的侍女说："你先放下吧。"

侍女依言放下，可酒杯还没落下，薛放离已经冷冷抬起了眼。侍女猝不及防地与他对视，当即打了一个哆嗦，失手打翻了这碗鹿茸血酒。

"哐当！"

血酒泼在薛放离玄色的外衫上，侍女蒙了一下，当场就吓哭了，慌忙跪下求饶："王爷，奴婢……奴婢……"

薛放离倦怠至极，没有理会她，只是双目轻合。

江倦隐约觉得薛放离状态不对，很小声地问他："王爷，你怎么啦？"

弘兴帝也皱眉问："老五，你没事吧？"

薛放离没搭腔，江倦犹豫了一下，牵过他的手来查看，还好，没受伤。江倦正要松开手，那只手却倏地一动。

江倦怔了怔，茫然地望过去，薛放离神色平静，也没有看他。他紧捏着江倦的手，手指颤抖，似乎承受着巨大的痛苦。

江倦愣住了。

薛放离越来越用力，江倦也觉得越来越疼了。

弘兴帝又问了一遍："老五，没事吧？"

薛放离始终没有要开口的意思，江倦只好抬起头，忍着疼替他回答："王爷没事。"

他的眼睛湿漉漉的，像是要哭。

弘兴帝又说道："老五，你原先住的陵光殿应当还有干净的衣物，先去换一身衣裳吧。"

这一次江倦不能替他答话了，只好晃了晃手。

薛放离淡淡地应道："嗯。"

随之他放开了手。

薛放离起身，立刻有人为他引路，江倦不确定要不要跟上。弘兴帝向汪总管递了个眼色，汪总管连忙堆起满脸笑容："三公子这是头一次进宫，不如奴才带您四处逛逛？"

完全陌生的环境，江倦下意识地向薛放离求助。他的眼眶红红的，薛放离脚步一顿，片刻后，面无表情地颔首，江倦这才答应下来："好。"

安平侯见状，好似明白了什么。

难怪江倦把他视为陌生人，难怪江倦始终无动于衷。

江倦怕离王，连是走是留都无法自己做主。

方才那样，他也是被欺负了吧？

思此及，在江倦经过自己身边时，安平侯对他低语道："待会儿我有话与你说。"

江倦惊诧地望了他一眼，匆匆走出去，假装什么也没听见。

靠近主角会变得不幸的，"躺平"装死，他最擅长了。

江倦就差把拒绝写在脸上，安平侯却更是确定了自己的猜测。

没多久，殿内只剩下了安平侯与弘兴帝。弘兴帝知道安平侯的性子，认定了什么就无比执着，无奈地问道："怎么？还是想求朕允了你？"

安平侯怕弘兴帝不悦，便摇了摇头。

江倦逛得挺没劲儿的。

他走了几步就不想动了。什么御花园，什么山石园林，江倦远远地看上一眼就够了，并不想七拐八拐地溜达。

汪总管见他神色恹恹的，连忙凑过来询问："三公子，可是身体不适？"

江倦当然不能说实话——他嫌累，也嫌无聊，便点了点头："有点儿不舒服。"

汪总管赶紧把他请到凉亭内歇着。

凉亭三面环湖，碧绿的荷叶浮出水面，江倦趴到栏杆上吹风，现在天还不热，自然风也吹得很舒服。

就是不知道夏天到了他要怎么办，这里没有可乐，更没有空调。

这样一想，江倦又有点儿蔫了。

他垂下手，侧头枕在胳膊上，宽大的衣袖被风吹起，露出一小截手腕，本该是雪白的一片，偏偏被捏出了几道红色的指印。

"喂，你……"

薛从筠蹲了一个早晨，终于抓到落单的江倦了。他大摇大摆地走进凉亭，正要拿腔作势一番，结果刚一低头就吓了一跳。

江倦皮肤白，这几道红印堪称触目惊心，好似他遭受了什么虐待，薛从筠话音一转："你的手怎么了？"

说完，他又想起什么，警惕地说："我就问问，可不是我干的，回头你可不许给我五哥乱说啊。汪总管，你也得给我做证。"

不怪他反应过度，鉴于江倦心思之恶毒，再加上昨晚他被收拾得太狠，薛从筠被迫谨慎做人。

"老奴见过六皇子，"汪总管行了礼，笑眯眯地说，"六皇子多虑了。"

江倦还在伤心——他在夏天失去了空调与可乐，暂时不想理睬薛从筠。薛从筠忍了好一会儿，看他蔫巴巴的心里莫名其妙有点儿不得劲，就问："喂，你怎么了，不高兴啊？"

他就是怕被人误会是他惹的，问问而已，绝对没有别的意思。

江倦慢吞吞地看了他一眼。

作为主角团之一，六皇子在梦中是个活宝，专门用来调节气氛的。他其实没什么心眼，江倦不讨厌他，甚至觉得有点儿好玩。

也因此，虽然不太想和主角团打交道，江倦还是理了他，搪塞道："有点儿不舒服。"

薛从筠"哦"了一声，是听他念哥说过江倦有心疾。薛从筠继续问："那你的手呢？该不会被人欺负了吧？"

他不说，江倦自己都忘了。江倦低下头，他的手和腕子红了一片，看着挺疼的，但其实他已经没什么感觉了。

江倦摇了摇头："没有啊。"

薛从筠却不大信，没被欺负他怎么会闷闷不乐地趴在这儿？

薛从筠平日虽然浑，但很有正义感，于是直接说："念哥都说了，那日是你把他约到湖边的，你早有预谋。"

"我看你也不傻啊，"薛从筠瞅着江倦纳闷道，"问你半天都不说怎么回事。本皇子虽然也讨厌你，但我公私分明，你要是真被欺负了，本皇子还是可以勉为其难地帮你出个头的。"

江倦：谢谢你了。

江念知道你这样傻吗？

想了一下，江倦如实道："是王爷不小心捏的。"

薛从筠安静了几秒，改口道："你就当无事发生。"

刚刚他还是正道之光，一听是薛放离造成的伤就变成了只厌鹌鹑，江倦没忍住笑了出来。

薛从筠也是要面子的，有点儿恼羞成怒，气鼓鼓地抬头瞪人，结果一对上江倦的笑眼，自己就先熄了火。

可恶，这人真好看，本来就长得跟天仙似的，笑起来就更好看了。

不，不行，他不能被美色迷惑。

真正的美人是他念哥，人美心善，内外兼修，江倦只是徒有其表，是虚假的美人。

薛从筠努力挣扎。

过了好半天，薛从筠才板起脸，别别扭扭地进入了正题："喂，我送的那枚蚌雀，怎么样？"

江倦：蚌雀？什么雀？

见他一脸茫然的表情，薛从筠提醒道："一块儿牌子，雕了只小雀，看起来、摸起来都像珍珠。"

江倦："啊？"

薛从筠忍了又忍，继续说道："昨晚我五哥给你的。他不是让人把贺礼全送你那儿了吗？我那枚蚌雀也一起被送过去了。"

江倦陷入了沉默之中。

他该怎么说？那几箱贺礼太丰富，他连礼单都没看完，更别说什么蚌雀了，江倦压根儿就没注意到。

不过出于社交礼貌，江倦还是很配合地说："我想起来了。"

薛从筠期待地盯着他，眼神激动不已，江倦却没了下文。薛从筠不甘心地暗示他："你就没有什么想说的吗？"

江倦一头雾水："说什么？"

他当然是要把它夸出朵花来！

薛从筠的虚荣心没能得到满足，他深吸一口气，又开始臭着脸摆谱了："你这样的人，以前从来没见过这种好东西吧？"

江倦连蚌雀都没见到，根本无从知道它的好坏，迟疑了几秒，很随意地说："你说得对。"

薛从筠："……"

迟疑，你竟然敢迟疑？！

别说仙人了，这下子天王老子来了薛从筠的杀心都退不了。

"你知不知道这蚌雀有多难养？"薛从筠情绪激动，"渔民把牌子放进蚌壳，要等上好多年才能把它养得跟蚌珠似的，全天下只有几枚！"

江倦："嗯嗯，这样啊，原来如此，我懂了。"

薛从筠：感觉又被糊弄了。

薛从筠越想越气——他好不容易讨来的宝贝上缴了，结果对方还不识货，夸都不知道夸一下，竟然还敷衍他。

"我的蚌雀不算好东西，那你说什么才算好东西？"薛从筠恼火不已，"算了，就算你见过比蚌雀还宝贝的东西，那我也有比它更好的东西。"

"你等着！"憋了半天，薛从筠从牙缝里挤出三个字。他的库房里有那么多宝贝，他就不信挑不出顶好的玩意儿给江倦送去，让这个人好好开开眼界。

他这该死的胜负欲！

薛从筠气势汹汹地走开，彻底忘了他蹲江倦的初衷——最后再摸一把他的蚌雀，甚至没想到即将再贴进去几样宝贝。

江倦叹了一口气，不顺着他他生气，顺着他他还是会生气，六皇子是河豚成精吗，整日都气鼓鼓的？

江倦没管他，又安安静静地吹了会儿风，感觉时间差不多了，准备返回。但他今天显然很不幸，走了一个薛从筠，又碰上了安平侯。

江倦："……"

唉，晦气。

他本想装作没看见，直接走过去，安平侯却叫住了他："三公子。"

江倦只好停下来跟他打招呼："侯爷。"

安平侯神色复杂地看着他。

与弘兴帝独处时，他竟然因为江倦走神了，也没有再坚持让弘兴帝准许江念入侯府。

他想，是愧疚吧。

放在往日，见了自己，江倦会紧张地低下头，小心翼翼地凑近他、讨好他，与现在礼貌又疏离的态度相比，判若两人。

若非目睹了他与离王的相处情形，安平侯只会以为他因为自己毁约而伤透了心。

是了，那可是离王。

太后在他面前都讨不了好，更别说是江倦。江倦惧他，不敢触怒他分毫，更不敢说出他的真心话，是理所应当的事。

沉默片刻，安平侯低声问江倦："你可怨我？"

这种事本应落在江念头上，是安平侯与江尚书齐力斡旋，大皇子也从中出力不少，这才让弘兴帝松口，将人选改为了江倦。

"不啊。"

江倦怎么会恨安平侯？要不是他们，他就做不了离王的义弟，更做不了"咸鱼"，他真心实意地说："我还想谢谢你呢。"

答案出人意料，安平侯听完，皱了皱眉，随即笃定地说："你心里怨我。"

江倦："……"

他没有，真的没有。

江倦奇怪地看了安平侯一眼，不想再理他了，只想离开，结果安平侯下意识地伸手拦住了他。

安平侯抿了抿唇，刚才江倦的眼神，莫名其妙地让他恼怒。

那眼神那样清透，也不以为意，与江倦从前的阴郁样子截然不同，避之唯恐不及的意味也再明显不过。

衣袖被抓住，江倦下意识地想拽回，手腕却不慎露了出来，上面满是触目惊心的红色指印。

安平侯怔了怔："是王爷？"

江倦不理他："你松手。"

如果之前只是猜测，那么现在，安平侯已经彻底肯定了，江倦在离王府过得不好。

想也知道，离王就是这样的人，生性残忍，热衷于折磨他人。

没来由的恼怒情绪消散了，安平侯愧疚道："让你入王府，是我对不起你。"

江倦："不，你没有。"

他头皮发麻，不知道安平侯在做什么，只觉得这人黏糊糊的，好讨厌，说来说去都是一个中心思想——你说气话，我不信。

可江倦真的不气。他惜命，知道生气不值得，气出病来了怎么办？

想了一下，江倦认真地说："侯爷没有对不起我，真的。王爷光风霁月、温文尔雅，与传闻很不一样，他也对我很好，能进离王府，是我之幸。"

离王是什么人，安平侯又怎么会不清楚？他与离王多少打过交道，知道这是一个多么危险、暴虐的男人。

安平侯道："你不必如此。离王为人荒唐，阴鸷狠戾，他是什么样的人，我比你更清楚。"

可是耳听为虚眼见为实啊，何况江倦又不是没和薛放离相处过，不想再跟安平侯车轱辘话说下去了，再次尝试抽出袖子："侯爷慎言。"

安平侯望着他许久，只当他害怕："江倦，你……"

"本王再如何，也比不过侯爷，背后说人是非。"

男人淡淡的嗓音传来，他神色倦懒，不知道来了多久，又听了多少对话。

安平侯神色一变。

顿了顿，薛放离慢条斯理道："侯爷说了这么多，怎么就忘了，三公子如今已是本王的义弟？"

安平侯僵住了。

薛放离望着他，状似好心地提醒："侯爷，手。"

安平侯放也不是，不放也不是，还是江倦自己趁机抽回袖子，就觉得倒霉。

他撞上了安平侯，还被薛放离撞见，会不会被王爷误会啊？

这样想着，江倦瞄了薛放离好几眼。

这人怎么这般小心？

薛放离扫他一眼，自然也注意到了江倦的小动作，眉头一皱，终于又开了口。

"本王为人荒唐，阴鸷狠戾，侯爷日后可要多注意一些，"薛放离缓缓地笑道，"再有下次，本王说不定会要侯爷的一整只手。"

他说得平淡，似乎只是在开什么无伤大雅的玩笑，但安平侯知道，薛放离是认真的。

他在警告自己。

安平侯低头道："是。"

薛放离嘴角噙着笑，许久，才又悠然道："方才本王可是听错了，侯爷似乎唤了三公子的本名？"

"都说侯爷有幸受过白先生的点拨，为人处世亦有其几分风范，知礼更守礼。侯爷见了三公子，不仅直呼其名，甚至拦他的去路，这就是侯爷所谓的君子风范？"

薛放离笑意不减，偏偏眉眼间一片寒凉之色。

安平侯知道离王在借故折辱自己，可毫无办法，离王发起疯来，连当今圣上都无能为力，只能听之任之，更别说他。

沉默片刻后，安平侯道："是在下冒犯了。望王爷与三公子海涵。"

薛放离抬眼，要笑不笑地看着他，显然觉得这还不够。

安平侯见状，咬了咬牙，双手高举至额间，深深地弯下腰，行了一个规规矩矩的揖礼："望王爷与三公子海涵。"

薛放离瞥向江倦，示意他开口。

江倦："没……没事。"

他大人有大量，当然选择原谅。

实际上，江倦也不敢不原谅，现在内心很复杂。

安平侯可是江念的伯乐啊。

可是，有人撑腰，好快乐，真的好快乐。

薛放离颔首，再没施舍给安平侯一个眼神，只对江倦说："回府吧。"

江倦问："不用再回去见陛下了吗？"

薛放离"嗯"了一声，抬脚先走，江倦连忙跟上他。

安平侯起身，沉默地看向远去的两个人，隐忍的神色间闪过一丝肃杀之意。

离王，看你还能嚣张到几时。

至于江倦，不怪他会与自己置气，自己终究对他有所亏欠。

自己会尽可能地弥补他。

江倦要是知道安平侯的想法，大概会连夜出逃京城，但是江倦还不知道。

皇城不允许马车进入，他与薛放离还走在路上，江倦心不在焉地回忆着梦里的剧情。

关于离王去世，梦中有这么一段剧情。

——"那天晚上，离王歇在别庄。夜半时分，他急病发作，咳血不止，随行的御医匆匆赶来，却也无计可施，天未亮时，离王的死讯已经传入京中，天子闻之震怒，罢朝三日，斩首百余人。"

皇上怎么斩了这么多人？

这纯粹是迁怒，还是？

江倦想得认真，薛放离突然问他："在想什么？"

思绪被打断，江倦下意识地回答："在想你……"的死讯。

还好他及时回过神来，后半句话没说出来。薛放离眉梢一抬，饶有兴趣地问："哦？想本王什么？"

"可是侯爷说的话？"薛放离说道，"本王为人荒唐，阴鸷狠戾。"

这有什么好想的？江倦奇怪地看了他一眼："王爷又不是这样的人，为什么要这样想？"

薛放离漫不经心地问："你不信他？"

江倦立马摇头："我只相信王爷。"

想了一下，他抬起头，睫毛眨动了几下，笑得眉眼弯弯："就像之前王爷相信我一样。"

第 5 章

薛放离怔了怔，随即笑了起来。

他先是低低地笑，也许是实在觉得有趣，后来笑得颇为开怀。

怎么会有人这样天真？

片刻后，薛放离垂下眼眸，语气恶劣地说："可本王……就是这样的人啊。"

江倦抬起眼，认真地说："不是的。"

他目光纯澈，语气肯定。薛放离与他对视，不期然地想起头疾发作得最厉害时，不经意间捏住的那只手，十分温暖。

他用力地握紧，好似抓住了自己与人间的最后一点儿关联。

可是不行啊，薛放离合上眼帘。

他对这位三公子似乎过于和颜悦色。

少年喜欢什么，入离王府求的又是什么，到底是不是菩萨心肠，与他又有什么关系？

他不会留这人太久。

他这样病弱，也撑不了多久。

再睁开眼，薛放离面无表情地跨入马车，掀袍落座，态度也冷淡下来。

江倦察觉到了，但没太在意，只当薛放离身体不适，安静地坐到了一旁。

车马声辘辘，马蹄踏过青石板，远离了巍峨的宫殿，进入喧嚣的街市，吵嚷声渐起。

江倦认出是早上自己想要逛的地方，掀开帘子，看看外面，又扭头看看薛放离，纠结了一小会儿，还是放弃自己的计划了。

算了，他以后再来逛吧。

江倦松开手，帘子也跟着散下来，珠串"叮当"作响，他有一下没一下地拨弄着琉璃珠。

薛放离本以为他会提，但江倦没有，甚至一反常态地安静。薛放离没什么表情地盯着江倦看。

江倦似有所感地望过来，疑惑地问："王爷，怎么了？"

怎么薛放离一直在看他？

薛放离没搭话，只是垂下了眼皮。

过了许久，薛放离终于开了口，却不是在跟江倦说话。

"去别庄。"

江倦一听这话，不小心扯动珠串，"叮叮当当"响成一片。

啊，别庄，剧情好像要来了。

车夫闻言开始掉头，不太宽敞的街道几乎要被占满，过路人纷纷避让。无人不知这是离王府的马车——镶金嵌玉，琉璃点缀，极尽奢华。

"吁——！"

与此同时，又有一辆马车迎面驶来，对方的车夫勒紧了绳索，及时避让，坐在车内的青年轻声问："怎么停下来了？"

"回主子，前面是离王府的马车。"

"离王府……"

青年面色一白，似乎想起什么恐怖至极的事情，手指也不住地颤抖。

丫鬟点翠发现他的异常状态，关切地问："二公子，您没事吧？是不是前阵子落水，身子还没彻底……"

二公子……

是了，他现在还是尚书府二公子，不是什么为离王挡灾的义弟。

青年，也就是江念，缓缓地舒了一口气，终于镇定下来。他摇了摇头，强笑道："我没事。"

点翠还是有点儿不放心，不停地盯着他瞧，可看着看着就走神了。

还没入府时，点翠就听说二公子是京城第一美男。可头一次见到二公子，她觉得也没那么美，后来偷着问了几位姐姐，才知道是自己太肤浅了。

——人美在骨不在皮。他们少爷虽不美得特别出众，但是耐看，且气质顶好，小谪仙的称号可不是开玩笑的。

点翠大字不识一个，现在还没能领会到二公子的美，可是全京城的人都夸公子生得美，那公子便是美的，她只当自己无知。

注意到她的目光，江念好笑地问："你怎么又这样看我？"

点翠回答："公子好看嘛，毕竟是京城第一美男。"

江念笑了一下，温柔地制止她："别乱说，让人听了该笑话了。"

点翠吐了吐舌头："大家都是这样说的嘛。"

江念听得无奈，心情却颇好。

在那个梦里，他被送入了离王府，现在正胆战心惊地待在离王府，寸步不敢离开院子，生怕又撞上离王发疯被殃及池鱼，与现在同丫鬟说说笑笑的轻松状态完全不同。

是的，江念做了一个离奇的梦，在那个梦里，他郁郁而终。

而现在，他凭借着梦里的记忆，绝不会为自己留下任何遗憾：

比方说，要与他的同窗和几位皇子交好。

比方说，接受安平侯的邀请。

在那个梦里，出乎所有人的意料，皇位最终竟落在了安平侯身上，他将是世上最尊贵之人。

只要陛下首肯，只待他踏入侯府，他也会成为贵不可言之人。

别庄在京郊。

山下已是人间芳菲尽的季节，山上却还是一片紫藤花海。

到了地方，江倦被单独安置在别院里，待一切准备妥当，高管事也来了一趟。

得知王爷在别庄歇脚，他忙不迭地取了一盒香料送上山来。当然，高管事还顺手拎来了江倦救下的狼崽。

"大夫看过了，没什么大事，就是得休养些日子。"高管事说。

江倦点了点头，蹲到笼子前。幼狼好像认出了他，脑袋抵在笼子上，安静地流着眼泪。

江倦叹了一口气："好可怜。"

他问兰亭要来帕子，小心翼翼地给幼狼擦着眼泪。兰亭觉得不妥，轻声说："公子，奴婢来吧。"

江倦摇了摇头："不用。"

狼崽可能疼得狠了，眼泪实在太多，根本擦不完，江倦摸了摸它的脑袋，高管事看得颇为费解。

只是一只畜生罢了，怎么值当公子亲自上手？

这位三公子可真是个奇人。

想归想，高管事面上却未表露分毫，他笑道："三公子，要是没有别的吩咐，奴才就先退下了。"

"好，"江倦应了一声，突然想起什么，又叫住他，"等一下。"

江倦问："王爷还好吗？"

高管事愣了愣，搪塞他道："还好。"

实际上，王爷不太好。

高管事在府上待了好几年，知道王爷轻易不会来这座别庄，除非他的状态已经差到不能再差。

持续的隐痛，发病时剧烈的痛楚，以及长久无法休息，就是大罗金仙也熬不住。

江倦"哦"了一声，接着给幼狼擦眼泪，高管事便退了出去。

兰亭看着看着，小声地说："其实这只小狼崽也没有那么可怜。起码，它还遇见了公子呢。"

话音刚落，兰亭突然想起什么，"啊"了一声，懊恼地说："公子，今晚你该药浴了。"

江倦怔了怔："药浴？"

他在现实生活中，除了定期去医院住院，也是一直在用药浴养身体。

不过回忆了一下梦里的设定，江倦就明白了。

他的这个角色，心疼是装的，先天不足却是真的，需要药浴也不足为奇。

可这会儿在山上，哪里有药材，江倦不确定地说："要不然改天？"

"不行的，"兰亭摇头，不敢拿这事开玩笑，想了想，说道，"奴婢去问问高管事。"

说完，兰亭匆忙起身，去追高管事了。

高管事脚程颇快，就这么一小会儿的工夫，已经不见踪影，兰亭只得继续往前。她一路小跑，不想刚踏上石桥，旁边有人拐来，两个人便撞上了。

"哎！"

这人被撞得一个趔趄，手上捧着的木匣也脱了手。兰亭正要道歉，抬头一看，撞上的人竟是高管事。

"管事，我们公子得定期进行药浴，庄子上可有……"

"你知不知道你干了什么？"

高管事面色苍白地打断了她的话。

木匣大开着落入湖中，片状的香饼陆续被浸湿，松散一片，明显不能再用了。

兰亭被他吓到了："我……我……"

高管事动了动嘴唇，恐惧让他吐不出一个字来。好半天，他才哆哆嗦嗦地说："这是王爷要用的香料，你要害死我们所有人了！"

"我没有……"兰亭不安地说，"我不是故意的，我不知道。"

高管事面色惨淡："王爷可不管这些，只要香料。"

偏偏香料又浸了水，用不了了。

而现在正是王爷状况最差的时候，没有香料舒缓症状，他只会无比暴戾，疯上加疯！

想到这里，高管事汗毛直竖，完全不知道该怎么办。

两个人僵持间，有一个声音响起。

"怎么了？"

是江倦来了。

等了好一会儿，兰亭都没回来，江倦便出来找人，结果见高管事一脸颓丧的表情，兰亭眼中也含着泪。江倦问她："你怎么哭了？"

"王爷的香料……"

兰亭自责地低下了头，讲清楚始末，高管事补充道："王爷对味道挑剔，只闻得惯这种香料的味道，现在……唉！"

高管事重重地叹了一口气，兰亭一听这话，自知闯了大祸，顿时变得泪汪汪的。江倦最怕女孩子哭了，连忙安慰她："你别哭啊，我们一起想想办法。"

高管事："……"

这还能有什么法子啊？

高管事焦头烂额，倒是江倦，哄完了兰亭，突然想起什么，连忙问："兰亭，早上你给我的香囊还在吗？"

"在的，"兰亭虽然不解，还是从怀里摸出了一个香囊，"给。"

江倦松了一口气，香囊在就好。他对高管事说："要不然先把香囊拿给王爷？"

高管事有点儿为难。

不是什么味道都可以，王爷只要这种香料，也只闻得惯它的味道。况且它的安神之效，多点一些甚至可以让王爷入眠，尽管副作用不小。

睡了，王爷便彻底无知无觉，第二日也会昏昏沉沉。

当然，后面这些副作用，高管事不会对江倦提起。

高管事艰难地说："可能不太行。"

江倦坚持道："试一下吧。"

早上进宫时，薛放离问过他身上是什么味道，还说了味道尚可，那就应该不讨厌香囊的味道。

高管事颇为犹豫，本身就犯了大错，还拿劳什子香囊替代香料，他可没活腻。

江倦见状，干脆说："我自己去问王爷好了。"

高管事惊诧地看了他一眼，去就去吧，高管事也乐得有人担责，赶忙说道："有劳三公子了，这边请。"

高管事在前引路，不多时，他们抵达了一座楼阁前。

尚是白日，竹帘全然被拉下了，纱幔重重遮掩之下，四处昏暗无光，唯见一座金漆点翠屏风。

"王爷……"

"香呢？"

高管事一听这话，支吾半天都没能吐出一个完整的句子，还是江倦听不下去，替他回答："王爷，你的香料用不了了，全掉湖里了……"

江倦小声地说完，又立马补充："不过早上你问我的香囊，我拿来了，要不然你先凑合一下？"

高管事："……"

凑合一下，他肠子都悔青了。实话实说，王爷可能还会给他留个全尸，现在估计他的骨灰都得被扬了。

高管事差点儿气笑了。

薛放离更是没开腔。

周围一片寂静。

不知道过了多久，站立在一侧的两名丫鬟移开屏风，男人从榻上起身，垂落的长发与繁复的黑金色长袍几乎融为一体。

"香囊？"

他缓缓开了口，嗓音低沉。

江倦走近几步，伸出手来，白皙的手心上放着一个香囊："这个，早上你说味道尚可。"

薛放离神色倦怠地接过香囊。昏暗光线中，他苍白而修长的手指穿过朱红的细绳，而后他抬了抬手，拎起香囊轻嗅，是白芍、秋兰与决明子的味道，除此之外，还有一丝别的气息，很淡，却无比清甜。

"不是它的味道。"

指腹一捻而过，薛放离松开手，香囊随之落在地上。他抬起眼帘盯着江倦，眼底血丝密布。

他就说不行！

高管事一点儿也不意外，在心里暗恨江倦不靠谱，这下好了，他们都得完蛋。

"不是吗？"江倦毫无危机感，只觉得困惑，"可早上就是这个香囊呀。"

他捡起香囊来拍了拍灰，也低头闻了一下。江倦对气味并不敏感，就觉得有一股药味，和其他的中草药没什么区别。

江倦奇怪地问："不是这个味道，那还有什么味道？"

薛放离没有立刻答话，许久，才缓缓地说："过来。"

过去就过去，江倦走得更近了一些。

其实他不只是对气味不敏感，对气氛的感知也格外迟钝。就好比现在，高管事已经开始为他默哀了，江倦却没有任何防备之心地靠近。

薛放离看他几眼，手覆至他的右肩上，广袖之下是苍白而劲瘦的手腕。薛放离稍一用力，人也俯下身来。

他离得越近，气息就越明显——难以辨认的药草清香。或许是哪一种罕见的药材，或许是多种药材混合的结果，总之并不杂乱，它们无比契合，味道浅淡而柔和。

薛放离灵魂深处的疯狂与暴戾因子，都在这股气息下得到平息，甚至连他极度不稳的心绪也获得了片刻安宁。

"王爷？"

江倦不知道他要做什么，茫然地抬起头来。

横斜的光影从竹帘的缝隙处钻入，恰好落在他白净的脸上，琉璃珠帘晃动不停，他与珠子，竟不知哪一个更剔透。少年睫毛轻动，眼神纯粹，好似莲座上的小菩萨。

薛放离垂下眼皮。不多时，他从江倦的肩上拈起什么，神色平静道："狼毛。"

他的整个举动似乎都只是为了拈起狼毛而已，江倦眨了眨眼睛，也没有多想："刚才陪了狼崽一会儿，可能那时粘上的。"

薛放离颔首："嗯。"

两个人就这样平静地结束了这一段对话。

高管事：就这？就这？

王爷没有发怒，更没有发落他们。

这是什么情况啊？

高管事错愕不已，但下一刻就意识到了什么——从举行仪式到救狼崽，再到送香囊，这已经不是王爷第一次破例了。

再一再二不可再三，前两次还可以说是王爷对三公子好奇，可这一次……那可是香料啊！

王爷这都没发火？

他们保住了命？！

高管事大为震惊，不过在震惊的同时，也隐约明白了什么。

三公子，绝对不能得罪！

不论王爷有什么打算，总之就凭王爷对三公子的优待行为，往后自己必须得打起百倍精神供着三公子！

香料不能用，香囊又用不了，江倦心里有点儿过意不去，忍不住问薛放离："王爷，那你待会儿怎么办？"

薛放离瞥了一眼高管事，示意他会处理。江倦"哦"了一声，又说："那……你接着休息？"

"嗯。"

薛放离淡淡地应了下来，江倦知道他该走了，不过没走几步又返回来，还是想留下香囊，坚持道："万一能用呢？"

薛放离看了香囊一眼，不置可否。

江倦把香囊塞给他，这才心满意足地离开。

薛放离没看香囊，只是拿在手里把玩，片刻后，语气平淡地开口："说吧，怎么回事？"

"奴才正赶来送香料呢，三公子那丫鬟冒冒失失地撞了上来，奴才没拿稳，匣子便脱了手……"

经过确实是这么一个经过，可丫鬟再怎么冒失，他若及时避开了也不会如此。两个人各打五十大板的事情，高管事却把责任全推在对方身上。薛放离似笑非笑地盯着他。

高管事被看得心里直发虚。在王爷面前，他的想法、他的意图，仿佛都能被轻易看穿，他的一切行为都无所遁形，更无从隐瞒。

强烈的压迫感让高管事冷汗直流，他又硬着头皮说道："对了，王爷，那丫鬟当时好像说三公子得药浴，奴才估摸是想问庄子上可有药材。"

药浴啊，原来如此。

经年温养，少年才养出了这么一身药草味。

"要什么给他便是。"

"王爷，庄子上好像没有……"

话没说完，高管事就意识到他在犯蠢，恨不得捆自己几掌。他谄笑道："庄子上没有，奴才大可以下山买，也可以回府取。"

薛放离神色一片凉薄，不耐烦到了极点，他冷戾道："滚。"

高管事立刻走人，不过在关上门前，又不得不多问了一句："王爷，您的香料，奴才也回府再取一盒？"

薛放离双目轻合，他没什么表情地说："不必这么多。"

他来别庄，本想休息一晚，既然心绪已经平复，便不必再多用香料。

有了这么一遭，高管事再来别院，态度就更为恭敬了。

"三公子，您可是需要药浴？"高管事问，"有没有固定的方子？"

江倦都要忘记这回事了，不确定地说："应该有吧？"

药方当然是有的，江倦不知道，兰亭倒是背得滚瓜烂熟。她迟疑地问："管事，你问药方是？"

高管事笑眯眯地回答："王爷交代过了，三公子缺什么尽管提便是，奴才来替三公子准备。"

江倦眨了眨眼睛，真心实意地说："王爷人真好。"

他就是死得太早。

高管事："……"

他勉强露出一个尴尬而不失礼貌的笑容，这话他没法接。

兰亭本来自责不已，以为公子没办法再进行药浴了，闻言可算放下心来，给高管事报药方："血茯苓一两、扶桑叶三两、当归一两……"

高管事听得愣了愣，似乎都是些颇为名贵的药材。

据他所知，三公子与其外祖父在乡下生活了许多年，往日他用的也是这些名贵的药材吗？

不对，三公子不是还进京求过医吗？这大概是大夫新开的方子吧。

高管事也没多想，反正王爷说了，要什么给什么便是，于是他把方子记下来以后，马不停蹄地下山了。

几个时辰后，药包终于被送来，兰亭忙前忙后，开始准备药浴事宜。待一切准备妥当后，她上前欲帮江倦解衣裳，江倦摇头说："我自己来吧。"

兰亭犹豫了一下，还是退到了外面，等江倦坐进浴桶后，才又走进来替他绾起头发。

火光下，少年睫毛轻垂，脸庞红润，兰亭看着看着，轻声道："公子变了好多呢。"

听她这样说，江倦吓了一跳，后知后觉地想起来自己并没有隐藏本性，而兰亭又经常伺候以前的江倦。

江倦：大意了。

"阿难大师算得可真准，"兰亭接着说，"他说公子十八岁这年身逢劫难，若是熬过来了，福缘双至，只是性情会有所改变，若是撑不过来……还好，公子没事。"

顿了一下，兰亭抿唇笑了笑："公子这样也挺好的。"

公子现在没那么阴沉，不再钻牛角尖，心肠更是软了许多，也比以前开朗了不少。

江倦被她吓了一跳，还好兰亭自己圆过去了，他松了一口气。

不过江倦挺好奇这个阿难大师的，想问兰亭，又怕会露馅，只好趴在浴桶上回忆梦里有没有这个人物。

阿难大师。

阿难。

入了夜，别庄颇为安静。簌簌的风声、沙沙的轻响，彼此交融，江倦思来想去都一无所获，正要问兰亭，突然听见一阵响动。

"哐——！"

"哐、哐、哐——！"

江倦愣了愣，兰亭把抱在怀里的干净衣物交给他，自己循声走了过去。

好像是幼狼在撞笼子的声音，江倦听了一会儿，也披上外衫，找不到鞋，便光着脚走了过去。

真的是它。

幼狼焦躁地往笼子上撞着，白天好不容易止住血的伤口又渗出了不少血，纱布都被染红了。

"怎么了？"江倦问。

兰亭摇了摇头，也是一筹莫展。她给江倦让出地方，狼崽呜呜咽咽地冲着他叫起来，急切不已。

这只狼崽颇为聪明，遇险会求救，痛得厉害了还会向人撒娇，江倦犹豫了一下，替它打开笼子，问道："你要做什么？"

幼狼一瘸一拐地爬出笼子，又迅速钻出半掩着的房门。

江倦不敢让它乱跑，忙不迭地追上去。

兰亭本要说什么，结果突然看见江倦还光着脚，也着急地追了出去。

"公子，公子！你要去哪儿？"

江倦也不知道他要去哪里。幼狼跑得跌跌撞撞，江倦跟在它后面，根本没注意方向，直到见到一座楼阁。

"什么人？"

守在楼阁外的侍卫纷纷戒备起来，握着刀走近，结果看清来人以后，都怔了怔。

少年浑身氤氲着水汽，就连松松绾起的发也潮湿一片，而他宽大的外衫下，光着的足白皙又漂亮。

"三……三公子……"

他们认出了江倦，当即不敢再看，结结巴巴地阻拦道："王爷在休息，不允许任何人入内。"

江倦顾不上这些，狼崽已经溜了上去，他急匆匆地上前，碍于他的身份，侍卫们想拦又不太敢拦。

这可是三公子！

可王爷休息的时候，任何人都不得入内，包括他们。

侍卫天人交战间，江倦已经走入了楼阁。侍卫们面面相觑，干脆咬咬牙，也跟了上去。

进了楼阁，幼狼低下头嗅了一路，江倦一个不留神，不知道它又钻到了哪里，而这个时候，江倦已经站在了薛放离的门外。

他先在周围找了一下，确定幼狼不在，这才不好意思地敲响房门。

早些时候来，是因为兰亭撞翻了香料，这么晚了来打扰，是因为他找不到狼崽。

"王爷。"

"王爷？"

无人回应。

他是睡下了吗？

江倦皱了皱眉，突然就想起了梦里的情形。

"那天晚上，离王歇在别庄里。夜半时分，他急病发作，咳血不止……"

现在时间也不早了，王爷该不会是已经发病了吧？

这样想着，江倦又敲了几下门，还是没人回应。他不免有些担忧，终于忍不住推开了门。

下一秒，他差点儿心脏骤停。

楼阁空寂，风吹得纱幔翻飞，男人繁复的长袍曳地，他手中持剑，姿态散漫，气势却凌厉不已，正与七八只狼对峙。

听见"吱呀"一声，薛放离并未回头，他的长袍在风中猎猎作响，殷红的唇弯了弯，似是在嘲讽，也似是在叹息："不理睬你，你也偏要凑热闹。

"你可真是个小菩萨啊，见不得有人受苦受难。"

第 6 章

江倦："……"

他不是，早知道有狼，他跑得最快。

事实证明，好奇心不仅能害死猫，还能害死"咸鱼"。

江倦没经历过这种大场面，几对绿莹莹的眼睛更是看得他心里发慌，他只想夺门而逃。

当然，他没能付诸实践，纯粹是被吓的。

正在他手足无措之际，脚步声渐近，侍卫们也追过来了："三公子，您不能……"

话音未落，侍卫们见到狼群，当即大骇！

哪里来的狼？

王爷即使不常来庄子里，这整座山，每天也都会有人例行巡逻，他们今日并没有发现任何异常，更没有什么野兽出没的迹象。

"保护王爷！"

为首的侍卫一声令下，众人纷纷举剑入内，人狼对峙的形势在这一刻被打破。狼群也不再坐以待毙，猛地向一人扑去！

"哐当"一声，侍卫挥剑，堪堪躲开了狼的攻击，也将一盏琉璃灯击碎，举着剑与狼群正面交锋。

夜风又起，观景台处轻纱飘动，珠帘"叮叮当当"响，江倦突然发现有只狼藏匿在暗处，正欲偷袭薛放离。他下意识地往前几步："王爷……"

脚下踩到什么，刺入肉中，江倦倒吸一口凉气，忍着痛说："后面。"

狼凶狠地扑向薛放离，他早有察觉似的避让，又有几只狼从观景台处缓缓现身，于是他们被围困于内，前后左右都是狼。

"王爷，我们掩护您，您快……"

"先杀狼王。"

薛放离神色平静地说完，反手就是一剑，先前偷袭他的狼后退几步，似乎被激怒，它低叫了几声，所有的狼一同发动攻击！

就在这千钧一发之际，细细弱弱的声音响起，仿若小动物在呜咽。

先前不知道钻到哪里的狼崽，被另一只大狼叼着后颈出现了。

它的呜咽声好似并非无意义，而像是在与狼群进行沟通，没过多久，狼群便放弃了攻击，但仍旧保持着警惕。

一只又一只，它们陆续离去，直到只剩下狼王与叼着幼狼的那只狼。它们深深地看了一眼江倦，也从观景台处一跃而下，隐入黑暗之中。

一场恶战便这样被化解。

江倦茫然。

这是怎么一回事？

江倦觉得奇怪，但也没法再细想了，之前太紧张了还好，现在一松懈下来，只觉得脚底钻心地疼。

江倦受不了了，跌坐在地上，低下头想看又不敢看。薛放离望过来："怎么……"

他话音一顿。

少年坐在地上，睫毛低垂，碧绿色的衫子贴在身上，水痕犹在，绾起的长发散落不少，也还在往下滴水。

而衫子下，是白皙而纤细的脚踝。他的一双脚是光着的，此刻血迹斑斑。

"好疼。"

江倦抬起头，他的脸庞、双眼都湿漉漉的，鼻尖也有点儿发红，整个人显得有些可怜。

莫名其妙的烦躁情绪在心中升腾，薛放离的语气很平静："你就是这样过来的？"

江倦从小就怕疼，也忍不了疼，没有认真听，只是小声地重复："王爷，我好疼。"

薛放离低头看着他，没多久，那件繁复的长袍落在江倦的头上，将他捂得严严实实的。薛放离俯身抱起江倦，把人放在榻上。

他没有回头,只是冷声说道:"还不滚去查清楚是怎么一回事,留在这里,是想让本王现在就发落你们?"

侍卫们闻言,纷纷面色一白。狼生性狡猾,又颇通人性,被狼群盯上只会防不胜防,可无论如何,是他们没有及时发现问题,现在只能将功赎罪。

他们领命要走,薛放离又说道:"让孙太医过来一趟。"

人陆续走完后,江倦还躲在衣袍下面。他本来只是疼,疼着疼着又有点儿想家,眼泪无声地滚落,浸润在衣袍上,打湿了一小片布料。

他哭得悄无声息,也不再喊疼了,手指把衣袍攥出几道褶皱。薛放离好像发现了,也好像没有发现,只是漫不经心地点亮蜡烛。

"为什么要过来?"过了很久,薛放离突然开口,抬手掀起衣袍一角,江倦含着泪望着他。

薛放离说:"哭得真伤心啊。"

江倦觉得丢人,偏过了头。薛放离打量他片刻,又说道:"你在委屈。"

"委屈什么呢?"薛放离垂下眼,"离开别院的是你,闯进来的也是你。今晚你若是乖乖待在别院里或者自行离去,又怎么会受伤?"

江倦当然委屈。他想念他的布洛芬,梦里根本没有这东西,所以他只能忍着疼。

况且——

"我本来没想进来的,又怕你发病,早上你就不大对劲。"

江倦的声音闷闷的,还带了点儿鼻音,他仰头看着薛放离,眼中有泪花了。

薛放离怔了怔。

"我怕你昏过去了。"江倦又补充。

火光摇晃,映在少年的脸上,明明灭灭间,只有他那对乌瞳格外透亮。

薛放离问:"为什么?"

江倦回答得很快:"你人好,对我也好。"

梦里,离王死于急症。江倦救不了,但是做点儿临终关怀还是可以的,万一王爷真的发病了,他早点儿发现说不定能早点儿想办法帮忙减轻痛苦。

薛放离听完这话没说话,只是盯着他看了很久。

真有意思,他想。

他从来都不是什么好人,少年却对他盲目地信赖着。

他并不抵触扮作好人,就这样惺惺作态好像也不错,可薛放离又想起少年哭泣的面容。

——垂着睫毛,眼泪无声滴落,成了落难的泥菩萨般,被卷入人世苦海,狼狈又可怜。

　　他怎么会哭得这么伤心呢？

　　算了，薛放离眼皮微垂。

　　听说庄子上来了狼，高管事人都吓傻了。他领着孙太医一过来，就跪伏在薛放离脚底下痛哭流涕："王爷，吓死奴才了！"

　　王爷这一遭，实在是来得太惊险了！

　　他们王爷戒心重，用了香料，从不许人贴身护卫，尤其是他打算休息，毕竟香料使用过度会让他一夜昏睡。

　　再是那狼群。庄子建在山上，巡逻更是一日不落，从未有过野兽出没的痕迹，偏偏它们今晚就出现了。

　　狼素来奸诈狡猾，或许藏匿已久，趁侍卫不备之时长驱直入，或许是从深山绕入，总之，它们是直奔王爷来的。

　　"这样阴损的法子，也不知是哪个天杀的……"

　　骂到一半，高管事闭上了嘴。跟他们王爷不对付的人统共就那几个，还都是贵人，哪是他能指着骂的？

　　薛放离瞥他一眼，知道他在想什么，淡淡道："不是他们。"

　　他大哥与那个女人，远没有这个脑子。

　　——除了对他的各种习惯了若指掌以外，这人似乎还知道不少事情。

　　从狼群主动撤离那一刹那起，薛放离就确定了是那碗鹿茸血酒有问题。他从不在外用食，无论血酒是不是会让他心绪不稳，这碗酒都会被打翻。

　　然而鹿茸血酒被人换成了狼血酒，狼群为复仇追来了别庄里。

　　计划一环套一环，环环相扣，每一步下的都是死棋。

　　可偏偏幼狼还活着，江倦执意要救它。

　　薛放离笑了笑，神色却冷得令人生寒："有些事情，连父皇都不知道，本王倒想知道他又是从何得知。"

　　高管事听了这话，没敢搭话，只在心里庆幸不已。

　　不管怎么样，王爷没有事就好，这次可真是太凶险了。

　　若是王爷歇下了，若是三公子没有救下那只狼崽，更没有及时赶来，他们王爷可就没命了！

　　想到这里，高管事不禁喃喃道："多亏了三公子……"

　　三公子同情那狼崽，结果兜兜转转，竟是阴错阳差地救了王爷一命！

　　薛放离闻言，抬起了眼。孙太医正在为江倦处理伤处，江倦的脚踩在打碎了的琉璃灯上，需要将碎片一片一片地取出来。

少年披着黑金色的长袍，人坐在美人榻上，受伤的脚抬起搭在软垫上，孙太医给他取碎片，还没怎么使力，江倦就已经疼得往回缩脚了。

孙太医只好安慰他："忍一忍，很快就好了。"

好后悔光着脚乱跑，但再怎么后悔脚已经受伤了，江倦慢吞吞地伸出脚，孙太医接着为他处理伤口。

碎片不算大，可是全嵌在肉里，江倦在心里给自己打气：只是取碎片而已，我可以，我没问题。

不行，还是好疼，他没法忍。

江倦又将脚缩了回来，这回无论孙太医怎么劝说，他都不停摇头，孙太医只好向薛放离求助："王爷，三公子脚上的东西，要尽快取出来才行。"

江倦有多抗拒，薛放离自然看见了，他问江倦："你是自己忍着，还是要人摁着你？"

"可以两个都不选吗？"江倦蔫巴巴地问，已经疼怕了。

薛放离没搭腔，朝他伸出手，似要按住他。

江倦连忙改口："我自己来，我觉得我可以忍住了。"

薛放离却没有搭腔。

"王爷？"

江倦见他不理自己，疑惑地喊了一声。

骨节分明的手指松开一瞬，薛放离对上他的目光，却又重新抓住他，垂下眼皮，说："你忍不了。"

摁着就摁着吧，江倦说："好的吧。"

顿了一下，薛放离又语气平淡道："把衣服披好。"

江倦点了点头，薛放离也坐到了他旁边，把江倦原本搭在软垫上的脚放在自己身上，而后瞥向孙太医，示意他可以开始了。

孙太医见状，难以置信地睁大了眼睛，没想到薛放离会亲自上手。不过他也没看太久，毕竟已经耽误了不少时间。

这次一定行。

江倦紧张地低下头，结果孙太医还没动手，他就已经形成了条件反射，只想往后躲，可是脚踝又被按得很紧，他动也动不了一下。

"怕就别看。"薛放离说。

江倦也不想看，可忍不住，总觉得不看更没有安全感。结果他正想着，孙太医趁机取出了一块碎片。

江倦疼得睫毛一颤，孙太医却根本不给他反应的时间，又接二连三地往外挑碎片。

好疼，真的好疼，江倦的眼中满是泪，他不敢眨眼睛，忍眼泪忍得很辛苦，有只手突然按上他的后背，轻轻拍了拍。

江倦也终于敢眨眼睛了，凝在睫毛上的眼泪落了下来。他轻轻地抽气，攥着薛放离的衣袖不肯松手。

怎么这样怕疼，这人却不怕他？

只要他想，他会有一百种方式折磨江倦，让江倦疼到哭也哭不出来。

薛放离望着江倦，许久，用一种极为轻缓的语气说："你可知，本王杀人如麻？"

江倦疼得意识恍惚，知道薛放离在和自己说话，可是暂时还无法思考，更无法理解这句话的具体含义。

他没有什么反应。

薛放离勾了勾唇，缓缓地笑了，眼中却没什么温度。

这人听见了，却当没有听见？

还是说江倦不怕，但是不想再理他了吗？

果然啊，小菩萨就是小菩萨，心地善良，见不得一丝污秽东西。

"为什么？"不知道过了多久，江倦突然出声，勉强打起几分精神，喃喃地说，"难怪早上王爷看见那碗酒后就不对劲了，你也吓到了吧？

"算啦，你肯定也不想的，我不问了。"

他声音很轻，尾音也有点儿打战，却还在努力安慰薛放离："没事的，都已经过去了，你别再想了。"

薛放离倏地抬起眼皮，没说话，只是紧紧地盯着江倦。

江倦怎么敢安慰他？

江倦怎么敢不怕他？

他本想放过江倦，让江倦接着做那莲台上的小菩萨，江倦想普度众生便普度众生，想救苦救难便救苦救难，可这小菩萨三番五次、无知无觉地招惹他，那就让江倦留在他身边吧。

他是无间地狱里的恶鬼，看江倦是度化他，还是和他一起下地狱。

江倦浑然不知情。

琉璃碎片被挑出来后，孙太医又给江倦包扎好伤口，这才交代道："最近不要下地，也不要沾水。"

江倦有气无力地点了点头。

他浑身都是一股清甜的药草味道，薛放离嗅着他身上的气息，神色颇为平静，也有着许久未曾有过的放松感。

孙太医还没见过比江倦更怕疼的人，不禁失笑道："好好休息吧。"

江倦也累了，抬起头，没精打采地问薛放离："王爷，我要怎么回去？"

不能下地，他走不回去，兰亭一个女孩子，更不能让她背自己。

薛放离："不必，你歇在这里。"

江倦其实也不太想再动了，一听这话，握住榻上的扶手，蔫巴巴地说："那我就睡这儿。"

他很自觉地想着睡软榻，不跟薛放离抢床位。

江倦身体也歪倒过去。

萦绕在鼻间的味道开始消散，薛放离眉头一皱，却神色平静地颔首。

他站起身，整张榻都归江倦了，江倦几乎倒头就睡。不过昏昏沉沉间，不知怎的，江倦突然想起了梦中的一段情节。

——"那天晚上，离王去了别庄。夜半时分，他急病发作，咳血不止，随行的御医匆匆赶来，却也无计可施。天未亮时，离王的死讯已经被传入了京中，帝王闻之震怒，罢朝三日，斩首百余人。"

夜半时分，急病发作。

天未亮时，死讯已经被传入京中。

孙太医给他处理完脚伤的时候，怎么好像就已经要天亮了？

江倦一下子睁开了眼睛。

兰亭才被放进来，正在给江倦擦脸，见状小声地问："奴婢吵醒公子了吗？"

江倦心不在焉地摇了摇头，扭头往外看去，已然晨光熹微了。

江倦："……"

怎么回事啊？王爷的"人设"相差这么远就算了，情节也完全对不上。

夜半时分，王爷并没有急症发作，反倒来了一群狼。

等一下，这么多只狼，他要是晚来或者没来，更没有理会幼狼的异常情况，王爷是不是也要出事？

也许，王爷的死本来就是一场意外，根本不是什么急症发作？

他跟王爷几乎相处了大半个晚上，王爷也真的没有急病发作。

江倦：这么一想还挺有道理的。

也就是说，他好像误打误撞地救下了王爷，还改变了剧情。

江倦意识到这一点，心情有点儿复杂。

王爷是个大好人，江倦每次想到他的结局，都觉得遗憾，现在王爷没事，当然再好不过。

然而江倦又不太好了。他是来做"咸鱼"的，也想好了王爷去世后自己要怎么快乐地躺平。

可现在……他的"咸鱼"生活飞了，快乐也没了。

江倦欲哭无泪，低下头绝望地往扶手上撞着。

"怎么了？"

薛放离见状，淡淡地开口。

江倦郁闷地摇了摇头："没怎么。"

薛放离低头望着他，少年皮肤白，他撞得再轻，额头还是红了一片。薛放离问道："因为什么不高兴？"

当然是他畅想的快乐生活——在王府混吃等死一辈子，没有了。

可江倦又不能说实话，恹恹地回答："脚上好疼。"

不提还好，话一说出口，江倦就又意识到了一个问题。

剧情发生改变，王府无人伤亡，除了他的脚。

江倦："……"

怎会如此？

为什么受伤的是"咸鱼"？

这就是他不想努力的下场吗？

江倦又轻轻地撞上扶手，完全是一条失去梦想的"咸鱼"了。

他忍不住东想西想起来。

王爷没有去世，他待王府里就不够自由，更没法混吃等死，大概率会每日被迫营业，还可能跟主角团打交道。

不行，他只想做"咸鱼"。

要不，他溜了吧？

按照梦中的剧情，他还有个外祖父，他回乡下投奔外祖父也不错。江倦越想越觉得这个办法可行，又重新打起了精神："王爷……"

"嗯？"

薛放离漫不经心地应了一声，目光落在江倦身上，神色令人难以捉摸。

他在撒谎。

少年不高兴的原因，不是脚伤。

江倦心虚地说："礼成之前，你要送我走，还说过几天再问我一遍，现在你可以重新问我了。"

薛放离眉梢一动:"怎么了?"

"我改主意了,"江倦慢吞吞地说,"我想了一下,我好像一直在给你添麻烦,要不然……你还是送我走好了。"

薛放离听完这话,没有立刻答话,神色也没有什么变化,只是漫不经心地笑了笑,然后颇为遗憾地说:"不行啊。"

之前江倦说想走,薛放离都会送他走,可是他之前没有说,现在再说要走,已经晚了,薛放离改主意了。

薛放离垂下眼皮,笑得温和:"你救了本王一命,本王报恩都来不及,又岂会嫌麻烦?何况也算不上什么麻烦。"

江倦:"算的。"

他还没死心,想再挣扎一下。

江倦灵机一动,又说:"王爷,我从小心疾难愈,大师都说十八岁这年有一劫,可能会撑不过去,我怕会给你过病气。"

薛放离抬起眼帘:"无碍,本王本就有不治之症,与你无关。"

顿了一下,薛放离若有所思地问:"这就是你不高兴的原因?"

江倦眨了眨眼睛,没法跟他解释,只好点头:"嗯,我怕拖累王爷。"

薛放离盯着他看,许久,走了过来,轻轻一笑:"你脚上有伤,不宜奔波,安心养伤便是,不要乱想。"

江倦:"好吧。"

他都忘了这回事。所以江倦是真的暂时走不了,也走不掉了。

不过,王爷的不治之症,是咳血吗?

江倦想起那日他说过的话。

"趁还未礼成,送你走,你意下如何?"

江倦思索了几秒。

他也许、好像,还是可以做"咸鱼"。

不行,他怎么可以这样想呢?

江倦在心里大声地斥责自己,然后又诚实地"躺平"了。

他再熬一段时间,好像问题也不大?

尚书府。

江念执起一杯热茶,低下头轻吹了几下,茶叶在杯中打着旋儿,热气扑在他的脸上,他的思绪却不由自主地飘远了。

在他做的那个梦里，现在他已经在动身赶往别庄了。

那时离王去世了。

他惧怕这个男人，怕到哪怕得知离王的死讯，也不想去送离王最后一程，但作为义弟，他又不得不去，只得踏上马车。

还好，他最终没有赶上。

圣上听闻噩耗，亲自赶来别庄，见之哀恸，不忍再看，便让人封了棺，直接送入陵寝。

江念舒了一口气，回过神来，却又忍不住皱起了眉。

父亲怎么还未回来？

今日应当不上朝的。

他心中忽地涌起一丝不安感。

又是两炷香的时间过去了，门外终于有了声响。

"小念，怎么了？"

江尚书大步走来。他听下人说江念在书房里等他，连忙赶过来："是不是有什么事？"

江念摇摇头，问他："父亲，你去哪里了，怎么才回来？"

江尚书失笑道："今日又不休沐，我上朝了啊。"

上朝？

江念怔了怔，迟疑地问："父亲，昨晚……可有什么事情发生？"

朝堂中的事，江尚书从不瞒他，也有意提前锻炼江念，不过今日确实没什么事，江尚书答道："没有，怎么了？"

心中的不安感越来越强烈，江念试探地问："离王府昨晚也没出什么事吗？"

提起离王府，江尚书这才好似想起什么，只说了轻描淡写的一句话："哦，离王府啊，也没什么大事。"

江念追问："怎么了？"

江尚书语气平平道："离王府的人与我说昨夜江倦受了点儿伤。"

江念脱口而出："那离王呢？"

江尚书一头雾水："离王怎么了？"

"他没有事？"

"他能有什么事？"

江念打量江尚书几眼，见他确实一脸疑惑、毫不知情的模样，不禁狠掐了一下手心。

怎么会这样？

离王似乎没有出事，陛下今日也没有罢朝。

到目前为止，江念经历过的事情与那个梦里的情形如出一辙，从未有过意外。

"这不应该……"

江尚书见他面色苍白，担忧地问："小念，你怎么了，身体不舒服？"

江念没说话，只是眉头皱得很紧。

他一直把那个梦视为一场馈赠，更因为做了那个梦，得以利用信息差让自己躲灾避祸，争取他想要的东西，可现在事情竟然出现了意外。

离王怎么会没事呢？

他应该死了啊。

江念惧怕这个男人，可是更想确认一番。深深地吸了一口气，江念勉强稳下心神，向江尚书提议道："父亲，我们去看望一下弟弟吧。"

"看望他？"江尚书皱了皱眉，"没必要。你跑这一趟，他还不一定领你的情。"

"父亲，您别这样说，"江念温柔地笑了笑，"弟弟往日与侯爷交情匪浅，现下进了离王府，就不得与侯爷再有来往，想必他心里本就难受，更何况离王他……"

离王是什么样的人，江念不说，江尚书也知晓。江念顿了一下，同情不已道："弟弟与离王朝夕相处，想必定是日夜煎熬、心惊胆战。"

江尚书浑不在意："他心思如此恶毒，这也是他应得的。"

江念无奈道："父亲……"

对江尚书来说，江倦这个儿子可有可无，江念便不一样了。见江念执意要去探望江倦，江尚书只好松口："那就去看看吧。"

"也就是你心善，"江尚书摇摇头，无奈地说，"人善被人欺，你啊，多想想你自己吧。"

江念目光闪了闪，微微笑道："儿子晓得。"

第 7 章

　　几经辗转,江尚书与江念来到别庄,投出了拜帖。
　　高管事忙把人请入庄内,又亲自斟了茶,这才客客气气地说:"小的已经让人去请示三公子了,江大人与二公子请稍等片刻。"
　　江尚书矜持地点头,端起茶杯也没再说什么,倒是江念,知晓高管事的身份,见高管事还能在这儿待客,再不敢相信,也不得不接受现实——离王没有出事。
　　高管事见江念在看自己,笑吟吟地问:"二公子可有吩咐?"
　　江念先摇了摇头,略一思索,又向高管事打听:"这位大人,弟弟怎么会受伤?"
　　江念满目担忧之色,不似作伪,高管事见状只是笑了笑,语焉不详道:"出了些意外。"
　　他伺候王爷这么多年,对察言观色颇有心得。这位二公子面上好似诚恳关切,实际上,这担忧之情连一分真也没有。
　　不过……这位尚书府二公子,不是所谓的京城第一美男吗?
　　高管事又不动声色地端详了他几眼,这二公子生得倒是眉清目秀,可与三公子比起来,三公子简直就是欺负人。
　　仙人和美男比美,可不就是欺负"人"吗?
　　高管事缺德归缺德,面上却不显,而江念听了他的话,犹豫片刻,又问:"可是因为弟弟不懂事,触怒了王爷?"

离王是什么脾性，江念又岂会不知。江尚书一说江倦受了伤，他第一反应就是离王动的手，更何况高管事对此事这般避讳。

江念顿了顿，又愧疚地说："弟弟自小在乡下养病，前些日子才被接回京城，许多事情他不懂，绝非有意触怒王爷。"

高管事：怎么扯到他们王爷身上了？

三公子的伤，可真与王爷无关。

三公子可是救了王爷一命，他们王爷再怎么暴戾，也不会恩将仇报。

高管事无奈道："二公子多虑了。"

江念只是笑了笑，还是认定了江倦是为离王所伤。

江念端起茶杯，轻饮一口茶水，真可怜呢。

通报的下人久久不来，高管事见江尚书已有几分不耐烦之意，便说道："江大人与二公子再坐一坐，小的去看看。"

江尚书晚些时候还有事，催促道："快一些。"

结果高管事一走，却一去不回了。

"岂有此理！"

约莫被晾了一个时辰，江尚书再也忍不住了，茶杯"砰"的一声落在桌上，他怒道："岂有儿子让老子等的理！我们好心来看他，他反倒给我们一个下马威。"

江念也觉得江倦有些过分了，皱了皱眉，不过还是安抚江尚书："父亲，别生气，说不定他是有什么事耽搁了。"

江尚书冷哼了一声："我看他是翅膀硬了！"

实际上，江倦很无辜，真的很无辜。晾着江尚书与江念，并不是他的本意。

他天亮了才重新睡过去，下人第一次通报时，江倦都没听清对方说了什么，只迷迷糊糊道："我想睡觉。"

下人犹豫地望向薛放离，薛放离淡淡道："让他们候着。"

被吵醒过一次，再睡就没那么安稳了，江倦醒了又睡，睡了又醒，反复几次，终于从软榻上坐了起来。

"有什么事吗？"

江倦隐约记起有人跟他说了句什么话，困倦不已地询问，通宵还没睡好觉，整个人都没什么精神。

这会儿高管事也回来候着了，见人醒了，笑眯眯地说："江大人与二公子来看您了。"

江倦："谁？"

高管事便又重复了一遍:"江大人与二公子,现在正候着您呢。"

那不就是江念吗?

江倦安静了好一会儿,可怜又无助地拢紧了薄被,问高管事:"他们等了多久?"

"约莫一个时辰吧。"

江倦:一个时辰……

他是不是继把人推下湖后,又得罪了江念一次?

江倦绝望地问:"怎么没有叫醒我?"

高管事瞟了一眼薛放离,江倦见状,奇怪地回过头去。他占了榻,男人便倚在床边翻阅一本古籍,头也没抬:"没必要。"

好吧。

江倦只好没什么底气地接受现实。

高管事问他:"三公子,现在可要见江大人与二公子?"

江倦点了点头,高管事便去请人过来。兰亭也忙不迭地给江倦收拾了一番,好让他见人。

可江倦还是觉得不妥,有客人来,他却坐在榻上,这很不礼貌。

江倦低头看看,想套上鞋,起码好好地坐着,结果脚还没落地,已经被人按住了肩。

江倦回过头,薛放离皱眉问他:"你要做什么?"

江倦回答:"坐好呀。"

薛放离:"你不能下地。"

江倦:"我只是坐起来,不算下地吧?"

薛放离问他:"脚不疼了?"

"疼。"

江倦清醒了一点儿,可又实在觉得不礼貌,在心里纠结不已。薛放离淡淡地说:"别乱动。"

江倦犹豫地说:"可是……这样不好吧?"

"有什么不好?"

"不太礼貌?"

薛放离:"无妨,本王不在意。你的脚,本就是因本王而伤的。"

江倦:"……"

似乎知道他在想什么,薛放离又说道:"本王都不在意,你又何须顾虑他人?"

江倦眨了眨眼睛，有点儿被说服了。可是外面忽然传来脚步声，且越来越近，江倦又下意识地找起鞋来。

手忙脚乱中，江倦的手肘不知道撞到了哪里，薛放离轻咳几声，江倦吓了一跳，当即不敢再乱动了。

"你没事吧？"江倦小心翼翼地问。

薛放离本要说没事，却对上了他担忧不已的目光。

薛放离垂下眼皮，片刻后，轻描淡写道："没什么大事。"

没什么大事，那就是有事了，江倦一听这话，紧张地抓住了他的衣袖："是不是又咳血了？"

薛放离怔了怔，没想到江倦还记得咳血一事，这只是他当时随口一说而已。但薛放离还是语焉不详道："无碍。"

江倦这下子真的不敢再乱动了，就这么老老实实地坐好了。

不过……王爷是真的身体不好啊，动不动就咳血。

况且都到咳血这一步了，应该已经蛮严重了，难怪他会说自己时日无多。

江倦思索了几秒，决定以后对王爷好一点儿。

临终关怀，他最在行了。

薛放离则望着他许久，笑得漫不经心。

小菩萨就是小菩萨啊，心这样软，也这样好拿捏。

江尚书与江念一进入楼阁，看见的就是这一幕：江倦坐在软榻上，薛放离正垂眸与他说些什么，江倦好像在听，又好像没在听，低着头看摆在面前的果盘。

江念脚步一顿，随即难以置信地睁大了眼睛。

这是离王？

怎么可能？

这人在离王面前如此无礼，离王却还这般和颜悦色？

离王分明是只恶鬼，有一颗焐不热的心，以践踏他人取乐。

这一瞬间，江念有些呼吸不畅。

在那个梦里，他怕离王，可是也一心敬仰离王。

被送入离王府之时，江念的内心是欢喜的，他坚信离王再如何暴虐残忍，凭借自己的才识，也会获得离王的重用。

可是不行，现实狠狠地甩了他一巴掌。

不论他做什么，这个男人连一个眼神也不肯给他，就连礼成之后，男人也只是轻嗤了一声。

"你就是才识过人的尚书府二公子？不过如此。"

他恨离王。

他为离王拒绝了安平侯的邀请，他的尊严却被离王狠狠地踩在脚下，最后甚至竹篮打水一场空，只能眼睁睁地看着安平侯登基为皇。

江念面无表情地打量着薛放离身旁的人。

江倦本事倒是挺大。

对方低着头，看不见脸，江念心中莫名其妙有一个猜想，可随即又觉得不可能。他那个弟弟胆小又畏缩，与这人的气质相差甚远。

所以，江倦呢？

他们不是来见江倦的吗？

思索间，江念已经恢复了平静。高管事道："王爷、三公子，江大人与二公子到了。"

话音刚落，少年听见声音，抬起了头，正好与江念对视，江念又怔了怔。

他就是江倦？！

江念心中激起了一阵惊涛骇浪。

短短几日，江倦怎么会变化这么大？

江倦之前从不敢与人对视，更不敢与人交往，在京中备受嘲笑，可除了江念，无人知晓，这位令人生厌的三公子其实生了张极美的脸。

这一张脸本是美的，却被他的自卑与阴郁情绪损耗了不少美感。可现在，这些阴郁情绪都一扫而空，江倦好似脱胎换骨一般。

他眼神纯然，美得不可方物，却又未曾沾染分毫人间俗气，仿若来自瑶池仙境。

外貌也许可以借助外物在短期内改变，可是一个人的气质与性格，会在极短的时间内发生改变吗？

不可能，这根本不可能。

除非……

江念猛地想起什么，睁大了眼睛。

难道江倦也做了那个梦？

不对，不可能，江念很快就排除了这个可怕的想法。

假如江倦也做过那个梦，那么无论如何，他也不会甘心进入离王府，毕竟最终登基的人是安平侯，他没有理由冒险。

可是江倦又怎会变化如此之大？

他又怎会就这样堂而皇之地坐在离王身旁，没有一丝惊惧与不安情绪，好似根本不知道这个男人是如何暴戾？

江念想不通。

江念出神地盯着江倦，过了很久，才微笑道："弟弟。"

江倦礼貌地应了一声："嗯，念哥你们来啦。"

江倦想了一下，又向他解释道："刚才让你们等了那么久，是我……是我……"

不知道要怎么说才不会那么像反派当面挑衅，江倦卡壳了。薛放离见状淡淡道："他在睡觉，本王未让人通报。"

江倦："……"

这样好像有点儿嚣张。

他轻轻扯了一下薛放离的衣袖，摇了摇头，示意薛放离不用管。薛放离望着江倦，却没什么反应。

江倦紧张什么呢？

连他都不怕，对上这位二公子，江倦却会紧张成这样。

薛放离垂下眼帘，神色若有所思

这落在江念眼中，却是另一层意思了——薛放离在不悦。

江倦来到离王府后，似乎颇受看重，这让江念始终不敢相信。梦里的经历，他还历历在目，江念无法接受江倦与他走的不是同一条路这个事实。

这一刻，离王面上没什么表情，也没说什么，江念终于得到了安慰。

再怎么受看重，一个微小的举动，江倦还不是会惹得离王不悦？

江念生出了几分报复性的快感，也失去了平日的分寸感："弟弟，王爷这般维护你，你怎还埋怨上他啦？"

江倦愣了愣："没有啊。"

江念微微笑道："那你……"

他的话音戛然而止。

薛放离抬起了眼帘，似笑非笑地盯着江念，表情高高在上，也冷漠至极。男人是笑着的，可他的笑意根本未及眼底。他就这么懒洋洋地看着江念，好似看穿了江念心底所有的丑恶想法，讥讽不已。

江念恨他，也是真的怕他。

呼吸倏地一滞，江念白了整张脸，低下头，勉强地笑了笑："是我失言了。"

江尚书皱了皱眉。江念素来温和有礼，方才那番挑拨离间的话根本不似他能说出口的，不过江尚书也没多想，只当等了太久，江念心中不满。

江尚书心中也颇为憋火。

他本打算见了江倦好好数落一通，没想到薛放离也在，只得暂时忍下这口气。

略一思索，江尚书恭敬道："王爷，我们这趟是为探望倦倦，想叙一些家常，您大可忙您自己的事，不必作陪。"

"本王没什么事，只是过来看看，并非知晓江大人来，特意作陪，"薛放离瞥了他一眼，笑吟吟地说，"江大人不必多虑。"

江尚书噎了一下。

停顿片刻，薛放离又说道："既然是一些家常话，江大人大可随意，当本王不在。"

江尚书："……"

有王爷坐镇，这怎么随意得起来？他又怎么敢随意？

江尚书欲言又止。他与江念一样，本以为以离王的性格，江倦来了离王府没什么好果子吃，没想到王爷似乎待他不错，也有几分为他撑腰的意思。

他们就不该来这一趟的。

江尚书肠子都悔青了。

可来都来了，话也已经说出口了，顾忌着薛放离，江尚书心里憋着火，面上还得挤出微笑，温和地问江倦："你这是伤到哪里了？"

态度变化太大了，江倦奇怪地看着他，好半天才回答："脚。"

江尚书笑容一僵，忍着火气，和蔼地问道："怎么伤到的？"

江倦搪塞道："不小心崴到了。"

江尚书与江倦本就不亲，平日里父子俩也没什么话好说的，问完伤情，江尚书就不知道该再说些什么了，气氛陷入了一阵尴尬的沉默之中。

"怎么不说了？"薛放离态度散漫地问，"这就没了？"

"自然还有，"江尚书强颜欢笑道，"小念，你二人向来关系不错，你可有话要说？"

江念一副魂不守舍的样子，没有听见江尚书喊他。江尚书见状，只得自己又假惺惺地对江倦说："近日你有脚伤，行动不便，过些日子待伤势好转，定要回来看看，家里人都极挂念你。"

江倦又不傻，怎么可能有人挂念他，他敷衍道："嗯嗯，好的。"

江尚书又故作担忧道："说起来，伤筋动骨一百天，你这脚伤可要好好养着，免得日后落了病根。"

江倦："你说得对。"

江尚书："……"

他在这儿绞尽脑汁，江倦就差糊弄到他脸上了，江尚书差点儿一口气没上来，当即拉下了脸："你——"

话还未说出口，薛放离已经抬起了眼帘，漫不经心道："江大人，本王说随意，当本王不在，可不是让你这样随意的。"

江尚书与他对视，只觉得后背涌起一阵寒意，僵硬许久，又轻声慢语地对江倦说："你心疾近日可又复发了？天热了，你要注意一些，不可贪凉，更不可……"

江尚书又是一番东拉西扯，出于社交礼貌，江倦先前还勉强打起精神糊弄他一下，后面越听越困，眼皮也越来越沉，连糊弄话也没有了。

他头一歪，睡着了。

江尚书：更气人了。

但他敢怒不敢言，只得木着脸再度按下那股越烧越旺的火气，压低了声音对薛放离说："王爷，既然倦倦累了，那下官也告辞了，免得影响他休息。"

又晾了两个人许久，薛放离才缓缓开腔："江大人说得是。"

江尚书："……"

薛放离又说道："来人，送客吧。"

江尚书狠狠地咬了一下牙，无论如何，他们总算是脱身了。

两个人被请离，出了别庄，江尚书只觉得连空气都格外清新，面色不悦道："王爷倒是看重他。"

江念不愿承认，只喃喃道："王爷应当只是一时兴起。"

这个男人最为冷漠，不会有例外的，绝对不会。

江念深深地吸了一口气，反复在心底告诫自己。

——离王绝非良主，但安平侯是。

江念突然很想去见安平侯，便对江尚书说："父亲，我想去一趟侯府。"

听他提及侯府，江尚书问道："前几日侯爷说要进宫请陛下恩准你入侯府为他做事，陛下答应了吗？"

江念摇了摇头："他还没与我说，应当还未入宫。"

"若非他那舅舅，这事早成了，"江尚书冷哼了一声，"以前他傲一些便算了，白先生的首徒呢。你自小满腹诗书，他瞧不上你，反倒是对江倦多有青睐。"

江念勉强地笑了笑："白先生名满天下，举世敬仰，驸马又深得他真传，也许我哪一处未能入驸马的眼。"

"怎么可能？"江尚书并不赞同，"说起来，长公主不日返京，他那舅舅也该回来了，让侯爷早点儿进宫将此事定下来。"

江念点头："好。"

迟疑片刻，江念忍不住问出了一直以来心中的疑惑："父亲，驸马怎么会让侯爷照顾弟弟？他与弟弟……"

江尚书回答："驸马受他外祖父所托。"

江念吃惊道："那不是一位住在乡下的老人吗？怎会与驸马相识？"

江尚书记得也不大清楚了："似乎说是救过驸马一命，我也没细问。"

江念心事重重道："这样啊……"

楼阁内，江倦睫毛一动，似乎要醒来。他还没睁开眼睛，就已经十分敬业地"营业"起来："嗯，没错，你说得对。"

高管事在旁边差点儿笑出声，薛放离瞥来一眼，高管事连忙忍了下来，只是肩膀抖个不停。

要他说，糊弄人比直接出言冒犯、置之不理更气人，偏偏这位三公子并没有意识到这一点。

三公子可真是个妙人。

高管事感慨不已。

江倦缓缓睁开眼，发现江尚书与江念居然不在了，茫然道："人呢？"

薛放离："你睡着后他们就走了。"

江倦"哦"了一声，下一秒，想到什么，身体又僵住了。

说着话的时候居然还睡着了，他是不是连着三次得罪主角了？

江倦："……"

他真是反复招惹主角的大反派，江倦悲伤地叹了一口气。

薛放离问他："怎么了？"

江倦恍惚地说："以后我一定要小心做人。"

说到这里，江倦想起薛放离做人也蛮嚣张的，又对薛放离说："王爷，你也是，不要再乱得罪人了。"

少年一觉才睡醒，眼神温润透亮，声音也软得很。薛放离垂眼望着他，本该轻嗤一声，最终却只是微笑道："好啊。"

第 8 章

高管事："……"

继王爷是个好人之后，又来了句王爷不要乱得罪人，高管事再次欲言又止。

三公子敢说就算了，王爷也真是敢应啊。

江倦倒是不觉得自己这话有什么问题，听王爷答应得这么干脆，忍不住困惑地问道："王爷，你性格一点儿也不坏，京城的人怎么都那样说你？"

薛放离明知故问："嗯？他们都是如何说本王的？"

江倦怕伤害到他，斟酌了一下用词，只语焉不详道："说你是个坏东西。"

"这样啊，"薛放离遗憾道，"也许是他们对本王多有误解。"

江倦叹了一口气。他也是这么认为的，于是无比同情道："没关系的，王爷，我们都知道你不是这样的人。"

他的这个"我们"，不仅包括了自己，还包括高管事等人，所以江倦说完，看了看高管事，示意对方也说点儿什么安慰王爷，毕竟被误解是一件很难受的事情。

高管事欲言又止，还是屈服了，麻木地说道："是的，王爷，我们都知道您不是这样的人，外头的人说了什么，您不必放在心上。"

薛放离轻轻一笑："本王知道。"

高管事："……"

唉，俗话说得好，钱难挣，为了银子，他忍了。

江尚书和江念走了，江倦也睡够了，对薛放离说："王爷，我在这儿待了好久，要不然还是回别院吧？"

他没休息好，还想回去补觉，睡在软榻上伸不开手脚，总觉得自己会摔下去。

薛放离却对他的话置若罔闻。

少年坐在他身旁，他鼻间始终萦绕着那股淡淡的药草清香，心绪也少见地处于长久的平静状态之中。

他需要保持平静。

片刻后，薛放离终于开了口，却是对江倦说："用完膳再说。"

江倦肚子也饿了，在回别庄和填饱肚子之间，他没出息地选择了先填饱肚子："好的。"

高管事闻言，连忙让人准备席面，丫鬟们鱼贯而入，先上了不少开胃菜与水果。

江倦看了看，想吃荔枝，手还没伸过去，已经有丫鬟忙摘下一颗，轻声道："三公子，奴婢给您剥壳。"

江倦愣了一下，还没来得及说什么，丫鬟已经手脚利落地将荔枝剥了壳，把果实喂给江倦。他只好张口咬了一下。

莹白的果肉被咬破，汁水溢出，沾在江倦的嘴唇上，唇色都变得莹润起来。

江倦想做"咸鱼"，可饭来张口有点儿过分了，他不太适应有人伺候着自己用餐，便摇摇头，对丫鬟说："我自己来，不用你——"

他还是说晚了。丫鬟已经又剥好了一颗荔枝，闻言犹豫不决地看着他，放下不是，不放下也不是。

江倦见状，只好把这一颗荔枝也吃了，说："你不用管我，我自己来。"

薛放离对桌上的东西似乎不感兴趣，只在看江倦吃东西，在丫鬟又要将荔枝喂给江倦时，淡淡地说道："这颗不甜，吃这一颗。"

他也摘了一颗荔枝，姿态优雅地剥开，抬手向江倦送来。

高管事在一旁看见，错愕不已。

每一颗荔枝都长得一样，王爷怎么知道那颗不甜？

何况这些荔枝都是摘下来就从岭南连夜送往京城的，知道是王府要的，更是精挑细选，颗颗圆润饱满，不可能有不甜的。

当然，除此之外，更让高管事震惊的是，他们王爷居然给人剥荔枝。

江倦不知道高管事在想什么，但也是纠结的——他伤的是脚，又不是手，用不着别人帮忙，可薛放离已经将荔枝送来了，出于社交礼貌，江倦还是吃下了。

好像……这颗荔枝是挺甜的。

江倦才咽下荔枝果肉，薛放离又送来了一颗。

江倦："……"

薛放离："吃。"

不行，他没法忍了。江倦努力提醒他："王爷，我的手没事。"

"嗯，"薛放离颔首，并没有把他的话放在心上，"把这颗吃了。"

江倦："……"

两个人对视，江倦还是屈服了，慢吞吞地咬下去，不知道要怎么说自己真的不需要帮忙。

几乎一整盘荔枝，都让江倦吃光了，薛放离问江倦："荔枝怎么样？"

江倦挺开心地回答："好甜。"

薛放离瞥了一眼高管事，高管事立刻会意道："奴才这就让人再从岭南多送一些来。"

薛放离"嗯"了一声。

江倦吃了不少荔枝，待席面布置好，菜肴倒是丰盛，也色香味俱全，可他没吃几口就饱了。

吃饱喝足，江倦只想补觉，又对薛放离说："王爷，我想回去睡觉了。"

薛放离轻描淡写道："在这里睡。"

江倦摇了摇头，"榻好窄，我老怕掉下去。"

薛放离道："那就上床睡。"

江倦一听这话，头摇得更厉害了。江倦不喜欢和人分享床位，坚持道："我回去睡吧。"

"昨晚你好像也没睡好……"

薛放离垂下眼帘，没有答话。江倦等了一小会儿，当他默认了，开始小幅度地挪动。

香甜的气息渐渐淡去，那些被抑制住的烦躁、暴虐情绪又重新涌上心头，薛放离闭了闭眼，不能让江倦走。

他需要这气味保持平静。

可他是个"好人"哪。

兰亭一个女孩子，江倦当然不能指望她背自己回去，便随手指了一个护卫，问他："你可以送我回别院吗？"

送倒是可以送，但没有薛放离的首肯，侍卫不敢擅自离开。他询问薛放离的意见："王爷，卑职能否送三公子回别院？"

薛放离神色平静道："嗯，送他走吧。"

侍卫领命，背起了江倦。兰亭亦步亦趋地跟在旁边，自始至终，都有一道目光落在江倦身上，但他浑然不知。

直到门被合上，薛放离才索然收回目光。

楼阁内只剩下垂手侍立的丫鬟，一切安静了下来。

席面丰盛，江倦没吃几口，薛放离更是没怎么动过筷子。薛放离扫了一眼，仍没什么食欲，淡淡地说道："撤下去吧。"

"是。"

丫鬟们立刻忙碌起来，薛放离心中始终烦躁不已，他又道："把香料点上。"

没多久，熟悉的味道弥漫开来，本是他闻惯了的味道，薛放离此刻却只觉得不合心意。

味道太浓了，也太杂了。

薛放离靠着这香料度过了许多个日夜，却不想有一日，这香料再压不下他的烦躁情绪，他甚至连片刻宁静也无法从中获取。

来自灵魂深处的暴戾因子在涌动，深入骨髓的躁动情绪使他不得安宁，薛放离厌倦地抬起手，小指从怀中钩出了一个香囊。

朱红色的香囊，是昨晚江倦塞给他的。

薛放离拎起香囊轻嗅，只剩下香囊原本的味道——白芍、秋兰与决明子混杂的气味。

他面无表情地攥紧香囊，突然不明白自己在做什么好人，又为什么要做好人，荒谬又可笑。

不知道过了多久，高管事处理完事情，轻手轻脚地推开门，冷不丁地对上了一双血红的眼睛。他吓了一跳，好半天才哆哆嗦嗦地说："王……王爷……"

薛放离把玩着手里的香囊，语气玩味道："去一趟别院，告诉三公子昨日的香囊丢了，问他再要一枚。"

高管事赶来别院时，江倦还没有睡下。江倦趴在桌上，兰亭拿着一个小手炉在为他烘头发。

还好没睡，高管事松了一口气，连忙说道："三公子，三公子！"

江倦抬起头，乌黑的长发从肩头滑落，他茫然地问："怎么了？"

"昨日您不是给了王爷一个香囊吗？"高管事说，"昨晚那一阵兵荒马乱的，香囊给丢了，王爷让我来再问您要一个。"

江倦当然没有了，这一个香囊还是兰亭要给他佩戴，他嫌味道重又摘下来，兰亭顺手收起来的。

江倦如实回答："没了。"

高管事登时愁眉苦脸起来，江倦见状，问他："是王爷怎么了吗？"

高管事自己都没弄明白王爷这是在闹哪一出，哪里敢乱讲，只好苦笑道："没有就算了，奴才这就回去禀报王爷。"

说完，高管事急匆匆地走了，江倦没什么精神地趴回桌上，又不免担忧起来。

王爷怎么要香囊？

他怎么了？

兰亭把江倦的头发烘干了，这才轻声细语地说："公子，你可以睡了。"

江倦本可以倒头就睡，可现在心里又有了事情，躺上了床，入睡也非常困难。

过了好半天，江倦拥着薄被坐了起来。他行动不便，就问兰亭："兰亭，你可不可以去看看王爷怎么了？"

"算了。"

江倦叹了一口气，自己只是条"咸鱼"，不应当这么努力。

高管事空手而归，颇为心惊胆战，低着头小声地说："王爷，三公子说香囊没了……"

"嗯。"

淡淡的一声回应，听不出情绪，高管事偷眼望去，薛放离倚在榻上，墨色的发铺开，衬着苍白的肤色、殷红的唇色，始终有一种冷寂感。

过了许久，薛放离突然问高管事："你觉得三公子是一个怎样的人？"

"三公子他……"

短短几日，高管事对江倦改观颇大，加之他知晓王爷对江倦态度特殊，便谨慎地回答："三公子心思纯善，也颇为……无畏。"

不知道是哪一个词取悦了薛放离，他忽地低笑起来："该怕的人他不怕，不该怕的人他倒是怕得很。"

可这份愉悦心情只维持了一瞬，话音落下，薛放离收敛笑意，捻着香囊的细绳，又开了口："既然心思纯善，依你看，他会回来看本王吗？"

香囊只此一枚，薛放离自然知晓。

他借口要香囊，只是让少年知道，有人在受苦受难。

少年要是不来，那便算了。

可他要是心软，来了……

薛放离垂下了眼皮。

他像是在问高管事，又像只是这么随口一说。

高管事闻言，还是愣了一下，心中浮起一个怪异的念头——所以，王爷只是想见三公子？

可三公子行动不便，高管事并不觉得他会来，不过还是支支吾吾道："也许？"

薛放离没再搭腔，楼阁内又陷入了一片无声的寂静气氛之中，安静到令人不安。

"咚咚咚。"

下一刻，毫无预兆地，有人敲响了房门。

高管事倏地抬头，薛放离仍是那么一副漫不经心的模样，似乎并不好奇来者是谁，直到一个模糊的声音传来。

"王爷……"

薛放离勾着殷红的唇，颇为满足地发出了一声喟叹："小菩萨果然又来救苦救难了。"

高管事不敢接话，只垂着手侍立在原地。

"王爷？"门外，江倦又唤了一声。

他没法下地，所以只好再拜托侍卫送自己过来。江倦也很绝望，只想做一条无忧无虑的"咸鱼"，可是又实在担心。

江倦想开了。

毕竟王爷对他好，他的临终关怀用心点儿也合情合理。一时"营业"，他一辈子快乐，值了。

"咯吱"一声，高管事开了门，江倦都顾不上跟他打招呼，只皱着眉问薛放离："王爷，你怎么了？"

薛放离抬眼望向他。

少年皮肤很白，是一种孱弱的、几近透明的白皙，他的睫毛在眼底打出暗淡的光影，与一片淡淡的鸦青颜色交织，倦意一览无余。

他与薛放离对视，担忧、不安的情绪几乎要从眼中溢出。

不得不说，这一刻，薛放离是享受的。

他微微一笑，神色如常道："你不是要休息，怎么又过来了？"

顿了一下，薛放离似乎想起什么，略带歉意地问："是我让人去要香囊，吵醒你了？"

"不是，我还没睡，"江倦摇头，皱起眉心问他，"你要香囊做什么？"

"老毛病犯了，"薛放离轻描淡写道，"你那香囊味道清爽，本想用一下。"

老毛病？

是咳血吗？

江倦正想着，薛放离倏地轻咳起来。他咳得颇急，苍白的指间渗出了猩红的血迹。

江倦吓了一跳："王爷……"

薛放离双目轻合，口吻平淡道："没事。"

他这一点儿也不像没事的样子，江倦不放心地说："好多血啊，你让孙太医来看看吧。"

"没必要，"薛放离道，"看与不看，都一样。"

江倦坚持道："有必要。"

"若是还咳，再让孙太医过来也不迟，"薛放离垂下眼皮，"香囊没有就算了，你回去休息吧。"

"可是……"

江倦怎么听都觉得他在搪塞自己，犹豫了一下，来都来了，就问薛放离："我可以不回去吗？你给我分一点儿床位。"

"你睡觉又不许有人守着，万一你再咳血，我也能发现。"

薛放离闻言，没有立刻回答，江倦又说："一点儿就够了，我不会占太多……睡在榻上真的不舒服。"

过了许久，薛放离缓缓地笑了，状似无奈道："随你。"

他说过许多遍，他不是什么好人，可少年不信，那么他只好扮作一个好人。

实际上，他恶劣、毫无耐心，为达目的不择手段。

就让少年这样同情着他吧。

是少年自己要心软，也是少年自己要救苦救难。

永宁殿。

薛从筠跷着腿坐在太师椅上，夏公公招呼着人搬来几个箱子，又挨个儿打开，谄笑着对薛从筠说："主子，这些怎么样？"

薛从筠扫了一眼："不行。"

夏公公愣了愣，举起一只粉色荷花杯："主子，这个也不行吗？"

"说了不行，"薛从筠不耐烦道，"这又不是多稀罕的玩意儿，你就不能挑点儿那江倦没见过的东西吗？"

自打上回在宫里蹲到江倦，薛从筠就气不顺得很。江倦既然瞧不上这蚌雀，薛从筠就非得找出几样宝贝，给江倦开开眼界。

夏公公想了想，问他："主子，上回太后娘娘赏您的珊瑚树如何？"

薛从筠不屑道："珊瑚谁没见过啊？"

夏公公："那……您从陛下那儿讨的金镶玉碗呢？"

薛从筠："不行！"

薛从筠瞪他："我的库房里有这么多东西，你就想不起来几个有意思的？"

"有倒是有，"夏公公迟疑道，"主子，您有对金蝉玉叶，还有只翡翠孔雀，这两样东西奴才就觉得不错，不过……"

夏公公一说，薛从筠也想起它们来了，立刻拍板道："就它们。快，给我找出来，明儿个一早我就去给江倦开开眼！"

夏公公听了这话却一动也不动，薛从筠催促他："你快去啊，磨蹭什么？"

夏公公只好提醒道："主子，您忘了吗？二公子马上就要过生辰了，这不是您特地留着给他做贺礼的吗？"

薛从筠还真给忘了，埋怨道："你怎么不早说？"

夏公公是真的冤，但也只能认了："奴才再去库房里找找还有没有差不多的东西。"

江念过生辰，薛从筠准备的自然都是顶好的宝贝，他思来想去，还是说："算了，离念哥的生辰还有一个月，先放放吧，你去把金蝉玉叶和翡翠孔雀给我取出来。"

天大地大，他得先让江倦服气再说。

他这该死的胜负欲！

第 9 章

江倦今晚留宿，丫鬟们便连忙整理床铺，又加了一个枕头。

"都下去吧。"

整理得差不多了，薛放离如往常一样，撤下了所有人。丫鬟们纷纷离开，倒是兰亭犹豫不决道："公子，你还要上药，奴婢……"

"我自己来吧，"江倦说，"你照顾了我一天，今天不用管我了。"

"可是……"

兰亭习惯了住在偏房里照顾江倦，还要说什么，高管事忙打断她的话道："三公子自有人照顾，你就听他的吧。"

兰亭只好作罢。

不过她还是不太放心，毕竟江倦有些先天不足，兰亭谨慎地说："公子，你若是感觉不舒服，千万别强撑着。"

江倦点了点头，兰亭这才与高管事他们一同退下。

兰亭提醒了江倦，他的脚还得上药。江倦小心地解开纱布，还好伤口不深，现在已经结了疤。

自己怎么就一脚踩上了琉璃碎片，江倦叹了一口气："我好倒霉。"

薛放离扫了一眼："下次小心一点儿。"

江倦信誓旦旦地说："不会再有下次了！"

没多久，江倦的药被人送来了。他轻轻地往脚上涂着药油，因为疼，涂得很潦草，多碰一下都不肯。

他涂得快收工也快，刚要放下脚，胳膊被拍了拍，江倦怔了怔："王爷？"

薛放离平静地说："好好涂。"

江倦无辜地望着他："我好好涂了呀，已经弄完了。"

薛放离瞥他一眼，伸出手来，替他把那没涂开的药油抹开。

他力道放得很轻，可是太轻了，江倦只觉得痒，笑了起来。

薛放离动作一顿。

江倦又吸了一口气："好疼。"

薛放离盯着他看了片刻，终于松开江倦的脚踝，江倦也趁机缩回脚。

他痒怕了，干脆背过身去，如临大敌道："我自己来，这次我好好涂。"

江倦来时，头发只用了一根绸缎束着，现在全然散开了，他的颈间、肩膀下尽是乌黑的发，散发着淡淡的栀子香，与那股药草味合在一起。

"你的头发是用手炉烘干的？"

"嗯，晾干需要的时间太长了，兰亭怕我着凉。"

江倦低着头，真的在认真上药。过了好一会儿，他才又回过身，向薛放离伸出两只手："全是药。"

薛放离拍了拍手，很快就有丫鬟端着清水走入。清洗干净手以后，江倦想了一下，问薛放离："要不要喊个人进来帮忙？"

薛放离："嗯？"

"这里，"江倦一只手指着软榻，又伸长了另一只手指向床，"到这里，这么远，我走不过去，你身体这么差，应该也背不动我。"

薛放离："……"

他俯下身，直接把江倦背起来，走了过去。

江倦眨了眨眼睛，欲言又止："你……"

薛放离似笑非笑道："本王身体再怎么差，这么远的距离，也还是背得动你的。"

有几个字眼他咬得很重，江倦一听，忍不住反思自己：他应该表达得委婉一点儿，这样太伤人自尊了，王爷就算真的不行，也得硬撑着说行。

江倦用力点头，真诚地说："嗯嗯，王爷你可以的。"

薛放离："……"

江倦行动不便，上了床就自觉地爬向内侧。

他几乎没跟人同床睡过觉，躺好以后，有些束手束脚，不太敢乱动。薛放离伸手放下帐子，淡淡地说："睡吧。"

江倦没说话，背对着薛放离侧躺着。明明没上床之前困得不得了，结果沾上床了反而又睡不着，江倦在枕头上蹭了蹭，铺开的头发被他压在了身下。

薛放离漫不经心地问："你可有小字。"

"有的，"江倦回答，"江懒。"

说完，他一下转过身，郁闷地说："你不许笑。我妈——我娘当时要是给我取江勤，说不定我现在就很好动了。"

薛放离本来没想笑，见他这样，反而有些想笑了，勾起了嘴角。

笑容没有讥讽之意，更不是平日冷漠的笑容，只是他想笑了。

薛放离其实生得颇是艳丽，此刻他神色缓和下来，当真是一片光风霁月、芝兰玉树。

江倦看看他，觉得还挺赏心悦目的，便很大方地说："算了，你想笑就笑吧。"

过了一会儿，江倦又问他："你有小字吗？"

薛放离仍是笑着，只是不知想到了什么，眉眼间一片凉薄之色。许久，他才颇为遗憾地回答："没有。"

顿了一下，薛放离垂下眼，漫不经心地说："我与你讲个故事，你可要听？"

反正睡不着，江倦点了点头，对睡前故事有着极大的好奇心："好啊。"

薛放离微微一笑："曾有一家女儿，前半生平顺安稳，父母疼她宠她，夫家敬她护她。"

"然后呢？"

"然后……"

薛放离轻合双目，毫无预兆地想起一个极为平静的夜晚。那一晚，女人没有发疯，只是伏在案前痛哭。

她的双肩剧烈颤抖，眼泪浸湿了纸张，女人喃喃："爱欲于人，犹如执炬。逆风而行，必有烧手之患……必有烧手之患。"

江倦等了很久，都没有等来下文，又问了一遍："王爷，然后呢？"

薛放离抬起眼帘，什么也没说，只是盯着江倦看，眼神无波无澜，平静到令人毛骨悚然。

他不懂爱，只有无尽的憎恨情绪。

不知道过了多久，薛放离终于开了口，语气平平道："没有然后了，你该睡了。"

江倦："……"

算了，他不讲就不讲吧，万一是什么痴男怨女的故事，自己大概会气到睡不着觉。

　　江倦安慰好自己，扭过头开始酝酿睡意了。很快，他便陷入了甜甜的梦乡之中。

　　江倦一觉睡到了隔天早上。
　　睡少了头疼，睡太久了也不舒服，江倦刚捂着额头坐起来，兰亭就拉开了帐子。
　　"公子，你醒啦。"
　　"嗯。"江倦问兰亭，"王爷呢？"
　　"奴婢来时王爷已经不在了。"
　　江倦"哦"了一声，兰亭正要问他用不用膳，高管事听见声音，也敲开了门："三公子，六皇子来了，等了您好一会儿了。"
　　江倦愣了愣："六皇子？"
　　高管事笑呵呵地说："他说要给您看个宝贝。"
　　江倦："……"
　　他不想看宝贝，也不想变得不幸。可是人都来了，江倦只好勉强道："好吧。"
　　高管事连忙去请人，待薛从筠昂首挺胸地走来，兰亭也已经给江倦收拾得差不多了。
　　薛从筠一见他，就得意扬扬地说："没见过世面的江倦，今儿个我要给你开开眼界。"
　　话音落下，他把捂在怀里的小匣子推给江倦："你看看里面的东西。"
　　江倦好奇地拉开匣子，低头一看，差点儿魂飞魄散。
　　——匣底蹲了只虫子！
　　江倦很怕虫子。他小时候也经历过类似的恶作剧，本想从桌肚里拿书，结果却摸到了一只虫子。
　　时隔多年，江倦再次被这种恐惧感所支配，吓得差点儿要扔了匣子，还好薛从筠及时接住。
　　薛从筠怒道："你做什么！"
　　江倦也有点儿生气："你才要做什么！"
　　"我……"薛从筠气势汹汹地吼他，结果才吐出一个字，自己先慌了手脚，"你……你……你哭什么？"
　　江倦其实也没想哭，只是过去被吓狠了，眼泪有自己的想法，江倦不承认:"我没哭。"

薛从筠一个混世魔王,从来吃软不吃硬,张了张嘴想说什么,又生硬地闭上了,就是眼神老忍不住瞟向江倦。

——他怎么没哭呢?睫毛都软软地耷了下来,眼睛里更是充满了潮意,整张脸都好似氤氲在水汽中。

奇怪了,这人哭起来怎么也挺好看的?

不对,他念哥才真正好看,人美心善,这人很虚假,徒有其表!

可是,这人真的怪好看的啊。

薛从筠挣扎半天,还是失败了,郁闷地摆弄了几下锁扣:"上回你非不承认蚌雀是好东西,我就专门找了这两样东西给你,你不喜欢就不喜欢,哭什么啊?"

说完,薛从筠又看了他一眼,虽然不知道自己怎么了,但还是别别扭扭地道了歉:"真不知道有什么好哭的,对不起,行不行?"

江倦没缓过来,不过鉴于对方道了歉,江倦还是理人了:"那你也不能这样啊。"

薛从筠问他:"我哪样了?"

"你拿来的东西,你还问我?"江倦气闷地说,"那么大一只虫子。"

薛从筠比他更觉得莫名其妙:"什么虫子啊,我这里面只有一只翡翠孔雀和一只金……金……"

话音戛然而止,薛从筠突然反应过来,顿时一阵爆笑:"哈哈哈——"

江倦:"……"

薛从筠再一次把匣子推到江倦面前,示意江倦打开。江倦拼命摇头,薛从筠只好自己打开匣子。

"你看好了。"

薛从筠从匣子里取出一个精巧的物件——薄如蝉翼的玉叶子,上面蹲了只振翅的金蝉,栩栩如生。

薛从筠:"哈哈哈……"

江倦:"……"

薛从筠:"哈哈哈……好大一只虫子啊。"

江倦:"……"

人类的悲喜并不相通,薛从筠笑出了猪叫,江倦却为自己的行为感到了后悔。

过了好半天,薛从筠终于笑够了,揩去眼角的泪水,不解地问:"你和念哥究竟怎么回事啊？就你这胆子，你还敢把人往湖里推？"

"不可能。"薛从筠一锤定音，"你们之间肯定有什么误会。"

江倦："……"

他并不想要这样的洗白方式，太丢人了。江倦真诚地说："没有误会。知人知面不知心，其实我特别恶毒。"

"就你？"薛从筠又开始模仿他了，"你拿来的东西，你还问我？"

江倦："……"

薛从筠再接再厉："那你也不能这样啊。"

薛从筠又爆笑起来，"咸鱼"都没法忍了，江倦决定跟他互相伤害。

"这就是你说的好东西吗？"江倦幽幽地说，"不过如此。这样的东西，我见过好多，也没什么了不起的。"

这个小玩意儿确实精妙，不过江倦在现实生活中还挺喜欢逛博物馆的，所以说见过很多，也不纯粹是在伤害薛从筠，是真的见过不少。

果不其然，薛从筠一听这话，再笑不出来了。

他打小胜负欲就强，又贵为皇子，他说好的东西，从来没人敢说不好，几乎所有人都顺着他来，他唯独碰上了江倦一再吃瘪。

薛从筠又要跳脚了："什么叫不过如此？你给我好好看看。它的雕工，它的意趣，独此一份好吗？"

江倦低头看了看，慢吞吞地说："嗯嗯，挺好的。"

薛从筠："……"

可恶，他感觉又被敷衍了。

他深吸一口气，金蝉玉叶不行，还有一只翡翠孔雀呢。薛从筠又小心翼翼地拿出翡翠孔雀："这个呢？"

他指了指雀翎处的颜色，生怕江倦不识货，特意解释道："这叫五福临门——这么一小块翡翠，汇集了五种颜色，你知道多难得吗？"

确实挺难得的，何况这只孔雀雕得也漂亮，不过江倦还是使出了他的糊弄大法："啊，这样吗？我懂了。"

薛从筠："……"

不，你不懂。

若真的懂了它的珍贵程度，你不是应该可以开始夸了吗？

虚荣心得不到满足，薛从筠瞪着江倦，只能发怒："你怎么回事啊，这都没反应？什么叫不过如此，我看你就是不识货！"

薛从筠骂骂咧咧："你这个没见过世面的，你再给我好好看看！"

他气呼呼地把翡翠孔雀塞给江倦，恨不得摁着江倦的头来看，大有江倦今天不看出朵花来就决不罢休的架势。

江倦瞅他一眼，再逗下去说不定要被记仇了，这才实话实说："我骗你的，这两样都是好东西。"

说完，他笑了一下，唇轻弯，睫毛下水光莹润，这一刻，少年的眉眼很是生动。

薛从筠愣了愣。本来被人耍成这样，他该生气的，可是一看江倦，他就被笑得没了脾气，瓮声瓮气道："我就说……"

过程虽然不尽如人意，但结果总归是好的，薛从筠的虚荣心终于得到了满足，他大手一挥："算你识货，都归你了。"

江倦当然不能收，回绝道："不用啦，这太贵重了。"

"贵重吗？"薛从筠听完这话，更是心花怒放了，故作不屑道，"这等品相的东西，我的库房里还有不少，拿出来了怎么可能再收回去，给你你就收着。"

江倦："……"

六皇子是善财童子再世吧。

江倦一阵失语，不过突然想起了一个情节——江念的生辰。

按照习俗，年轻人是不做寿的，但江念毕竟受欢迎，抵不住他的好友与安平侯偏要为他操办一场。

梦中，这一日阵仗闹得颇大，先是江念的三位至交好友——六皇子、丞相之子、将军之子，前来送贺礼。

他们三人皆出身优渥，出手又大方，尤其是六皇子，恨不得掏空自己的库房，安平侯自然更是不甘示弱。

不过安平侯给的东西倒是多，却没有六皇子给的精，六皇子送的东西，有一样甚至在后续情节中发挥了十分重要的作用。

东西是什么来着？

名字呼之欲出，江倦却怎么也想不起来。

他思来想去，还是不记得，干脆放弃了，反正不是金蝉玉叶与翡翠孔雀。

江倦犹豫了一下，对薛从筠说："那我只要孔雀，这只金蝉就算了。"

"知道了，"薛从筠跷起腿来，得意地说，"金蝉你不喜欢，改天就来我府上再挑几样别的东西，就当……就当给你这个村野匹夫开眼界了！"

江倦："谢谢。"

薛从筠："不用客气。"

他一过来就直奔宝贝的主题，这会儿总算心满意足了，东看看西看看，又好奇地问江倦："说起来，你的脚怎么伤了啊？"

上回在凉亭里，江倦被他五哥捏得满手指印，薛从筠迟疑片刻，凑近江倦小声地问："是不是又是我五哥弄的啊？"

江倦眨了眨眼睛，连忙解释："不是，是我自己……"

自己怎么了？江倦没脸再往下说，可这话听在薛从筠耳中，他更是肯定了他的想法。

"唉，我五哥发起疯来是挺六亲不认的，"薛从筠同情道，"尤其是这段时间，你小心点儿吧。"

江倦茫然地问他："这段时间怎么了？"

"你不知道？"

"不知道。"

薛从筠便凑得更近，也更小声地对江倦说："月底就是虞美人——我五哥他母妃的祭日，你到了这天，千万、千万别惹他，否则……"

话音未落，"吱呀"一声，门从外面被打开了。

这简直就是说曹操曹操到，薛放离一个眼神瞥来，薛从筠只觉得后脊生凉，差点儿一屁股坐到地上。

他慌忙放下腿来，那股嚣张的气焰也迅速灭了，人又成了只尿鹌鹑："五……五哥，你回来了。"

薛放离走入，这两个人方才说悄悄话，他自然看见了，薛放离冷淡地望向江倦，随即目光一顿。

少年有些委屈的样子，显然被人招惹过。

薛放离并未出言询问江倦，只是神色平静道："六弟，本王方才来时听见你说要给村野匹夫开眼，村野匹夫是谁？"

薛从筠张了张嘴，决定装傻："啊，村野匹夫？什么村野匹夫，没有吧？五哥你听错了。"

薛放离："是吗？"

薛从筠猛点头，又扭过头拼命向江倦求救，求生欲让他迅速改了口："倦哥！倦哥！是五哥听错了对吧？"

他倒是不怎么意外他五哥会追究这事，江倦到底是他五哥名义上的义弟，他五哥再不客气，外人却是得放规矩一点儿的。

江倦犹豫了一下，毕竟拿人手短，还是点了点头："嗯。"

薛从筠刚要松一口气，薛放离又问江倦："那你哭什么？"

薛从筠扭头一看，江倦的睫毛还湿润地粘在一起，当即心又凉了半截。

——人可是他吓哭的！

薛从筠拼命朝江倦使眼色，但江倦没看他，薛从筠只好艰难地咽口水，总觉得这一次他要被他五哥丢去喂虫子了。

过了好一会儿，江倦终于开了口，却是说："脚疼。"

薛从筠愣了愣，没想到江倦愿意为自己兜着，尤其是在他五哥待江倦不好的情况下。

薛从筠越想越感动，也彻底对江倦改观了。

——这个人其实还挺不错的。

实际上，江倦只是嫌丢脸，不想实话实说罢了。

薛放离垂眼望着他，笑得颇为漫不经心，神色也慢慢地冷了下来。

江倦在说谎。

这个认知，让薛放离感到不悦，他的戾气与暴虐情绪又开始涌动不息。

江倦对气氛感知迟钝，但这一刻又实在太安静了，他便摊开手分享快乐："王爷，你看这只翡翠孔雀，是不是好漂亮？"

薛放离漠然地望过去。

漂亮吗？

那不过是块石头。

那一日送进他的院子里的几箱贺礼，他一样也未碰过，反倒是得了只翡翠孔雀便如此高兴。

许久，薛放离平淡道："不过尔尔。"

薛从筠："……"

他这该死的胜负欲。

不行，这是他五哥，他惹不起，要忍。

江倦"啊"了一声，倒也没有不高兴，毕竟审美是一件很私人的事情，只是说："我还挺喜欢它的。"

薛放离望他几眼，压抑着内心的烦躁情绪，微笑着问："你喜欢孔雀？"

江倦点头。他有一年住的医院附近养了只白孔雀，江倦经常趴在窗边看它开屏。

"开屏好看，尤其是白孔雀。"

"翡翠雕出来的孔雀，再怎么栩栩如生，也是一件死物，"薛放离缓缓地说，"别庄养了几只孔雀，你若是喜欢，用完膳带你去看它们。"

江倦惊喜道："这儿也有孔雀？"

他不自觉地放下了手里的翡翠孔雀，薛放离见状，心情终于平复几分，颔首道："本王若是没记错，还有一只白孔雀。"

高管事："……"

他在旁边听得实在忍不住了，嗫嚅道："王爷，咱们别庄哪有……"

薛放离瞥他一眼，似笑非笑道："两只蓝孔雀，一只白孔雀。"

高管事心里打了一个激灵，忙不迭地改口："哎哟，这不巧了吗？还真是有几只孔雀，还刚好有三公子喜欢的白孔雀。"

顿了一下，高管事道："既然三公子喜欢，奴才这就让人先去打扫一番，免得乱糟糟的一片。"

薛放离应下："嗯，去吧。"

高管事满面笑容、步履从容地退下，结果门一关，他就火烧屁股似的往外冲去——他必须得在三公子用完膳前弄来三只孔雀！

第 10 章

　　管他什么孔雀,薛从筠现在只觉得坐立不安,硬着头皮说:"五哥,你们看,我先走了啊。"
　　薛放离要笑不笑地看着他:"走什么?一起用膳。"
　　薛从筠太怵薛放离了,薛放离不笑的时候吓人,笑起来更吓人,薛从筠猛摇头:"不……不用了,真的不用了。"
　　他这会儿心虚,又怕挨收拾,恨不得拔腿就跑,可薛放离没有放他走的意思,他只好僵立在原地。
　　江倦没看出其中的暗潮汹涌,听薛从筠说要走,就很礼貌地与他告别:"路上小心。"
　　说完,江倦又问薛放离:"王爷,现在可以用膳吗?"
　　薛放离"嗯"了一声,终于不再看薛从筠。薛从筠松了一口气,此时不走更待何时?他扭头就要开溜,结果听见——
　　"日后再不放老实一些,本王多的是时间教你规矩。"
　　薛从筠呆了呆,小鸡啄米似的点头。好歹这次没再被拦,他夹着尾巴就跑,再一次对江倦感激不已。
　　他五哥明显没打算轻饶他,结果江倦已经道了别,自己的义弟多少要给面子,他五哥这才高抬贵手放他一马。
　　薛从筠忍不住心想:他只是不小心把人吓到了而已,他五哥倒是好,把人弄得一身伤,昨天是手腕,今天是脚……

想到这里,薛从筠更是同情江倦了,决定等江倦休养几天之后再来探望一下江倦,并多送几样宝贝。

江倦给他五哥做弟弟,太惨了。

何以解忧,唯有宝贝。

江倦对薛从筠的同情一无所知,只对庄子上的孔雀好奇不已,所以菜肴一上完,就开始用餐了。

薛放离自己不怎么动筷子,反而很爱看江倦吃东西,甚至摘下一颗荔枝剥了壳递给江倦。

江倦:"……"

他仰头看着薛放离,再一次诚恳地说:"王爷,我可以自己剥的。"

薛放离只说:"吃。"

剥都剥好了,江倦只好吃下:"好甜。"

"才送来的,"薛放离又摘下一颗荔枝,淡淡地说,"还有不少。"

他还要再剥,这一次,江倦却是将荔枝夺了过来,剥下荔枝壳以后,说:"你尝一个。"

果肉洁白晶莹,少年的手指也很白,唯独捏着果肉的指尖是漂亮的粉色。

薛放离皱了一下眉,若是高管事在场,势必会出来打圆场。

王爷并不爱甜食,也很少碰甜食。

可他不在,丫鬟们更是无人敢多言,全然低着头,江倦却一心与他分享好东西:"真的很甜,你尝。"

盯着江倦看了许久,薛放离接过来,吃下了这一颗荔枝。

江倦问他:"怎么样?"

薛放离平静道:"很甜。"

江倦冲着他笑,又低下头来搅了几下蟹粉米粥。

不知道过了多久,薛放离状似漫不经心地开了口:"本王用别的东西与你换那只翡翠孔雀,如何?"

"啊?"江倦抬起头,"六皇子给我的孔雀吗?"

薛放离微笑着颔首:"嗯。"

江倦拿出翡翠孔雀。这一块翡翠的种水很好,润得好似含着一汪水,颜色虽然多,却不杂乱,又恰到好处地展现了孔雀开屏时的华美翎羽。

他低头看了好一会儿,始终没有回话。薛放离无声地笑着,目光却越来越危险。

他舍不得吗？就这么喜欢？

"不用换，"江倦摇了摇头，弯了弯眼睛说，"王爷想要就拿走吧。"

话音落下，江倦犹豫了一下，又说："不过……王爷你体质差，之前碰到你的手好凉，你不要经常玩玉。"

薛放离怔了怔。

"给你。"江倦将翡翠孔雀放到他的手边，开始喝粥了，还惦记着活孔雀，也想看孔雀开屏。

好半天，薛放离才又说："你不问本王要它来做什么？"

"为什么要问？"江倦不解地看着他，语气认真道，"反正我都会给王爷的。"

薛放离抬起眼帘，过了很久，又温和地问："本王要什么，你都会给？"

江倦只是一条"咸鱼"，王爷问他要东西当然得给，他要老实做"鱼"："嗯。"

薛放离没有再说什么，只是拿起桌上的翡翠孔雀，苍白的手指摩挲了几下。

少年的毫无保留态度无疑取悦了他。

薛放离懒洋洋地勾唇，颇为愉悦地说："你想要什么，本王也会给，不必收这些不三不四的东西。"

用完膳就该看孔雀了，江倦把手清洗干净："王爷，我好了。"

薛放离颔首，用眼神询问高管事。

——不久前高管事才匆忙返回，差点儿没找到孔雀。

高管事擦了擦额头上的汗："王爷、三公子，这边请。"

江倦还是不能下地，薛放离便俯身背起他。尽管不知道孔雀被安置在哪里，但肯定不会近就是了，江倦迟疑道："王爷……"

"不需要。"

话还没说完，薛放离已经回答了，江倦眼神复杂地看了他一眼，叹了一口气："好吧。"

王爷的自尊心也挺强的。

薛放离："……"

江倦在想什么，简直一目了然，薛放离似笑非笑道："你小心一些，万一途中本王失了力，你跌下去兴许会受伤。"

江倦"啊"了一声，信以为真，紧张地缩了起来，一动也不敢动。

到了地方，软榻与矮桌已被安置好，皮毛铺了一层又一层，薛放离把江倦放了下来。

不远处，三只孔雀在空旷的地方走来走去，倒是没一只开屏。

江倦只是看上一眼，矮桌就已经被丫鬟们放满了小食。他才用过膳，自然再吃不下了，可薛放离又给他剥起了荔枝。

薛放离："吃。"

江倦拼命摇头："我吃不下了，你自己吃。"

"不想吃，"薛放离淡淡地说，"倒是看你吃东西，本王觉得很有意思。"

江倦："可是我真的吃不下了。"

他语气很软，还有点儿不自知的委屈感，薛放离轻笑一声："不是喜欢吗？"

江倦绝望地说："喜欢也不能一直吃。"

薛放离这才作罢，没有继续给江倦荔枝。

几只孔雀还在场地上走来走去，拖着长尾巴，叫得倒是厉害，可就是不肯开屏。

江倦还好，知道孔雀开屏本就不是想看就能看见的，薛放离却有一下没一下地轻敲着矮桌。孔雀迟迟不开屏，他颇为不耐烦。

高管事见状，连忙说道："王爷，奴才听说孔雀逗一下也能开屏，这就让人去逗一逗它们？"

薛放离无所谓："嗯。"

江倦犹豫了一下，还是阻拦道："不要吧。"

薛放离望向他："怎么？"

孔雀开屏，不是为了求偶就是受到了惊吓，江倦小声地说："它们会被吓到的。"

薛放离动作一顿，问他："你不是想看吗？"

江倦是想看，不过耐心好，也愿意慢慢等待，于是说："嗯，想看，但是它不开屏也没事的。"

薛放离抬起眼帘望向他。

自己怎么就忘了，少年可是生了副菩萨心肠呢，善良到带着悲悯心，也洁净到好似全无欲念。

——江倦喜欢荔枝，却不会没有节制；喜欢孔雀，却又不一定要看它们开屏；喜欢翡翠孔雀，却又可以不问缘由地赠予他。

江倦什么都喜欢，什么也不喜欢。

江倦似有所觉地唤他："王爷……"

薛放离看了看他，却什么也没说。

江倦神色茫然，睫毛也很轻地眨动了几下。他感觉得到薛放离在生气，可又不太确定原因。

是因为孔雀，还是因为他拒绝了薛放离的荔枝？

可王爷人这样好，不应当会生气。

江倦还是茫然。他被掐得很疼，可即使这样，也没有发脾气，只是疑惑地问薛放离："王爷，你怎么了？"

他什么也不知道。

或者说，他什么也不在乎。

江倦的懵懂不知让薛放离更是烦躁。

薛放离双目轻合，女人的尖叫声却又猝不及防地在脑海中响起。

——"爱之于人，犹如执炬。逆风而行……必有烧手之患，哈，必有烧手之患！"

薛放离顿了顿，倏地站起身来。

繁复的长袍堆叠在地，他收回了手，垂下眼皮，再没看江倦一眼，只是冷淡地说："本王还有事，先走了。"

江倦愣愣地看着薛放离远去，慢慢皱起了眉。

王爷不会这么小气的。

他不想再吃荔枝，拦下不让人逗弄孔雀，王爷不至于会生气。

所以……到底是怎么回事？

想了好一会儿，江倦都没什么头绪，低头看向果盘里的荔枝，冷不丁想起薛从筠的提醒。

祭日。

王爷的母妃——虞美人的祭日要到了。

是因为这事吗？

江倦想得出神，高管事倒是见怪不怪了，毕竟这副喜怒无常的模样，才是王爷常有的状态，不过这应当是三公子第一次被如此冷待。

高管事只当什么也没看见，对江倦说："三公子，您瞧那只蓝孔雀，是不是要开屏了？"

孔雀开屏再好看，江倦现在也没什么心情欣赏了，摇了摇头。

犹豫了一下，江倦问高管事："王爷每到这个时候都会心情不好吗？虞美人的祭日。"

高管事怔了怔，竟险些忘了日子。

要说心情不好，其实王爷每一日都不太好，但到了虞美人的祭日，他还是会更为阴鸷一些。

算算时日，到月底也不过只有三四天了，这几日，尽管王爷还是不那么好相与，他的疯劲却收敛了不少。

"是，"高管事回答，"确实不太好。"

"王爷的母妃……"江倦斟酌了一下用词，"你可以告诉我一些关于虞美人的事情吗？"

关于虞美人，梦中其实提过一下，但主要目的是表明王爷暴戾——他亲手杀害了他的母妃。

可江倦不觉得会是王爷杀害了虞美人，毕竟梦中与王爷有关的情节，现在没一个地方对得上，连"人设"都相差甚远。

"这……"

高管事想到了一些传闻，本就不清楚，也不敢说太多："虞美人本是位孤女，在妙灵寺上香时偶遇圣上，圣上对其一见倾心，她被带入了宫中，自此荣宠不断，只是……"

"有一日午后，虞美人的春深殿走水，她又染了风寒在休息……"

高管事没再往下说，江倦还是猜到了结局，有点儿被吓到了。

人是活活被烧死的，肯定好痛苦啊。

江倦叹了一口气，很是同情虞美人的遭遇，随即又想到了薛放离。

虞美人死得这样惨烈，薛放离大概也不好受。江倦家庭幸福，不曾经历过这种事情，但想着如果有这么不幸的一天，他会非常非常难过，甚至会无法释怀。

想到这里，江倦突然很担心薛放离。

"三公子，开屏了，那只蓝孔雀开屏了！"

江倦正想着，高管事喊他看孔雀，江倦却有些心不在焉："我想见王爷，你可以带我去见他吗？"

高管事："当然可以。"

弄来这三只孔雀，高管事着实费了不少工夫，他忍了又忍，实在忍不住了，又挣扎了一下："三公子，您看这孔雀，它开屏了！"

江倦担心薛放离，还是摇头："走吧。"

高管事勉强露出一个微笑："好的。"

除了他，竟无人在意孔雀开屏了。

呜呜呜。

薛放离在书房里。

毕竟是与江倦不欢而散，高管事把人送到之前，委婉地劝说道："三公子，王爷兴许想一个人待一会儿，您要不然……"

江倦犹豫了一下，还是说："先看看吧。"

高管事只好点头，敲开了门。

"王爷，三公子他……"

话音戛然而止。书房里跪了一地的侍卫，空气之中弥漫着血腥味，高管事身体一僵，暗道不好。

他们赶上王爷处置人的时候了。

上回狼群进了庄子，不管什么原因，侍卫都逃不掉失职的罪名，只是王爷当时按下未提，今日才来发落。

高管事低声禀道："三公子来了。"

薛放离面无表情道："送他回去。"

江倦还没进来，但听得见里面的人在说什么，当然不肯走："我不回去。"

薛放离没有搭腔，只是冷漠地看了高管事一眼，浑身都是戾气。

高管事打了一个哆嗦，出了一身冷汗。

"你心情不好，"江倦认真地说，"我想陪陪你。"

薛放离还是没什么反应，只是垂眸看向跪在地上的侍卫——有几个人已经被罚过，浑身是血，更多的人则心惊胆战地跪在地上，等候他的发落。

他若让少年进来，少年大概会吓一跳。

路上碰见的幼狼、庄子上的孔雀，他都要救，他都见不得动物受苦，何况是人。

薛放离勾起殷红的唇，笑得有些讥讽。

他想在少年面前做一个好人，可这一刻，又忽然不想再披上那一身温文尔雅的伪装。

"好啊，"不知道过了多久，薛放离几近恶劣地说，"那你进来吧。"

话音落下，江倦被送入了书房。

江倦确实吓了一跳，没想到有这么多人在。江倦也闻到了血腥味，疑惑地望过去，睫毛动了动，却只是说："不要不开心了。"

少年掀起长睫，眼睛明亮，声音放得很轻，也很柔和。

薛放离一言不发地看着他，戾气竟就这样得到了些许安抚。

许久，薛放离终于开了口，却是问江倦："他们受罚，你怎么不拦？"

江倦奇怪地看了他一眼："他们做错事情就要接受惩罚，而且王爷又不会罚得很重。"

薛放离神色平静："若本王罚得重呢？"

江倦摇了摇头，笃定道："王爷你这样好，不会轻易伤人的。"

薛放离与他对视，少年笑得眉眼弯弯，薛放离却只有无尽的烦躁情绪。

许久，薛放离低声笑了起来，神色却厌倦不已："是啊，本王又怎会伤人呢？"

"都滚出去。"

他平静地开口，跪倒在地的侍卫们闻言俱是一震，而后纷纷叩首，依言离去，强行忍下了心中的惊异情绪。

王爷本不会轻饶他们！

是……三公子！

江倦对此一无所知，在他看来，这只不过再次印证了王爷是个好人的事实。

王爷待他好，待下人也足够宽厚。

侍卫全部离去，久久沉默过后，薛放离玩味地问江倦："为什么想来陪本王？"

江倦迟疑着回答："你母妃的祭日好像要到了，我怕你……"

薛放离倏地抬起眼皮，神色暗淡。

慈宁宫。

金身佛像下，镏金香炉烟雾袅袅，皇太后正跪在蒲团上诵经，拨弄着手上的念珠，姿态虔诚不已。

江念轻轻翻过纸张，提笔一页一页地誊写着佛经。

"老了，"没多久，皇太后睁开眼，喟叹了一声，"人老了就是不顶用，跪也跪不住了。"

江念停了笔，忙要上前搀扶她，皇太后却挥了挥手，只让宫女过来给她捶腿。

"哀家就喜欢你这样的孩子，"皇太后看着江念，满面笑意道，"不浮躁，也沉得下心来，不像那老六，成日风风火火的，惹人烦心。"

"父亲总怨晚辈没有一点儿少年心性，"江念道，"他倒宁愿晚辈活泼一些。"

皇太后摇摇头，打趣道："那不然换一换？"

江念无奈道："这话让六皇子听了，他又该闹您了。"

皇太后抬起手，宫女搀扶着她起身，她轻哼了一声："闹就闹吧，哀家只想要个乖孙，可不稀罕他这泼猴。"

江念看着皇太后，抿唇笑了笑。

在梦里，离王去世以后，江念无意在照安寺见到过皇太后，只可惜彼时他是离王的义弟，皇太后恶其余胥，对他不假辞色。

——皇太后与已故的虞美人，似乎有过一段仇怨。

现在，江念知晓先机，每逢佛祖诞辰，皇太后都会亲临照安寺，是以他也于这一日去了照安寺。江念佯装不识皇太后，与她谈经论道，又为她誊写佛经，就此入了她的眼。

"你这字写得越发漂亮了，"皇太后低头看江念誊写的佛经，夸赞道，"宛若行云流水、鸾飘凤泊。"

"晚辈家中有一位弟弟，字写得更好，"江念目光微闪，轻声道，"他一手瘦金体，写得刚柔相济。"

"哦？"皇太后来了兴趣，"倒是从未听你提过弟弟。是谁？说不定哀家晓得。"

"江倦，"江念微笑道，"太后娘娘可曾听闻？"

"未曾，"皇太后思索了几秒，毫无印象，"若他当真写得这般好，改日哀家可要叫来宫里看看。"

"弟弟自小患有心疾，在乡下养病，大抵闲暇时日多，是以费了不少工夫练字，"江念正说着，忽地想起什么，为难道，"太后……"

"怎么了？"

江念犹豫道："弟弟如今已进离王府……"

"哗啦"一声，皇太后失了力道，扯断了念珠，珠子骨碌碌地滚落一地，她面上的笑容也渐渐消失了。

"是他啊，"皇太后说，"哀家倒是略有耳闻，原来被送去挡灾的人便是你弟弟，那哀家更得叫他进宫里好好地瞧一瞧了。"

宫女见状忙蹲下捡珠子，皇太后看着看着，若有所思道："若哀家没记错，过几日便是他母妃的祭日，那野种定要去妙灵寺拜祭。"

皇太后神色冷凝："也好。他在妙灵寺里拜祭多久，他那义弟就来宫里给哀家跪上多久吧。"

第 11 章

绝大多数时候，江倦很是迟钝，可是这一刻，他察觉到了什么。

薛放离的眼神太复杂了，情绪也太浓烈了，有厌恶、憎恨，也有讥讽、嘲笑，但更多的是凝在眼底的寒意。

江倦怔了怔："王爷……"

"谁与你说的？"

高管事一听这话，立刻心虚地埋下头。薛放离看他一眼，江倦却没有把人供出来："听说的。"

他也不算骗人吧。他先从薛从筠那里听来的消息，又向高管事打听了一番，不过江倦还是有点儿心虚。

他好像根本就不该提这事，王爷好像更生气了。

薛放离静静地盯着江倦。

难怪江倦要来见他。

这个小菩萨，还是什么都不知道啊，无知得让人恼火，偏偏又愿意莽撞地献上一腔赤诚之心。

薛放离双目轻合，莫名其妙的情绪在发酵，又被他深深地压下。片刻后，他恢复如初，微笑着说："本王如何，与她无关。"

那个女人死了，他又怎会不高兴？

只可惜她就算死了，也阴魂不散。在他犯病的时候，在他短暂的梦境中，女人流着血泪，声声刺耳，日复一日地诅咒着他。

"本王没有心情不好,也不用你陪,"薛放离垂下眼,"既然你不看孔雀,那就回去休息。本王还有事,顾不上你。"

他下了逐客令,江倦犹豫了一下,怕真的耽误什么事,还是点了头:"好的。"

临出门前,江倦回过头,男人立在书桌前,身姿挺拔,有几绺黑发垂落在肩上,唇色红得诡异,明明在笑,可又好似笑得不那么开怀,也无端显得寂寥。

见江倦看自己,薛放离又道:"过几日是……她的祭日,本王要去妙灵寺,你一个人待在庄子上,不必拘束。"

江倦下意识地问他:"我可以一起去吗?"

薛放离只是道:"你在庄子上。"

这就是不肯带他的意思了,江倦"嗯"了一声:"好吧。"

他倒没什么意见,只是不知道薛放离怎么这么早就说了这件事,不过很快就明白了。

薛放离这一走,江倦接连三日再没见到薛放离。

薛放离不在,江倦一个人独享大床房,快乐还是挺快乐的,"咸鱼"终于可以自由翻身,不用怕吵到身旁的人了,不过江倦还是不免有些担心薛放离的状况。

其间孙太医也来过一趟,给他检查脚伤。江倦恢复得还不错,已经可以下地了,只是站不了太久。

月底这一天,江倦特意早起,拉开罗帐:"兰亭,你在吗?"

兰亭自然守在江倦身边,连忙应声:"在的,公子。怎么了?"

"能不能帮我看一下王爷他……"

"天还未亮时,王爷就已经与管事出庄子了。"

兰亭知道他要问什么,早上刚巧看见了。江倦一听这话,拉着罗帐的手又放开了。

今天是虞美人的祭日,江倦还是不太放心的,本想蹲一蹲王爷,人已经走了,他只好点头:"好的。"

无事可做,江倦又懒懒地躺回床上。

兰亭见状,说:"公子已经醒了,用完膳再接着睡吧。"

也好,江倦穿好衣服,都坐到桌子前了,宫里却突然来了一位不速之客。

"三公子,"皇太后身边的宫女低眉顺眼道,"太后娘娘一心礼佛,诸事不问,前几日才知晓您进了离王府,今日抽了空,想邀您进宫一叙。"

皇太后？

江倦愣了愣，回忆了一下梦里的情节。

在梦里，除了反派，所有人都欣赏主角江念，也心甘情愿地成为江念的工具人。

皇太后在梦中就是工具人之一，江倦记得她很喜欢江念的，也是个挺和蔼的老太太。

不过她再和蔼，也是属于江念的势力，江倦不太想"营业"，可皇太后又算一位长辈。他正在犹豫之时，听见有人喊他。

"三公子。"

薛放离不在，高管事也与薛放离随行，庄子上只留有侍卫。有人低低地唤了一声，颇为难地说："您……"

他要怎么说呢？

皇太后与虞美人、王爷之间早有恩怨。可贵人们的仇怨，又岂是他们这些下人可以妄议的？

侍卫开了口，又不知道该如何拦下江倦，转而对宫女说："三公子脚伤未愈，进宫兴许有诸多不便，不若改日再……"

宫女轻声细语地打断他的话："太后娘娘可不是日日都有空的。"

江倦想了一下，还是决定勉强"营业"，对侍卫说："应该还好吧，孙太医说恢复得差不多了，你不用担心。"

说完，他看向宫女，宫女笑笑地说："三公子这边请。"

江倦便与她一同走了。

被留下来保护江倦的侍卫们面面相觑，不多时，为首的侍卫咬了咬牙："你们跟上去，我这就去寻王爷。"

这是江倦第二次进宫。

上次有王爷，这次只他一个人，江倦默念了一路"小心做人"，终于抵达慈宁宫。

皇太后跪在一片香火之中，不停捻动着手中的珠子。

宫女轻声说："太后娘娘，人带到了。"

"啪嗒"一声，皇太后攥住珠串，不再转动，头也不回地问道："你就是江倦？"

"嗯。"

"你可知哀家供奉的是什么？"

江俙抬头看了看，佛像周围摆放了许多牌位，这题他会答："薛家的祖先？"

"不错，"皇太后缓缓睁开眼睛，宫女上前扶她起来，"我薛家的列祖列宗都在此处。"

"哀家日夜礼佛，为先祖积福，为我儿祈福，只求国运昌盛，延绵不息。"皇太后转过身来，"你……"

她话音一顿，神色复杂地说："倒是个漂亮的孩子。"

皇太后平生最恨人生得漂亮。偏偏江俙的容貌，与那轻浮的艳气无关，他长相倒是出色，气质却又如明镜，让人见了便心境澄澈。

皇太后礼佛多年，尤爱有佛性之人，之所以满意江念，就是喜欢他的恬静气质，觉得他有佛缘。

可今日她见了江俙，更是惊为天人。

皇太后朝他望来时，江俙也正垂目看着她，香火缭绕之中，她一个恍惚，还当是见到了莲座上的菩萨。

只可惜人已经进了离王府，不然她定要日日将人叫来宫里，陪着自己礼佛。

思及此，皇太后叹了一口气，只悠然道："如今你也算半个薛家人了，理应跪一跪列祖列宗，再为我大兴国运焚香祈福三日。"

江俙震惊地看着她。

焚香祈福三日，也就是说他要跪三天，这也太久了吧。

皇太后笑吟吟地看着他，倒是一副慈眉善目的样子："怎么？不愿意？"

江俙确实不太愿意，不过感觉得到这是一道送命题。

跪列祖列宗，他若不情愿，那就是目无尊长。

为国运焚香祈福，他若不情愿，那就是其心可诛。

江俙："……"

"咸鱼"做错了什么？

江俙心情好复杂。

他想小心做人，可是，跪三天真的好久好累。

不行，他得挣扎一下。

"不是不愿意，"江俙慢吞吞地说，"我……晚辈从小身体不好……"

心疾是块砖，江俙正要"搬砖"，突然灵机一动，想到一个更好用的借口。

他问皇太后："太后娘娘可知道童子命？"

皇太后信佛多年，自然知晓童子命。

仙童眷恋人间，偷偷下凡，浑身仙缘却与人世无缘，是以大多体弱多病，容易夭折。

"晚辈心疾频繁发作，好几次差点儿没熬过来，后来……"江倦说，"外祖父遇见一位大师，他说晚辈是童子命格，注定早夭，若想多活几年，此生不得踏入寺庙，更不得礼佛。"

说完，江倦思索片刻，不太确定地说："那位大师……好像叫什么阿难？"

"阿难大师？"皇太后闻言，惊坐而起，"你见过他？是在何处，又在何时？"

江倦提起阿难大师，纯粹是为了增加可信度，没想到皇太后反应会这样大，他含糊道："晚辈也不知道。当时病得太重，已经没了意识……"

皇太后皱了皱眉，倒也没再说什么，只是又捻起了手上的珠串。

童子命格，若是放在别人身上，皇太后只会勃然大怒，可偏偏对象是江倦。皇太后本就认定他有佛性，更何况他提起了阿难大师。

许多年前，皇太后还只是一个不受宠的后妃，被先帝发落来照安寺，以为要在此处终老，哭泣不止，这时有位僧人安抚她："姑娘莫哭。您命格尊贵，遇难成祥，日后贵不可言。"

这位僧人，自称阿难。

此事谁也不知，皇太后更是不曾向人提起。只是每逢佛祖诞辰，她都会去照安寺一趟，可惜自那以后，她再未见过这位大师。

"如此说来，你确实不得礼佛。"

皇太后轻哼一声，本想以先祖与国运为由，让江倦不愿跪，今日也非得跪，此番倒是让他躲过一劫。

江倦偷偷舒了一口气，无比诚恳地说："要不是命格不允，晚辈愿日日礼佛，以求国运昌盛。"

"佛礼不得，"皇太后觑他几眼，笑笑地说，"那你就替哀家抄经吧。"

话音落下，皇太后好似想起什么，慢悠悠地问江倦："若是哀家没记错，今日应当是虞美人的祭日吧？"

江倦点了点头："是的。"

皇太后笑了笑："倒是赶上了。那你就替哀家为她誊写《毕兰经》吧。"

抄经可以，江倦答应下来，结果宫女一把经书取来，江倦就后悔了，厚厚的一本，足以媲美《英汉大词典》。

好多字啊，江倦叹了一口气，可再怎么后悔，也还是提起了笔，毕竟虞美人是王爷的母妃，抄经书又好像有祈福的效用。

王爷不带他去妙灵寺，他有大量时间，替王爷的母妃祈福一下也好。

这样想着，江倦一页一页地开始誊写经文，不过这么多字，江倦还是没忍住偷了一点儿小懒。

皇太后看他写得认真，示意宫女扶自己过去，低头端详一阵，怪异道："你这字写得倒是……"

齐整，但字也只是堪堪齐整而已，远不到那一日江念所夸的程度。

皇太后不悦道："好好写。"

江倦一听这话，心虚地换了只手。

他是左撇子，不想好好写字的时候，就换右手来鬼画符。

江倦换好手，又开始抄经，几行字还没写下来，皇太后却问他："怎么是唐楷？"

唐楷不行吗？

江倦迟疑了一下，换了一种字体，没多久，皇太后又道："行书？"

江倦听出她的诧异之意，只当皇太后还是不满意，只好再换一种字体。皇太后这次倒是没说话了，眉头却皱了起来。

怎么还不行啊？

江倦有点儿绝望，没法子了，又换了他会的最后一种字体，规规矩矩、老老实实地写瘦金体。

江倦的爷爷是位国学大师，江倦从小心脏不好，就被送到爷爷家静养。说练字能陶冶情操，结果江倦被摁着描了一本又一本帖子，也学了一种又一种字体。

许久，皇太后缓缓地说："你竟擅长这么多字体。"

"前几日，你哥哥说你写得一手瘦金体，写得刚柔并济，"皇太后称赞道，"今日一见，原来不仅瘦金体写得好，唐楷、行书也都练到了纯熟的地步。"

江倦："……"

原来如此。

吓他一跳，他还以为皇太后与他爷爷一样，嫌他没好好写字呢。

不过——还好他也会瘦金体，不然岂不是就露馅了？

江倦庆幸不已。

"倒是可惜了……"

皇太后又开了口，只觉得江倦处处都合她的心意，可他既是离王府的人，又生了副童子命格，她再喜欢，也不能如江念一般将人召进宫里。

顿了顿，皇太后轻飘飘地说："既然你会这么多字体，那就每一种字体都给哀家誊写一遍吧。"

江倦："……"

怎会如此？

江倦内心很抗拒，光誊写一本，他可能都得不吃不喝地写上一整天，更别说是誊写四本，何况站了这么久，他的脚已经开始隐隐作痛了。

江倦犹豫地说："太后娘娘，我脚上有伤，站不了太久。"

皇太后看他一眼，笑吟吟地说："若是站不了太久，那就跪着抄完吧。"

江倦："……"

不行，这么多经他抄不完的，手也会疼，他得想想办法。

江倦平日懒懒的，不爱动，更不喜欢动脑子，可是一旦面临过度"营业"，"咸鱼"大业受到阻碍的情况，他就会想尽一切办法克服困难，好让自己翻个身重新"躺平"，好比这一刻。

写四遍经文简直是要命，皇太后还不许他坐下来，江倦思来想去，忍不了，决定随意应付应付。

江倦低下头，重新握住了笔，又开始一行一行地抄写经文，仿佛已然接受现实，决定老老实实地在这儿写到天荒地老。

皇太后见自己不需要再费什么口舌，对江倦的识时务表现颇为满意，让宫女扶着自己坐下来，开始慢条斯理地饮用茶水。

江倦抬头看看她，又看看周围的环境，瞅准了铺着绵软红丝毯的地方，"啪嗒"一声，松了手里的笔。

下一秒，江倦将手按在桌上，蹙眉道："心口好疼。"

放在胸口处的手指缓缓收紧，江倦轻轻地喘着气，慢慢俯下身来，额头贴在桌子上，动也不敢动一下，好似痛苦到了极点。

皇太后愣了愣，记起江倦的心疾，霍然起身："来人，快来人！"

宫女慌忙过去，就在这个时候，慈宁宫外也响起一阵喧闹声。

"王爷，未经太后娘娘传召，您不得入内！"

"王爷！王爷！"

"太后娘娘，王爷闯进来了！"

脚步声、呼喊声接连响起，四处乱成一锅粥，江倦也如愿倒在柔软的红丝毯上，一点儿也没摔疼自己。

装病，他最行了。

他可是"资深"心脏病患者呢。

江倦安详地躺着装死，浑然不知有人大步走入了慈宁宫，男人的衣袖在风中猎猎作响，曳地的衣摆几欲扬起。

"砰！"

下一刻，薛放离面无表情地踹开了门。

"江倦呢？"

他笑了笑，神色阴鸷，浑身的戾气也浓到好似才从地狱爬出来的恶鬼。

宫女扶江倦的动作一顿，她下意识地抬头，随即短促地惊呼了一声。

声音不大，可薛放离还是听见了，望了过来。

江倦倒在红丝毯上，他的皮肤很白，却不是养尊处优的那种凝脂似的玉白颜色，而是带着病气的颜色，白雪似的。

红丝毯上他闭着双眼，本就孱弱的少年此刻更显得单薄，似比云烟还易散去，又比琉璃还易破碎。

他一动也不动，好似了无生机。

恍惚间，薛放离又似看见了那个女人。眼前一片红色，既是猩红的血泊，也是上蹿的火舌，女人一身嫁衣，手指攥着锋利的刀刃，血珠一滴一滴地落下。

她笑得温柔："放离，你听我说。你这一生，来时无人期待，走了更无人牵挂，你什么都没有，什么都留不住。"

薛放离一步一步地走过来，步子迈得不重，也很缓慢，可一下又一下，宫女只觉得骇然，巨大的压迫感让她浑身僵硬不已。

薛放离向江倦伸来一只手，还未碰到人，这只手又掩入了袖中，满是血丝的眼睛盯着宫女，冷冰冰地说："看看他怎么了。"

被这样凶戾的目光注视着，宫女惊惧不已，含着泪伸出手指，小心翼翼地探着江倦的鼻息。

江倦：怎么会这样？

他前脚刚"昏"过去，王爷后脚就赶来了，好像还以为他出了什么事。

这也太巧了吧。

他要不要翻个面啊？

面对如此尴尬的场面，江倦一时竟不知道该怎么办。他思索了一下，逃避可耻但有用，决定继续装死。不过江倦还是特意控制着让呼吸更为平稳。

"还……还有气，"宫女战战兢兢地说，"王爷，三公子只是昏过去了。"

"只是昏过去了？"薛放离意味不明地重复了她的后半句话，每个字几乎都是咬着牙说出来的，"还不叫太医？"

宫女吓得打了一个哆嗦："是，奴婢这就去！"

说完，她仓皇起身，满头冷汗地冲了出去。

薛放离低下头，伸手拂开江倦脸上的头发，动作放得很轻很轻，可苍白的手背上，青筋暴出。

滔天的怒火、无尽的戾气几乎要将他吞噬，这一刻，哪怕鼻间萦绕着清浅的气息，薛放离也无法再平静下来。

他这一生，活在无尽的憎恨与厌倦情绪之中，他什么也不在乎，更没想过与任何人好好相处，除了江倦。

"皇祖母，好久不见。"薛放离抬起眼，平静地开了口，嗓音冷冽如冰。

皇太后抬起下颔，冷漠地问他："谁许你进来的？"

薛放离没理她，只是抬眼看向神台。许久，他淡漠地开口："皇祖母罚人，向来只罚跪，您让他跪了多久？"

皇太后冷冷地看着他，忽然笑了："你倒是记得清楚。看来那年哀家让你跪了一段时日，你尚且有印象。"

薛放离笑得凉薄："本王记忆犹新。"

皇太后叹了一口气："怪哀家。住持一早便道你天生克亲，哀家不信，结果如何？你那母妃——虞美人倒是让你生生克死了。"

皇太后感慨道："还好哀家及时找来了化解之法，才没让你这扫把星再酿成什么灾祸。"

薛放离安静地听她说完，微笑着说："究竟是不是本王克死的，皇祖母会不知道吗？"

"您声称一心向佛，不问前朝事，可心里比谁都清楚，"薛放离说，"不是您不问，而是您想问也问不得，父皇敬您，但更恨您。"

"你！"皇太后的面色沉了下来。

自春深殿那场火后，她与弘兴帝的确生了罅隙，弘兴帝足有十年再未踏足慈宁宫。她怨过、恼过，可弘兴帝就是不为所动，母子二人彻底离了心。

她深居后宫多年，弘兴帝不愿见她，但弘兴帝到底为她保留了几分薄面，只说她一心礼佛，今日竟被薛放离直言说出事实，皇太后恼火不已。

"哀家才让人把这位三公子接进宫没多久，你就从妙灵寺赶了过来，你对他倒是上心，"皇太后说，"比起哀家，你倒不如担心你自己。他本就是薄命相，也不知挨不挨得了你这克亲命。"

薛放离缓缓笑道："他如何，不劳皇祖母费心。"

顿了顿，薛放离问她："您让他跪了多久？"

江俙先是胡诌一通童子命格，又提起阿难大师，皇太后并未让他跪，但她并不打算如实相告。

——她贵为太后，就算真的让江俙跪了，薛放离又能如何？

皇太后笑了笑："你以为他是怎么昏过去的？"

薛放离颔首，眼底一片寒意。

皇太后又说道："你既然还记得哀家也让你跪过，那也应当还记得如何化解，你若当真对他上心，不若也替他化解一番。"

薛放离没有搭腔，只是走向神台。佛祖端坐莲台上，双目低垂，眼带悲悯。

他曾在此跪过十余日，身旁就是虞美人的尸身。一把锁落下来，他恐惧过，也哀求过，可无人理会。

佛祖悲悯，他却未受过分毫。

许久，薛放离一字一顿道："本王不信鬼神之说。"

话音落地，他抬起手，广袖一挥而下，"砰"的一声，佛像被掀倒在地！

"你怎敢如此造孽？"皇太后惊坐而起，"你摔佛像，出佛身血，犯五逆十恶罪，死后是要下地狱的！"

薛放离微笑道："我本就在地狱。"

他又挥袖一掀，牌位尽数被扫下："本王不信鬼神，你却让他跪。

"他们受不起。"

皇太后气极，指着他怒道："薛家的列祖列宗都在这里看着，你怎敢如此？！你这不肖子孙，你怎么敢……"

薛放离漫不经心道："本王如何不敢？"

"他们在天有灵，绝不会轻饶你！"

"倘若他们当真有灵……"薛放离厌烦道，"父皇欠我，她欠我，您欠我，他们——也于本王有所亏欠！"

"住持道本王是天煞孤星、孽根祸胎，"薛放离说，"皇祖母，您信因果循环，报应不息，那也该信您造孽太多，本王这是来讨债了。"

他笑了笑，可怕至极。

"皇祖母，这是第一次，也是最后一次，本王什么也不在乎，什么也不怕。"

皇太后指着他半晌，气到浑身发抖，到底一个字也没说出来，跌坐在椅子上。

她怎么就忘了，他自然什么都不怕，光脚的又岂怕穿鞋的？她贵为太

113

后，可薛放离是个疯子，发起疯来不管不顾，什么都敢做，偏偏弘兴帝还有意纵容！

皇太后急促地喘着气，气得眼前直发黑。

江倦的心情也很复杂。

王爷以为他跪了太久，这才心疾发作昏了过去，又在帮他出头。

可是他根本就没有跪，更没有心疾发作，只是想偷个懒。

王爷好生气的样子。

江倦十分心虚，后悔没有早点儿翻面，现在再想翻面也晚了。

太医已经赶到了。

薛放离扶起江倦，让太医为江倦诊脉。尽管知道自己是有先天不足的"设定"，江倦还是不免有点儿紧张。

"三公子他……"太医皱眉道，"脉象缓慢，又有歇止，此为代脉，主脏气衰微，会昏倒应是心疾发作，不过三公子似乎护养得不错，气血调和，暂时没有大碍。"

江倦松了一口气。

薛放离问："他什么时候醒？"

太医思忖道："这……不一定，但不会很久。"

薛放离"嗯"了一声，既然江倦没有大碍，他便不打算在此久留，背起江倦走出慈宁宫，并未发现有人正在注视他。

或者说，他发现了，但是全然不在意。

待他们走远，江念从假山后走了出来。

丫鬟点翠惊异道："公子，刚才那是离王殿下吗？他怎么……他怎么……"

传闻之中，离王阴狠暴戾，可依她方才所见，离王神色倒是阴鸷得吓人，却对背上的人颇为小心。

点翠感慨完，一抬头，正对上江念怨毒的眼神，不禁吓了一跳，心脏"咚咚咚"跳个不停："公……公子，奴婢说错了什么吗？"

"没有，"江念深吸一口气，压下心中生出的忌妒与不甘情绪，微笑着说，"怎么了，你吓成这样？"

点翠鼓起勇气又望了他一眼，刚才看到的怨毒表情好似只是错觉，江念笑得温柔可亲。点翠也没多想："刚才看错了，以为说错了什么话，公子生气了呢。"

江念无奈地问他："我何时与人生过气？"

点翠吐舌头："看错了嘛。"

江念笑了笑，放在袖中的手却狠狠攥得很紧。

他知晓皇太后与虞美人之间有宿怨，也知晓皇太后厌恶离王。

在梦里，因着他是离王府的人，在照安寺遇见皇太后之时，被她好生折腾了一番，是以前几日他特地提起了江倦。

凭什么只有他一人受辱？

此时此刻，江念只觉得痛快不已，江倦也受了一番折腾，看样子还昏了过去。

可离王也在，想也知道离王是为接江倦而来，江念又隐隐有些不甘。

凭什么呢？

想着想着，慈宁宫到了，江念平复了情绪，推开门来。

"太后娘娘……"

他抬起头，只见在梦里对他颐指气使、现在对他慈眉善目的皇太后，正抚着心坐在椅子上，宫女也一下又一下地轻拍着她的后背，安抚道："太后娘娘莫气了，气坏了身子不值得。"

"哀家怎就心软，没让那江倦给哀家好生跪一场！"

佛像破碎，牌位倒地，满地狼藉，如此大胆的行径，只能出自一人之手，而皇太后之言，让江念仅存的痛快之意也没了。

到头来，仍是只有他一人受了折磨。

而漏网之鱼江倦正在想东想西。

主角不愧是"团宠"。在梦里，皇太后那么和蔼，结果换了他和王爷，就没这么好的待遇了，他们果然是特大反派。

啊，还有，皇太后也让王爷跪过，王爷还说记忆犹新呢。

江倦本来打定主意装死到底，又改了主意，慢吞吞地睁开了眼睛，假装中途转醒："王爷……"

他纠结着该怎么说，眉心皱了起来，薛放离却问："还难受？"

江倦愣了愣，还是点了点头，演完了全套戏："嗯，还有一点儿。"

"我刚才好像听见……"江倦小声说，"太后娘娘也让你跪了好久。应该不是梦吧？"

"嗯。"

"那……她让你跪了多久？"江倦问得小心翼翼。

本可说十来日，薛放离大可语焉不详地带过，可不知想到了什么，一日不落地说："十四日。"

江倦惊到了，跪这么久肯定很难受，他为薛放离打抱不平："她怎么这样啊，还欺负你。"

薛放离垂下眼看着他。

少年目光清亮，眉尖轻蹙，似是同情不已。薛放离从他的眼神中看出几分悲悯之意，与那尊佛像如出一辙。

可佛像看的是万物，悲悯的是苍生，而江倦看的是他，在这一刻，只悲悯他一人。

再无法平息的怒火，再惊人的戾气，都在此时被浇灭。

江倦轻声安慰他："都过去了。"

薛放离凝视他许久，鼻间充斥着淡淡的药草气息，终是应下一声："嗯。"

"你都痛昏了过去，偏又听见了这件事。"薛放离勾起殷红的唇，低低地笑了，"你可真是我的小菩萨啊。"

第 12 章

江倦:"……"

他总觉得王爷好像误会了什么,可是解释起来又得从装病说起,只好选择默认。

"昏一阵醒一阵的……"

王府的马车候在宫门口,上了马车以后,江倦很善解人意地说:"先去妙灵寺,然后再送我回别庄吧。"

"你也去妙灵寺。"

"我可以去吗?"江倦愣了愣,"王爷不是不想让我去?"

"你还是该放在身边,"薛放离平淡地说,"身体太差,也太容易挨欺负。"

江倦辩解道:"我没有……"

薛放离又说:"妙灵寺的住持擅长针灸术。你这段时日总是心口疼,今日又昏了过去,让他给你看看。"

江倦:"……"

心口疼,他装的。

昏倒,还是他装的。

江倦挣扎了一下:"不用了吧。太医说护养得不错,没有大碍的。"

薛放离轻嗤道:"真有大碍,他也不敢说出来。何况你疼得太频繁。"

江倦欲言又止好半天,才慢吞吞地说:"好吧……"

实际上,他心里很慌,并且拉响了十级警报。

针灸好疼啊。

江倦很后悔。早知道他就不装心疾发作了，老老实实地抄会儿经，反正王爷很快就会赶到。

等一下，他抄的经。

"王爷，"江倦说，"之前我还在太后娘娘那儿抄了经，但是没抄完。她说是给虞美人的，没写完会有事吗？"

薛放离抬起眼帘，若有所思地问他："她让你抄的什么经？"

江倦想了一下，回答道："好像叫什么《毕兰经》。"

薛放离微笑道："无事。"

——《毕兰经》用以镇压邪灵，使人死后不得往生，即使侥幸逃脱，也只能坠入畜生道，生生世世，死于非命。

江倦不知情，只当《毕兰经》就是普通的经书，是生者对死者的祝愿，皇太后却不可能不知情。

更有甚者，她礼佛多年，对因果报应深信不疑。《毕兰经》如此阴毒，于誊写之人自然也福报有损，她是特意让江倦抄的。

江倦却一无所知，还为自己没抄完而担心。

薛放离淡淡道："果真不能留你一个人。"

江倦眨了眨眼睛："啊？"

薛放离却没有再开口的意思，江倦等了一会儿，只好撩开帘子，看了一路的风景。

妙灵寺建在山间，不同于别庄的紫藤花海，这里草木葱茏，黄墙黑瓦，别有一番意境。

马车停好，江倦刚松开帘子，薛放离朝他瞥来一眼。江倦知道他的意思，摇了摇头："我走得了。"

江倦自己往外钻，结果没扶稳马车，脚底也突然滑了一下，幸好有只手及时拉住了他。

"你走得了？"

薛放离语带嘲讽，把江倦重新扶了起来背上。

江倦："我只是脚滑了。"

薛放离："嗯。"

他应了一声，但明显没把江倦的话放在心上，只当江倦在逞强。

江倦："……"

不过，他这条"咸鱼"连路都不用自己走，还是有点儿快乐的。

江倦叹了一口气,薛放离也没看他,只是问:"怎么了?"

江倦反思自我:"每天衣来伸手,饭来张口,现在连路都不用自己走,我好过分。"

"这又如何?"

薛放离口吻平常,好似并不觉得有什么问题,甚至还道:"本王见你不爱让人伺候太多,若是你愿意,只会更闲适。"

江倦十分心动,但还是摇了摇头。

王爷虽然病得严重但还健在,现在他得振作起来,不能太过安逸,还要"营业"。

薛放离和江倦走出马车,高管事候了好一阵子,见状小跑过来:"王爷、三公子,你们可算来了。"

顿了一下,高管事小声地说:"王爷,奴才刚才似乎瞧见了蒋公子。要是奴才没看错,将军府上也来了人……"

他在同薛放离说话,但连续两个关键词——蒋公子、将军府,让江倦也跟着警惕了起来。

江念的至交好友之一蒋轻凉,就是将军府上的公子。

他们应该碰不上吧?

江倦心不在焉地想着,薛放离淡漠地"嗯"了一声,抬脚踏入妙灵寺。

妙灵寺不算什么大寺庙,但香火还是不少,而薛放离身份尊贵,自有小沙弥跟着他。他再度返回,小沙弥忙不迭行礼:"王……王……"

江倦好奇地抬头张望,小沙弥看见他的脸,愣了一下。

薛放离抬起眼帘,似笑非笑地问:"看什么?"

小沙弥脸是红的,心却又是凉的——吓的。他情不自禁地打了一个哆嗦:"王……王爷,贫僧……"

江倦奇怪地看着他,薛放离却抬脚就走。

"王爷,"江倦唤了一声,正要问怎么了,突然看见了什么感兴趣的东西,停顿了几秒,这才又说,"罗汉堂……"

"王爷,我想去罗汉堂数罗汉,可以吗?"

数罗汉是一种挺有意思的卜算方式。罗汉堂内摆放有许多尊罗汉,每一尊罗汉都有一个灵签,人以特定的方式数到罗汉之后,根据灵签上的偈语,所求、所问之事也有了结果。

江倦每次看见罗汉堂,都喜欢进去数一下,不过纯粹是觉得有意思,倒也没什么所求、所问之事。

薛放离望去，片刻后，走入了罗汉堂。

"罗汉要自己数的，"江倦说，"王爷，你真的可以放我下来了。"

薛放离却置若罔闻，只问他："你想走哪一边？"

"左边……"

江倦下意识地回答，薛放离便依言从左侧走入。江倦见他不松手，只好选择屈服："那你慢一点儿。"

薛放离颔首，走了没几步，江倦又恍然大悟道："等一下，忘了一件很重要的事情。"

薛放离停下脚步，江倦则双手合十，微微低下头，似乎在认真地许愿。

庙宇庄严肃穆，神态各异的罗汉居高临下地凝望着世人。江倦睫毛轻垂，姿态虔诚，青烟缭绕而过，沾在他的眼角眉梢上，少年的脸庞再看不真切。

这一瞬间，他近在身旁，却又好似隔着千山万水，比云烟还要缥缈一些。

心中生出无尽的烦躁情绪，薛放离眉头一皱，江倦睁开眼睛，奇怪地问他："王爷，怎么了？"

薛放离问他："你许了什么愿？你想要什么，连本王都给不了，还要让你求神拜佛？"

江倦愣了愣，摇了摇头："我没有许愿，我只是……"

只是什么，他却不肯再说了，薛放离定定地望着他，汹涌、晦暗的情绪在眼底滋生。

拜神佛最为无用。

他该砸了这罗汉堂。

他该……

"王爷。"

衣袖被轻轻扯动，少年清越、柔和的声音响起。薛放离冷漠地望过去，江倦抬起手，指尖即将触上他的眼皮，又停下了动作。

江倦担忧地说："你的眼睛里有好多血丝啊。怎么了？"

薛放离没有回答，只是看着他的手，这眼神锐利，江倦忍不住蜷了一下，就要收回手，却被一掌拍下。

薛放离这一击很用力。

江倦觉得疼，可是又觉得王爷不是故意的，便忍着疼问："王爷，你又难受了吗？"

他勉强忍得住疼，却忍不住眼泪，睫毛沾上水汽，眼底也潮湿成一片。江倦却还在问："你要休息吗？"

薛放离一言不发地看着他。

不知道过了多久，薛放离才缓缓地开口："不用。数你的罗汉。"

他松开了手，江倦的手上又出现了几道红痕，好似雪中的红梅，而少年的脸庞上还挂着泪。

菩萨无喜无悲，更不会哭泣。

这一尊小菩萨却会。小菩萨怕疼又爱哭，可只有他疼起来，哭成泥菩萨，才好似在人间。

薛放离本性恶劣：想让他疼，又怕他哭；想让他哭，又怕他疼。

薛放离垂下了眼皮。

他走过一尊又一尊的罗汉，江倦怯怯地仰头看着，突然间轻声说："王爷，是这一尊罗汉，是佛陀密多尊者。"

薛放离站定，江倦低头辨认偈语："康壮前程任君行，万事可成无烦恼。真好的签哪。"

江倦从小就被说是有福之人，但他觉得他的福气仅限于抽签。他总是能抽到上上签，这次也不例外。

江倦弯了弯眼睛："王爷，这福气给你要不要？"

他说："刚才我没有许愿，只是问了罗汉，以后还有没有人欺负你。罗汉说没有。"

薛放离怔了怔。

无可名状的情绪涌上心头，这是一种前所未有的心情。

这一刻，风未起，幡未扬，却又有什么东西在动荡不止。

江倦一无所觉，只是突然想起什么，"啊"了一声："王爷你好像不信鬼神之说，那就算啦。"

薛放离只是望着他，许久，才开口问江倦："疼不疼？"

"什么？"江倦眨了眨眼睛，很快就反应过来他问自己的手疼不疼，犹豫了一下，回道，"还好，不疼。"

"又在说谎。"薛放离的语气轻而缓，神色令人捉摸不透，"不疼，你哭什么？"

江倦被他当场拆穿也不心虚，非常理直气壮地说："我本来就怕疼。"

停顿了一下，他不装了，很认真地恳求道："王爷，你下回轻一点儿好不好？"

江倦因为心脏病，动过几场大大小小的手术，麻醉药效过去以后就是他的噩梦时刻，他经常会痛到神志不清，胡乱抓过什么，而这通常会是他的家人的手，所以他很能理解薛放离。

他说完，周围长久地安静下来。

"嗯。"过了很久，薛放离终于开了腔，平静地说，"本王不信鬼神，但……这是你的福气，本王要。"

江倦看看他，抬起手摸了摸他的头发，声音很轻地说："福气都给你，王爷以后会没有烦恼的。"

至于康庄前程，王爷病成这样，大概没什么可能了，只能等下辈子再拼了。

江倦叹了一口气，罗汉已经数完了，便对薛放离说："王爷，可以走了。"

"嗯。"

薛放离并未带江倦去别处，而是直接去了妙灵寺的寮房。

不同于庄子上的豪华大床房，寺庙的寮房朴素许多，江倦坐到床上，冷不丁听见薛放离吩咐高管事："让住持过来一趟。"

江倦："……"

他身体一僵，可没忘了住持精通针灸术，让住持过来，他可能要倒大霉。

想来想去，江倦慢吞吞地说："王爷，我的心疾发作得也不是很严重，不用麻烦住持了吧？"

"你常说心口疼，"薛放离淡淡地说道，"近日又有脚伤，药浴也未再进行，让他给你调理一下。"

江倦拼命摇头："过几天就可以进行药浴了，真的不用住持来帮我调理。"

他的抵触行为太明显，薛放离看他几眼，若有所思道："本王近日头痛欲裂，让住持来，也可以给本王看一看。"

江倦："好吧。"

他的病是装的，王爷却是实打实的病秧子，江倦再不愿让住持来，也只能勉强答应下来。

薛放离见状，轻轻一笑："针灸不算疼。"

"可是针好长……"

江倦很绝望，说着说着，突然想起什么，问薛放离："王爷，要不要我再给你推拿一下？"

江倦之前也给薛放离推拿过，感觉效果好像也还行，自己应该可以再临时上岗一次。

薛放离见他兴致颇高，便也没有拒绝，颔首道："嗯。"

江倦左看看右看看，怎么都不太方便的样子，就用手拍了拍旁边的位置："王爷，你坐这儿吧。"

薛放离依言坐下，江倦凑了过来。

他倒没有立刻动手，毕竟只是个业余推拿大师，实践次数不多。江倦眉目轻垂，思索起各个穴位的位置。

薛放离看着他。

一呼一息间，甘甜的气息四处萦绕，清新如初春雨后的草地，气氛也静谧。

倏地，江倦抬起头，浓长的睫毛轻轻眨动，薛放离看了几眼，朝他伸出手去。

这只手苍白而瘦长，但无疑是优美的。指尖自江倦的眼尾处掠过，又状似不经意地蹭到了什么。

江倦愣了愣："王爷，怎么了？"

薛放离平静道："这里沾上了香灰。"

江倦点头："嗯，谢谢。"

薛放离没说什么，只是若有所思地看向收回来的这只手，指尖轻捻几下，拂去少许香灰。

江倦大致记起穴位，开始推拿了。

由于身高差距，两个人就算都坐着，薛放离也要比江倦高上一个头，江倦得抬起手才能给他按揉，所以没过多久就不行了。

"举着手好累啊。"

江倦人如小名，怕苦怕累第一名，觉得这样不行，思索几秒，又对薛放离说："王爷，你枕在枕头上好不好？"

薛放离没有立刻回答，江倦已经自顾自地坐好了，生怕薛放离不肯让他按了，保证道："要不了太久，一会儿就按完了，真的。"

好不容易有人让他上手，江倦不想放薛放离走，语气也不自觉地有点儿软。

薛放离漫不经心地"嗯"了一声，依言枕到了枕头上。

江倦低下头，这样确实比之前顺手多了。他不太熟练地找着穴位，下手很轻。

但其实推拿就是要用一点儿力气，他这样按摩没什么效果。

来妙灵寺的前几日，薛放离都是独自歇在另一个院子里，自然而然地又是彻夜不眠。

此刻在江倦身边，四处都是那股淡淡的药草气息，薛放离重新获得了平静，缓缓合上了双目。

薛放离一睡着，江倦就发现了。江倦觉得这得归功于他的推拿，王爷舒服到都睡着了。

江倦非常满意他的实践成果，不过还是坚持做完按摩，每个穴位都按到了才结束。

他刚收回手，高管事就敲开了门。

"王爷……"

"嘘。"

江倦摇摇头，冲他做了个手势，可为时已晚，薛放离还是被吵醒了。

他感觉太阳穴一阵跳痛，没什么表情地抬起头，眼神之凶戾，让高管事心里猛地一惊。

"奴……奴才……"

薛放离懒得听他废话："什么事？"

高管事讪讪道："住持现下脱不开身，晚些时候才能过来。还有……虞美人的法事，王爷您去吗？"

"不去。"

薛放离漠然地吐出两个字，高管事忙不迭地点头，要走，却又听见江倦问："王爷，你母妃的法事，你不去吗？那……我可以去吗？"

江倦会这样问，除了同情虞美人以外，还想再趁机跑路，躲到住持给王爷看完头痛后再回来。

江倦真诚地说："我没给她抄完经，想去法会上看看。"

薛放离语气平淡道："你也不去。过来睡觉。"

江倦奇怪地说："可是我不困，不想睡觉。"

薛放离看他一眼："你想睡。"

江倦："……"

他真的不想。

江倦欲言又止，薛放离则烦躁地瞥向高管事："还不快滚。"

高管事行了礼，立刻开溜，江倦却还想再挣扎一下，说："王爷，我真的不困。"

薛放离看着他，忽然说道："你可知，皇祖母让我跪的那十四日里，她也在？"

江倦怔了怔，薛放离垂下眼皮，没什么表情地说："本王就在尸身旁。"

江倦"啊"了一声,被惊住了。薛放离神色厌倦道:"每逢她的祭日,本王总会梦见那十四日里的场景,我母亲的尸身就在我旁边。"

这么恐怖,江倦都不知道该说什么好了。他看看薛放离,想安慰又无从安慰,只好爬上床。

"那好吧,我睡一会儿。"江倦同情不已,"你别想了,我就在旁边,你再做噩梦了可以叫我。"

薛放离没什么表情地"嗯"了一声,看着江倦不舒展的眉心,殷红的唇却微微勾起,笑得漫不经心。

这人怎么就这样容易心软呢?

他什么也没有,只有足够多的苦难,多到可以一桩一桩地揉碎了、掰开了说与少年听,让少年日复一日地为他心碎,再为他心软。

其实早上江倦起得有点儿早,又连续奔波两趟,上床了才发觉还是有点儿累的,便打算睡一觉,结果怎么也不舒服。

他努力克服,忍了又忍,可是实在忍不住了,便从床上坐了起来。

薛放离问他:"怎么了?"

江倦没说话,只是伸手拉开铺在床上的棉布,果不其然,有床褥一角叠在一起,他这才说:"背上硌得好疼。"

江倦把它拉平整,重新躺下来,安稳了没一会儿,又不行了。江倦翻来覆去,整条"咸鱼"都很痛苦。

"王爷,我睡不着。"江倦难受地说,"床好硬啊。"

"娇气。"

过了好久,江倦睡着了,薛放离也缓缓地闭上了眼。

"放离。"

猝不及防地,薛放离听见一个声音。

女人轻声呼唤着他,随之而来的是剧烈的头痛。他本在寺庙的寮房中,却又看见了坐在镜前的女人,她一下一下地梳着长发,语气温柔。

"你知不知道,到底要怎样才能留下一个人?"

铜镜中,她轻轻弯起红唇,金步摇在发间晃动不止:"永远、永远不是心软。

"雀鸟要折断羽翼,蛇要拔掉毒牙,让他畏惧你,让他只能仰仗你而活,成为你的影子。

"可若是你心软,便会舍不得,便会瞻前顾后,那么只留得下他一时,日后你忘了关上笼子,他——

"就飞走了。"

女人笑吟吟地说:"我的放离,你记住了吗?"

"一念妄,心才动,即被诸有刺伤,即具世间诸苦。"

女人轻喃着,身形淡去,薛放离又听见她崩溃的哭泣、怨恨的诅咒。

"我恨你,我好恨你,你怎么还不去死?"

"你留不住我的。这辈子,你留不住任何人,也没人愿意为你而留。

"你是个怪物,你就是个怪物,你该死,你该死!"

第 13 章

尖锐的叫声几乎刺穿耳膜，薛放离眼前一片血红。
他想留下江倦。
哪怕他病弱至此，本就留不下太久。
薛放离漠然地闭上了眼。
他记得那个女人说过的每一句话。

江倦再醒过来的时候，寮房内只有他一个人。
他坐了一会儿，准备下床了，结果手往旁边一按，软软的一片，这才后知后觉地发现床上又铺了好几层软垫。
江倦越摸越舒服，往后一躺，再度发出了真心实意的感慨。
"王爷真是太好了。"
高管事："……"
听多了这种话，他已然麻木，现在完全可以做到面不改色。
高管事敲开门，对江倦说："三公子，刚才住持来了一趟，但您还睡着，王爷没让喊醒您，住持便道您醒了他再来。现在奴才去喊他？"
薛放离又不在，江倦当然选择逃避，摇了摇头："我出去走走吧。"
说完，江倦又问："王爷呢，他怎么不在？"
高管事回答："王爷被骠骑大将军请过去了。"
江倦"哦"了一声，记得来时是听高管事说过将军府的人也在妙灵寺。

他没怎么将此事放在心上，把自己收拾好以后，说："王爷要是问起来，就说我去散步了。"

话音落下，江倦走了出去。他要散步，守在外面的侍卫也连忙跟上。

妙灵寺与普通的寺庙差不多，江倦没一会儿就不想逛了，思索了一下，决定去虞美人的法会上看看。

可是他又不知道地方，左看看右看看，就近找了一个扫地僧询问。

"请问你知道虞美人的法会是在哪里举行吗？"

"天宝殿。"

扫地僧给他指了个方向，江倦道完谢，正要过去，突然听见一个声音，"喂，你去虞美人的法会做什么？"

声音是从上方传过来的，江倦好奇地抬起头，见到树上坐了一个少年。少年与他年纪差不多大，手上拿了颗桃子啃得津津有味。

"我……"

江倦正要回答，树上的少年看清他的脸，愣了一下，桃子也从手上掉下来，骨碌碌地滚了一路。

江倦便又问："你怎么了吗？"

少年恍惚地摇了摇头："没……没怎么……"

说完，少年又瞄了江倦一眼。

这个美男，他曾见过的。

太眼熟了，他就是记不清是在哪里见过的了。

少年勉强稳了稳心神，从树上跳下来，又问了一遍："你去虞美人的法会做什么？"

江倦回答："去看看。"

少年看了他一眼："那你怎么不去看别人的法会？"

江倦眨了眨眼睛："不想去啊。"

少年却说："都是法会，你去看虞美人的法会，怎么就不去看别人的法会？"

江倦奇怪地问他："我为什么要去看别人的法会？"

少年很是一针见血地说："虞美人不也算别人吗？那么多别人，你怎么就选了虞美人？"

江倦："……"

这天没法聊了，全是车轱辘话，江倦礼貌地跟他道别："我先走了。"

"哎，你等等，"少年几步追上来，"你去虞美人的法会是吧？我跟你一路。"

江倦"啊"了一声，问他："你也去呀？"

少年奇怪地说："什么叫我也去啊？你能去，我难道就不能去了吗？"

江倦只好慢吞吞地解释："我没有这个意思，只是随口一问。我不知道你也去虞美人的法会。"

少年听完这话，却再度对他发出了灵魂质问："难道你不知道我要去，我就不能去了吗？"

江倦："……"

好绝望，这人是"杠精"在世吧？

"喂，你怎么不说话了？"大概是他沉默太久，少年又主动跟他搭话，"你自己问的我，现在又不说话了，你礼貌吗？"

江倦沉思片刻，实在不想和"杠精"交流，于是选择使用糊弄大法："嗯，你说得对，我不礼貌。"

少年看看他，又缓缓地说："你说不礼貌就不礼貌吗？你能代表所有人吗？"

江倦心平气和地说："啊，你说得对。"

"你长了张嘴，就是来说'你说得对'的吗？"

"你说得对。"

"你……"

"你说得对。"

少年瞪着他，好好的一个"杠精"，竟被堵得再也说不出来一句话，世界也终于安静下来。

江倦松了一口气。

可他没想到，下一秒，少年挺高兴地说："你的脾气还蛮好的嘛。我有几个兄弟一跟我说话就忍不住想揍我，还扬言没人不想对我动手，我看你就还好。"

江倦瞅他一眼，怕上当就没吭声，不过没多久，这少年自己又主动说："你叫什么啊？"

问完，他也自报了姓名，两个人几乎同时开了口。

"蒋轻凉。"

"江倦。"

江倦蒙了一下，震惊不已地说："啊？是你？"

蒋轻凉也没好到哪儿去，难以置信道："是你把念哥推进湖里的？"

江倦："……"

怎会如此？

妙灵寺这么大，他为什么还会碰见"主角团"的人？

蒋轻凉："……"

难怪他觉得这个美男他曾见过，是真的见过。

只不过，这个江倦怎么变化这么大！

等一下，江倦现在已经是离王府的人了。

想到这里，蒋轻凉倏地抬起头，神色惊诧不已。

江倦没注意到，只是回忆了一下梦里的情节。

在梦中，蒋轻凉出身武将世家，却被迫弃武从文，被大将军扔去了国子监，心里不满，课业一塌糊涂，聚众闹事倒是擅长得很。

后来经过江念的一番劝解，蒋轻凉总算是在国子监老实下来了，不过江山易改本性难移，他还是会背地里使坏。

这人从小习武，人还蔫坏，江倦犹豫了一下，宁愿回去进行针灸，于是说："算了，我不去法会了，我先走了。"

蒋轻凉却说："你等一下。"

江倦："啊？"

蒋轻凉心情还挺复杂的："念哥的事情，我们待会儿再说。你来这儿去虞美人的法会，是谁让你来的？"

江倦如实回答："我自己啊。"

蒋轻凉打量他几眼，又问："王爷呢？"

"王爷他……"王爷不想来，不过江倦还是用语言加工了一下，"他在忙。"

蒋轻凉嘲讽道："在忙？我看他是不敢来吧。"

江倦皱起眉，不喜欢蒋轻凉的语气。他每回不想搭理人的时候就会开始糊弄。

可是这一次，"你说得对"都到嘴边了，江倦却还是没能忍住，认真地说："王爷不来有他的原因，但肯定不是因为不敢。"

"你又知道了？"蒋轻凉嗤笑了一声，"你说说看，为人之子，他不仅亲手杀害了他的母妃，还要放火烧他母妃的尸体，他怎么敢来？"

江倦怔了怔。

按照蒋轻凉的说法，江倦长了张嘴只会说"你说得对"，蒋轻凉长了张嘴，大概是为了把别人逼疯才存在的。

对付"杠精"，要么糊弄，要么就比他还会抬杠。之前江倦不想理他，但

130

是现在彻底改了主意，决定用魔法对抗魔法。

江倦认真地问："你是春深殿的房梁吗？就那个……又横又长的一条木头。"

蒋轻凉莫名其妙地说："你才是房梁。"

"既然你不是房梁，那你也没有亲眼看见春深殿里发生了什么事，"江倦说，"你又怎么会知道是王爷亲手杀害了他的母妃，还放火烧了她的尸体？"

蒋轻凉提高声音说："我就是知道！"

江倦慢吞吞地说："真的吗？我不信。"

他语气很好，可不知怎么的，蒋轻凉就是听得火大，没好气地说："管你信不信，事实就是这样。虞美人因为……一些事情，对王爷不太好，王爷大概早就恨上了虞美人。"

江倦想了一下，还是说："真的吗？我不信。"

蒋轻凉："……"

他纳闷地问江倦："你能不能换句话？"

江倦看他一眼，如他所愿道："你说事实，又用了'大概'两个字，这说明你自己也不确定此事。连你都不确定的事情，能算事实吗？你不觉得自己很矛盾吗？"

蒋轻凉目瞪口呆地看着江倦，好半天才说："你究竟在胡搅蛮缠什么？"

江倦奇怪地说："你才是在胡搅蛮缠吧，那么多逻辑上的漏洞，我只是好心给你指出来。"

蒋轻凉暴躁地问他："我是不是还得谢谢你？"

江倦："如果你想道谢，也可以。"

蒋轻凉被堵得彻底哑口无言。

过了好一会儿，蒋轻凉才郁闷地说："我可算知道我的兄弟们怎么都说我惹人厌了，说一句被人顶一句确实挺火大。"

江倦思索了几秒，继续伤害他："真的吗？我不信。"

蒋轻凉："……"

他好恨。

深吸了几口气，蒋轻凉实在被江倦言语顶撞得难受，憋不住了，对江倦说："行吧，我偷偷和你说件事情，这件事我是可以确定真实性的。"

话音落下，蒋轻凉犹豫该从哪里说起，结果余光瞥见江倦有话要说的样子，当即怒道："我管你信不信，你先闭嘴听我说！"

江倦眨了眨眼睛，"哦"了一声。其实他这次没想伤害蒋轻凉的，只是后知后觉地意识到了一个问题。

今日是虞美人的祭日，王爷是为母妃来的，将军府的人又为什么来？

况且他看蒋轻凉的态度，这人很为虞美人打抱不平。

这是？

"好多年前，虞美人走的那天晚上，我听见我爹和我娘在说话，"蒋轻凉低声说道，"我爹说……她并不是被烧死的。在春深殿烧起来之前，她就已经死了，一把匕首刺入了她的心脏，而王爷被找到的时候，手中捏着把匕首，满手都是血。"

蒋轻凉讥讽地笑了笑："我与王爷也算是表亲吧，要不然我干吗总和他过不去？"

江倦震惊地说："表亲？可是虞美人不是孤女吗？"

蒋轻凉缓缓地说："她是我姑姑。"

江倦：这是什么情况？

江倦睁大了眼睛，突然间就想起有天晚上，王爷给他讲的那个无疾而终的故事。

——"曾有一家女儿，前半生平顺安稳，父母疼她宠她，夫家敬她护她。"

这样的故事总会突逢巨变，可王爷当时没有再往下讲了，江倦有一种直觉，这就是虞美人的前半生。

那么她的后半生呢？

江倦又记起自己也曾向高管事打听虞美人的事情，高管事当时也同他讲了一些事情。

——"虞美人本是位孤女，在妙灵寺上香时偶遇圣上，圣上对其一见倾心，她被带入了宫中，自此荣宠不断。"

江倦突然有了一个可怕的猜想。

蒋轻凉神色复杂道："春深殿的火不是王爷放的，又会是谁呢？

"这么多年来，每逢姑姑的祭日，他到妙灵寺，却从不肯拜祭，这不是心虚又是什么？"

"不管是什么，反正不会是心虚。"江倦声音很轻，语气却十分肯定，他说道，"虞美人也不会是王爷动手杀害的，王爷不是这样的人。"

蒋轻凉不由自主地抬杠："你说不是就不是了？"

"嗯，我说不是就不是，"江倦理直气壮地说，"没有人比我更懂王爷。"

蒋轻凉："……"

他又被噎了一下，半天不知道说什么好，只好翻一个白眼，然后抬了抬下颔："到了。"

江倦已经没心情了，疑惑的事情太多了，想回去问王爷，所以摇了摇头："我不进去了。"

说完，江倦要走，却再一次被蒋轻凉拦住。

"不行，刚才不是说了，还有念哥的事情。把念哥推进湖里，你是怎么想的？"

蒋轻凉纳闷地说："就你这张嘴，不轻易说话，真说起来能气死人，你用嘴就可以做到的事情，为什么还要动手？"

江倦一言难尽地看着他，认真地说："你说得对，下回我动嘴，不动手了。"

蒋轻凉："……"

可恶，这人怎么又开始了？！

他没好气地抱臂，打量江倦几眼。

说实话，蒋轻凉真的没法把他跟念哥描述中那个自卑、善妒的弟弟联系在一起，这也是他听见江倦报出名字以后震惊的原因。

这么一个仙人似的人，怎么会把人推下湖？

蒋轻凉百思不得其解，江倦又急着想走："我真的要走了。"

蒋轻凉："你等等，我这儿还没说完呢。"

他又爱抬杠话又多，江倦才不想听，吓唬蒋轻凉："你信不信我把你也推进湖里？"

"就你？"蒋轻凉怀疑地看他一眼，抬起下巴，"你推吧，我就站这儿给你推。我要是下得了湖，我喊你大哥。"

如此奇怪的要求，江倦从没听过，这个小弟要不要无所谓，他就是想满足一下蒋轻凉。江倦真的上手推了一下，结果蒋轻凉纹丝不动。

蒋轻凉嘲笑他："你这点儿力气，还想推我下去？"

江倦沉思了几秒，回头对侍卫说："帮我把他扔下湖。"

蒋轻凉："……"

侍卫领命，一拥而上，蒋轻凉虽然从小习武，但王府的侍卫也不是吃素的，何况他还傻眼了，就这么被扔下了湖。

"扑通"一声，水花溅了老远，蒋轻凉浮出水面，都气笑了："你还耍赖呢？"

江倦才不理他，只慢吞吞地问："现在可以开始喊那什么了吗？"

蒋轻凉满脸菜色道："我是让你推，不是让你的侍卫推。"

江倦说:"可你说的是你要下得了湖就喊,没有说非得我把你推下湖才行。"

蒋轻凉沉默片刻,抹了一把脸上的水,朝江倦伸出手:"那你先拉我上去,衣服一拧一把水,太沉了,我游不动。"

江倦也没多想,真要伸手拉他,蒋轻凉得逞一笑,刚要用力往下拉人——"扑通"一声,他又被人踹进了水里。

蒋轻凉:"……"

江倦也惊住了,回头一看,竟是薛放离来了。

"王爷……"

薛放离颔首,颇是冷淡地盯着泛起波澜的湖面,不知道来了多久,又听了多少对话。

蒋轻凉"哗啦"一声浮出水面,听见江倦喊了一声王爷,心里一惊,强自镇定地看了过去。

薛放离居高临下地问:"若非本王在,你还想拉他下水?"

蒋轻凉很冤:"他先动的手啊,我就想把他也骗下来。"

薛放离闻言,缓缓地问江倦:"你对他动手了?"

他语气平淡,但江倦就是听出了几分不悦之意。江倦想起蒋轻凉说过虞美人是他的姑姑,那么王爷也算是他的表哥,王爷可能真的不高兴了。

江倦本想解释什么,但想了一下,还是坦诚地说:"动手了。我不该……"

"你是不该。"

江倦还没说完,薛放离已经淡淡地打断了他的话。

湖里的蒋轻凉一听这话,又是别扭又是得意地看了江倦一眼。

这些年来,薛放离虽然从不与将军府的人亲近,但也从不为难将军府的人。

他这个王爷表哥,大概要给他撑腰了。

他正乐着呢,结果下一秒,就听见薛放离不悦地说:"他从小习武,一身精肉,皮糙肉厚不怕疼,你与他不同。"

薛放离垂眸问江倦:"你的手疼不疼?"

蒋轻凉心中一个大大的问号,别人对他动手,结果王爷还问那人手疼不疼。

这还有没有天理了?

江倦眨了眨眼睛,也有点儿惊讶。

薛放离望过去,江倦刚才推的那一下,真让他的手心红了一小块儿,薛放离冷冷地抬起眼。

蒋轻凉有不好的预感。

事实证明，他的预感是正确的。

薛放离漫不经心道："你既然这么爱在水里待着，还要把三公子也一起拉进水里，不如替本王找一样东西。"

"本王的小叶紫檀手串不慎落入这片湖中，你替本王找一下吧。"

蒋轻凉欲言又止。

薛放离似笑非笑道："怎么，不愿意？"

蒋轻凉再不情愿，也只能说违心话："没有，我这就找。"

他正要潜入湖中，江倦连忙说："你等一下。"

蒋轻凉愣了愣，满怀希望地抬起头，还以为江倦是良心发现，要替自己说什么话呢，结果江倦却说："你忘了那个吗？你要是下得了湖，你就喊我什么来着？"

蒋轻凉："……"

他只是一个无助又可怜的"杠精"，怎会如此？

蒋轻凉简直万念俱灰，动了动嘴，实在喊不出口，十分痛苦。

江倦瞥他一眼，感觉差不多了，这才说："好啦，我就知道你喊不出来，我是故意的。让你天天乱讲话。"

江倦看着他，认真地说："以后不要再说王爷的坏话了，你只是这样就受不了了，王爷只会比你更难受。"

"他真的很好很好。"

第 14 章

　　薛放离垂下眼皮,也没说什么,只是盯着江倦。过了一会儿,他才开口,语气温和不已:"不必与他多言。"
　　江倦摇了摇头:"这才不是多言呢,而且……王爷,我也帮你出头了。"
　　之前都是他这条"咸鱼"在一旁待着,王爷帮他撑腰,今天他也帮王爷教训了乱说话的"杠精"。江倦看向薛放离,眼睛亮晶晶的。
　　薛放离愣怔片刻,殷红的唇扬起,轻笑着说:"麻烦你了。"
　　话音一顿,薛放离又缓缓地说:"下次不要自己动手,你本就怕疼,王府养那么多侍卫不是做摆设的。"
　　蒋轻凉:"……"
　　他现在很难描述自己的心情。
　　王爷很好很好?
　　他好什么。
　　不过……
　　他好像对江倦是挺上心的。
　　蒋轻凉转念一想,要是他也被这么一人全心信赖着,别人怎么说他不好这人都不肯相信,那他——
　　他也怕这人手疼。
　　王爷好不好他不敢说,但他知道自己再和江倦过不去,王爷决计能手撕了他。

"哗啦"一声，蒋轻凉潜入水中，悲伤地去找那不存在的手串了。

江倦问薛放离："王爷，你怎么来了？"

"找你，"薛放离似笑非笑道，"之前没让人叫醒你，本想待你醒了再让住持过来，结果本王不在，你便出来了。"

江倦："……"

意图被看穿，江倦眨了眨眼睛，很认真地狡辩："法会还没结束，我就想来看看。"

"那就进去看吧。"

话音落地，薛放离抬脚走入殿内。

江倦愣了愣："王爷，你不是不想来吗？"

薛放离口吻平淡道："本王不想，但你说了太多次，来了也无妨。"

江倦"哦"了一声，跟在他身旁，一起步入法会殿内。

殿内，不少僧侣席地而坐，正在低声诵经。江倦听了一会儿，听不太懂，想着来都来了，干脆拿起几支香拜祭一下。

虞美人身上究竟发生了些什么事，江倦现在只有一点儿猜测，但无论如何，她都是不幸的，江倦握住香，闭上了眼睛。

薛放离既不阻拦，也未与他一同上香，只是远远地看着。

江倦垂首，眉心轻皱，脸庞笼在青烟之中，但神色里的同情与怜悯之意未被掩去分毫，他专注而虔诚地在为虞美人祈福。

薛放离看着，神色冷了下来。

他怎么就忘了，菩萨可是要普度众生的。

他的悲悯之情，不只是对他一人。只要有苦难，什么人都能让他同情，什么人都能让他心软。

狼是，孔雀更是，就连他素未谋面的人也是如此。

薛放离双目轻合，压下那些不悦与不满足的情绪，微笑着凝视着江倦。

也许那个女人并未说错，想要留下一个人，就要让他畏惧，让他只能仰仗自己而活，成为影子。

可这个小菩萨心里装了太多东西，太多太多了。

他喜欢的东西和人太多，他怜惜的东西和人也太多了。

"王爷，我好了。"

江倦上完香，回到薛放离身旁，问道："现在回去吗？"

薛放离看着近在咫尺的江倦，突然问道："她……本王的母妃，你什么也不问？"

江佾纠结地说:"想问的,但是……"

他有好多事情想问,但是又怕问了王爷心情会不好,只好先忍着,打算等想好了再问。

上一回他直接说祭日,王爷就好几天没再出现过,江佾觉得自己得谨慎一点儿。

薛放离看他几眼,平静地开口:"蒋轻凉与你说了什么?"

话音落下,他自己先嗤笑了一声,神色凉薄:"他说来说去,无非就是本王杀了她,还想放火烧了她。"

江佾怔了怔,轻轻点头,然后又连忙补充:"但我知道不会是王爷。"

"倘若就是本王呢?"

薛放离抬起眼帘,嗓音很低,也以一种极为冷戾的语气说:"你知道本王有多恨她吗?恨不得食其肉,饮其血。"

在江佾眼中,王爷大多数时候是温柔的,极少数心情不佳的时候,也只是淡漠了一点儿,可这样暴戾的时刻,江佾却是第一次见到。

他蒙了,不知道该说什么,茫然地望着薛放离,目光还是那样清澈。他与他的整个灵魂,都好似洁净到了极点,不惹一丝尘埃。

薛放离与江佾对视,他的戾气很重,他忽而对这场扮演好人的游戏厌烦不已,想着就该让江佾畏惧自己。

"王爷……"

"走了。"

薛放离垂眼,突然不想再听他说什么,更不想再看他——无论江佾会投以怎样的眼神,都不会是自己想要的。

薛放离漠然地抬脚,江佾下意识地抓住他的衣袖:"王爷,你等一下。"

薛放离没有回头看他,脚步却顿了顿。江佾重新回到炉鼎前,低头看了看,伸出了手。

江佾很快就回来了:"王爷,走吧。"

他的语气与平常无异,可不知怎的,薛放离还是望了过来。

江佾正抿着唇,睫毛也往下轻垂,还湿了一小片,好似凝着露水。

薛放离望了许久,到底还是垂下眼皮,问道:"刚才吓到你了?"

"啊?"江佾摇了摇头,"没有,我只是……"

只是什么,他却没了下文,薛放离等了片刻,烦躁情绪再度袭来,没什么表情地说:"那就走吧。"

他们一前一后地回了寮房。

住持已经被请过来了，高管事正在为他添茶。见两个人回来，高管事连忙道："王爷、三公子。"

薛放离没有搭腔，江倦倒是应了一声，但情绪不太高。高管事看看他，笑着说："三公子，这便是妙灵寺的住持。"

江倦望过来，住持放下茶水，微笑道："贫僧可否为三公子把一下脉？"

江倦"嗯"了一声，给了他一只手。住持把手搭上去，片刻后，轻声道："看脉象，三公子脏气衰微，应有先天不足之症，定要好生调养，切莫放松警惕。"

他与太医说得差不多，不过大抵是住持也看出江倦心情不太好，又道："除了注意调养，三公子也要保持心情畅通。"

顿了一下，住持又道："王爷道三公子频繁心口疼，今日还昏倒了一次，贫僧为您疏通一下经络吧。"

江倦："……"

他觉得他不用疏通经络。江倦欲言又止地瞄向薛放离，但薛放离只是垂着眼坐在一旁，并没有看他，江倦被迫赶鸭子上架。

"至阳穴有宁心安神、宽胸理气之效，三公子，贫僧今日为您在此处施针。"

至阳穴在后背，想在这儿施针，衣衫得褪至肩胛骨才行，江倦慢吞吞地解开衣裳，又慢吞吞地往下拉。

"先在床上趴好。"

薛放离又冷淡地开了腔，江倦看他一眼，紧张地趴好，薛放离又替他将衣服朝下拉了拉。

"王爷，真的不疼吗？"

江倦太害怕了，两只手放在枕上，抬头看向薛放离。

薛放离没说话，只是盯着江倦。

"王爷？"

薛放离不搭腔，江倦更害怕了，忍不住喊了他一声。不知道过了多久，薛放离才道："嗯，不疼。"

江倦信了。

结果下一秒，住持开始施针，后背处的痛感还是让江倦轻吸了一口气，他的手指也不自觉地攥紧了枕头。

不攥还好，这么一攥，江倦的睫毛倏地一颤，眼中又凝出了水雾。

"好疼。"

江倦的左手不自然地蜷起，他忍了一路，这会儿实在忍不住了，痛得眼泪一颗又一颗地往下落。

　　再怎么怕疼，针灸也不该疼成这样，薛放离低头看他，倏忽间好似看见了什么，一把抓起了江倦的左手腕。

　　这只手上，指尖处竟烫出了好几个泡，又被他不慎按破。

　　"怎么回事？"

　　"刚才……王爷你说恨虞美人，我就把给她上的香全取出来了。"

　　江倦疼狠了，睫毛也颤得厉害，眼泪落个不停，断断续续地说："可是不小心被烫到了……"

　　"王爷你讨厌她，我就不给她上香了。"

　　薛放离怔了怔。

　　江倦的眼泪太多了。

　　不该是这样，薛放离低下头。

　　他设想过许多种可能。少年也许会劝他放下怨恨，也许会惊惧于他的凶戾，可他什么也没说，什么也不问，只是安静地取回了香。

　　"为什么？"薛放离问。

　　"王爷你这么恨她，肯定是有原因的……"江倦蔫蔫地回答。

　　薛放离在想什么，内心又因为他的话生出多么大的波澜，江倦一概不知，他对薛放离有着一种近乎盲目的信赖感。

　　——王爷是个好人。但如果他表现得不那么像一个好人，而像一个坏东西，那么一定是别人有问题。

　　江倦又补充说："我信王爷，也只信王爷。"

　　说完，江倦泪眼婆娑地低头看着手，就觉得自己倒霉，实在是太倒霉了。

　　他的脚伤还没好彻底，手又受了伤，与此同时，背上也还得扎针疏通经络。

　　十指连心，江倦痛得直抽气。

　　江倦怕针灸，结果手伤的痛完全掩盖了针灸刺入时的疼痛。他还在吹手指，住持已经施完了针，又轻声问道："王爷，三公子手上的烫伤可要一并处理？"

　　薛放离"嗯"了一声，把江倦的手拉出来。

　　江倦这次也不敢看了，然而就算不看，疼痛也还是客观存在的。

　　他每回一疼起来，手指就会想要攥紧什么，完全是下意识的行为。薛放离

140

瞥他一眼，用了点儿力气，迫使江倦舒展手指。

不能攥手指，那就只好忍着了，可是让江倦忍痛实在太难，没一会儿，他就受不了了，咬住了自己右手的指节。

下一刻，苍白而修长的手掐住了他的下颌，薛放离垂下眼："别咬手。"

江倦不理他，薛放离见状，迫使他抬起头来，手也向他伸来。

薛放离本想推开江倦的手，结果江倦疼得厉害，直接掐住了他的手指。

掐人的是江倦，委屈的却也是江倦。他抬头看了薛放离一眼，眼神简直称得上是控诉。

薛放离看了片刻，却笑了一声。

住持处理完江倦的手，抬起头说："王爷、三公子，可以了。"

江倦这才松开手。

住持又道："时辰差不多了，贫僧为三公子取针。"

扎针的时候还有点儿疼，取针就真的没什么感觉了，住持很快就把所有的银针取了出来，叮嘱道："三公子近日不要用左手。"

江倦："……"

他郁闷地点了点头，倒是没说话，薛放离却皱起眉，问住持："他的背是怎么回事？"

江倦袒露的后背本玉润而洁白，但现在他突出的肩胛骨附近瘀青一片。

住持看了一眼："无碍，只是三公子皮肉细嫩，若明天瘀青还没消下去，热敷几天就好了。"

薛放离"嗯"了一声。

住持给江倦施完针、包扎好手以后，就没有别的事情了，收拾好药箱，向薛放离道别，薛放离颔首。

江倦看不见自己的后背，只好用手去摸，不碰还好，手一摸上去，又疼得他浑身一僵。

薛放离道："别碰。"

江倦好绝望："我怎么到处都在疼？"

"是啊，你怎么到处都在疼？"薛放离望着他，"真是可怜啊。"

江倦低垂的目光突然看见薛放离的手，看见自己掐出来的印，问薛放离："王爷，疼不疼？"

不疼。

薛放离正要回答，对上江倦关切的目光，说出口的话便变了样："不是很疼。"

不是很疼，那就是疼了，江倦愧疚地说："对不起。"

薛放离微笑着接受江倦的道歉，双目轻合，不知道过了多久，问江倦："你想不想知道……她是怎么死的？"

江倦愣了愣，很快就反应过来王爷说的"她"指的是虞美人，犹豫着问："可以吗？如果你不想说，也没关系的。"

薛放离看着他，笑得漫不经心："没什么不可以的。"

毕竟他说出来能让少年更同情他一点儿。

"是她……"

在过去的许多个夜晚，在他头痛欲裂的时候，在那些短暂的梦魇之中，薛放离时常回到那一日。

他的手上有一把匕首，一端在他手中，另一端刺入了女人的胸腔之中。

女人握住薛放离的手，用力地将匕首推入，她红唇轻弯，以一种温柔到令人毛骨悚然的语气轻声呢喃着。

"放离，你死后，是要下地狱的。

"你说谎，不信守承诺，你的舌头会被拔掉；你害我不得脱身，你食我肉、饮我血，又杀了我，你要被投入血池，反复溺亡。

"我要看着你，看着你去死，看着你下地狱，看着你永世不得超生……"

薛放离似又嗅到了那股味道，血腥气与胭脂淡香混合在一起的味道，恶心至极，令人作呕。

过去与现实逐渐变得模糊，他的眼前一片血红，薛放离神色渐冷，苍白的手背上也布满青筋。

"王爷……"

江倦发现他的神色不对劲，连忙凑过来，扯了好几下薛放离的衣袖。

此时此刻，江倦离得近了，那一身药草味也格外明晰，他自己不觉得有什么，可是于薛放离而言，这味道非同一般。

薛放离于一片浓郁的腥气之中，嗅到了一丝药草清香。

这股气息淡到几不可闻，可它就是钻入了薛放离的鼻腔，萦绕在他周身，也拉回了薛放离的神志。

地狱与人间，一息之间。

薛放离缓缓垂下眼眸。

他突然改了主意，不想再告诉少年完整的真相。

少年会是怎样的反应，他想也知道。

——少年会蹙起眉心，用那种充满了怜悯的眼神看着他，然后同情地呢喃："她怎么这样啊？"

真相徒惹他伤心而已。

薛放离只字不提虞美人是握住他的手，把匕首刺入胸腔的，只平静地说："她活够了，自戕而亡。"

江倦愣了愣："那为什么大家都怪王爷？"

薛放离淡淡道："大抵是因为她屏退了所有人，在本王面前自戕的吧。"

江倦"啊"了一声，很快就意识到了什么，怔怔地看了薛放离很久，表情很是难过。

薛放离低下头："怎么？"

江倦没有立刻答话，过了很久才闷声问："王爷，当时你害怕吗？"

"害怕？"薛放离轻嗤了一声，"不记得了。"

"你说谎。"

"嗯？"

薛放离应了一声，盯着江倦看。

少年的眼神哀伤至极，他的心疼与怜悯之情，浓到几乎化不开的地步。他专注地望着薛放离，而这专注的眼神，无疑薛放离看了很高兴。

就在这个时候，江倦的眼泪簌簌落下。

薛放离怔了怔，江倦含着泪，睫毛眨动着。

"你哭什么？"

"我觉得你害怕。"

江倦不太擅长口头上安慰人，只能一遍又一遍地对他说："没关系的，都已经过去了。"

他害怕吗？

薛放离问自己。

他从出生起就不受期待。他只是一个筹码，被期望成为一个软肋，可是那个女人为他起名"放离"。

她执意要走。

她没有任何软肋。

也许他害怕过吧，只是他忘记了。

这么多年来，他什么也不怕，只是一个疯子，什么也不在乎，也不怕失去什么，因为他什么也没有。

薛放离看着江倦，看了很久，最终轻轻地笑了："怎么会哭成这样？好像比本王还伤心呢。"

第 15 章

江倦没说话，越想越觉得难受，眼泪几乎没有停下来过。

薛放离口吻平淡道："没什么好哭的。这些事情，本王早就不在乎了。"

他早就不在乎了，江倦抬起头，很认真地说："王爷，你以后忘了过去吧。"

王爷真是太可怜了，家庭不幸，身世凄苦，还命不久矣。

江倦本来只是象征性地"营业"，为王爷做一下临终关怀，但是现在改了主意。

他想对王爷好一点儿，好好地送王爷最后一程。

江倦又补充道："我会对你很好很好的。"

薛放离似乎并未料到江倦会说出这样的话，低头盯着江倦看了很久，才缓缓地开口："若你后悔呢？"

江倦不解地问："为什么会后悔？"

"因为……你太爱哭了。"

这个少年，疼了会哭，觉得别人过得不好会哭……

终有一日，江倦发现自己受到了哄骗——自己不是什么好人，只是一个疯子，喜欢为他人带来苦难，又会哭成什么样呢？

天都要塌了吧。

江倦说："我……"

骨节分明的手指抵在他的唇前，薛放离望着他，殷红的唇轻轻弯起，开口："不要对本王做出任何承诺，若本王当了真，就算你做不到，也必须

144

做到。"

江倦怔住了。

翌日傍晚，虞美人的祭日过去了，王府的马车驶离妙灵寺。

昨日焉了大半日，江倦今天心情还不错，坐在薛放离身旁，慢慢地吃着点心。

"还逛不逛？"

突然间，薛放离开了口。江倦愣了愣，茫然地仰头望着他。薛放离轻抬下颌，示意他看外面。

"这条街，上回来你说想逛。"

"逛。"

江倦也想起来了。他其实不喜欢闲逛，毕竟太累人了，不过入梦以来，江倦去过的地方实在有限，他还挺好奇其他地方的，这才想到处看看。

薛放离"嗯"了一声，让车夫停了车，说道："本王去茶楼等你。"

江倦眨了眨眼睛："王爷不一起吗？"

他若是同行，江倦就没什么好逛的了，毕竟离王威名在外，不过薛放离只是说："本王喜静。"

江倦"哦"了一声，倒也没怎么怀疑，毕竟平常丫鬟们也都很少发出声音，做什么事都静悄悄的："那我逛完就来找你。"

薛放离颔首，江倦起身，手刚摸上帘子，薛放离又道："等一下。"

江倦回过头："啊？"

薛放离招来高管事，淡淡地吩咐了几句什么。高管事看看江倦，走了，待他再回来的时候，手上捧着一个帷帽。

薛放离给江倦戴上帷帽，这才又说："去吧。"

帷帽檐宽，轻纱及腰，江倦拨开一点儿，奇怪地问："王爷，我戴这个做什么？"

轻纱掀起，少年姣好的面容露出小半，已然很美，薛放离平静地说："天热，晒伤了你受不了。"

好有道理，江倦也是真的不想再受伤了，真心实意地说："王爷你想得好周到啊。"

薛放离微笑道："是吗？"

江倦点了点头，重新把帷帽戴好，这才下了马车。

薛放离自然不会让他一人在此闲逛，侍卫也跟了不少，只不过没那么大张旗鼓。江倦东看看西看看，倒也没什么新奇的东西，直到他踏入了一间书肆。

"盏色贵黑青。这种黑瓷，已经烧不出来了，更别说它是曜变，珍贵着呢。"

书肆的掌柜小心翼翼地托起一个茶盏，它通身漆黑，杯底有不少褐色圆点，看似平平无奇，可杯身微倾之时，蓝光浮现，一片荧荧，恍若碗中盛有宇宙星河。

江倦睁大了眼睛。他在博物馆里见到过这种被称为曜变的茶盏，不过那是残缺不齐的半只，但饶是如此，也足够令人惊叹了，更别说这是一整只，色彩梦幻如极光。

江倦被惊艳到了，掌柜身旁的人也不外如是，有人问："掌柜的，这个杯盏出手吗？"

"不出，多少银两都不出，"掌柜把杯盏收了起来，"不过嘛……"他卖了个关子，"我们先生是个诗痴。这杯盏千金不换，但若是谁写一首让他满意的诗，兴许他一高兴，就将杯盏转手相赠了。"

用诗来换，倒是不用花大价钱，可写首好诗也不容易，江倦喜欢归喜欢，也不是很想要，只要能多看几眼，就已经很高兴了，便打算看个够。

他浑然不知，书肆二楼有人已经看了他很久。

"用诗来换？这不巧了吗？侯爷在呢。"

"可不是？我们写不出来什么好诗，侯爷可不一样，那可是出口成章的人。"

这间书肆本是一位大儒的藏书楼，存储着各种古籍，后来他向京中文人开放，一楼出售各种拓本，二楼又与茶楼相通，可供歇脚，文人们聚会大多爱挑此处。

今日安平侯受邀前来参与聚会。他身份尊贵，坊间又盛传曾受到过白先生教导，是以京中不少名门学子唯他马首是瞻。

"诸位谬赞，"安平侯沉稳道，"本侯的诗，也不过寻常而已。"

"侯爷莫要谦虚，"刑部侍郎之子李铭摆了摆手，"你要只是寻常，我们就该跳护城河了。"

安平侯无奈一笑，只好改口道："这只黑瓷茶盏与本侯没什么眼缘，本侯不打算参与。"

李铭一听这话，忙用手肘撞身旁的人："听见了没？你不是念叨着想要吗？侯爷若是参与，那必定是手到擒来，现在你的机会来了。"

安平侯听得更是无奈，但也没说什么，只是端起茶杯饮了一口水，目光却又不由自主地飘向了楼下。

少年一身淡色衣衫，帷幔落下，身形几乎掩入那层轻纱之中，纵使不见容颜，也是仙人之姿。

"侯爷，您在看什么呢？"李铭跟着低下头，随之愣了愣，"这是……二公子来了？"

不怪他认错人。尚书府二公子江念，在京中素有小谪仙之名，气质清雅，温和端方，又被戏称为第一美男。

听他提起江念，安平侯终于回了神，缓缓道："不是小念，是三公子。"

李铭沉默了，他印象里的江倦不是这样的，不过由于帷帽挡住了窥视的目光，李铭又看不清对方的脸，只好尴尬地笑了笑："啊，不是二公子啊。"

没一会儿，他又想起了什么，笑嘻嘻地说："他现在不是离王的义弟了吗？"

江倦过去总喜欢往安平侯跟前凑，他们这些与安平侯有交情的人自然知晓，李铭压低了声音说："侯爷，您每月都会来书肆一趟，他早不来晚不来，怎么偏偏就今日来了呢？"

李铭挤了挤眼睛："怕不是醉翁之意不在酒啊。"

安平侯皱了皱眉："慎言。"

李铭与他混得熟了，知道他没真生气，还在同他嬉皮笑脸，其他人也起哄道："侯爷，不若请三公子上来喝杯茶吧。"

安平侯不太赞成这提议，本要一口回绝，又听李铭调侃道："他都是离王府的人了，还寻侯爷至此，侯爷你若不见，当真是无情无义啊。"

安平侯低头看向江倦，目光忽地凝住，望见江倦包扎起来的左手，终是改了口："也好。"

他本就对江倦有诸多亏欠。上回在宫里，许多事情不便多说，这一次他倒是可以说清楚了。

安平侯唤来小厮，低语了几句，小厮立刻领命下楼。

李铭看着看着，没忍住问安平侯："侯爷，你觉不觉得他变了好多？上回见他还连头也不敢抬呢。"

安平侯放下茶杯："本侯看与往日没什么不同。"

与此同时，小厮也已经下了楼，叫住江倦，低声道："三公子，侯爷请您上楼一叙。"

江倦缓缓扭过头："侯爷？哪个侯爷？"

小厮失笑道："还能有哪个侯爷？自然是安平侯。"

江倦："……"

怎会如此？

他只是出来闲逛，怎么就碰上了安平侯？

安平侯作为江念的伯乐，江倦本就避之不及，何况上回和他见的那一次，安平侯实在太讨厌了，江倦更是不想搭理他，于是摇了摇头："我觉得不用叙。"

"这……"小厮犹豫道，"三公子，侯爷诚心相邀。"

江倦诚恳地说："可我也觉得真没什么好叙的，你就这样回禀侯爷吧。"

小厮只好应下，匆忙返回。李铭见只他一人，还打趣道："人呢？那三公子……江倦是吧？该不会听说侯爷相邀一叙，反倒生出了几分怯意，要先喘几口气吧？"

同行人也都笑道："说不定呢。这还真是侯爷第一次邀他相见，而不是他眼巴巴地凑上来。"

安平侯望他们一眼，制止道："莫再说这些，他已是离王的义弟，让离王知晓他与我交情匪浅，定会心生不悦。"

但在他心中，他也不认为江倦会拒绝与他相见，是以询问小厮："三公子怎么了？"

小厮俯下身，本欲凑在他耳边轻声低语，安平侯却道："无妨，直接说吧。"

小厮为难道："侯爷……"

李铭一手搭上他的肩："让你说你就说，三公子怎么了？你还得瞒着我们大家伙，该不会是三公子私下与侯爷有什么悄悄话要说吧？"

众人笑成一片，倒是安平侯迟疑片刻，怕江倦真说了什么不好让旁人听见的事情。

——兴许是离王暴虐，向他求救。

安平侯正要改口，李铭又啧啧叹道："侯爷可真是令人生羡，二公子德才兼备，却愿为侯爷效力，他那弟弟也总爱跟着你。"

安平侯顿了顿，到底什么都没说，小厮只好硬着头皮开口："侯爷，三公子说与您没什么好叙的，他不见您。"

话音落下，满座俱静。

之前起哄起得有多开心，现在气氛就有多尴尬，没人想到江倦会拒绝见安平侯，更没想到他会拒绝得这么不留情面。

他不是喜欢往安平侯身旁凑吗？

他怎么就这样落了安平侯的面子？

李铭起哄起得最厉害，也是最不解的一个，尽管他不是安平侯，但现在已经恨不得替安平侯钻进地缝里了。

被当众拒绝，对方还是一个没人觉得会拒绝邀约的人，丢人，简直太丢人了。

想到这里，李铭偷瞄一眼安平侯，见安平侯神色未变，仍是一副气定神闲的模样，这才悄悄松了一口气。

还好，侯爷不在意。

实际上，连李铭这个旁观者都觉得丢人，更别说安平侯了。

他颇觉颜面无光，但素来喜怒不形于色，这才没有外露分毫，只不过放在袖中的手握得很紧。

没有什么好叙的？

自己一片好心，就算他心存怨怼，也不当如此不留余地。

安平侯越想越恼怒，正在这个时候，李铭突然惊讶道："怎么要走了？"

安平侯下意识地望过去，就见江倦转过了身，似要离开。

李铭连忙趁机打圆场道："三公子不来，应当是有什么事吧，不然怎么会不理会侯爷？"

在一片附和声中，安平侯的恼怒情绪并未消减，他盯着江倦看了几眼，霍然起身道："本侯出去一趟。"

众人面面相觑，倒没人多说什么，只目送他离开。

可没多久，"砰"的一声，房门又被踹开。

"侯爷，你怎么……"

几个侍卫恭敬地站在一侧，男人缓缓走来，肤色苍白至极，唯独唇色艳得惊人，此刻嘴边又噙着一丝笑容，浑身都是戾气。

并非安平侯去而又返，而是离王来了。

"本王方才在隔壁听见了一些颇有趣的事情。"薛放离垂下眼眸，瞥了一眼走近江倦的安平侯，笑得漫不经心，"本王的义弟，又岂会纠缠他人？"

"你们长了张嘴，却只会嚼舌根，依本王之见，舌头不如割了吧。"

他语气很轻，却又冷得令人脊背生寒。

离王为人之暴虐，行事之残忍，在京城无人不知，无人不晓，他说割舌头，那么势必做得出这种事来！

李铭面色一白，恐惧地求饶道："王爷息怒！"

其余人也连忙跪下，胆战心惊道："王爷您大人有大量，饶命啊！"

"哦？你们怕什么呢？"薛放离平静道，"方才不还有说有笑吗？"

"王爷，私下妄议三公子，是我们胆大包天，"李铭哆嗦着说，"知错了，我们知错了！"

说完，他跪在地上，头重重地往上磕："王爷息怒，您就饶我们这一次吧，日后我们再也不敢了！"

"嘴长在你们身上，你们日后还敢不敢，本王又岂会知道？"薛放离微微一笑，"还是割了吧，一劳永逸。"

他这样说，也就是没有回旋的余地了。今日来此聚会者，皆是名门学子，日后是要恩荫入仕的，倘若被割了舌头，他们这辈子就完了！

"王爷饶命，饶命啊！"

"是他！从头到尾，都是这个李铭在起哄，也是他在羞辱三公子。王爷，您割李铭一人的舌头就够了！"

"对啊，王爷，错全在李铭，全是他的错！"

李铭目眦欲裂："你们在说什么？难道只我一个人起哄，你们就没有附和吗？"

薛放离却是饶有兴趣地问李铭："三公子醉翁之意不在酒，可是你说的？"

李铭动了动嘴唇："王爷……"

薛放离颔首："本王知道了。来人，割了他的舌头，嘴也给本王缝起来。"

侍卫抽出刀，向李铭走近。

这一刻，李铭本就处于极度恐惧的状态，又因为被昔日好友背刺而恨极，不知道哪里来的勇气，一把夺过侍卫的刀，怒道："我不好过，你们也休想好过！"

他一刀挥下，追砍起好友来，鲜血当即喷涌，众人惊叫不已。

薛放离厌恶地看着这狗咬狗的场景，冷淡地起了身。

他本要让侍卫候在此处给这些人一点教训，目光一垂却又望见楼下的少年，改了主意，平静地开口。

"报官吧。"

书肆一楼，江倦往外走去，倏地听见一个声音。

"三公子。"

安平侯拦住了他的去路，神色复杂地盯着他。

江倦："……"

唉，他就是不想跟安平侯在同一片天空下呼吸。

再怎么不想靠近安平侯，江倦也只能叹口气，然后礼貌地问他："你有事吗？"

安平侯隐忍道："即使你对我心存怨怼，又何至于羞辱我至此？"

江倦茫然地看着安平侯，发出了灵魂质问："你在说什么？"

想了一下，江倦又补充道："我对你没有怨怼情绪，也没有想羞辱你。"

他只是一条"咸鱼"，毕生梦想是"躺平"，羞辱人也太为难"咸鱼"了，他只想翻个面罢了。

安平侯问他："那你为何不与本侯相见？"

江倦诚恳地回答："没什么好见的啊。我是离王府的人，你是安平侯，日后念哥还要追随你做事，可能我避个嫌比较好？"

安平侯怔了怔。陛下并未准许江念的事，他那日频繁走神而错过了时机。安平侯犹豫片刻，向他解释道："我与小念……"

江倦却不想听主角与伯乐的故事，毕竟梦里知道了："王爷在茶楼等我，我去找他了。"

江倦说走就走，帷幔垂下的轻纱被轻轻带起，拂过安平侯的脸，安平侯看见了一截若隐若现的脖颈。

"本侯想补偿你。"安平侯脱口而出。

江倦侧头望来："为什么要补偿？"

他用一种很疑惑的眼神看向安平侯，神色平淡而又不解。

江倦越是无动于衷，安平侯的行为就越是显得可笑，不甘的情绪在心中凝聚，安平侯深吸一口气，道："本侯见你看了许久的黑釉瓷，你可是喜欢？"

江倦警惕道："不喜欢，就是看看。"

安平侯却自顾自道："你若是喜欢，本侯为你取来。"

江倦："我不……"

话音未落，安平侯已经开了口："掌柜，以诗换盏，本侯可否一试？"

掌柜爽朗一笑："自然可以。"

江倦：还挺尴尬的。

他很认真地说："侯爷，我要是想要，可以向王爷讨要，你不用这样。"

安平侯仍说道："本侯只是想补偿你。"

可是没什么好补偿的，江倦摇了摇头："我觉得不用补偿。"

江倦一再拒绝，安平侯性格再怎么内敛，怒气也浮出了几分，他问江倦：

"你可是觉得本侯不及王爷，无法为你讨来这只茶盏？"

江倦："啊？"

两个人正说着话，掌柜已经为安平侯捧来了笔墨纸砚："侯爷，请。"

安平侯看江倦一眼，开始提笔书写，不再言语。倒是他的小厮轻声对江倦说："三公子才来京城不久，兴许很多事情不清楚。

"京中有二人广受推崇。一人是顾浦望顾小公子，年少但敏慧；另一人就是我们侯爷了。他们被称为上京玉珏。"

小厮语带骄傲："侯爷的舅舅，也就是驸马，是白先生的亲传弟子。侯爷自小受驸马言传身教影响，加上又受到过白先生的指点，也算是师承白先生了。"

顿了顿，小厮问江倦："三公子，您可知晓白先生？"

"知道。"

江倦记得，在梦里，这位白先生全名白雪朝，是位德高望重的老先生。他入朝为官三十年，从政清廉，一心为民，不只文人推崇他，百姓也极为敬仰他。

小厮道："侯爷师承白先生，又岂会取不来茶盏？"

江倦眨了眨眼睛，总觉得怪怪的。

白先生是白先生，安平侯是安平侯。他能不能取到茶盏，看的是个人能力，与师承又有什么关系？

但明显只江倦一人这么想。听说安平侯要写诗，书肆里不少人凑了过来，小厮话音一落，大家也都附和着。

"是啊，侯爷可是师承白先生呢，这茶盏哪，侯爷简直手到擒来。"

"先不说白先生是何等才华，当年的驸马不也是才藻艳逸吗？侯爷得了此二人的教导，定也文采斐然。"

"好了。"安平侯写下最后一字，将诗交予掌柜。

掌柜也没看诗，只微笑道："侯爷稍等片刻。"

顿了一下，掌柜问安平侯："侯爷当真受过白先生的指点？"

安平侯不语，掌柜权当他默认了，笑着说："我们家先生平生最为敬仰之人也是白先生，这茶盏哪，看来就要易主了。"

说完，掌柜小心翼翼地捧着诗快步离去，可没过多久，他便神色古怪地回来了。

"掌柜的，你怎么一脸菜色？"

"该不会茶盏才拿出去就要被送走了，心疼吧？"

掌柜摆摆手，只问安平侯："侯爷，您当真师承白先生？"

安平侯愣了愣，并没有正面回答，只是询问道："掌柜何出此言？"

掌柜吞吞吐吐道："我们家先生说了——您若受过白先生指点，诗却还写成这样，便是您冥顽不灵；您若未受过白先生指点，写得这样糟，倒是情有可原。只可惜了顾公子，与您并称上京玉珏，您徒有其名，他倒也声名受损。"

安平侯在京中素来颇负盛名，除了他出身尊贵以外，很重要的一点便是受过白先生指点，只要听说此事，无人不对他赞扬不已。

这么多年来，这是安平侯头一次被人指着说徒有其名，他错愕不已。

小厮更是愤然："写得这样糟？我们侯爷的诗，怎会写得糟？你们家先生因为修缮这间书肆被称为大儒，便真当自己是哪位大儒了吗？

"你家先生可知，白先生只夸赞过一人——江南楼氏楼月如。白先生称其文章璧坐玑驰、辞无所假，而正是楼先生，几年前愿以千金换得侯爷的文章一篇，若侯爷当真徒有虚名，楼先生又何必如此？"

掌柜一听这话，愣住了。安平侯也道："本侯的诗，兴许入不了先生的眼，但先生又岂能直言本侯徒有虚名？

"本侯不在意声名，但平白让人这么说，总得问个清楚。

"你家先生姓甚名谁？他若是如楼先生一般的大家，说本侯诗不好，本侯无话可说；但他若本身无才无德，纯粹在指手画脚，本侯定不会轻饶。"

掌柜看看他，欲言又止，安平侯皱眉道："快说。"

掌柜只好无奈地说："我家先生，如无意外，就是侯爷口中的楼先生。"

停顿片刻，掌柜又慢吞吞道："若小的没记错，我们先生当年求侯爷的文章，也是听闻侯爷受到过白先生指点，而我们先生又颇为敬仰白先生，是以……"

也就是说，楼先生当年千金求文章，压根儿不是为了安平侯，而是冲着白先生去的。

安平侯又求仁得仁，说若是如楼先生一般的大家指摘，他无话可说，结果指摘他的正是楼先生本人。

书肆安静得落针可闻。

江倦："……"

不行，这也太尴尬了吧？

安平侯会不会记他的仇啊？

安平侯要取茶盏，不是江倦让他取的，可再怎么说，也算是他害安平侯丢了大脸。

江倦思索了几秒,努力地安慰安平侯:"其实写得也没那么差啦,我觉得还挺好的。它好就好在……"

好在哪里,江倦也编不出来了。他只会背诗,不会进行诗词赏析。江倦只好硬着头皮说:"好就好在它真的很好。"

江倦说得诚恳,可在这个关头上,比起安慰人更像是在气人。

短短一炷香内,安平侯接连两次颜面无存,饶是他性格再能隐忍、再喜怒不形于色,也无法保持冷静了。

他抿紧了唇,过了很久,才咬着牙对江倦说:"你……好得很。"

话音落地,安平侯拂袖而去。

江倦:"……"

可恶,他真的被记仇了。

可是这关他什么事?

江倦很郁闷,觉得自己也挺无辜的。他只是一条"咸鱼",却总是被迫成为反派,不是惹到主角,就是让主角的伯乐丢脸。

江倦叹了一口气,耳旁忽然传来熟悉的嗓音:"叹什么气?"

不知道薛放离何时来到了他的身边,江倦眨了眨眼睛,惊喜地问他:"王爷,你怎么来了?"

安平侯踏出书肆的脚步一顿,薛放离语气轻缓地回答:"你在书肆待了太久,过来看看怎么了。"

江倦"哦"了一声,薛放离轻抬下颌,又问他:"喜欢那只茶盏?"

喜欢不喜欢的,看看就够了,再说江倦也有点儿怕了,所以对薛放离说:"不喜欢。"

"不喜欢还看了这么久?"薛放离微微一笑,"你若是喜欢,本王替你取来。"

江倦:"……"

这不是安平侯的台词吗?

江倦欲言又止,太害怕悲剧重演了,拼命地摇头:"不要,不要,我们走吧。"

安平侯丢脸就丢脸吧,王爷可不行,他身体不好,得保持身心健康。

薛放离似乎看出江倦担忧什么,只是轻轻一笑:"本王心里有数。"

话音落下,他对高管事使了个眼色,高管事与掌柜低语了几句。掌柜眼前一亮,问薛放离:"王爷,此话当真?"

薛放离颔首。

掌柜喜气洋洋道："王爷请稍等，小的这就去禀告先生。"

薛放离"嗯"了一声，掌柜一路小跑，江倦好奇地问："王爷，你答应了什么啊？"

薛放离不咸不淡道："用一些东西与他交换。"

安平侯在心里冷嗤了一声。

这掌柜一早便说了茶盏千金不换，再珍贵的东西，在这位楼先生眼中怕是也不值得一提，他看离王也要吃瘪。

果不其然，没多久，掌柜的回来了，气喘吁吁地摆了摆手："王爷，不行，我们先生说不能用这茶盏与您交换。"

安平侯轻哼了一声，笑意还未压下，又听掌柜道："您那一套《山海项轩集》失传已久，实在是珍贵，我们先生不敢收，更不能收。

"先生还说，这只茶盏赠您，他还有不少藏品，王爷若是感兴趣，可以多挑选几样，您那套《山海项轩集》，他只借阅几日便可。"

"嗯，本王知道了。"

安平侯笑容一僵，他怎么就忘了，这间书肆本是藏书楼，先生既是个诗痴，也爱书。

倘若他没忘，倘若是他以古籍来换……

安平侯回过头去，正对上了薛放离似笑非笑的眼神。

与他狼狈的样子不同，男人姿态矜贵地取下茶盏交给了江倦："拿好。"

江倦摸了摸茶盏，仰起头再一次感慨："王爷，你真的太好了。"

安平侯深吸一口气，定定地看着江倦，少年笑得眉眼轻弯，眼神专注而认真。

也就在这一刻，安平侯突然意识到了一件事情。

江倦是真的觉得离王对他很好，上回在宫里，也不是在与自己赌气。

安平侯觉得可笑，更觉得气闷不已，恼怒地踏出书肆，迎面却又撞上了不少官兵。

为首的官兵向他拱了拱手，望向书肆里面，询问道："何人报的官，说书肆有人行凶？"

薛放离懒洋洋地开了口："本王。"

官兵："……"

气氛凝滞了一秒。

不怪他们如此惊异，离王会报官，真是见鬼了。这位主儿自己就是个活阎王，他们官府只能管阳间事，可不敢管阴间事。

薛放离对此视而不见，又慢条斯理道："在楼上，似是与侯爷同行的人。"

官兵们再怎么一言难尽，也还是尽职地上了楼。安平侯很快就意识到什么，惊骇地问薛放离："你对他们做了什么？"

薛放离抬了抬眼皮，正要开口，江倦却挡在他面前，皱起眉心道："你这么大声做什么？说话就说话，王爷身体不好，你不要吼他。"

第 16 章

安平侯愣愣地看着江倦，一时竟不知道该说些什么才好。

王爷身体不好，你不要吼他。

王爷是纸糊的，自己还能把他吼散了不成？

安平侯越想越觉得诡异，神色也越来越复杂，忍不住说："你可知道……"

"本王没事。"

江倦这样护着他，安平侯觉得错愕，薛放离也是始料未及。

被人护在身后，于他而言，倒是一种颇为新奇的体验，薛放离并不讨厌，甚至勾起唇，缓缓地说："让他吼，本王不在意。"

"王爷你就是脾气太好了。"

得知王爷的身世之后，在江倦眼中，王爷就是一个病弱、无助且命不久矣的小可怜，现在听他说自己不在意，江倦更是满心怜爱之情，看向安平侯的眼神也谴责不已。

安平侯：离王在搞什么鬼？

安平侯看不懂，但大为震撼，忍了又忍，实在忍不住了，便嘲讽道："脾气太好？王爷若真脾气好，又岂会在书肆里行凶？"

安平侯知晓离王本性，加上与他同行的人方才都在拿江倦取乐，尽管不知道离王在报什么案，但还是认定了行凶之人便是离王。

江倦就不这么认为了。他不想招惹安平侯，可是更不想王爷被诬蔑，很认真地说："王爷只是好心报官。"

安平侯："……"

他只想问江倦一句话：离王究竟给你灌了什么迷魂汤？

无论如何，安平侯到底留有几分理智，动了动嘴唇，还是没有说出口。反倒是薛放离，轻笑着说："他不信便不信，无妨。"

话音刚落，官兵也押出若干人。他们一个个状若疯癫、浑身鲜血淋漓，再不复往日的清高姿态。安平侯惊骇不已："这是怎么了？"

为首的官兵答道："有个叫李铭的人突然发疯，夺刀砍伤多人。"

李铭为人轻浮，但是颇讲义气，安平侯震惊地问："怎么会这样？"

现下还未审问，官兵当然也不知晓个中缘由，只是摇头，又转头对薛放离拱手，神色颇为诡异地说："多谢王爷报案。若是我们再晚来一刻，说不定就酿成惨剧了。"

薛放离微笑道："是本王该做的。"

官兵："……"

气氛再度凝滞，官兵讪笑几下，拖着人走了。

江倦问安平侯："你听见了吗？是王爷好心报案。"

安平侯："嗯……"

江倦又慢吞吞地说："你好像应该给王爷道歉？"

"本侯……"

"本王不在意声名。"

薛放离轻嗤一声，垂眸问江倦："接着逛？"

江倦抬头望望他，还是很心疼王爷，叹了一口气："算啦，走吧。"

薛放离"嗯"了一声，与江倦并肩而行，从头到尾，江倦都没有再看安平侯一眼。

在此之前，安平侯一直为江倦的痴缠行为感到困扰，可这一刻，江倦对他视若无睹，安平侯却又觉得心里空落落的。

他不甘而又愤懑地问道："既然如此，你为何还保留着信物？"

信物？什么信物？

江倦怔住了："我……"

薛放离眼皮一抬，安平侯接触到他的目光，心里一惊，好似被什么危险的猛兽盯上了，巨大的压迫感向他袭来，安平侯僵硬道："是本侯冒昧了。"

"走了。"薛放离并未停留，抬脚就走。江倦忙不迭地跟上他，连话也未与安平侯说完。

与此同时，书肆外又停下一辆马车。

"二公子，您慢一点儿。"

江念捧着古籍踏出马车，抬起头，凝神望向书肆，回忆起了梦里的一些事情。

没人知道，这间书肆在江南楼氏的名下。

楼氏世代经商，为江南巨富，当地的一首童谣——上有老苍天，下有楼百万，三年不下雨，陈粮有万石——说的便是楼氏之富裕程度。

这一代商号的掌权人为楼如月。此人的经历颇为传奇，年少时他一心舞文弄墨，颇有才学，后来觉得文学造诣再无法精进，便又弃文从商，从此销声匿迹。

在梦里，时局之所以动荡，不只有人祸，更有天灾，而安平侯能登基，并获取民心，很大程度便仰仗于楼如月。

——饥荒之时，楼如月以安平侯的名义开仓赈粮。

至于楼如月好古籍，江念之所以知道，还是梦里安平侯来过一趟离王府，取走了府上的所有古籍，并尽数赠予了楼如月。

现在，江念知晓先机，哪怕与安平侯是一根绳上的蚂蚱，在试探过后，得知安平侯现下还不知晓此事，江念也决定由他来做这件事情。

只是现下离王未死，他也未入离王府，为了集齐这套古籍，江念下了不少功夫，但总归是值得的。

想到这里，江念勾了一下嘴角，丫鬟点翠看了一眼，感慨道："公子可真好看。"

话音落地，她又想起什么，笑嘻嘻地说："公子，昨日顾公子说丹青圣手杨柳生要来京城了，可是真的？"

这位丹青圣手平生只画俊男美女，点翠又说："那他来京城，肯定是要求见公子的，毕竟公子可是京城第一美男呢。"

江念笑着摇了摇头："他说不定瞧不上我。"

公子确实一眼看过去只是清秀，又略显寡淡，点翠当年还为此失望过，觉得这个第一美男名不副实，不过在府上姐姐们的指点下，她就懂了。

点翠有样学样道："公子这是骨相美，需要有审美情趣的人才能欣赏，他若瞧不上，便是他审美不行。"

江念只是笑，倒也没再说什么，点翠还要说什么，余光忽而瞥见一个少年。

少年身着淡色的衣衫，戴着及腰的帷帽。

似是起了风，垂下的轻纱被掀起几分，少年露出来的那半张脸，当真是举世无双。

点翠愣住了。

这人好美啊。

不，不行，她与二公子相处了这么久，审美情趣怎么还会如此低级，喜欢这种肤浅、外露的美呢？

点翠在心里挣扎不已。

可是他真的好美啊。

而且……她怎么还觉得有点儿眼熟？

点翠心里疑惑不已，还想扭头再看，但少年的面容已然掩入了轻纱之下，她落了个空，心里颇为遗憾。

而在这个时候，江念也进入了书肆。

"侯爷？"

他看见安平侯，惊诧地唤了一声。安平侯扭过头来，勉强地笑了笑："小念，你怎么来了？"

江念回答："得了本古籍，听说这间书肆里有不少藏书，想来换阅。"

安平侯点头："本侯先走了。"

江念迟疑片刻，到底没叫住他，只是笑了笑："好，路上慢一点儿。"

安平侯大步离去，江念则找到书肆的掌柜，向他说明来意："这套古籍可否与书肆换阅其他古籍？"

掌柜的低头看看，是《鹿泉经注解》，摆了摆手："这一套书我们先生有抄本，若还有别的古籍，再来换阅吧。"

江念只好无奈地应下来："嗯。"

他来时亲自抱着古籍，走时一无所获，又把古籍交给了点翠。江念走在前面，眉头皱得很紧。

在梦里安平侯拿的是离王的古籍。

现在他又该去哪里再寻一些古籍？

无论如何，楼如月，他势必要讨好去了。

江倦坐上了马车，放好茶盏，趴在桌上看。

薛放离垂眸看他几眼，执起茶盏，听不出情绪地问道："这么喜欢这只茶盏？"

江倦这回说实话了："嗯，它好漂亮，也好难烧制。"

薛放离把玩着茶盏，漫不经心道："还不错。"

之前不论是什么，薛放离的最高评价也只有"尚可"二字，这还是他第一次说"不错"。江倦一听这话，大方地说："王爷你也喜欢吗？那你收起来好了。"

薛放离动作一顿："那你呢？"

江倦能摸到茶盏就已经很开心了，闻言摇了摇头："我没关系的。"

薛放离没搭腔，过了很久，才语气很淡地问："你对什么东西都是这样吗？嘴上说着喜欢，却又随手送出去。你是真的喜欢，还是只是在搪塞本王？"

江倦愣了愣。

他当然是真的喜欢，但也是真的物欲不高。

在现实生活中，他的心脏病实在太严重了，家里的病危通知书都可以装订成册，江倦很早就接受了他活不了太久的事实，也很早就学会了不再执着于拥有什么，只要看看就够了。

不过——

茶盏是王爷特意为他换的，他说喜欢，却又要王爷收起来，好像确实很容易让人误会他其实并不喜欢。

江倦想了一下，向薛放离解释道："我以前身体不好……我喜欢好多东西，但再喜欢，也只能看看，因为我病得厉害的时候甚至拿不动它，以后也更是拿不走它，我就觉得有和没有，其实都差不多。"

江倦天性乐观，想得很开，说起这些事情也不觉得有什么，薛放离却倏地抬起眼帘。

江倦病弱，他来那日，薛放离便已知晓，何况后来他的心疾还频繁发作，但这是薛放离第一次从江倦口中听见关于他疾病的只言片语。

病得拿不动东西，他也拿不走。

薛放离心中生出烦躁情绪。

此时此刻，江倦还趴在桌上，帷帽也没有取下，轻纱垂落，堆叠在手肘处，他的一截皓腕若隐若现，单薄得好似琉璃做的，易折也易碎。

下一刻，薛放离放下了杯盏。

"你喜欢的，就是你的，"薛放离缓缓地说，"你拿不动，也有本王为你拿。"

顿了一下，薛放离又问他："那只茶盏，你怕日后拿不动，不想要，那安平侯的信物呢？"

薛放离垂下眼，神色晦暗："你保留着什么信物？"

"本王送的东西，你就可以不要，为何安平侯的东西，你却要保留？"

江倦眨了眨眼睛。

信物……刚才安平侯提及，他都没想起来，现在王爷也在说这个信物。

那是什么玩意儿来着？

江倦陷入了沉思之中。

啊，是那块玉佩！

江倦思来想去，终于记起来了。他刚入梦的时候，那位尚书爹就要砸了一块玉佩，还说什么契约已解，玉佩无须再保留。

契约解除不解除的不重要，主要是那块玉佩太漂亮了，江倦不忍心看它碎掉，就收了起来。

江倦如实相告："我只是觉得那块玉佩挺好的，当时它差点儿被砸碎，我觉得太可惜，这才留了下来。"

他入梦以来，行程实在是太满了，刚收下玉佩就被送来离王府，便把玉佩交给了兰亭，让她放起来。放好玉佩没多久江倦又去了别庄，玉佩就这么被彻底遗忘了。

薛放离闻言，并未说什么，但神色缓和了不少。

江倦想了一下，这块玉佩象征着他与安平侯的契约，再留在他手中确实不太妥当，便问薛放离："王爷，改日回了王府，我把玉佩找出来，你让人帮我拿去当了怎么样？"

薛放离："……"

他眉梢一动，缓缓地开口："不至于。"

"怎么不至于？"

江倦是识货的，那块玉佩小归小，可是放在他生活的时代，拍卖上七位数都不成问题。江倦笑眼弯弯地说："王爷，我当侯爷的玉佩养你。"

薛放离："……"

少年望着他，眼睛亮晶晶的，薛放离的那些不悦情绪，就这样消散无踪。片刻后，他也轻轻一笑，状似漫不经心地开了口。

"碎了可惜，拿出去当了也没必要，不如收进王府的库房吧。"

"好啊。"江倦点了点头，很好说话的样子。

薛放离为他取下帷帽，头也不抬地吩咐道："不去别庄了，回王府。"

江倦："……"

怎么就回王府了？他们不去别庄了吗？

江倦茫然地抬起头，薛放离瞥他一眼，口吻平淡道："天热起来了，别庄太吵。"

也是，山上虫子多，天一热叫得此起彼伏，吵得实在是厉害，王爷睡眠又很浅，比起来还是王府清静一点儿，江倦便信以为真："这样啊。"

不过既然王爷提起了夏季，江倦本来就担心夏天太热还没空调，过于痛苦，连忙追问薛放离："王爷，你夏天都怎么办哪？"

"嗯？"

"会不会很热？"江倦忧心忡忡地说，"我好怕热啊。"

薛放离望他几眼，见江倦眉头都皱了起来，悠悠然地说："有冰块给你用，若你想去避暑山庄……也无妨。"

江倦一听这话，他这条"咸鱼"终于放下心来，不用再害怕夏天翻面被烤熟了，快乐地说："那我可以了。"

高管事："……"

他本要说什么，手已经掀起一角帘子，听见里面的对话，又火速收回了手。

冰块还好，王爷要多少有多少，但是避暑山庄……

这想要，他只得去问陛下讨了吧？

他可不敢去。

高管事正想着呢，马车内，男人的嗓音平淡地响起："高德，晚上抽空进宫一趟。"

高管事："……"

唉，他忍了。

离王府是太费人，开出的俸禄却是最高的，王爷还经常给他打赏，实在是——给得太多了。

到了王府，兰亭不在，江倦只好自己翻箱倒柜地找玉佩，好一会儿才摸出来。

"王爷，给你。"

玉佩是上好的材质，江倦却没什么不舍的感觉，一交出玉佩，就跟没骨头似的趴到软榻上了。薛放离把玉佩握在手中，却也没看一眼，只是望向高管事。

"王爷，奴才这就收进库房？"

薛放离似笑非笑地瞥他一眼："收好。"

高管事愣了愣，试探地问道："奴才把它收好？"

163

王府的库房自然不是什么乱七八糟的东西都能往里放的，薛放离"嗯"了一声，高管事懂了，当即乐得合不拢嘴。

这水头，好东西啊！

高管事接过玉佩，恨不得亲上两口。不过他向来守不住财，还没焐热呢，已经想好了怎么处理这块玉佩。

这几日他在别庄，没空去红袖阁，红玉肯定又要同他闹别扭，他将这玉佩一送，天大的火气也被浇灭了。

高管事直咧嘴，只觉得三公子真是个活菩萨，自打他来了王府，王爷发火的情况少了，赏的东西也多了。

高兴归高兴，高管事也是有眼力见儿的，王爷说要收进库房，那怎么都得做足样子，高管事连忙说道："奴才这就把它收起来。"

他行了礼，急急地退出了厢房。

江倦懒懒地窝在软榻上，抬头看了一眼，见高管事走了，便把鞋袜都褪了，舒服地躺着。

薛放离望他一眼，目光忽而顿了顿，若有所思地摩挲起了手腕上的小叶紫檀佛珠。

江倦奇怪地问："王爷，怎么了？"

薛放离没说话，江倦只好自己坐起来，低头看看脚。

"好多疤啊。"

有疤倒也没什么，只是江倦皮肤白，这几道疤的颜色又太深了，实在是显眼。

"好好上药。"

薛放离说完，从手腕上取下一物，让江倦戴在手上。

佛珠润泽，颜色是带点儿紫调的深棕色。

江倦拨弄两下佛珠，问他："王爷，你给我这个做什么？"

"还你。"过了很久，薛放离才这么回答。

江倦茫然："啊？"

薛放离平淡地说："你给本王一块玉佩，这串小叶紫檀佛珠，就当补偿了。"

江倦觉得不用什么补偿，毕竟王爷也送了他不少东西。他斟酌着该怎么说，下意识地往软垫上一倒，立刻轻轻吸了一口气。

"好疼。"

江倦被迫坐直了，手也往背后摸去，指尖碰到的地方，疼得厉害。他再也顾不上手串了,对薛放离说:"王爷,你快帮我看看。"

昨日扎完针后,他的后背就开始疼了,江倦背对着薛放离,低头解开了衣裳。

不知不觉间,天色已经晚了。

丫鬟们悄无声息地掌了灯,昏黄的灯下,江倦肤色白皙细腻如瓷,突出的肩胛骨上生了一片瘀青。

"王爷,怎么样了?"江倦忍着疼问。

薛放离回道:"瘀青还在,要热敷。"

江倦"哦"了一声,薛放离吩咐道:"打盆热水。"

丫鬟领了命,忙不迭地准备热水,薛放离又对江倦说:"趴好。"

江倦回头望他:"王爷,你帮我敷吗?"

"嗯。"

江倦犹豫了一下,还是老实地趴好。没一会儿,丫鬟就捧着热水回来了,放好盆,又取下帕子,薛放离接过。

帕子不够细软,还浸了热水,敷在背上又烫又疼。

第 17 章

"王爷，好了吗？"

热敷了很久，江倦忍不住出声询问。薛放离盯着他手腕上的珠串，指尖触上自己空空如也的手腕，似在摩挲什么。

这串小叶紫檀佛珠，在照安寺被供养了许多年，质润而清透，沾满了香火气，寓意为消除业障。

江倦平日身似菩提、心若明镜，这珠串倒是称他。

"王爷？"还是没人理他，江倦回过头，一下子对上了薛放离的目光。

"好了吗？"江倦问着，又自顾自地坐起来，慢慢把衣服整理好，低头拨弄起戴在手腕上的小叶紫檀手串。

薛放离终于开口："好好休息，饿了就传膳。"

江倦奇怪地问他："王爷你呢？"

"有事。"薛放离淡淡地撂下两个字，本要走了，又突然开了口，"你的脚伤已无大碍，可以恢复药浴了。"

江倦"啊"了一声，药浴一泡就是好久，他只想沐浴完早点儿睡，"明天再恢复吧。"

薛放离望着他："回来时还在与本王哭诉，说你病得厉害，什么都拿不起来。"

江倦："……"

他当时没有哭诉，只是在解释。

不过王爷是不是又误会了什么？

江倦欲言又止，想说点儿什么，可这是他入梦之前的事情，完全没法澄清，他只好认了。

先药浴，再泡澡，这么一通折腾下来，江倦已经昏昏欲睡了，待他趴回床上，兰亭也从别庄赶过来了。

她连忙给江倦烘头发，江倦摇了摇头："算了，烘干太久了，你给我擦一下就好了。"

兰亭没答应："不行的，公子，不快点儿弄干你会着凉的。"

江倦只好抱住枕头，任她给自己烘头发。

这张床他睡过一晚上，很硬，现在铺了不少软垫，摸起来倒是软了不少，不过江倦还是惦记着薛放离，问道："王爷呢？"

兰亭回答："王爷回了凉风院。"

好的吧，江倦点点头，又趴好了。床足够软，他还是可以睡好觉的。

薛放离却睡不好，甚至无法入睡。

凉风院里，歌姬轻吟浅唱。

纱幔重重间，薛放离倚在软榻上。他才沐浴过，墨发湿黑，肩上浸出一片深色痕迹，薛放离却浑不在意，只是执起金樽饮酒。

他已经许久没有再用过香料了。香气缭绕一室，效果却微乎其微，薛放离与往常无数个日夜一样，百无聊赖地消磨着寂寂长夜。

他真正能入睡，也不过几个夜晚而已，空气中萦绕着药香，他才能安然睡去。

只不过——

"爱之于人，犹如执炬。逆风而行……必有烧手之患。"

薛放离缓缓地开了口，神色厌烦不已。

他又想起了那个女人。

心绪浮动，躁意与隐痛一齐袭来，薛放离恹恹地按上太阳穴，门"吱呀"一声，高管事回来了。

"王爷，陛下说他倒是有几个避暑山庄，但不如行宫住得清爽，天气热了，您与三公子去行宫住着就好。"

薛放离颔首，似乎并不觉得入住帝王的行宫是什么荣恩，只是一件再寻常不过的事情。

高管事犹豫几秒，又低声说："奴才见陛下挺高兴的，他说这是您第一次向他讨要什么东西。"

薛放离不再搭腔，高管事打量他几眼，又说道："王爷，陛下还让您明日进宫一趟。"

停顿片刻，高管事又说："奴才走时，看见了刑部的李大人，他就跪在养心殿外，兴许是与今日之事有关。"

"嗯。"薛放离不怎么在意地应了一声，从怀中取出一只香囊。

高管事瞄了一眼，对这只香囊印象深刻，毕竟明明在王爷手上，王爷还让自己以香囊丢了为借口，去寻三公子再要一枚。

拍马屁，高管事最会了。他长了双眼睛，可不是用来做摆设的。之前高管事就觉得王爷对三公子的态度不一般，现在越发觉得他们二人走得近了。

——三公子说要孔雀有孔雀，说怕热有避暑山庄，荔枝连夜从岭南送来，王爷还一怒砸了慈宁宫呢。

"这说明三公子与王爷投缘，"高管事说，"三公子心思纯善，待王爷极好，王爷喜欢三公子的纯善，三公子又何尝不敬仰王爷？"

薛放离饶有兴趣地问道："依你之见，三公子敬仰本王什么？"

高管事沉默了几秒，从容地答道："三公子敬仰王爷是个好人。"

薛放离轻嗤一声，讥讽地觑着高管事。高管事对上他这冰凉的目光，连忙低下头。

三公子一日能说上三次王爷是个好人，王爷回回听了也不是这副面孔，甚至当真端着一副光风霁月的姿态哄着三公子呢。

高管事正想着，又听薛放离道："去看看三公子睡了没有。"

高管事应下来："是。"

没多久，高管事去而复返："王爷，三公子已经睡下一段时辰了。"

顿了一下，直觉王爷知道此事会高兴，高管事又道："三公子睡下前，还过问了王爷您呢。"

薛放离"嗯"了一声，懒懒地垂下眼皮："滚吧。"

高管事得了令，忙不迭地往外跑。薛放离思索着高管事的话，低低地笑了。

是啊，他是个"好人"。

他在克制什么？

好人听得多了，他真当自己是什么好人了吗？

翌日，天还未亮，江倦就被喊醒了。

"公子、公子——"

在兰亭的呼唤下，江俙勉强睁开了眼睛。罗帐被一只苍白的手撩开，薛放离低头望着他道："与本王一同进宫。"

江俙看了看天色，天还黑着呢。自从入梦后，每天早上没有护士查房，江俙都睡到日上三竿才起来，这么早，他必不可能动弹。

江俙："我不想去。"

薛放离："你想。"

江俙慢吞吞地说："可是我更想睡觉。"

薛放离微微笑道："马车上睡。"

马车能有床舒服吗？

江俙摇摇头，翻了个身，对早起抗拒不已。薛放离看他几眼，掀开薄被，直接把他拉起来，对兰亭说："给他收拾一下。"

江俙："……"

就算王爷是个小可怜，这么早就让他开始"营业"，太过分了吧。

江俙："我不……"

薛放离："你睡你的。"

这还让他怎么睡啊？江俙仰起头，幽幽地看着薛放离。

薛放离却对此视而不见。

江俙不快乐地洗漱，不快乐地换好衣裳，整条"咸鱼"都因为起床过早而蔫巴巴的。

薛放离盯着他，没多久，淡淡地开口："你若实在不想进宫，就算了吧。"

江俙精神一振，立刻说："那我……"

"你可记得昨日本王报官，"薛放离道，"安平侯却认定是本王在行凶？"

江俙怔了怔，点了点头："嗯。"

薛放离垂下眼："行凶之人的父亲昨晚进了宫，要父皇给他一个说法，那人也认定是本王的错。"

江俙一听这话，"啊"了一声，心又有点儿软了。

"好过分啊，"江俙皱起眉头，"王爷明明一片好心，他们怎么都误会你？"

薛放离平静地说："本王早已习惯。"

他这样说，江俙就更觉得他可怜了，叹了一口气，怜爱地说："算了，王爷，我陪你进宫吧。"

薛放离问："你不睡了？"

再想当"咸鱼"，现在也没法"躺平"了，江俙说："回来睡也行。"

"嗯。"薛放离嘴角噙着笑意，温和地说，"路上那么久，够你再睡一觉的。"

169

早起从赶路开始，刚上马车，江倦就往旁边靠去。

他没吃早餐，车厢里倒是备了不少小食。江倦低头看看，最后还是放弃了，没什么胃口。

薛放离见状，拈了块桃酥，江倦摇了摇头："不吃。"

"怎么？"

"会睡不着觉。"

现在江倦的瞌睡还在，摆好姿势可以立刻入睡，再晚一点儿瞌睡彻底没了，早起他得恍惚一整天。

薛放离"嗯"了一声，放下了桃酥，慢条斯理地净手。江倦好奇地问："王爷，你怎么不吃？"

这不是第一次了。王爷只热衷于看他吃，江倦要是不吃，王爷就会让人将东西全撤走，自己却不怎么碰。

"不想吃。"

"可是……"

王爷病得这么厉害，必须好好吃饭才行。江倦委婉地问他："王爷，你是仙子吗？"

"嗯？"

"仙子只喝露水，你好像也蛮喜欢喝露水的。"

薛放离轻抬眉梢，嗓音懒洋洋的："你是，本王不是。"

下一刻，江倦的肩上落下一点儿重量，薛放离拍拍他的肩，倦怠地说："睡吧。"

话音落地，他先闭上了眼帘。

江倦："……"

"营业"好艰难，江倦叹了一口气。他本来也要睡了，结果忽然瞄见什么，又多看了几眼。

王爷的睫毛还挺长。

看着看着，江倦忍不住上手去摸，结果还没碰上去，薛放离就问他："怎么了？"

被当场抓获，江倦只好实话实说："王爷，你的睫毛好长。"

薛放离也没睁眼："不睡了？"

江倦："睡的。"

早起让江倦恍惚，高管事也脚步浮虚。高管事才从红袖阁出来，结果眼还没合一下就被迫上工，明明不用这么早就进宫，陛下都不一定起来了。

到了皇宫，高管事撩开了帘子。他并不意外江倦在补觉，倒是薛放离也在休息，令他颇为无语凝噎。

高管事："……"

所以，他们这么早就来的意义在哪里？

高管事的动静很小，然而再细微的声响，还是惊醒了薛放离。薛放离不悦地撑起眼皮，高管事心里一惊，忙要告罪："王爷——"

江倦动了几下，薛放离望向高管事，眼神冷得可怕。高管事见状，立刻闭上了嘴，讪讪地放下了帘子。

哦，三公子还睡着呢。

尽管薛放离什么也没说，但做着高危职业——离王府的管事，高管事还是懂了要怎么办，对车夫说："掉头，继续往前。"

江倦一觉睡到饱，再睁开眼时，已经快正午了。

"我本来只想睡一小会儿。"

江倦很茫然，不知道怎么就睡了这么久，问薛放离："王爷，你怎么没叫醒我？"

薛放离的语气轻而缓："本要叫你，但你是陪本王进宫，不如让你先睡好。"

"其实不用的……"江倦有点儿不好意思，不过还是很感动，"王爷你真好。"

薛放离微微一笑："没什么。"

高管事："……"

他该怎么说呢？

王爷也没比三公子早醒多久啊。

三公子在睡回笼觉，王爷也在旁边休息了一上午呢。

高管事眼神复杂地瞅着江倦，在心里哀叹不已。

唉，他们王爷心可真坏，就知道哄骗生性单纯的三公子。

高管事再怎么扼腕，江倦这个受骗者也毫不知情，下了马车，与薛放离一齐被请入了养心殿。

"陛下！我儿出门时还是一个翩翩少年郎，晚上臣再见他时，我儿浑身血污、披头散发。臣自知这孽子大错已酿、罪无可赦，可若非王爷，他又怎会如此？"

两个人一走进来，就看见有人在捶胸顿足。李侍郎跪在地上，几乎声声泣血、字字含泪，弘兴帝却只是疲倦地揉了揉太阳穴，朝他们抬起头来。

"来了。"弘兴帝笑了笑，抬起下巴，"都坐吧。"

顿了一下，弘兴帝又平淡地说："李侍郎，你也入座吧。"

"陛下，臣……"

李侍郎跪在地上，还欲开口，被弘兴帝打断了。

"朕既然答应了会为你做主，就会给你一个结果。"

做主？

王爷果然被告黑状了。

江倦叹了一口气，很是同情地看向薛放离。

薛放离瞥来一眼："怎么了？"

江倦小声地问他："陛下说要为他做主，不会真要处罚你吧？"

薛放离向来行事荒唐、毫无章法，不少人进宫告御状，他从未放在心上。这一次也不例外，薛放离笑吟吟地说："应当不会。"

应当？

不是肯定的说法，那么就很有可能被处罚，江倦一听这话，更不放心了，对薛放离说："王爷，你快与陛下说清楚。"

他皱起眉心，担忧之情几乎要溢出来了。

薛放离只是随口一说，并未料到江倦会如此上心，怔了怔，随即缓缓地笑了："没什么事。"

"有事的。"江倦好怕他被扣锅，比薛放离本人还紧张，"王爷，你不能就这样听之任之，让他们说你不好也不解释。"

薛放离与他对视，少年认真为他着想，甚至连此刻的担忧与紧张情绪，也都因他而起。

对江倦的专注，薛放离总是十分高兴。薛放离本可以告诉江倦，他说没事是真的没事，但又想再多获得一些关注，所以什么也没有说。

"王爷。"

江倦又唤了一声，薛放离只是垂眼望着他，并没有要开腔的意思，江倦不解地看着薛放离。

王爷怎么什么也不肯解释？

明明王爷什么也没做错。

江倦有多为他着急，现在就有多气恼，慢慢松开了手，自己低着头坐好，有点儿生气。

江佸其实很少生气。他本身性格就好，加上心脏太脆弱，根本无法负荷这种负面又浓烈的情绪，可这会儿真的控制不住自己。

他也被人误会过，知道被扣锅有多难受，王爷却一点儿反应也没有，甚至不肯解释。

江佸垂下睫毛，安静得一反常态。薛放离见状，给他递来茶水，却被他轻轻地推开。

"陛下……"

薛放离皱眉，江佸也轻轻地开了口。

弘兴帝看向他："怎么了？"

王爷什么也不肯说，江佸再怎么生闷气，也忍不住替他解释："昨日在书肆，王爷好心报官，好像没什么好做主的。

"是不是王爷做得对？有人在书肆行凶，他报官阻拦才没酿成惨祸，您打算做主……做主重赏王爷？"

弘兴帝听完这话，愣了一下。

江佸这番话，回护之意倒是明显，只不过——

弘兴帝说的做主，向来只是不痛不痒地说几句，他这次是如此打算的，过去也无一例外都是这样。李侍郎长跪不起，就是知晓弘兴帝格外纵容薛放离。

江佸神色认真，弘兴帝看看他，又看看薛放离，忽然惊觉一件事情。

老五的这个义弟，和老五倒是亲近，既不怕他，也愿意维护他。

想到这里，弘兴帝欣慰不已。他本想给李尚书一分薄面，现在却改了主意，连连点头道："你说得不错，老五报官有功，有赏，重重有赏！"

李侍郎愣了愣。他从昨日跪到今日，可不是为了看弘兴帝赏赐离王，于是老泪纵横道："陛下，千般错、万般错，都在臣那孽子身上，可王爷又岂是无辜的？！"

江佸听得奇怪，忍不住问他："王爷不无辜，难道是王爷捉着他的手行的凶吗？"

李侍郎让他问得滞了滞，沉声回答："回三公子，王爷并未。"

江佸不解地问他："那王爷怎么会有错？还是说王爷用了什么迷魂术迷了他的心智，让他在书肆里行凶伤人？"

李侍郎："……"

李侍郎被堵得说不出话，过了好半天，才咬着牙道："三公子有所不知，那一日是王爷恐吓臣那逆子要割了他的舌头，臣那逆子才会惊怒交加，失了理智，酿成如此惨祸。"

江俙听完这话，觉得好奇妙，想了一下，走到李侍郎跟前，"啪"地一下给了李侍郎一巴掌，声响很是清脆，但其实是很轻的一巴掌。

李侍郎一阵错愕，随即反应过来什么，涨红了脸："三公子，卑职做错了什么，你要如此羞辱卑职！"

江俙回答："你胡说八道，惹我不开心，我怒火中烧，烧没了理智，才给了你一巴掌，你应该反省一下自己。"

李侍郎："……"

江俙替他说出了心里话："很没有道理对不对？"

"我不该打你，所以你也不该把过错归咎在王爷身上，"江俙跟他讲完道理，还顺便道了歉，"对不起，我怕讲不清，所以才对你动了手。"

李侍郎："……"

他都不知道该说什么好，心里憋闷不已，却又无话可说，毕竟江俙是在用他的那套说辞堵他自己。

弘兴帝看得瞠目结舌，片刻后，竟抚掌无声地笑了起来。

江俙动完手，又坐了回去。薛放离也笑望着他，正要问他手疼不疼，江俙就头一偏，一眼都不肯看他，还在生闷气。

生气归生气，并不妨碍江俙维护王爷，停顿了一下，他又对李侍郎说："王爷脾气这么好，不会轻易割人舌头，除非令郎说了什么不该说的话。你应该从令郎身上找原因，而不是迁怒王爷进宫告黑状。"

李侍郎震惊地盯着江俙，满腔的怒气都忘了发出来。

王爷脾气这么好？

离王脾气好？

李侍郎有点儿恍惚了。

别说是李侍郎，连弘兴帝都极为惊诧，但到底是天子，他只好将手握拳抵在嘴边，佯装咳了几声，掩饰自己的失态表现。

老五脾气好？

老五给这位三公子灌了迷魂汤吧？

弘兴帝一时心情复杂，瞄了薛放离一眼，却发现他的这个儿子对这样的评价处之泰然。那他这个做父亲的再怎么吃惊，也只好强行镇定下来。

弘兴帝微笑着颔首道："嗯，是的，老五确实……不错。"

李侍郎瞪大了眼睛，一时间哑口无言，沉默了好一会儿才又道："可是陛下，王爷兴许脾气很好……"

说出这几个字，李侍郎胃里简直在狂泛酸水，他低声继续说道："可王爷脾气再好，也有心情不好的时候吧？臣听说，曾有人触怒王爷，王爷便让人把他关在猪圈里。

"还有午夜归家却迷了路的樵夫，向王爷问路，却被王爷活生生地杀死了。

"也许昨日恰好赶上王爷心情不好的时候，臣那孽子什么也没说，只是哪一处没合王爷的眼缘，王爷便恐吓要割了他的舌头。"

江倦睫毛一动，他从坐回来开始，就又低下了头，根本不理会薛放离。

本就觉得他的状态与往日不同，薛放离始终盯着江倦。薛放离不在乎李侍郎说了什么，却连江倦再细微不过的反应也不曾放过。

此刻，见江倦睫毛轻动，眉心也慢慢地皱了起来，薛放离的脸上染上了几分阴鸷之色。

少年在抗拒什么？是因为李侍郎说的话？

听说，全是听说，他不是口口声声相信自己吗？

无尽的怒气涌上心头，薛放离的那些暴虐、疯狂想法在侵蚀着理智，他深深地看了江倦一眼，一改先前漠然的态度，缓缓地抬起了头。

李侍郎又说道："还有一件事，似乎发生在城南，有那么一户……"

"够了。"薛放离嗓音淡漠地开了腔。

弘兴帝知晓他的脾性，他这是不耐烦了，尽管觉得颇为诡异，弘兴帝还是有意替他维持着"好人"这一印象。

弘兴帝对江倦说："已经正午了，朕方才见了蒋家那小子，留了他用膳，现在席面应该也布好了，朕听说你有心疾，你也一同去用膳吧，别饿着了。"

江倦从早上到现在都没吃过东西，是挺饿的，可是又不放心王爷，不太想去。

"去吧，"他再留下来，不知道还要听多少、信多少，薛放离垂眼道，"那些东西你吃不了，过去坐一坐也可以。"

他说得又轻又缓，心中的戾气再如何翻涌，也未对江倦泄露分毫，语气甚至称得上柔和。

江倦怕他吃亏不想去，可现在又是他让自己去，江倦"哦"了一声，看起来倒是乖顺，但其实也有点儿赌气的意思。

王爷赶他走就赶他走吧，反正他已经努力过了。

弘兴帝使了个眼色，立刻有小太监来领路，江倦头也不回地跟着走了。

薛放离神色晦暗地看着他走远，面上的笑意也一下收了起来。

"李侍郎，你可知道本王不只想割了令郎的舌头，也打算缝上他的嘴？"

江倦不在，薛放离再不需要遮掩，神色冷得惊人，戾气也在不断释放：

"可惜他夺了侍卫的刀,反倒去砍同行的人,免去本王脏了自己的手。"

薛放离嗤笑一声,神色讥讽不已:"刀是他夺的,人是他砍的,倒怪在本王身上。"

"李大人,昨日他又是如何与你说的?"

薛放离勾了勾殷红的唇:"他可是与你说不知怎的本王偏要与他作对,却只字不提他是如何调笑三公子的?"

"依本朝律法,他如此不敬,理应当斩哪,李大人。"

李侍郎动了动嘴唇,本要说什么,听见后面的话,当即骇然不已!

他那逆子确实只字未提调笑三公子的事。

薛放离嘴角噙着笑意道:"本王本不想计较,只命人割去他的舌头,缝上他的嘴巴,可现在,多亏了李大人,三公子不高兴,本王也不高兴了,突然又想与他计较了。"

"李大人,本王只是小施惩戒,你却要令郎的命。"

他一字一顿地说完,李侍郎的心也跟着凉了下来。李侍郎后悔更懊恼,可世上没有后悔药。心知求离王无济于事,李侍郎咬了咬牙,对弘兴帝说:"陛下,求您饶了臣那逆子一命!他是无心的,决计并非有意对三公子不敬!"

弘兴帝看着他,也不说话,李侍郎恨不得以头抢地:"臣入仕二十余年,每日战战兢兢,不敢说劳苦功高,但陛下吩咐臣办的事情,从未出过岔子,求陛下看在这二十多年的君臣之情上,饶了臣那逆子一命!"

"不然,臣今日一头撞死在这柱子上,与臣那逆子一同去了!"

李侍郎抬起手,颤巍巍地指着殿前的金柱。

薛放离见状,勾了勾嘴角,笑得凶神恶煞:"撞啊,李大人快些撞。"

"撞死了便算了,"薛放离嗓音冷漠,"若是没撞死,本王大可以送你一程。"

李侍郎呆呆地看着他,只觉得他这副模样简直形同恶鬼,可怕至极。

"李侍郎,子不教父之过,朕看在与你二十多年的君臣情分上,此事不与你过多计较,只是法不可违,律法说当斩,那便应当斩杀,朕恩准你再去见你儿子最后一面,莫再胡搅蛮缠了。"

弘兴帝也挥了挥手:"快去吧。"

完了,都完了,李侍郎腿一软,跌坐在殿上,涕泪横流。他几乎是爬出养心殿的。

李侍郎的事情有了决断,江倦也在这会儿被带到了用膳的地方。

他还未走进去,就听见一个很熟悉的声音正在与人争论什么。

"什么?不是养生药膳吗,它怎么只能调养气血?那我的心肝脾肺胃呢?"

"应当也有效？你给你的心肝脾肺胃调养过吗？没有？没有你说什么也有效？

"可以强身健体？你刚才不是还说它只能调养气血吗？你这人说话怎么这么矛盾啊？"

好吧，是有人单方面地抬杠。

江倦："……"

蒋家那小子原来就是蒋轻凉。

怎么是这个"杠精"啊？

江倦后悔了，不该过来的。

不过，他还是有点儿生王爷的气。

可他也有点儿担心王爷。

唉，也不知道他走以后，王爷有没有被人欺负。

第18章

再怎么担心，来都来了，江倦还是走了进去。

"三公子。"

见到江倦，汪总管勉强露出一个微笑。汪总管满头大汗，显然招架不住蒋轻凉，正拿着条帕子在脑门上擦个不停。

蒋轻凉扭过头，看看江倦，也没说话，江倦就礼貌地跟他打了个招呼："好久不见。"

蒋轻凉奇怪地说："久吗？好像也才一天吧？"

江倦安静了几秒，点了点头，真诚地对他说："你说得对。"

蒋轻凉："……"

怎么回事？他又有种被噎住了的熟悉感觉。

从药膳开始上桌起，蒋轻凉就叨叨个不停，汪总管现在听见他的声音就头晕。趁着这会儿安静，汪总管连忙招呼江倦："三公子，这一桌全是养生药膳，兴许对您的心疾也能有帮助，奴才这就给您布膳？"

蒋轻凉张了张嘴，不知道哪个字眼又触动了他的"杠精"之魂："你刚才不是还说……"

江倦："你说得对。"

蒋轻凉倔强地把话说完了："养生药膳只能强身健体。"

蒋轻凉瞪着江倦："你懂不懂社交礼仪，怎么不让别人把话说完哪！"

被"杠精"指责不懂社交礼仪真的很奇妙，江倦一言难尽地看着他，千言万语，最后只有四个字："你说得对。"

蒋轻凉："……"

在遇到江倦之前，他的人生从未经历过沉默，只有他把别人说到不敢吭声的份儿上，而且江倦还只用了四个字就把他噎到无话。

——你说得对。

可恶，他不要面子的吗？

蒋轻凉很郁闷，但再怎么郁闷，也只能无能狂怒。

他问江倦："你能不能说点儿别的话啊？我说你不懂社交礼仪你都不知道反驳吗，干吗任我骂你？你就这么任人欺负吗？"

他语气还蛮凶的，汪总管乐得看蒋轻凉吃瘪，却又怕两个人真的吵起来，连忙盛了鸡汤，笑呵呵地说："两位快尝尝这个，陛下回回喝都赞不绝口呢。"

实际上，汪总管的担心真的很多余，江倦才懒得跟"杠精"吵架呢，太费口舌了。能用四字箴言解决的事情，他才不要车轱辘话说半天。江倦拿起调羹，低头尝了一口鸡汤。

江倦："……"

这一口五味杂陈，真的是五味杂陈——鸡汤原本的味道与熬制好的中药奇异地融合在了一起，酸、苦、甘、辛、咸五种味道，居然每一种味道都有。

江倦毫无防备，根本没想到弘兴帝竟然想用黑暗料理毒害他，眼泪一下子被逼了出来。

"喂，你……"

江倦不理他，蒋轻凉又觉得不得劲了，忍不住回想自己说的话，怀疑是不是话说得有点儿重了。

这样想着，蒋轻凉没忍住喊了他一声，结果江倦望过来时，睫毛沾着泪水，眼睛湿漉漉的。

他怎么哭了？

自己不就说了两句话，至于吗？

蒋轻凉瞠目结舌。他挺怕人哭的，尤其对方还是个小帅哥——再不想承认，江倦都长得跟个仙人下凡似的，再这么含着泪，他只觉得自己罪孽深重、罪无可赦。

"你……你别哭啊，"蒋轻凉抬杠第一名，安慰人就不太行了，干巴巴地说，"我只是随口那么一说，你哭什么啊？"

"我……我……我……"

蒋轻凉手足无措道:"对不起啊,是我没礼貌,我不该说你,我以后不跟你抬杠了,我……"

江倦:他是不是误会了什么?

江倦沉思几秒,咸鱼能有什么坏心眼呢?他瞄一眼蒋轻凉,慢吞吞地问:"真的吗?"

蒋轻凉:"不是真的难道还有……"

话还没说完,蒋轻凉想起自己才说不跟他抬杠,噎了一下,改口道:"当然。"

江倦"哦"了一声,端起另一碗鸡汤:"我原谅你了,为我们的友谊干杯。"

蒋轻凉没听懂他在说什么,不过大致知道他是要自己喝鸡汤,就也尝了一口。

"哕!"蒋轻凉面色铁青,"这是什么玩意儿,怎么是这个味道?是不是有人下毒了?"

江倦心有戚戚焉:"是吧,好难喝啊。"

汪总管连忙解释:"可不能这么说。良药苦口利于病,这药膳当然也是这个理,鸡汤本就大补,又和药材一起熬,补上加补呢。"

道理江倦都懂,但他还是忍不住说:"可是它的味道真的好奇怪。"

蒋轻凉"咕咚咕咚"地灌了大半碗冰糖雪梨,终于压下了那股味道,后知后觉地明白过来什么,木着脸问江倦:"所以你刚才没被我气哭,只是鸡汤太难喝了而哭?"

江倦无辜地看着他:"不然呢?不会有人那么爱哭吧?"

蒋轻凉:好气啊。

他渐渐起了杀心。

不行,杀人犯法,而且他才被王爷收拾,被迫在水里泡了一晚上。

蒋轻凉忍气吞声地捧起碗,再次"咕咚咕咚"地喝起那碗冰糖雪梨来。

汪总管看得直想笑,不过到底忍了下来,又布起了菜:"二位再尝尝这个烤乳鸽吧。"

这一整桌菜都是药膳,鸡汤都能熬成那种味道,别的东西就更不用想了。同为鸡汤受害者,江倦与蒋轻凉交换了一个惊恐的眼神。

"三公子,您身子弱,奴才再给你夹一点儿鹿茸……"

"蒋公子,您吃这个,养生粥,有清热解火之效。"

绝望,江倦真的好绝望。

可是这一桌席面又是弘兴帝赏赐的，不吃又不好，蒋轻凉表情沉重地夹起一筷子菜，江倦也只好鼓起勇气，再将菜往嘴里送。

不行，他就是饿死，从这里跳下去，也不会再吃一口菜。

江倦现在才懂，王爷怎么会说这里的东西他吃不了，思索几秒，决定溜了。

下一秒，他手里的银筷"啪嗒"一声落了地，江倦捂住心口，痛苦地蹙起了眉。

汪总管惊了："三公子，您怎么了？"

江倦苍白着脸摇头："心口有点儿难受，我……"

他怎么了，没了下文，好似疼到喘不上气来，汪总管忙不迭地过来搀住他，轻拍着他的后背给他顺气。

过了一小会儿，江倦才又说："有点儿闷，透不过气。"

汪总管可吓坏了："那快出去透透气。"

汪总管小心翼翼地扶起他，江倦脚步虚浮，却又在经过蒋轻凉身边时，冲蒋轻凉眨了眨眼睛——快逃。

蒋轻凉愣了愣，随即乐了，手从袖中伸出来，偷偷给江倦竖了个大拇指，赶紧跟着一起混了出去。

这个江倦，其实人还不错嘛，够机灵，也挺讲义气的：不想用膳，干脆装心疾发作，不只自己开溜，还提醒他也快逃。

不过，这么机灵的一个人，真的是他把念哥推下湖的吗？

上回蒋轻凉就疑惑过，江倦说起话来也挺气人的，何况他本就有心疾，明明可以暗地里坑念哥一回，不必这么傻。

思来想去，蒋轻凉觉得只有一种可能——江倦和他念哥之间，肯定有什么误会。

在蒋轻凉这边，江倦无意间洗白了自己，但装病一时爽，本打算演一会儿就恢复正常，结果还没来得及恢复，薛放离就来了。

江倦正被汪总管扶着，薛放离一过来就背起了他。

"王爷，您可算来了！"

江倦心疾发作，他自己说没什么，歇一下就好了，汪总管却放心不下，不仅瞒着江倦差人请了太医，也让人赶紧去养心殿通知了王爷。

江倦："……"

他还不想理王爷呢。

"怎么又疼了？"

薛放离垂下眼，江倦的肤色本很白，加上他又神色恹恹的，整个人脆弱得好似一碰即碎。

江倦摇了摇头，表示自己没事，之后又低下了头，眼睛轻垂，与在养心殿内的样子无异，安静得异常。

薛放离望了他几眼，只得克制地闭了闭眼。江倦不说，他便神色阴鸷地问汪总管："他怎么了？"

汪总管叹了一口气："方才用着膳呢，三公子突然说心口疼，透不过气来。"

想了一下，汪总管犹豫道："不过在此之前，三公子与蒋公子斗了几句嘴。三公子有心疾，受不得气，奴才便拦了一次，后来见三公子只是在与蒋公子闹着玩，就不再拦了，也不知道有没有关系……"

蒋轻凉："……"

这老太监心怎么这么黑？这人怕自己被责怪，把锅全扣他头上了。

路过的蒋轻凉身体一僵，暗道糟糕。他放轻了脚步，本要拔腿就跑，结果薛放离头也不抬道："站住。"

蒋轻凉："……"

他好恨。

"王……王爷。"

蒋轻凉不情不愿地停下脚步，老老实实地行了礼。

薛放离抬起眼皮，没什么表情地看着蒋轻凉。

背上的人很轻，薛放离背着江倦手甚至不敢用力，可在听完汪总管的话后，几乎无法压下自己的戾气。

这人不肯理他，却愿意与旁人闹着玩？

江倦不是说相信他，现在又在与他闹什么脾气？

薛放离漠然地问蒋轻凉："本王的小叶紫檀手串，你可在湖中寻到了？"

蒋轻凉硬着头皮答道："没有。"

他又不傻，王爷都没去过虞美人的法会，又怎么会把手串掉在湖里？王爷让他找手串，纯粹是为了折腾他罢了。

薛放离颔首，漫不经心道："本王想起来了，妙灵寺若是没有，手串兴许是落在宫里的未央湖里了。你水性颇好，再去替本王找一找吧。"

蒋轻凉：他做错了什么？

不能因为他叫蒋轻凉，就让他一直在水里清凉吧？

蒋轻凉很崩溃，可薛放离是王爷，他身份高贵他说了算，蒋轻凉只好痛苦道："是，王爷。"

衣袖忽而被扯动了几下，是背上的人弄出的动静，薛放离低下头，江倦侧着头，声音很轻地说："跟他没有关系。就算真的是因为受了气，我的心疾才会发作，也不是因为他。"

蒋轻凉一听这话，颇为感动地朝江倦看来。

好兄弟，救他于水火之中。

蒋轻凉倒是知道江倦的心疾发作是装出来的，但又不好说，现在江倦主动帮他澄清这事，蒋轻凉无"锅"一身轻。

感动着感动着，蒋轻凉对上了薛放离冷峻的目光，后背瞬间凉了大半，心脏也几乎停止跳动。

王爷这么凶做什么？

江倦不就是帮他说了几句话吗？

等一下，他的这个王爷表哥，好像还挺在意江倦的，刚才江倦却在帮他说话。

蒋轻凉："……"

蒋轻凉完全僵在原地，思考了几秒，强烈的求生欲让他选择还是去水里清凉一下。蒋轻凉假笑着说："天挺热的，我还是下水吧。王爷，我去给您找手串了。"

这一回，蒋轻凉再走，薛放离也没有拦下他了。

薛放离缓缓垂下眼皮与江倦对视，过了很久，才冷淡地开了腔："不是因为他，是因为本王？"

薛放离问他："你气什么呢？"

"是本王把人扔在猪圈里太残忍，还是本王杀了人，你受不了？"

江倦慢慢地皱起了眉心，薛放离神色颇为漠然："嗯？怎么不说话？"

他顿了顿，笑得漫不经心："本王怎么忘了，你生得一副菩萨心肠，想必对哪一桩事都受不了，对不对？"

江倦怔了怔："我……"

薛放离微微一笑，不觉得江倦要说的话会是他乐意听见的，又问江倦："不是说相信本王吗？这就是你所谓的相信？"

他有滔天的怒火、无尽的戾气，却又无处可发泄——背上的人病弱更脆弱，不能生气。

情绪在翻涌不息，骨子里的疯狂想法也在肆虐，薛放离强行压下，最终只是语气冷淡地说："罢了。"

少年相信也好，不相信也好，这些都不重要，只要他不生气，只要他好好的就行。

薛放离半合着眼帘，缓缓地开口道："你患有心疾，本就不能生气，也不必为此生气。那樵夫，他本欲行刺……"

话音一顿，有只手拍拍他，是江倦没再让薛放离往下说了。

江倦后知后觉地意识到自己在生气，王爷却也误会了什么，只好同他解释："我没有相信他的鬼话，连他自己都说的是听说。王爷，你真的不知道我在气什么吗？"

江倦垂下睫毛，声音轻轻地说："王爷没有做过的事情，为什么任由别人乱讲？书肆里的事情，再怎么样都怪不到王爷身上，可你什么也不说，什么也不解释。"

王爷也是受害者，江倦知道自己不应该生王爷的气，可是真的忍不住。

江倦抬起眼，目光清亮，神色认真地说："王爷，我不想你被误会。"

话音落下，周围长久地安静下来。

薛放离没搭腔。被他这样误解，江倦又不开心了，气闷地问："王爷，我就这么不值得信任吗？"

"抱歉。"

许久，薛放离望着江倦，终于吐出两个字。

"那你为什么会觉得我信了他的鬼话？"

"因为……"

少年太善良，他却绝非善类。

是他杯弓蛇影，是他如履薄冰，是他惶惶不安。

薛放离顿了顿，双目轻合，过了许久才缓缓地开了口。

"他们怎么想，本王不在乎。"

长久以来，薛放离饱受疯病与头痛折磨，本性暴戾，人若犯他一分，他定要偿还十分。

他享受这些人的恐惧表现，从某种程度上来说，他并不完全无辜——他睚眦必报，且报复得足够狠毒。

可是这些事，他没必要如实告知江倦。他喜欢少年对他的同情，更欣赏少年眼里的专注与认真之色。

也因此，薛放离再开口时，用的是一种轻柔而无奈的语气。

"这样想的人太多了，"薛放离说，"本王没有那么多闲工夫与他们解释。何况他们再如何憎恶本王，也奈何不了本王。"

他无畏无惧，只是一个疯子，所有人都心知肚明，惹怒了他，不过自寻死路而已。

明明江倦在对他兴师问罪，结果薛放离这样一说，江倦就有点儿没法再跟他生气了。

"你不在乎，可我在乎。"

江倦几乎脱口而出，薛放离神色一动，凝视着江倦。他那些涌动的暴虐与愤怒情绪，在这一刻神奇地得到安抚。

过了很久，薛放离嘴角轻扬，对江倦说："本王知道了。"

江倦瞄他一眼，总觉得薛放离在敷衍自己，闷闷地说："你最好真的知道了。"

薛放离垂下眼："你不能生气，本王以后自然会多加注意。"

顿了一下，薛放离又说道："这一次，是本王的错，惹你生气，致使你心疾复发。还难受吗？"

江倦本要摇头，又觉得装病这招还蛮好用的，王爷都答应了以后不再任人误会，他得物尽其用。

江倦摸了摸心口："还有一点儿难受。"

薛放离皱了下眉，江倦又慢吞吞地说："王爷，除了生气，我觉得还有没睡好觉的原因。我身体不好，觉也多，你以后不能再天不亮就拉我起床了。"

"嗯。"

想了一下，江倦又试探道："王爷，你也不要再给我吃荔枝了，我真的不想吃了。"

"好。"

江倦不禁陷入了沉思之中。

装病这招也太好用了吧？

他应该早一点儿用的。

没多久，太医赶来了，江倦也被抱到了附近的宫殿里。他伸出手，太医摸了摸脉，与上次的诊断无异。

"观脉象，三公子本就有先天不足之症，"太医谨慎道，"三公子会发病，应当就是一时动了气，情绪波动过大，致使阴阳失衡，邪气入侵。"

薛放离："可有大碍？"

太医:"这……"

太医一时语塞。心疾不同于其他疾病,本就受内外部环境影响,加上江倦是先天有损,近日发作得又太为频繁,太医可不敢担保太多。

"回王爷,不一定。"太医将声音压得很低,"三公子的心疾是从娘胎里带出来的,无法治愈,更无法药到病除,只能调养与保持心情,难保哪一日三公子就会又因什么而发作。"

"今日倒是并无大碍,日后……卑职不敢断言。"

薛放离"嗯"了一声,太医开了几服补药,起身请辞。

薛放离问江倦:"身体怎么差成这样?"

话音才落,薛放离又想起那日在马车上,少年对他说过的话。

——"我喜欢好多东西,但再喜欢,也只能看看,因为我病得厉害的时候甚至拿不动它,以后也更是拿不走它,我就觉得有和没有,其实都差不多。"

他的以后,是去世以后吗?

他万事不过心,喜欢也不渴求,就是觉得自己终有一日会死去?

薛放离垂下眼,神色一片晦暗。

太医说得太严重,连江倦自己听了都吓了一跳,江倦颇为心虚地开口:"王爷……"

薛放离望向他:"嗯?"

江倦小声地说:"也没那么严重啦。"

可这话听在薛放离耳中,也不过是几句无谓的安慰,薛放离没放在心上,只是平静地问他:"现在回府?"

江倦点了点头:"好的。"

汪总管一同跟了过来,闻言连忙道:"王爷,不妥吧?"

他担忧道:"三公子心疾才发作,应当受不了舟车劳顿,陛下也说了,今晚您二位可以留宿宫中,让三公子好好休息一番。"

江倦在哪里都可以,就安静地揽着薄被,也不说话。薛放离瞥了江倦一眼,不知想到什么,还是"嗯"了一声。

汪总管喜笑颜开道:"奴才这就去回禀陛下。"

说是这样说,汪总管忍不住觑了江倦几眼,只觉得惊奇不已。

王爷不爱外宿,自建府以后,也不爱进宫,更别说留宿了,毕竟他年少时……

汪总管摇摇头,不再往下想。临要走了,他又想起什么,回头问道:"王爷,您与三公子可要用膳?"

薛放离问江倦："吃不吃东西？"

江倦想吃，又有点儿害怕，心有余悸地问："不会是药膳吧？"

"用膳，口味清淡点儿，不要上药膳。"

"好，奴才去安排，让人全程盯着。"

汪总管行了礼，退了出去。江倦到处看看，好奇地问薛放离："王爷，这是你以前住的地方吗？"

薛放离淡淡道："不是。"

江倦"啊"了一声。他只是随口一问，薛放离却问："想去？"

也不是很想去，就是好奇，不过江倦还是点了点头："嗯。"

薛放离道："用完膳带你去看看。"

吃饱喝足再散个步，江倦对安排很满意，便答应了下来，不过还没快乐多久，就又听见薛放离说："明日回了府，本王让住持过来再为你多调养几日。"

调养就是扎针。

多调养几日，就是多扎几日针。

江倦："……"

他抬起头，努力挣扎道："我觉得，不用吧？"

薛放离没搭腔，只是定定地看着江倦。此时此刻，他既不是平日言笑晏晏的模样，也没有不悦时的冷淡与疏离表情，就这样垂下眼皮盯着江倦，莫名其妙显出几分强势意味。

"怎么不用？"

江倦欲言又止，过了好半天，决定先糊弄过去，敷衍地说："好吧。"

装病哪儿都挺好的，就是扎针也挺疼的，他得想个办法，必不可能再扎针。

不过没多久，江倦就发现，除了扎针疼，还有新的痛苦。

——太医开的药煎好了。

薛放离："趁热喝。"

江倦："……"

碗里黑乎乎一片，江倦低头闻了一下，竟分不清与那碗鸡汤究竟哪个更要命。

江倦抗拒不已："王爷，我想先吃东西。"

"补药要空腹服。"

作为一条"咸鱼"，江倦怕苦怕累第一名。当然，他怕的苦，是各种意义上的苦，江倦拼命摇头："闻着就不好喝。"

薛放离瞥他一眼，见江倦实在是不情愿，便自己低头尝了一口："尚可。"

他神色不变，口吻平淡："只是闻着苦，没什么味道。"

江倦怀疑道："真的吗？"

薛放离望他一眼："本王再替你尝一口？"

话音落下，他当真还要再尝一口。是药三分毒，这对江倦来说是补药，可以滋补他先天不足的心脏，对王爷来说就不一定了。江倦信了他的话，不情不愿道："好吧，我喝。"

江倦拉过他的手，低头看看药，叹了好长的一口气，才鼓起勇气，就着薛放离的手服下药。

江倦：可恶，好苦，真的好苦。

他只喝了一小口，就要推开薛放离的手，结果不仅没推开，薛放离的另一只手也伸了过来，捏住他的下颌，迫使他喝完了整碗药。

江倦喝光药，薛放离把药碗递给侍女，侍女问道："王爷，现在传膳吗？"

"嗯。"

侍女忙不迭地开始准备，薛放离再回过头来，江倦这条"咸鱼"惨遭欺骗，已经失去了梦想，在不快乐地装死。

"怎么了？"

"好苦啊。"

江倦抱怨不已。他当然知道药不可能不苦，只是王爷说得这么认真，还要再喝第二口，江倦信以为真，以为没那么苦。

结果苦到头掉不说，他还被摁着喝完了整碗药。

薛放离瞥他一眼，嗓音温和道："药再苦，你也要喝。"

薛放离又道："张嘴。"

薛放离往他口中投入了一颗蜜饯。

第 19 章

舌尖上的苦味被压下,蜜似的甘甜味道充斥其中。

江倦感觉好受了一点儿。

江倦咬开蜜饯,声音模糊地说:"苦就苦,你还不说实话,故意降低我的警惕性。"

薛放离语气悠然:"不这样哄着你,你又岂会服下药?"

江倦很有意见,纠正他道:"你这是骗我喝,不是哄我喝。"

薛放离轻抬眉梢,看了江倦几眼,低低地笑了:"本王知道了,下次改。"

他倒是摆出了一副虚心受教的模样,江倦却不太好,一听还有下次,立刻瘫倒在床上。

"起来,用膳了。"

不知不觉间,侍女已经把菜上齐了,江倦慢吞吞地坐起来,磨蹭着走过去。

毕竟是在宫里,菜肴丰盛可口,不过吃着吃着,江倦突然咬住筷尖。

"怎么了?"薛放离皱起眉,"你怎么什么都爱咬?"

江倦觉得他的指控好没道理,自己也没乱咬过什么,不过这不是关键所在,他奇怪地问:"王爷,你不吃东西吗?"

薛放离索然道:"没什么胃口。"

江倦看看他,执起银筷,夹起一块八宝豆腐给他:"你有胃口。"

薛放离垂下眼,仍没有要进食的意思,江倦只好又说:"王爷,我心口还疼着呢。"

说完，江倦装模作样地摸摸心口："你又不是仙子，我不许你只喝露水。"

薛放离与他对视，少年嘴上在威胁人，眉心却皱了起来，神色也担忧不已，这是一种纯粹的关切行为，让人开心。

不知道过了多久，薛放离到底妥协了，低下头，神色厌倦地吃下一口豆腐。

江倦心满意足，觉得还挺有成就感的，本想再让他吃点儿什么东西，汪总管却在这时去而复返。

他行了礼，轻声问薛放离："王爷，陛下又遣奴才过来，让奴才问问……"汪总管低下头，"您年少时有一段时日似乎对丹青颇感兴趣，也经常作画，陛下让奴才问问，那些画……可还在？"

薛放离倏地抬起眼皮，神色漠然地望过来。

他的神色与往常无异，只是多了几分凉薄与讥讽之意，汪总管即使低着头，也感受得到一阵凉意袭上心头，忍不住缩了缩肩膀。

他又岂会不知王爷素来不爱旧事重提，只不过……

唉。

薛放离不搭腔，汪总管也只能候着。

长久的寂静气氛中，调羹碰撞碗壁发出"叮咚"一声脆响，江倦轻敲一下瓷碗，对薛放离说："王爷，喝口汤。"

汪总管怔了怔。

"三公子！"汪总管与江倦统共不过见了两面，但汪总管对江倦的印象很好，所以也情不自禁地制止他道，"王爷不喜……"

话音一顿，身为总管太监，汪总管自然懂得分寸，知道什么该说，什么不该说。

他本想说，王爷颇为厌食。

王爷若是想吃东西，自己便会动筷——当然，大部分时候，王爷进食只是不得不吃，每日逼着自己吃，保持精神和体力。他若不想动筷，三公子再怎么一片好意，不仅无济于事，指不定还会激怒王爷。

王爷发起疯来，着实无人招架得住，何况三公子本就才犯了一场心疾，可受不得惊吓。

"啊？"江倦抬起头，不解地看向汪总管。

汪总管不好对他明说什么，只能冲江倦摇摇头。江倦没读懂他的意思，只觉得手举得太久有点儿累，便催促起了薛放离。

"王爷，"江倦说，"你快点儿喝，我的手好疼。"

薛放离缓缓垂下眼，看的好像不是一碗汤，而是什么令他深恶痛绝的东西。汪总管见他神色不悦，简直又替江倦捏了一把汗。

三公子这可真是……

可真是什么，汪总管还没有想到合适的用词，就见他们王爷冷漠地低下头，不悦地接过鸡汤喝了。

汪总管："……"

王爷还真喝了？

更让汪总管惊愕的事还在后面。薛放离喝下鸡汤以后，抬眼问江倦："心口不疼了？"

江倦眨眨眼睛，一点儿也不心虚地说："不一定。王爷好好吃完这顿饭，大概就不疼了；王爷要是不好好吃饭，可能就会疼。"

薛放离："知道了。"

薛放离似笑非笑地瞥他一眼，自然知道江倦的真实意图，执起银筷，虽然不太有胃口，还是每一样菜都尝了味道。

江倦还挺快乐的——王爷没有食欲，但他偏要勉强，然后王爷就被迫用膳，他非常有满足感。

勉强完薛放离，江倦神清气爽，又看回汪总管，问他："汪公公，你刚才是要说什么吗？"

汪总管看看江倦，又看看正在慢条斯理地用膳、姿态矜贵的薛放离，好半天才摇了摇头，笑呵呵地说："没什么，是奴才想岔了。"

他确实没想到，王爷厌食至此，竟会被三公子劝动。

他更没想到，不想让三公子生气，王爷竟又主动用膳。

江倦似乎是相信了，点了点头。

江倦已经吃得差不多了，但又不好走掉，便开始戳弄糕点。没多久，待薛放离放下银箸，江倦也心血来潮地说："王爷，汪公公说的画还在吗？我也想看。"

汪总管呼吸一滞。

他也终于想到了一个用来形容三公子再适合不过的词——哪壶不开提哪壶。

不过再怎么样，也怪不到三公子头上，毕竟许多事情，三公子并不知情。

陛下让汪总管前来求取的，实际上是虞美人的画像。

汪总管这回可不敢再乱提醒什么了，怕弄巧成拙，只好垂着手沉默地立在一旁。

"王爷?"江倦扯了几下薛放离的衣袖,侧过头来望着他,满眼都是好奇之色,"我真的想看。"

薛放离语气很淡,也听不出什么多余的情绪:"时隔多年,本王也忘了放在何处。"

江倦听完,难得不依不饶起来:"再找一下?"

薛放离:"没什么好看的。"

江倦:"那我也想看。"

他摇摇头,声音很轻,语气也不自觉地放得很软。

薛放离望着江倦,没有立刻开口。江倦见他无动于衷,只好松开手,慢慢地蹙起眉心,又捂住自己的心口:"王爷,我好像又有点儿难受了。"

薛放离垂下眼皮,平静地盯着他看。

汪总管:"……"

三公子可真是,恃病而骄啊。

王爷说忘了放在何处,就是在婉拒三公子,三公子却依旧不依不饶。

这一回,汪总管是真的不觉得王爷会松口了。

毕竟那是王爷的母妃,毕竟王爷恨极了这些过去的事。

想到这里,汪总管无声地叹了一口气。

可是下一刻,薛放离终于开了口,语气漫不经心,腔调也淡淡的。

"那就看吧,"薛放离道,"本王让人去取画。"

汪总管闻言,神色错愕不已。

王爷竟然答应了?

三公子想看画,王爷竟然应允了?

江倦不知内情,笑弯了眼睛,真心实意道:"王爷,你真好。"

薛放离低下头,似笑非笑道:"下一次,这个借口也许就不好用了。"

江倦眨动几下睫毛,无辜地看着他:"什么借口啊,我是真的不舒服。"

薛放离扫了他一眼,站起身来,去与人交代些什么,江倦却立刻趁机问汪总管:"汪公公,刚才你想说什么?王爷不喜欢什么?"

汪总管又怔了怔,随即意识到什么,哭笑不得地问道:"三公子,您一定要看画,就是想支走王爷,问奴才这件事?"

江倦"嗯"了一声:"我总觉得刚才你有话要说,好像还挺重要的样子。"

汪总管:该怎么说呢?

他方才纯粹是想提醒三公子,王爷厌食,可王爷再厌食,在三公子面前,

192

也不是什么问题。

只是三公子为了问清楚这件事,反而又在不知情的情况下,触了王爷的逆鳞,而王爷竟也欣然应允。

思及此,汪总管神色颇为复杂,想着这些事情告诉江倦也无妨,便斟酌着用词道:"王爷在吃食方面,素来有些心结,与他母妃有关。王爷年少时……"

汪总管实在不知晓该怎么说,所以吞吞吐吐半天,江倦却想起一件事情,问汪总管:"王爷是不是被他母妃喂过生肉?"

汪总管愣了愣:"三公子知晓此事?"

其实事情还远不止如此。

汪总管低声道:"因为一些事情,虞美人待王爷不太好,除却给王爷喂食过生肉,也时常给王爷下毒……"

薛放离交代完事情,再回来的时候,江倦就怔怔地看着他。

薛放离若有所思道:"怎么了?"

江倦摇摇头,没说话,不知道在想什么。过了一小会儿,他突然问薛放离:"王爷,为什么你这么厌食?"

薛放离怔了怔,想起了什么,笑得漫不经心:"吃够了吧。"

江倦睫毛一动,抬起头望过去,眼中有悲悯又有哀伤,好似深谙一切苦难,也懂得这些苦难背后的苦痛。

"王爷,你在说谎。"江倦慢慢地说,"王爷,我好难受。"

这一整天,江倦一直在喊难受,可只有这一刻是真的很难受。

薛放离盯着他看了许久,抬起眼皮,面无表情地望向汪总管。

汪总管也没想到江倦的反应会这样大,握住自己的两只手,不太敢吭声。

"王爷,你不要看他,"江倦说,"你老实交代。"

薛放离笑笑地说:"你不是都知道了?"

江倦神色低落:"可我想听你说。"

薛放离口吻平淡:"就是那些,没什么好说的。"

不止,肯定不止。

汪总管知道的事,肯定只是冰山一角,还有更多的事情,除了薛放离,不为他人所知。

"有什么好难受的?"薛放离嗓音散漫,"与你说过多少遍,本王不在乎。"

江倦怔怔地望着他:"王爷,她为什么要这样对你?"

为什么?

记忆中的女人，很少有过平静的时刻，也很少给他温情，只有这么一次，女人牵着他的手，把他拉进了怀里，笑吟吟地说："我的放离，娘怀胎十月生下的放离，原来已经长这么大了。

"这封信，是你与娘的小秘密，谁也不要说，谁也不要提，好不好？

"千万、千万不要告诉你父皇。

"那是娘的夫君啊。他来了，他要带娘走了……"

薛放离垂了垂眼帘，平静地说："她恨本王。"

江倦还想再说什么，被派去取画的侍女回来了，她恭敬道："王爷，画取来了。"

薛放离颔首，又有几名侍女上前，一同将画卷铺开，总共八幅画，有七幅画的是一个女人。

那应当是同一个人吧？

江倦努力辨认，丝绢受了潮，也有不少虫蛀痕迹，受损严重，只能大致看出一个轮廓，可饶是如此，也不掩女人的国色天香。

她是……

"王爷，她是你的母妃吗？"

江倦终于后知后觉地明白过来了。

难怪弘兴帝让人来取画。

难怪他胡搅蛮缠时王爷不停推辞。

江倦只是想支开王爷，向汪总管问清楚是怎么回事，可是好像又不小心戳开了王爷的伤疤。

"王爷……"江倦愧疚不已。

薛放离却若无其事地问他："不看了？"

江倦张了张嘴，又不知道该说什么好，只好摇摇头。

薛放离便把这几幅画像丢给汪总管，淡淡地说："拿去给父皇。"

汪总管惊喜道："是。"

顿了一下，汪总管又提醒道："王爷，那儿还漏了一幅画呢。"

总共八幅画，还有一幅尚未打开，侍女听了连忙道："汪总管，这幅画受损太严重了，奴婢怕展开会散，便没有打开。"

汪总管迟疑道："王爷，这幅画，是您自己留着还是奴才一并带走？"

苍白的手伸出，指尖触上画卷，薛放离摩挲几下，淡淡地说："这一幅画的不是她，留着吧。"

汪总管应下声来："是。"

江倦低头看看，忍不住问他："王爷，这一幅画的是什么？"

薛放离笑了笑："本王也不太记得了。"

他不记得，又怎么会知道画上不是虞美人？

王爷既然愿意留下这一幅画，那就说明这幅画肯定有什么意义吧？

可惜画受损得太厉害了。

江倦想得出神，连汪总管走了都没发现，薛放离却在这时开口问他："去散步？"

江倦犹豫了一下，还是摇了摇头："算了。"

之前他想去，纯粹是出于好奇，可薛放离对过去的事并没有多少美好的回忆，故地重游，对他来说应该是一种折磨吧。

何以解忧，唯有睡觉，江倦想了一下，问薛放离："王爷，你睡觉吗？"

"怎么了？"

江倦认真地说："心情不好就睡一觉吧。我就是这样，心情一不好，睡个昏天黑地，再醒过来时就会好很多。"

他太愧疚了，也对自己戳伤疤的行为耿耿于怀，又慢吞吞地说："我在旁边陪着你。"

薛放离轻抬眉梢，自然知道他说这番话的原因，本要说什么，到底没有开口。

他的那些过去经历，现在唯一的意义就是用来拿捏江倦。

只要没把人惹哭，江倦的那些愧疚感，薛放离照单全收，并乐在其中。

"好啊。"没多久，薛放离开了腔。

与此同时，汪总管也捧着画回了养心殿。

说实话，他这一趟来本没抱多少希望，王爷对虞美人的心结有多大，这些年来大家简直有目共睹。

"陛下！陛下！"

汪总管喜悦地步入殿内，正要呈上画，发现殿内还有一人。他定睛一看，连忙行了礼："奴才见过大皇子。"

大皇子薛朝华笑了笑，问汪总管："公公这是给父皇送来了什么好东西，笑得见眉不见眼？"

弘兴帝本在低头饮茶，闻言倏地抬起头，动作之大，茶水都溅在了身上，他却浑然不顾："拿到了？"

汪总管笑呵呵地回答："回陛下，拿到了，多亏了三公子呢。"

三公子？

这是老五的东西？

薛朝华笑容一敛，只觉得十分晦气。

怎么又是那个疯子！

弘兴帝手指发颤，语气也急促不已："快，快呈上来给朕看看。"

汪总管依言上前，小心翼翼地展开画像。

丝绢存放多年，又因为保管不当，已然风干，成了薄而脆的一层，画面泛黄，虫蛀痕迹多处，美人面庞也模糊不清，唯有她的风华一如当年。

弘兴帝情不自禁地伸手抚摩画像，汪总管连忙道："陛下，画受损太严重，您可得轻一点儿。"

经他提醒，弘兴帝动作一顿，到底没舍得抚上画卷，只是十分柔情地看着画中之人。

观他神色，画中为何人，薛朝华即使不看，也猜得八九不离十。

虞美人，定然是那个虞美人，老五的母妃。

薛朝华在心里冷哼了一声。

他此次前来，本是受李侍郎所托，为李侍郎那被治了大不敬、即将被处死的儿子求情。

李侍郎是他母族的旁支，加之他与薛放离向来不对付，只要能让薛放离不痛快，他就痛快了，于情于理，他都得过来求见弘兴帝。

略一思索，薛朝华道："父皇，儿臣听说丹青圣手杨柳生昨日进京。他不只画工好，一手丹青技艺出神入化，还擅长修缮古画。恰好儿臣与人相约，明日要去百花园踏春，据说杨柳生也在，要不儿臣带着您这画过去，他要能修复，就让他修复，修复不了就重画一幅？"

修复也好，重画也好，只要画中人的音容笑貌可以再清晰一点儿就好。

弘兴帝缓缓地道："也好。"

顿了一下，思及自己也许久未出过宫，弘兴帝又道："明日朕与你一同去吧。"

他们父子二人许久未增进过感情，薛朝华一听这话，喜不胜收道："父皇也去？那儿臣这就让人关了百花园，明日只许……"

"不必，"弘兴帝道，"朕只是去看看，用不着如此兴师动众。"

薛朝华正要劝说，又听弘兴帝对汪总管吩咐道："明日把老五跟那江倦也叫上吧。"

汪总管应下声来："是，陛下。"

薛朝华："……"

本以为只有他们父子二人，现在又得与薛放离同行，薛朝华一脸菜色，更觉得晦气了。

弘兴帝不知他心中所想，只是提起江倦，又想起自己答应赏赐，笑着道："老五都把画给了朕，朕却忘了他的赏赐。"

他问汪总管："你说，朕该赏他点儿什么东西？"

汪总管想了一下，迟疑道："陛下，王爷好像没什么偏好，不过颇为看重三公子，不然明日看看三公子有什么喜好？"

"也好。"弘兴帝点头。他挺喜欢江倦的，第一次见面本就印象不错，这一次更觉得有意思，想到江倦在殿上的行为，弘兴帝笑着摇了摇头，"老五看重他，也是有看重的道理。"

汪总管也感慨道："三公子真是个妙人。"

弘兴帝这才想起什么，回头问薛朝华："老大，你来找朕，是有什么事？"

薛朝华浑身一僵。他又不傻，当然知道现在不是求情的好时机，毕竟他父皇还在给薛放离行赏呢，只好勉强地笑道："没什么事，就是过来看看父皇。"

弘兴帝颔首："你有心了。"

翌日，江倦睡得迷迷糊糊的，突然被一阵说话声吵醒。

"王爷，陛下打算去百花园踏春，让您与三公子也一起来。陛下与大皇子已经准备好了，就差您与三公子了。"

江倦被吵醒了，也没睁开眼，只是有气无力地问："王爷，怎么了？"

薛放离："父皇让我们去踏春。"

江倦："……"

踏什么青，有什么好踏的，江倦这"咸鱼"十分抵触这种大型户外活动，可对方又是弘兴帝。

他又要被迫"营业"了。

江倦悲伤地从床上爬了起来。

不过动着动着，他突然想起一件事情。

梦里，也有一段关于主角踏春的剧情——江念去踏春，结果碰上了闻名天下的丹青圣手杨柳生。这位丹青手平生最好俊男俊女，也喜欢画俊男俊女，所以一碰见江念，就立刻请求为他作画，自此，全天下人都知晓了他的美名。

江倦立马警觉起来。

这又是主角的主场！

第 20 章

圣上出宫，即使低调出行，也是浩浩荡荡一队人马。

四月伊始，本就是踏春时节，百花园又正是桃红李白、花团锦簇之时，是以不少公子、小姐相约前来游玩。

江念与安平侯就在其中。

"见过陛下。"

他们两个人与若干世家子弟行了礼，弘兴帝摆了摆手："不必多礼。朕只是过来看看，你们也去逛自己的吧，不要拘束。"

众人纷纷告退，弘兴帝说过来看看，也真的只是四处走了走。倒是江念，注意到与弘兴帝同行的还有一辆马车，然而车中之人始终不曾露面，不禁多看了两眼。

待人几乎走光，这辆马车也终于有了动静。

男人走了出来。他身姿挺拔，一身繁复的黑金色衣袍，倒是生了副好相貌，偏生又好似有着压不住的邪性。

而在他身旁，跟了一个睡眼惺忪的少年。

这正是离王与江倦。

他这弟弟，与离王待在一块儿，竟次次都似无事人一般。

江念扯起嘴角笑了一下，再回过头来，却见安平侯也出神地望着那两个人。

江念皱了一下眉，不动声色地问道："侯爷，怎么了？"

安平侯收回目光，压下心中的情绪，坦然道："没什么，江倦他——变化当真是大。"

江念睫毛一动，强笑道："嗯，变化确实颇大。"

"可要去看桃花？"

江念本该应下声，却又鬼使神差道："侯爷，你不是想陪陛下走走吗？不然你先去找陛下吧，我待会儿去寻你。"

安平侯问他："怎么了？"

江念微笑道："陛下应当不会待太久，你若先陪了我，陛下可能就走了。"

他说得有理，安平侯思索片刻后道："那便这样吧。"

"好。"

两个人就此分开，江念深吸一口气，望向一个地方——海棠苑。

离王与江倦一前一后地步入。

落英缤纷间，一张软榻摆在海棠花荫处，江倦能坐着绝不站着，立刻歪倒在软榻上窝着。

他被迫早起，还困得厉害，往旁边一靠，什么海棠花，他一点儿也不感兴趣，只想睡觉。

实际上，江倦也付出了行动。

眼睛一闭，没过多久，江倦就这么睡着了。

薛放离垂目扫了江倦一眼，倒也没说什么，只在一旁懒懒散散地坐下。

江念看了许久，上前几步，佯装邂逅："王爷，您也在这儿？"

薛放离头也不抬，江念又道："弟弟怎么了？是睡了吗？"

江念担忧道："他身子弱，就睡在这儿，会不会着凉？"

薛放离终于抬起眼皮，不悦地开了口："本王说了，不许任何人踏入海棠苑，你们是聋了？"

他并没有搭理江念，而是在训斥侍卫。

江念浑身一僵，随即略带歉意地笑道："王爷，不是他们的错，是我，不知您与弟弟在此，唐突地闯了进来。"

"现在你知道了，"薛放离一字一顿道，"还不滚？"

他语气很冷，几乎凝成了冰碴子，重重地向江念砸来，江念浑身一僵。

他做过那个梦，改变了这么多事情，唯独离王，他始终无法扭转对方对自己的态度。

倘若离王对谁都如此便罢了，可偏偏他对江倦不是这样。

江念真的很不明白。

江倦都可以做到的事情，为什么自己不可以做到？

明明在过去，江倦只是他的陪衬，样样不如他，也处处被他压上一头。

可就是这样的江倦，得了离王的青睐。

在那个梦里，离王对他从未有过好脸色！

两相对比，不甘情绪几乎吞噬江念，他一掐手心，轻轻地问："王爷，他当真值得您如此对待吗？您可知他有多无情，为了追随侯爷左右，甚至对我下手，将我推入湖中，险些夺了我的性命？"

海棠苑内倏地寂静下来。

不知道过了多久，薛放离笑了笑："他心善，再如何与你生气，也只是把你推下湖，本王却不一样。你再多说一句，把他吵醒，本王今日捆了你的手脚，让你沉湖。"

他说得又轻又缓，却又笑得可怕至极，形同恶鬼，令人背脊生寒。

而这股森冷的寒意，也让江念从浑浑噩噩的状态中抽离，他惊惧地看向薛放离。

这番话，若是从别人口中说出来，兴许只是恐吓，可从离王口中说出就不一样了，他做得出来！

后怕、后悔两种情绪在心中交杂，江念脚下仿佛生了根，动也不敢动一下。就在这个时候，他又听见薛放离道："二公子，你的那些野心，你当真以为本王一概不知？"

薛放离轻嗤了一声："收好你的眼神，令人作呕。"

江念愣了愣。

他知道？

他竟然知道？

仿佛被人狠狠地打了一巴掌，江念血气上涌，只觉得无比羞耻，那种无力与憋闷感再次袭来，他狠狠掐着手、咬着牙，不让自己发出一丝声音。

正在这时，汪总管找来："王爷，王爷！陛下正到处寻您呢，快与奴才来杏苑。"

汪总管说完，看见江念也在，又道："二公子，您也一同来吧，侯爷也在呢。"

江念尚处于恍惚之中，过了好一会儿才勉强平复心情，低声道："好。"

薛放离却对侍卫交代："看好他，醒了就带过来。"

侍卫齐声应下，江念心中却仍是一片冰凉。

离王看穿了他。

此时，离王看得出来他的想法，那么在梦里，离王也定然看得出来，却无动于衷，一再践踏他的尊严。

好得很。

江念气息很急，被掐破的掌心血流汩汩。

竹林清幽，水流蜿蜒。

酒杯被置于上游，人一松手，酒杯就顺流而下，在一片哄笑声中，流水将酒杯送到了杨柳生面前，他执起一饮而尽。

"杨兄好酒量！"

"咱们京城的水，不仅养人，还好客呢！"

"怎么不是？这曲水流觞，十次有八次让杨兄把酒喝了去。"

一群人聚集在水边，开怀谈笑，有人赏完花归来，见杨柳生还在饮酒，提醒他："杨兄，你怎么还在这儿喝酒？方才我可瞧见江二公子了。"

杨柳生此次进京，除了与好友相聚，就是为求见江念，连忙询问："二公子在何处？"

"往海棠苑去了。"

杨柳生连忙请辞："诸位，我去寻二公子了。"

他平生喜欢看俊男美女，也只爱画俊男美女，在场众人皆知，是以也没人挽留，只他的友人道："杨兄，这二公子的美，可不是寻常的美。"

别的倒没什么，杨柳生那一张嘴刻薄至极，友人纯粹是好意提醒，免得他第一眼不觉得二公子好看，日后改了心意，还得上门赔罪。

关于这位二公子江念，杨柳生早已听闻诸多传言，如此提醒他的人更是不在少数。

——二公子的美，不在于肤浅的皮相。他乍看平平无奇，却十分耐看，性格又温柔可亲，与他相处，令人如沐春风，加之二公子本身诗书满腹，气质更是高雅至极，有小谪仙之称。

杨柳生居无定所，大江南北地跑，见过不少相貌出众之人，唯独没见识过江念这种，所以更感兴趣了，挥了挥手："知道了。"

杨柳生一路哼着小曲，抵达海棠苑。

还未踏入，杨柳生往里望去，只一眼便惊在了原地。

海棠花满地，软榻上的人似在熟睡。

花色缤纷，秾丽得几乎化不开，人却是清清淡淡的，如雪似月，浑身最重的颜色，竟是那头如瀑的长发。

杨柳生来得正巧，没多久，少年悠悠转醒，扶着榻坐了起来。

他的鬓发乱了，堆在肩上，贴在雪白的脖颈处，有侍女上前与之说了些什么，海棠落在他的发间、颈上，一点儿颜色艳得惊心动魄，他却恹恹无力。

杨柳生惊艳不已，只想立刻画上一幅《海棠春睡图》，可才上前一步，就被驻守的侍卫阻拦，不得入内。

杨柳生急得抓耳挠腮，正在这时，他的友人在不远处唤他："杨兄！杨兄！"

唯恐惊扰到园中之人，杨柳生连忙回身，友人惊喜道："你小子撞大运了，陛下今日也在百花园里，还特意召见你，快随我来！"

杨柳生愣了愣："可……"

友人没注意到杨柳生的异样，扯着他走了好远，杨柳生才勉强回过神，不住地惊叹："二公子江念，当真是第一美男！"

与此同时，侍女对江倦说："三公子，王爷与陛下在杏苑，让您醒了也过去。"

江倦坐起来，迷糊地说："哦。"

杏苑。

"草民杨柳生见过陛下。"

杨柳生跪下叩拜，弘兴帝摆摆手，示意他起身，本要直接询问修复画像之事，见他眉飞色舞、满面春风，便顺口问道："怎么如此高兴？"

"回陛下，草民向来喜欢看俊男美女，只要看见姿容出众之人，就喜不自胜、心花怒放。"

"哦？你看见了谁？"

杨柳生："江二公子江念。"

他一提起江念，就滔滔不绝起来："京城的水，当真是养人。都说二公子并非一眼便让人过目不忘之人，胜在骨相美，要耐下心来静看，可草民方才一见，只觉他生得是天人之姿，当真是冰肌玉骨、雪玉堆就！"

杨柳生赞不绝口，浑然不觉在场之人都望向了一处。

江念方才受辱，此刻正在安静饮茶，垂目之间，想到离王，想到江倦，心里的怨恨情绪让他生出了无数个念头——今日之辱，他要离王与江倦加倍偿还！

名字忽然被提及，江念抬起头，倾听片刻，扭曲的心绪终于被压下几分，心里也好受了一点儿。

是，这京城第一美男的称号，无法为他带来任何益处，也不过是个虚名而已，可这是他做那个梦以来，费尽心思与众人结交，又一再投其所好、曲意逢迎换来的结果。

他这人，就好虚名，就好攀附权贵，有他的野心。

再度饮下一口茶，在众人的注视之下，江念微微一笑，从容道："柳先生谬赞。"

杨柳生愣了愣，扫过去一眼，没怎么在意他，更不知道这人在说谬赞什么，只是不满道："岂是谬赞？江二公子的姿容，我杨柳生走遍大江南北，从未见过第二人有此等容颜！他……"

话音未落，有人来了杏苑，杨柳生抬头一看，正是刚才在海棠苑熟睡的少年，当即眼睛一亮，兴高采烈地迎上去："二公子！江念公子！"

三公子江倦：什么情况？

江倦蒙了。

其他人也蒙了。

唯有薛放离，见状似乎反应过来什么，笑了一下，慢条斯理地说："他是本王的义弟，并非二公子。"

杨柳生脱口而出："那二公子呢？"

友人用手肘撞了他一下，小幅度地抬了抬下巴，低声说："二公子在那儿呢。"

杨柳生扭过头看去，正是方才说谬赞的人，这下子杨柳生也蒙了。

"二公子不是京城第一美男吗？"杨柳生惊愕道，"他算什么美男？"

反应再迟钝的人，这会儿也该明白是什么情况了，何况江念本就心思颇深，面容一瞬间有些扭曲。

这个杨柳生，竟把江倦当成了他！

杨柳生先前夸了那么多，全是在称赞江倦，而非他这个二公子本人！

本就受辱一次，杨柳生此举更是让江念怒极，可在众目睽睽之下，江念又不得发作，皆因他是温柔端庄的尚书府二公子。

江念攥紧了手，缓缓地笑道："我确实……比不过弟弟。"

每一个字，江念都得咬紧牙关、用尽全力才说得出来，他的不甘心、他的怨恨情绪，不得泄露分毫，他不能让自己苦心维系的形象毁于一旦。

听江念如此说，杨柳生附和道："人贵有自知之明，二公子都知晓自己这个第一美男名不副实，你们怎还偏要给他冠以这样的名号？"

杨柳生此人不仅说话刻薄，性格也极为耿直，否则他的友人也不会再三提醒他，生怕他得罪江念，结果提醒得再多，他也还是狠狠地把人得罪了。

友人又狠狠地撞了他一下，压低了声音道："你少说两句吧。"

可说出去的话，就像泼出去的水，他再怎么少说，先前的话也已经撂出来了，场面一度十分尴尬。

江念气得手指发抖。他在乎，心里在乎得要命，却又不得不云淡风轻地笑道："杨先生说得是。江念一早便说过，京城第一美男另有其人，我……过誉了。"

安平侯却道："杨先生，你被誉为丹青圣手，怎会如此美丑不辨？皮相之美，看一眼、看两眼，惊为天人，看得多了，也不过如此，唯有内在之美才是真正的美。依本侯之见，杨先生，你也不过庸俗之辈，迷恋皮囊，不知美在骨不在皮。"

他言下之意，江倦再美也比不过江念，杨柳生不识江念之美，就是庸俗之辈。

杨柳生沉思片刻，说："侯爷，草民有一句话，不知当讲不当讲。"

安平侯微笑道："你讲。"

杨柳生委婉道："您……是否有眼疾？患病多长时间了，可曾看过郎中？"

安平侯贬低他审美低级，杨柳生便暗地里说他瞎，话不投机半句多，安平侯一甩衣袖，不再理会他。杨柳生则抽空打量一眼江念，还真是平平无奇。

他若是没见到那少年，兴许还会因为这京城第一美男的称号，仔细研究一番江念美在何处，可现在见过皓月，又怎会在乎萤火？

萤火之光岂能与皓月争辉！

杨柳生不再看江念，而是询问江倦："三公子，草民可否为你作画一幅？"

江倦："……"

怎么回事啊？

他只是睡了一觉，剧情怎么就不好了？

江倦还处于震惊之中，薛放离已经替他给出了答复："不可。"

想了一下，江倦诚恳地说："你给他画，我念哥——二公子，他真的值得你画。"

杨柳生也诚挚地说："二公子是京城第一美男，你却是天下第一美男，你们二人，我更想画你。"

江倦纯粹好心，想把剧情拉回来，可这话听在江念耳中，就不是这么一回事了。

江倦在羞辱自己。

他岂会需要江倦的怜悯！

江念只觉得气血上涌、头晕目眩，用力地抓住座椅扶手，本已血迹斑斑的手上又被掐出了许多道印子。

他从未有过如此狼狈的一刻。

今日之事，要不了多久就会传遍整座京城，他这个好弟弟竟能将他置于如此境地！

往日自己倒是小瞧了他！

江念呼吸急促。

尴尬的气氛并未被消除多少，弘兴帝不得不出面转了话题："杨柳生，朕召你来是听说你擅长修复古画，你可否替朕修复几幅画？"

杨柳生："可以是可以，就是……"

弘兴帝："就是什么？"

杨柳生看江倦一眼，又提了一次："陛下，修缮画作颇耗费精力，草民风尘仆仆地赶来京城，还没来得及歇一下呢，说不定发挥不好，除非……"

江倦有了不好的预感。

果不其然，下一刻，杨柳生道："除非三公子能允草民为他作画，这样草民才打得起精神。"

弘兴帝："……"

江倦："……"

此人颇是无赖，弘兴帝听完这话只觉得好笑。弘兴帝望向江倦，询问他的意思，江倦什么都还没说，薛放离再次冷淡地开了腔。

"不必。"

杨柳生连番纠缠，薛放离颇为不耐烦，瞥了江倦一眼，示意他与自己走，江倦却没动。江倦突然想起什么，自暴自弃地说："王爷，我给他画吧。"

薛放离望着他，皱了一下眉："有什么好画的？"

江倦也不想让杨柳生画，可又有事情求杨柳生："我也觉得没什么好画的，但是……"

薛放离将目光落在江倦的脸上，意味不明道："天下第一美男？"

他不说还好，一说这话江倦就失去了梦想："我不是，我没有，你别乱讲。"

薛放离望他许久，嗓音淡漠道："本王也不觉得你美。"

管他美不美的，江倦返回原处，对杨柳生说："我给你画，不过你也得答应我一件事情。"

什么事情，杨柳生问也不问，立刻大喜过望道："好，你尽管提！"

只要江倦答应让画，什么都是现成的，连题材杨柳生都想好了，就画一幅春睡图。杨柳生忙不迭地应了弘兴帝的请求，告退之后，急急扯着江倦，要为他画作，生怕他反悔。

杨柳生："三公子，画春睡图怎么样？你就……就……"

友人低下头，微微动了动嘴唇："你悠着点儿吧，你抬头看看。"

杨柳生确实没怎么注意别人，闻言抬起头，就见薛放离正面无表情地看着他。杨柳生心口猛跳，倒吸了一口凉气。

可怕，太可怕了，杨柳生打了一个寒战，生怕要求过多被离王责难，不敢再肖想春睡图了，认怂道："三公子你随意。"

杨柳生运笔如飞，没多久就大功告成。他再抬起头时，一顶帷帽也落了下来，轻纱遮住了少年的脸庞，他再看不真切。

杨柳生："……"

他连一眼也没能多看到。

随着视线被轻纱遮挡，江倦也抬起了头，结果什么也还没看清，就被拽了起来。

他正要说什么，又猝不及防地与不远处的江念对视，江念的眼神之怨毒，让江倦打了一个趔趄，一下抓住了薛放离的衣袖。

"王爷。"

薛放离看了侍卫一眼，似乎下达了什么命令，这才又漫不经心地垂下眼，江倦对此却浑然不知。

江念的眼神，江倦越想越怕，回忆了一下梦中安平侯夺权以后的剧情，喃喃地说："王爷，我要死了。我可能没法给你办后事了。"

第 21 章

"瞎说什么！"薛放离语气淡漠。

江倦不能跟他讲剧情，只好幽幽地说："我觉得我活不了太久了。"

薛放离皱起眉："又不舒服？"

江倦胡乱地点了点头，薛放离顿了顿，本要拂开江倦的手，终是任由他牵住自己的衣袖。

上了马车，两个人一路无言。

这样安静的时刻，往日并非没有，只不过大多是江倦在睡觉，可他要是没有睡下，还是会同王爷扯东扯西的，而现在江倦是真的一点儿心情也没有。

他本想小心做人，快乐地做"咸鱼"，结果不知不觉间就把主角和"主角团"的人全得罪了。

尤其是主角江念。每回江倦都在睡觉，压根不知道发生了什么事，再醒过来时就已经得罪了江念。

好冤，他真的好冤。

想到这里，江倦悲伤地说："王爷，我要改名，以后要叫江不倦。"

他人如其名，又懒又倦，睡起来没完没了，真的不能再睡了，也不能再"拉仇恨"了。

江倦想得太出神，没有发现薛放离一直在盯着他，更没有注意到对方的眼神深沉、阴鸷。

薛放离十分不悦，不悦江倦让人摆布，更不悦江倦说自己活不了太久。

晦暗的情绪在心底发酵，薛放离厌烦这种无法掌控的情况。

他双目轻合。

少年活不了太久，自己与他计较什么呢？

到了王府，江倦回了自己的院子。

在路上，他信誓旦旦地说不能再睡了，结果到了地方，没过多久就又懒懒地瘫倒在床上，再一次被懒惰打败。

高管事过来的时候，江倦在玩一个玉质九连环，这是兰亭从几箱贺礼里找出来的，给他打发时间。

"三公子。"

高管事捧着一碗药，笑眯眯地说："您该服药了。"

江倦："……"

这一刻，他又想起被中药支配的恐惧，慢吞吞地说："喝什么药？我很好，不用喝药。"

"宫里的太医不是给您开了几服补药？"高管事道，"后厨刚熬好，您快趁热喝了。"

"你先放着吧，"江倦一心想赖掉，"好烫，我待会儿再喝。"

高管事摇了摇头："这可不成，王爷让奴才看着您喝完。"

江倦："……"

他低头看看那碗药，还没喝就觉得头皮发麻。高管事见状想起什么，忙又取出一个小袋子："差点儿忘了，王爷还让奴才准备了蜜饯。"

高管事准备得如此齐全，可江倦还是不太想喝药。他吃了颗蜜饯，问高管事："王爷在做什么？"

高管事："王爷他……"

自打回了府，王爷就阴沉着一张脸，兴致不太高，不过高总管早就习惯了他的阴晴不定的性子，也不觉得怎么样，只要注意着不触他的霉头就是了。

"王爷在休息。"

江倦"哦"了一声："你帮我取个东西，我就把药喝了。"

高管事："什么东西？"

江倦小声地说了一句，高管事迟疑道："那得先问问王爷的意思。"

江倦点头："好，你去问他。"

高管事忙不迭地返回凉风院，薛放离听见响声，手指轻敲几下矮桌，头也不抬地问："他把药喝了？"

高管事支支吾吾地答道:"三公子还没喝呢。"

薛放离瞥他一眼,神情冷淡地问:"他没喝药,你回来做什么?"

高管事只好如实相告:"三公子说喝药也行,但他想要王爷的画。"

正在敲击矮桌的手指顿了顿,薛放离皱眉:"本王的画?"

高管事点头:"三公子说,王爷回来的时候带了一幅画,他想要这幅画。"

薛放离怔了怔。

在重华殿,他总共取出了八幅画,有七幅画扔给了汪总管,让汪总管交给弘兴帝,只留下了这一幅画。它破损得太严重,甚至无法再展开,也没什么好要的。

"他要这幅画做什么?"

"这……三公子没说。"

高管事摇摇头,不太清楚此事。薛放离也未再开口,只是垂下眼皮,神色若有所思。

在一室寂静气氛中,高管事犹豫道:"王爷,若是不行,奴才这就回禀三公子。"

薛放离不置可否,只是展开了手边的一幅画像。

寥寥几笔,画中之人已形神兼具。

海棠花荫处,少年坐在榻上,长发垂落肩头,几片花瓣落下。

杨柳生不愧被誉为丹青圣手。

若是他未让人夺来此画,若是这幅画流传开来——

天下第一美男,不知会惹来多少口舌。

许久,薛放离才缓缓道:"那幅画,给他吧。"

高管事愣了愣,心知那幅画可能并不简单。毕竟王爷对三公子有求必应,王爷沉默如此之久,说明那幅画对他而言颇为特殊,不过嘛,再怎么特殊——也比不过三公子在他心中的地位。

高管事刚要应声,有名侍卫求见,神色颇为诡异地说:"王爷……方才管事端的那碗药,被三公子倒在了窗外。"

薛放离:"……"

高管事:"……"

这就是三公子要画的原因?就为了把他支走,再把药倒了?

无语凝噎好半天,高管事问薛放离:"王爷,您那画还给不给三公子了?"

薛放离笑了一声,自然也反应过来了,但还是懒洋洋地说:"给他吧。"

高管事点头,没走几步,又听见薛放离说:"盯紧一点儿,他怕苦。"

他盯得再紧，也得三公子自己愿意喝药，高管事苦着脸问："王爷，三公子若是实在不肯喝，奴才该怎么办哪？喊您过去吗？"

薛放离漫不经心道："再说吧。"

没多久，高管事捧来了一个小匣子，里面装的是画卷。

"三公子，您要的画。"

江倦也给他看了看空碗，理直气壮地说："药我喝光了。"

高管事委婉地说："三公子，您有所不知，王府的每一处地方都有侍卫值守，您下回还是不要再用药水浇花了。"

现在尴尬感转移到了江倦身上，他陷入了沉默之中。

画卷的事，江倦跟兰亭交代过，兰亭接过匣子就要出门，又想起什么，回头问江倦："公子，今日你该看完烟花再回来的。"

江倦问她："什么烟花？"

高管事也知道此事，便道："陛下今日游园颇为开怀，想着独乐不如众乐，便命人在晚上放烟花。"

居然还有烟花，江倦心动了。

药被倒掉一碗，还能再煮一碗，高管事去盯着后厨煮药了，江倦思来想去，决定去找薛放离，让他陪自己去看烟花。

薛放离的凉风院，江倦来过两趟，不太记得路，不过一路都有丫鬟，江倦很快就摸到了地方。

"王爷。"江倦敲响门，敲了好一会儿，里面才有动静，男人冷淡的嗓音传来："有事？"

江倦推门而入，兴冲冲地说："王爷，去看烟花吧。"

薛放离望着他，少年神色雀跃，眼睛亮晶晶的，很难让人说出什么拒绝的话。

实际上，无论出于何种原因，他也几乎不曾拒绝少年的请求。

"你的药喝了？"

薛放离并未给出答复，只是问了这么一句话。

江倦诚恳道："聊点儿别的吧。"

看来他还没有喝药，薛放离语气不咸不淡地说："喝了药，你再去看烟花。"

江倦抱怨道："可是药好苦。"

薛放离："有蜜饯。"

江倦:"那也好苦,我喝不下。"

薛放离瞥他一眼,与丫鬟交代了几句,没过多久,高管事端着药碗过来了。薛放离问江倦:"你是自己喝,还是要人摁着你喝?"

江倦震惊地看着他:"摁着喝?"

薛放离轻抬下颌,两个侍卫走上前来,他垂眼望向江倦:"挑吧。"

江倦后悔邀请王爷去看烟花了,但凡他自己跑路,就不必再面对喝药的痛苦。

薛放离:"选不出来?"

江倦:"我自己喝吧。"

江倦叹了好长的一口气,然后捧起药碗,闻了一下,味道实在是太讨厌了,又将碗放了下来:"王爷,我不想喝。"

薛放离望向江倦。他本可以与之前一样,好声好气地哄着江倦喝下药,可又不太想这样。

少年总是这样没心没肺。

薛放离缓缓地说:"那就让他们摁着你喝吧。"

江倦愣了愣,两名侍卫领了命,对江倦说:"三公子,冒犯了。"

他们说完向江倦走来。再怎么样,江倦也不想被摁着灌药,那样太没有面子了,于是抗拒不已:"王爷……"

薛放离置若罔闻,只垂下眼帘,没再搭腔。

江倦想要躲开,结果没注意到脚下,被什么绊倒,磕到了膝盖。

这下子,江倦彻底安静了。

薛放离不想再管,不想再看,可此刻又过于安静,听不见任何声音。

少年这样娇气,这样怕吃苦,要赖也好,抱怨也好,总归会吵个不停,不该这样安静。

薛放离皱了下眉,到底望了过去。

江倦坐在地上,好像摔疼了,低着头在查看自己的膝盖,没有发出一丁点儿声音。

薛放离漠然地看了他许久。

怎么自己只漏看了一眼,他就能受伤?

薛放离站起身,一步一步向江倦走来,垂眼问他:"是不是只有把你供在佛台上,你才不会再把自己摔碎?"

江倦奇怪地说:"什么摔碎?我只是磕了一下,没有碎。"

薛放离不予评价，垂下双目。江偌已经把裤子卷起来了，他浑身骨肉匀称，就连一双腿也生得细白而笔直。

他磕了一下，细嫩的皮肉被蹭掉一层，倒是没有出血，但薛放离还是俯下身，把坐在地上的江偌扶了起来。

江偌："没有流血，应该没事吧？"

薛放离："你也会说没事？"

确实没什么事，就是挺疼的，江偌不忍了，诚实地抱怨："好疼啊。"

薛放离瞥他一眼："娇气。"

江偌："……"

他就不该讲话的。

薛放离把江偌扶到榻上，头也不回地吩咐道："端一盆热水，再取一盒生肌膏。"

丫鬟急急退下，很快就把东西全部送了过来。江偌只顾着脱掉鞋袜，屈起腿看别处有没有受伤，还好只有膝盖蹭到了，他放心了。

"这一点儿伤不用上药吧？"

江偌太知道了，本来膝盖就疼，碰了只会更疼，说："天要黑了，王爷，我们去看烟花吧。"

薛放离没有搭腔，只是接过丫鬟浸湿了的帕子，准备给江偌擦拭膝盖，结果还没碰上去，江偌就吓得开始推他。薛放离握住他的手腕，手动不了，还有脚，江偌几乎是下意识地朝薛放离踹去，结果没踹上。

"你松手。"江偌小声说。

薛放离没理他。踹人未遂，江偌又用力缩回脚，结果一个不慎，又踩入放在地上的水盆里。

"哗啦"一声，水花溅在了江偌的腿上，溅在了薛放离的衣袖上。

"我不是故意的。"过了好一会儿，江偌才心虚地开了口。

薛放离看他一眼，什么也没说，只替他把膝盖上的伤处理好。

江偌不想喝药，只想开溜，又向薛放离提了一遍："王爷，去看烟花了。"

他在想什么，实在是好猜，薛放离望过去，放了一段时间，药已经凉了，再煮上一遍，只会更为腥苦，再逼着他喝，说不定他就要咬人。

"补药就算了，你不想喝就不喝了，"薛放离缓缓地说，"再如何补，你若心情不好，心疾照旧会发作。"

江偌眨了眨眼睛，对他的"识时务"很是满意："嗯，我不能生气的。"

薛放离又道："先沐浴，再去看烟花。"

江倦想回来再说，怕赶不上了："我不……"

话还没说完，薛放离瞥他一眼，淡淡地问道："浑身都是水，你想染上风寒？补药可以不喝，若是染上风寒，每一剂药你都得老老实实、一口不落地喝完。"

江倦："……"

他被吓到了，只好迅速趿了鞋，让丫鬟领着自己去沐浴。

换好干净的衣物，收拾好自己，江倦忙不迭地催促薛放离："王爷，看烟花。"

薛放离颔首："去吧。"

江倦拉着他就要跑，薛放离却纹丝不动，江倦疑惑地回过头，薛放离淡淡地问道："本王何时答应过和你一起看？"

江倦："……"

不行，害他磨蹭了这么多时间，王爷必须得去。江倦瞅他一眼，慢吞吞地问道："王爷，你不去吗？王爷要是不去，我就心情不好，我心情不好，说不定心疾就要发作，我若心疾发作，王爷你也不得安宁了。"

他这不是提醒，而是明晃晃地在威胁人。

灯光下，少年眉眼灵动。

"让本王不得安宁……"薛放离轻轻地笑了，"那本王只好去了。"

烟花是在宫里放的，与王府有一段距离，想好好看上一场，只能到朱雀大街上，然而江倦催得再急，也还是没能赶上。

沉沉夜色中，"轰隆"一声巨响，烟花在空中绽放开来，江倦坐在马车上，只能看见一点儿坠下的烟花。

"开始了。"江倦仰起头，"王爷，你快看。"

薛放离对烟花并没有太大兴趣，问道："你喜欢看烟花？"

江倦"嗯"了一声。

他身体不好，每年都很眼馋跨年烟火，想去现场玩，可是跨年夜人又多又挤，他的心脏也太脆弱，他只好看看直播了。

烟花放了好一会儿，江倦也看了好一会儿落下的烟花。他其实还是有点儿遗憾的，蔫巴巴地趴在窗边，失落地问薛放离："王爷，现在回府吗？"

薛放离打量他几眼，嗓音平淡地问道："不想看了？"

听出他话中的意思，江倦愣了愣："啊？还有吗？"

薛放离颔首："还有。"

江倦立马又快乐起来:"想看,还想看的。"

马车继续驶向朱雀大街,薛放离姿态矜贵地掀起一角帘子,悠悠地看向高管事。高管事带着一脸惨淡的笑容,自觉地跳下了马车。

开始了,王爷又开始了!

——三公子抵达朱雀大街之前,自己要弄到烟花,再让三公子看个够!

朱雀大街是京中最为繁华的街市,此处建有一座朱雀台,用以登高望远。

马车就停在附近,江倦却不太想下车。

"好高啊。"

江倦只想看烟花,并不想爬高楼,诚恳地说:"王爷,在车里看就好了,不用到上面。"

薛放离不为所动:"下来。"

江倦磨蹭半天,慢吞吞地踏出马车,与他一同登上朱雀台。

没走多久,江倦就不想动了:"王爷,就在这儿吧,我不想上去了,真的不想再往上走了。"

薛放离垂眼,见江倦面色苍白,蹙着眉心,还是"嗯"了一声,停下了脚步。

他们没有到最上面,但也爬到中间了,江倦不太讲究地坐到了台阶上,还邀请薛放离一起来:"王爷,坐这儿。"

薛放离看了他一眼,掀起衣摆坐下来,明明是席地而坐,姿态却依旧十分优雅。

此时,晚风和煦,夜色如水。

江倦看看天空,不确定地问薛放离:"王爷,真的还会有烟花吗?"

薛放离颔首:"嗯。"

见他这么确定,江倦被说服了,左看看右看看,又要对薛放离说什么,"砰"的一声巨响,烟花升空,在空中徐徐绽放,落下一地星辉。

"砰砰砰……"

烟花一簇又一簇地绽放,火树银花、流光溢彩。

江倦仰起头,眼睛眨也不眨地看了烟花好久,突然想起什么事情,从袖子里取出了一幅画卷:"王爷,给你。"

薛放离看过去,随即怔了怔。

"下午问你要的画,"江倦说,"在百花园的时候,陛下让杨柳生帮忙修复旧画,我想起你手上也还有一幅损坏更严重的旧画,就想让他也帮你修复一下，所以答应了让他作画。

"可是他居然还想再画一幅，还说上一幅被人抢走了，怎么会有人抢我的画像？"

这是兰亭刚才替杨柳生转达的话，江倦听了只觉得奇怪。不过这些都不是重点，江倦对薛放离说："王爷，你快打开看看有没有修复好。"

薛放离没有任何动作，只是看着江倦。

烟火闪烁中，少年的脸庞忽明忽暗，他笑得眉眼弯弯，唇也向上轻弯，眼神清澈又纯粹。

江倦问他："王爷，怎么了？"

薛放离说："你……"

他开了口，哑着嗓音吐出一个字，却又不知道该再说些什么。

少年问他要画，是为他修复旧画。

少年答应作画，也是为他修复旧画。

薛放离望着江倦，神色令人捉摸不透。不知道过了多久，终于开了口，语气又轻又缓："本王今后只信任你一人，你意下如何？"

第 22 章

　　江倦还在等他看画呢,听完这话愣了一下,不过很快就给出了答复:"我觉得不好。"

　　说的是不好,江倦却托着脸在笑。

　　薛放离悠悠然地问江倦:"为什么不好?"

　　他的语气很好,笑得也很温和,可身上就是弥漫着一股危险至极的气息。

　　江倦对气氛感知迟钝的特点在这一刻再度得到证实,他慢吞吞地说:"上回我让你信任我,你都不肯,那现在我也不同意。我也是要面子的。"

　　他说的上回,还是在妙灵寺里,他知道了一些关于王爷与其母妃的事情,不想让王爷再被过去的事影响,所以就让王爷以后信任自己,可是王爷拒绝了他。

　　"这样啊。"薛放离又笑了一下,笑得遗憾而又无所谓。

　　答应也好,不答应也好,早在问出这话的时候,薛放离心里已经有了答案。

　　他问江倦,不过只为彰显他是个"好人"而已。

　　他唯一遗憾的是,若是少年再乖顺一点儿,答案再动听一点儿,兴许他也会耐心许多。

　　真是可惜啊。

　　薛放离垂下眼,却又听见江倦问他:"王爷,你怎么回事啊?"

　　薛放离:"嗯?"

江倦郁闷地说："我说不同意，你就不再问一遍吗？万一我改主意了呢？"

他不问，江倦只好再暗示他："你拒绝过我一次，我也拒绝了你一次，现在我们扯平了。王爷，我觉得你可以重新问一遍了。"

薛放离怔了怔，又有一束烟花骤然升空，流光坠落，盛大而璀璨。

片刻后，薛放离低低地笑了，内心的阴鸷情绪一扫而空，他愉悦而轻松地笑了。

江倦扭头问他："王爷，你笑什么？"

薛放离望向画卷："这幅画……你打开看过没有？"

江倦摇了下头，薛放离见状，便在他面前缓缓展开画卷。

火树银花不夜天，他们在看烟花，画也是烟花。

江倦忍不住说："好巧。"

薛放离颔首："是啊。"

那些年的事情，他从未忘却一丝一毫、一点一滴。他学丹青，是为取悦那个女人，为她画了一幅又一幅画像，也是为取悦她。

因为弘兴帝再三恳求。

"你是她的骨肉，生来就是她唯一的牵绊。她对朕再如何狠心，也不会恨你，替父皇留下她吧，不要让她走。老五，她狠心至此，唯有你能替父皇留下她，唯有你能让她心软……"

他的出生，只是一个筹码，一场赌注。

七年前，弘兴帝输了，输得彻彻底底，那个女人死在七夕。那一晚，宫里缟素纷飞，宫外火树银花，薛放离执起笔，画下了这幅画。

他那无聊而又令人生厌的人生，终于有了属于自己的这么一刻，可那个女人就算死了，一切也没有结束，不久之后，他再度陷入了无尽的憎恨情绪之中。

七年后，有这么一个少年，试图将他从泥淖中拉起。

他本该沉溺于无尽的憎恨与厌恶情绪之中，却有一只手向他伸来，把他带回了人间。

那是他的菩萨，度他从苦海中脱身。

"既然如此，本王只好再问你一遍，"薛放离笑笑地说，"本王今后只信任你一人，你意下如何？"

"你信任吧，"江倦这一次倒是老实了，认真地说，"王爷你可以多信任我一点儿。你身体这么差，不是头痛就是咳血，多信任人一点儿，心情好一点儿，说不定也能多活一段时间，我就可以晚点儿再送你走了。"

薛放离:"……"

他动作一顿,打量江倦几眼。少年不仅说得认真,神色也无比认真,好似当真认定薛放离会比自己先走,他得替薛放离办理后事。

沉默片刻,薛放离微微笑道:"好,本王尽量晚点儿再走,倒是你,心疾发作得如此频繁,定要多撑一段时日。"

薛放离自知留不下他太久,到那一日,会亲自送少年走,只是不想送得太早。

江倦轻轻地叹了一口气。

唉,病得这样厉害,王爷再晚走,又能有多晚呢?

薛放离也垂下了眼帘,神色若有所思。

心疾发作得如此频繁,少年撑得再久,又能有多久?

"砰!"

烟花升空,火花绽开,巨大的响声让薛从筠手一抖,差点儿没拿稳茶杯,滚烫的茶水泼了出来。

"父皇怎么让人放了这么久的烟花?"

薛从筠纳闷不已,今晚这场烟花放了太长时间,炸得他耳朵都在"嗡嗡嗡"地响不停。

坐在他对面的江念含笑道:"想必是陛下今日心情颇好,就让人多放了一阵子吧。"

今天白日,薛从筠没去踏春,就与江念几个人约了晚上来聚贤阁吃饭,结果蒋轻凉与安平侯都有事,所以到场的只有薛从筠、江念与顾浦望三人。

薛从筠感慨道:"要是这烟花不这么吵,姓蒋的话痨不在,耳边肯定能清净不少。"

江念饮了口茶水,只是无奈地笑了一下。他突然想起什么,略带歉意地对顾浦望说:"对了,明日你们率性堂与广业堂的箭术比赛,我怕是去不了了。"

率性堂与广业堂皆是国子监内的六堂之一。率性堂的学子以顾浦望为首,广业堂的学子以蒋轻凉为首,他们两个人关系不错,是以两堂走动得也颇为频繁,前段时间还商量着来一场箭术比赛,蒋轻凉便让江念也一起来玩。

蒋轻凉不在,顾浦望闻言只是饮了一口茶,平淡地说:"没关系,来不了就算了。"

顾浦望与蒋轻凉皆就读于国子监,毕竟他们二人,一个是丞相之子,一个是将军之子。薛从筠就不行了,他这个皇子得老老实实地去大本堂念书,没人同他一起鬼混，每日要多无聊有多无聊。

想了一下，薛从筠兴致勃勃地说："念哥去不了，明日我去看你们比赛吧。"

顾浦望凉凉地说："你就算了。蒋轻凉一个人话就够多了，你们两个再凑一块儿，吵死了。"

薛从筠一听这话就不高兴了，扑过去掐他："本皇子大驾光临，你不跪迎就算了，竟然还嫌弃。你给我重新组织一下语言。"

顾浦望拍开他的手，懒得搭理他，只是整理了一下自己的衣物。薛从筠还要再骂人，突然听见隔壁桌有一群书生在聊江念。

"诸位可曾听说，今日在百花园，咱们京城第一美男易主了？"

"易主了？换了谁？"

"你们猜猜看。"

这人冷不丁地说起这回事，又不给任何提示，这谁猜得着？所以同行人提了几个名字又全被否决之后，都在催促他快点儿说，这名书生却还在卖关子："你们是不知，二公子就算被誉为小谪仙，在此人面前也压根不够看，杨柳生都说了，二公子啊，是萤火之光，那个美人可是皓月之辉，二公子在他跟前压根儿不够看的！"

江念手指一颤，茶杯"砰"的一声落下。

他早料到百花园之事，不久后便会传遍整座京城，但当真亲自耳闻，心里还是不大好受。

"念哥，你没事吧？"薛从筠问得小心翼翼。

江念摇了摇头，笑得极为勉强："没事。"

他这样怎么也不像没事，薛从筠担心不已，想安慰又不知道该说什么，而那一桌的书生还在喋喋不休。

"这么美，此话当真？"

"你可是不知道杨柳生为何人，他可是大名鼎鼎的丹青圣手，平生喜欢看俊男美女，也只画俊男美女，这番夸赞之语可是出自他口，你说当不当真？"

在一片惊叹声中，忽而有人道："说起来，我头一回见二公子，还在想他怎么会是京城第一美男，那张脸说破天也不过是清秀，偏偏侯爷和六皇子又都夸得天上有地下无的，我也只好跟着一起说美了。"

"王兄，你也如此？不瞒你说，我也是这样！"

"你二人竟也是？我还当只我一人眼光奇差，审美能力低级，欣赏不了二公子的美，原来并非我一人？"

"皓月"是谁都还不曾知晓,一群人已然附和起来。平日默认尚书府二公子是第一美男,提起他来众人就赞不绝口,今日却发现原来大家都心存疑惑——他的脸,似乎并没有那么好看。

他的气质,不错是不错,却也不是顶好。

至于所谓的骨相美,就更是无从谈起了。

尚书府二公子本就和美人沾不上边儿,却偏要提什么骨相美,说实在的,骨相美也好,皮相美也好,只要美,总能让人看见,总不能一样不好看,就硬扯另一样吧。

"所以,现在的第一美男是谁?"

有人忍不住问了出来,与此同时,薛从筠也"啪"的一声丢下碗筷,对江念说:"念哥,我过去一下。"

江念脸色苍白,语气却温柔不已:"你过去做什么?是因为我吗?让他们说吧,我……不在意的。"

薛从筠看看他,还是站了起来:"我倒要听听看,念哥你不是第一美男,谁又是第一美男?那人是不是真的配得上这第一美男的称号。"

江念忙要伸手阻拦他,却没能拦住。薛从筠气势汹汹地走了过去,江念蹙眉望着他的背影,目光闪动。

他费尽心思、百般讨好,可不单是为了一声"念哥",他们的用处大着呢,就好比这一刻。

想到这里,江念勾起嘴角,缓缓收回视线,却又猝不及防地对上顾浦望的目光,不由得心中一颤。

他与薛从筠、蒋轻凉还有顾浦望交好。三人之中,他在顾浦望身上下的功夫最多,可也正是顾浦望时常让他感到挫败——顾浦望太清醒了,好似与他交好,却又从不肯与他交心,有时候他甚至觉得顾浦望能够看穿自己。

江念对顾浦望笑了笑,顾浦望没说什么,只是看向寻衅滋事的薛从筠,薛从筠已经向那一桌书生走了过去。

"喂,你们……"

"现在的第一美男正是二公子的弟弟,三公子!"

薛从筠:"……"

两个人同时开口,薛从筠的手都要拍在说话的人的肩上了,却又一下僵在半空中。

怎么是他啊?

这村野匹夫——不对,现在是倦哥了,倦哥爱哭是爱哭了点儿,不过还真的挺好看的。

念哥的第一美男称号给他，好像也……没什么大问题？

薛从筠感觉还挺合适的，陷入了沉默之中。

话最多的书生不知身后来了人，同行的人却看见了，眼睛一下瞪得老大，疯狂用眼神暗示他。这人频频收到暗示，奇怪地回头看去，差点儿跌下椅子。

来人居然是六皇子！

谁不知道他与二公子交好！

"六……六皇子……"

思及自己说了不少江念的坏话，书生战战兢兢地唤了一声，生怕薛从筠会收拾自己。可薛从筠什么也没说，只是盯着他，气氛堪称诡异至极。

良久，薛从筠悬在半空中的手往下一拍，他缓缓露出了一个尴尬而不失礼貌的笑容："认错人了，回见。"

然后他就走了。

书生：就这？他不是来为二公子出头的？

侥幸逃过一劫的书生满脸茫然的表情，江念更是惊诧不已。江念知道薛从筠的性格，薛从筠从来都是风风火火、嚣张至极的，若是放在往日，他这会儿已经掀了书生们的桌子。

江念攥住手，心中忽然有些不安，不动声色地说："今日你倒是转了性子，我还在担心呢。"

薛从筠还挺心虚的，不敢对江念实话实说，觉得江倦还是挺配这个第一美男称号的，只好小声道："我五哥太恐怖了，一听是江倦，我就不敢说话了。"

江念怔了怔，倒也是，离王护江倦护成那样，薛从筠又免不了要与他二人打交道，若是这事传入离王耳中，薛从筠肯定讨不了好。

原想着薛从筠今日发作一场，此番言论多少会收敛一二，可算盘到底打错了，但江念又不好说什么，只能温柔地笑道："也好，你没有生事，回了宫也不会被陛下责备。"

薛从筠摆摆手，端起茶杯喝茶。江念一想到皓月之辉与萤火之光这句话便气闷不已，又并非当真不在意，便轻声道："我出去透透气。"

江念起身走后，顾浦望定定地看着薛从筠，慢悠悠地问："你和三公子到底是怎么回事？"

顾浦望就是这样，眼睛毒得很，一丁点儿端倪也逃不过他的火眼金睛。

薛从筠趴到桌子上压低了声音同他说："之前我找过一次他的麻烦，后来觉得……"

薛从筠挠了挠头发，问顾浦望："你有没有见过他啊？反正我觉得他和念哥之间可能有一点儿误会，他不像是会把念哥推下湖的人。"

顾浦望思索片刻。他对这位三公子并无太多印象，只是偶尔从江念口中听见过关于三公子的只言片语，于是摇头道："不曾。"

至于两个人之间是否有什么误会，顾浦望更是不清楚，只是提醒薛从筠道："误会之事，你别问念哥。"

薛从筠茫然问道："为什么啊？"

顾浦望没答话。

他性子偏淡，更不似薛从筠与蒋轻凉二人一般没脑子，是以多少知晓江念并非表现出来那般温柔且淡泊名利。

江念此人有野心，更有心计，既然向他们提起江倦，那么心中肯定是不喜欢江倦的。

停顿了一下，顾浦望又道："日久见人心。你与三公子只见过几面，却与念哥相处了几年，这就认定三公子没错了？"

薛从筠说："他吧，就真的……唉，我不知道怎么和你说。"

不学无术的下场就是"词到用处方恨少"，薛从筠不知道该怎么形容江倦，想了想，恍然大悟道："这样吧，明日射箭比赛，我把他拉来一起玩。你看见他就知道了，他是还挺有意思的一个人。"

有没有意思，顾浦望不知道，但知道这位三公子还是挺厉害的。

薛从筠从来张口闭口都是念哥，也一向被江念牵着鼻子走，这倒是薛从筠头一次没有为江念出头。

顾浦望无所谓，见一见也行，还能知道这位三公子究竟有什么魔力，便道："随便你。"

江倦看完烟花，就该回王府了。

马车一路摇摇晃晃，江倦本来不困的，结果硬生生地被摇困了，又开始昏昏欲睡。

"怎么就是睡不够？"

薛放离望他几眼，勾唇笑了笑。江倦好似没有听见，专心睡觉。他也是真的很能睡，以前就老被表妹笑话，充电十八个小时，待机时长却只有六个小时。

到了王府，薛放离没有叫醒他，而是直接朝他伸出了手，但没走几步江倦还是醒了，他抬头看了看，指向另一个方向："王爷，我的院子在那边。"

薛放离脚步不停："睡凉风院。"

江倦有点儿犹豫。

薛放离垂下眼："你不是才应允了本王，让本王今后只信任你一人吗？你离得远，万一心疾发作了怎么办？"

江倦下意识地回答："不是有兰亭吗？"

薛放离笑了一下，心里的不悦情绪并未流露分毫："你有丫鬟睡在侧房里，本王却不喜欢有人在旁侍候，本王若是再咳血，该怎么办？"

江倦被问住了。上回在别庄，狼来了都没一个人发觉，况且王爷一人，要是再咳血，大概也没人会知道，他得看着才行。

思索了几秒，江倦还是答应了："好吧，我睡凉风院。"

薛放离"嗯"了一声，抬起脚，一步一步走入凉风院。

翌日，薛从筠一早便来了离王府。

按照正常的情况，江倦现在应当还在睡觉，他见不到人，可今日薛放离自己有事早起不说，还让兰亭把江倦一起叫醒了，让江倦用早膳。

对此，江倦很是痛苦地说："我不想吃，睡醒了再说。"

兰亭笑道："王爷让公子吃饱了再睡。"

江倦郁闷地说："可是吃饱了，我的睡意也没有了。"

兰亭淡定地说："公子这么爱睡觉，耽误一小会儿不碍事的，反正沾了床您就能睡着。"

她说得好有道理，江倦只好爬起来，才被收拾好，高管事就领着薛从筠进来了："三公子，您瞧谁来了？"

江倦抬头看了看，不大热情地问薛从筠："你怎么来了？"

薛从筠："我怎么就不能来了？"

他大摇大摆地走过来，坐到江倦对面，自觉地捏起一块糕点，刚要往嘴里喂，看见什么，欲言又止片刻，问："你的手怎么了？"

江倦低头看看，上回他取香被烫着了手，现在还没有完全好，所以几根手指还包扎着。

江倦有气无力地说："不小心烫着了。"

怎么烫的，说起来还挺丢人的，江倦不想多提，加上他本来就没睡好，整个人都恹恹的。

薛从筠一看，还以为这段时间江倦又让他五哥给欺负了，情绪低落着呢，不由自主地压低了声音感慨道："我五哥真不是人。"

223

江倦茫然地抬头，不知道王爷怎么好端端地就挨了骂，正要问呢，薛从筠也想起什么，连忙从怀里掏出一个小玩意儿。

"你看这个。"

江倦的注意力立刻被转走了，他好奇地问："这是什么？"

薛从筠答道："同心球。见过没有？"

他把同心球放在手上，看材质像是用象牙雕磨而成的，最外层的那颗象牙球花纹复杂，里面又套了好几颗象牙球，全是镂空的，一支金簪插入其中，精美又漂亮。

江倦本要摇头，老老实实地说没见过，但想起来他骂王爷不是人，就改了主意，说："见过，见过好多次，这种同心球我都是拿来打水漂的。"

薛从筠："……"

他那该死的胜负欲又上来了，薛从筠一听这话，差点儿气个半死："你胡说，你怎么可能见过好多次，还用它来打水漂！"

薛从筠一点儿也禁不起激，自己就嚷了起来："它叫同心球，也叫鬼工球，就取自鬼斧神工的意思。你看看它的雕工，每一层雕刻的花纹都不一样，主题一致，内容却又不重复单调，而且同心！同心！"

薛从筠取出金簪，套在里面的四颗象牙球立刻转动起来。

"精巧吧？"薛从筠颇为得意，可这得意表情没维持一秒，他就又气咻咻地问江倦，"这套同心球就我母妃手上有一套，你哪儿来的见过好多次，还用它打水漂？"

江倦一点儿也不心虚，慢吞吞地回答："我真的见过，在梦里。"

薛从筠："……"

可恶，他好像又被耍了。

后知后觉地明白过来后，薛从筠很郁闷。他每回见到江倦，必定要吃几次瘪。

不过江倦说在梦里见过，那就是没见过同心球，薛从筠又有点儿高兴——他的胜负欲得到了极大满足。

看看江倦的手，薛从筠想到他也挺可怜的，决定不与他计较，当即大手一挥："送你了。"

江倦愣了愣："啊？为什么送我？"

薛从筠神色复杂道："当然是因为你……"太惨了。

江倦跟着他五哥不说，还老受欺负，实在是太惨了。

何以解忧，唯有宝贝。

薛从筠在他母妃那儿一看见这套同心球，就打定主意得拿过来送江倦玩了。

当然，他主要是上门慰问一下，免得在他五哥的折磨下，江倦会想不开。

想到这里，薛从筠同情地说："你太难了，以后有什么宝贝，我还会第一个送来给你玩，你可不要想不开。"

江倦："……"

啊？什么想不开？

江倦更茫然了，薛从筠也不同他解释，只是自顾自地把同心球塞给江倦，说起了正事："待会儿有场射箭比赛，你要不要去玩？"

作为一条"咸鱼"，江倦怎么可能主动参与户外活动？他拒绝得很干脆："不去。"

薛从筠极力劝说道："你一个人在府上有什么意思，不如和我一起出去玩。"

江倦奇怪地反问："在府上怎么会没有意思？我想睡觉就睡觉，想吃东西就吃东西，在府上才有意思。"

薛从筠："可是只有你一个人哪。我跟你说，今日射箭比赛，国子监率性堂和广业堂的学子都在，热闹得很。"

一听人这么多，江倦更不想去了，把头摇了又摇："我不去，我用完膳，还想接着睡觉呢。"

他怎么还要睡？薛从筠问他："昨晚你没休息好？"

江倦也是要面子的，想了一下，对薛从筠说："嗯，昨晚没睡好。"

薛从筠总算消停了："那算了，你睡吧。"

说完，薛从筠把刚才捏的那块糕点塞嘴里，含混不清地说："我昨晚还和顾浦望说要拉你一起过去玩呢，结果你不去。"

江倦："……"

顾浦望？

还好他没答应。

顾浦望也是"主角团"之一。不同于游手好闲的六皇子和蒋轻凉，顾浦望可是个才子，与安平侯在京中并称"上京玉珏"。

他幼而敏慧，小时候是神童，长大了是才子，精通六艺，只是为人性格孤傲，也就与主角一人交好，后来又逐渐与六皇子、蒋轻凉有了来往。

江倦已经被迫对上了六皇子和蒋轻凉，实在不想再和"主角团"的人打交道了，不如睡觉。

没能拉走江倦，薛从筠只好自己去玩了。他又吃了江倦的好几块点心，这才扬长而去。江倦低头摆弄他留下的同心球，吃饱喝足玩够了，重新坐回床上，打算再睡个昏天暗地——能睡才怪。

　　他还没躺下去，薛放离就回来了，对江倦说："本王要出去一趟，既然还未睡，你也来。"

　　江倦："……"

　　怎么这些人都要让他出门？江倦拼命摇头："我不去，我要睡觉。"

　　薛放离望着他，悠悠地笑说："你心疾发作得频繁，总该出去走一走，于身体有益。"

　　江倦诚恳地说："对身体好，可是对心情不好，我不想动，王爷，你自己去吧。"

　　薛放离轻抬眉梢："你想动。"

　　江倦："我不想！"

　　薛放离："你想。"

　　两个人对视，薛放离又缓缓地说："你不想。"

　　江倦下意识地反驳："我想。"

　　江倦："……"

　　薛放离嗓音含笑："那便出发吧。"

　　马车驶出了京城。

　　江倦是被骗出来的，所以到了地方，一撩帘子，根本不想下马车。

　　"王爷，你要做什么？"

　　京郊，田野间流水潺潺，简直是户外活动的首选之地，江倦震惊地问："你不会真的是带我来散步的吧？"

　　薛放离来此，只是鹿茸血酒被换成狼血一事有了些眉目。

　　至于江倦，薛放离本没打算带他过来的，只是见江倦满脸不情愿的表情，便生出了几分恶劣的逗弄之心。

　　这些倒是不必告知江倦，薛放离微笑问道："你若是想散步，待本王处理完事情，就陪你走一走。"

　　江倦当然不想，忙不迭地摇头："不想，我一点儿也不想。"

　　江倦唯恐被骗去走路，白净的手指攥住软垫，不肯下车。薛放离倒也没有勉强他，只是道："在此候着本王回来。"

　　只要不让他翻面，怎么都可以，江倦立马答应下来："好的。"

薛放离看他一眼，留下了几个侍卫。

到最后，江倦也不知道他们出来这趟是为什么，不过也没有多想。王爷不在，他一个人在马车里，先是懒懒地往后靠，又没骨头似的躺下来，换了好几个姿势，才重新入睡。

一连睡了好几觉，江倦再醒过来的时候，王爷却还是没有回来。

江倦纳闷地撩开帘子，四处张望，结果没看见王爷，反倒发现不远处有一个少年端坐在岸边，正在低头垂钓。

春日阳光倒是和煦，但少年坐的地方正对着太阳，他好似被晒得睁不开眼睛，却又没有换一个位置垂钓的意思。

江倦忍不住问他："你不嫌晒吗？"

少年似乎知晓马车内有人，听见了声音也不意外，更没有回过头看来，只是慢悠悠地回答："还好。"

江倦又好奇地问他："钓鱼有什么乐趣？"

水里泛起阵阵涟漪，钩子也起伏不定，似乎有鱼上钩了，少年却没有收竿，江倦只好提醒他："你好像钓到鱼了。"

少年"嗯"了一声，却还是不动，待水面平静下来，才又回答江倦的上一个问题："钓鱼很放松，思想也可以休息。"

江倦思索了几秒，对他发出了灵魂质问："那你为什么不多睡几觉？"

"……"

少年动作一顿，缓缓扭过头来。

沉默，两个人长久地沉默。

江倦认错："对不起，我瞎说的，你继续钓鱼吧。"

少年却说："我觉得你说得很有道理。"

话音落地，他又平淡地开口："但我每日天未亮就得起床。"

起这么早，这也太惨了吧，江倦问他："你起这么早做什么？为什么不多睡一会儿？"

少年打量他几眼，问他："你不认识我？"

江倦摇了摇头："不认识啊。"

少年心下了然，他——也就是顾浦望，对江倦说："我自五岁之时就被冠以神童之名，父亲恐我江郎才尽，规定我每日寅时起床早读，至今未曾更改过。"

寅时就是凌晨三四点，江倦十分同情他："太早了吧，你不睡好觉，哪有精神念书啊？"

顾浦望闻言，深感认同地点了点头，对江倦露出了一个颇为冷淡的微笑，缓缓地说："其实方才我就在睡觉。"

江倦："……"

顾浦望："刚才你是不是也在睡觉？"

江倦点了点头，两个人对视，不约而同地在彼此身上嗅到了同类的气息。如果非得用一个词来形容他们现在的感觉，大概只有一个——"咸鱼"相惜。

第 23 章

"咸鱼"见"咸鱼",分外亲切。

江倦时常因为自己过于怠懒而感到与身边人格格不入,现在只是睡了一觉,周围就出现了一条"咸鱼",不禁感慨道:"好巧啊。"

顾浦望:"确实巧。"

今日顾浦望本该在国子监与一干同窗比试箭术,只是广业堂多的是不服管教的刺儿头,祭酒怕他们惹出什么事端,将他们通通轰了出来,一行人只好重新找地方比试。

顾浦望懒得动,借口钓鱼,向附近的村民借了鱼竿,在这儿打了一上午的瞌睡。

他来的时候,看见了停在此处的马车,也认出来这是离王府的马车,只是没想到车上居然还有人。

不是离王,那么这人的身份便不言而喻。

顾浦望问道:"你是三公子?"

江倦"嗯"了一声,大方地应下,问顾浦望:"你呢?"

话音刚落,一道呼喊声在不远处响起。

"顾浦望!别钓鱼了,滚回来射箭!"

顾浦望微微一笑:"在下正是顾浦望。"

话音一顿,他语气诚挚道:"昨日六皇子说你这人颇有意思,今日一见,果真如此。"

他满目赞赏之色地望向江倦。若是旁人，被性格孤傲的才子顾浦望如此赏识，肯定会受宠若惊，但江倦听完他自报家门，没有感到宠只感到惊。

江倦整个人都蒙了。

啊？

顾浦望？这人怎么是顾浦望？

他怎么会在这儿啊？

江倦无比震惊，然而再怎么震惊，也改变不了他在无意间又与"主角团"之一打了交道的事实，甚至因为同为"咸鱼"，而得到了对方的赏识。

江倦："……"

这也太离谱了吧。

江倦有点儿想不开。

就在这时，刚才喊顾浦望的人也过来了："顾浦望，你还愣着干吗？走……"

蒋轻凉话没说完，看见趴在车窗上的江倦，愣了一下，问："你怎么也在这儿？"

问完蒋轻凉就悟了，根据他丰富的被迫跳湖经验，他左看看右看看，肯定地说："你是跟王爷一起来的吧，王爷呢？"

江倦也想知道王爷在哪儿，他睡这么久王爷都没有回来。江倦回答："王爷去忙了。"

"那刚好，"蒋轻凉说，"走，待会儿我们要比射箭，你也一起来玩。"

江倦："……"

怎么兜兜转转，一切又回到了最初的起点？

他想摇头，蒋轻凉却根本不给他拒绝的机会："快下车，快点儿，快点儿，待会儿我赢了秋露白，分你半坛。"

江倦还是不大想动，结果顾浦望幽幽地说："六皇子让人设了一个休憩处，有人掌扇举伞，还有冰饮小吃。"

果然只有"咸鱼"最懂"咸鱼"，江倦立马改了主意："我来了。"

蒋轻凉说完就走了，没听见两个人的对话。他喊江倦一起来玩，纯粹是上回在宫里对江倦有了极大的改观。

只是没走两步，蒋轻凉又意识到了一个大问题——顾浦望性子淡，他拉上江倦无所谓，六皇子却是一个炮仗，念哥刚落水那几日，六皇子整天摩拳擦掌地想找麻烦，待会儿见了江倦说不定得发作。

蒋轻凉思来想去，可不想再下水泡一次，回头对江倦说："六皇子要是发脾气了，你记得往我后边躲。"

江倦一脸茫然的表情："啊？"

事实证明，蒋轻凉预料得十分正确，薛从筠一看见江倦，当场就发作了。

他正提起弓箭，佯装要射蒋轻凉，结果余光突然瞄见一个本该在离王府睡觉的人，登时就不好了，质问江倦："你怎么来了？"

江倦眨了眨眼睛："我……"

蒋轻凉生怕薛从筠为难江倦，自己又要被离王收拾，连忙解释道："是我拉着他来玩的。"

薛从筠："……"

蒋轻凉不解释还好，一解释薛从筠眼睛瞪得老大，他难以置信地问江倦："他拉你来的？凭什么啊！"

听着薛从筠语气不忿，蒋轻凉以为他在为江念打抱不平，指责自己的不是，已经迅速打好了一套腹稿，比方说——

我觉得他人挺好的。

他和念哥之间可能有什么误会。

可话还没说出来，薛从筠的下一句话就蹦了出来，他气愤不已地问江倦："凭什么我拉你来你不来，他喊你来玩，你就来了？"

蒋轻凉："……"

江倦心虚地说："我本来也不想来的，就是……"

他有点儿渴，想吃冰。

沉思了几秒，蒋轻凉也反应过来了，瞪着薛从筠，缓缓地说："好啊你个薛从筠，整日嘴上嚷着要给念哥出头，结果背地里却在偷偷找他玩！"

话音一顿，蒋轻凉得意道："结果人家还不搭理你，最后跟我一块儿来了。"

薛从筠："……"

这委屈，薛从筠受不了，他气死了，又扭过头瞪着江倦质问了一遍："凭什么你跟他来了？"

江倦："……"

真要说的话，他是跟着顾浦望来的，但他的直觉告诉他，实话兴许会扩大战局，他只好眨眨眼睛，什么也没说。

好在蒋轻凉的"杠精属性"又发作了，他主动加入了战局："凭什么他不能跟我来？"

薛从筠怒道："他是我五哥的义弟，我倦哥！"

蒋轻凉也气势汹汹道："你五哥也是我表哥，他也算我的表哥呢！"

"表亲而已，"薛从筠一脸不屑的表情，"有什么了不起！"

"你不是表亲又怎么样？"蒋轻凉豁出去了，"他还是我大哥呢！"

江倦："……"

薛从筠："……"

江倦震惊地说："我不是，我没有，你不要乱认大哥啊。"

蒋轻凉提醒他："那日在妙灵寺，我不是说若把我推下水，我就喊你大哥？"

江倦："……"

可恶，还真有这么一回事。

他无语凝噎，薛从筠骂道："大哥你个大头鬼，有种你当着蒋大将军的面喊他一声，蒋将军非得把你的头给打掉！"

蒋轻凉一点儿也不慌："反正人是我带来的，他也和我最好！"

薛从筠不服气："你放屁！他和我最好，我还时不时跑去给他送宝贝玩呢！"

两个人互相瞪视，谁也没法说服谁。就在两个人僵持不下之际，顾浦望平淡地开了口："你们先去比一局射箭吧。谁准头最好，三公子就和谁天下第一好。"

薛从筠："好主意。"

蒋轻凉："走？"

两个人接受了顾浦望的建议，也不再嚷嚷了，忙不迭地跑开，各自拿了一把弓箭，当真要去为此比试一番。

江倦："……"

这两个人怎么性子和小朋友一样。

"终于安静了，"顾浦望扭头问江倦，"去喝冰饮？"

他向江倦发来"咸鱼"的邀请，江倦快乐地接受了："好。"

夏公公从冰鉴内取出一扎酸梅汤，恭敬地呈上。江倦接过酸梅汤喝了几小口，不到夏天，喝冰饮还是有点儿凉了，他只好捧在手上，先放一放。

顾浦望倒是不嫌凉，将酸梅汁一口饮尽后，往树上一靠，对江倦说："你自便。"

他往下一低头，又开始睡觉了。

江倦："……"

他"咸鱼"归"咸鱼"，这会儿倒是没什么睡意了，也没有修炼出顾浦望这随时随地入睡的本领，只好自己给自己找点儿事情做。

左看看右看看，江倦也拿起一把弓箭。他不会射箭，就照葫芦画瓢地举起来一通瞎玩。

忽然有只骨节分明、肤色苍白的手伸了过来，紧接着有人朝他俯下身，男人嗓音低沉："位置不对。"

"这根手指，还有这根……"对方指导着他的动作。

"王爷，你回来了。"

江倦精神一振，要扭头来看他，薛放离道："别回头，教你射箭。"

说完，他的手覆在了江倦握住弓身的手上，而后他微微用力，开弓拉弦。

江倦学得却不太认真，薛放离不许他转头，他就轻声地问："王爷，你去哪儿了？我等了你好久。"

薛放离望他一眼："忘了本王走时与你说过什么？"

江倦回忆了一下，无果，是真的忘了："说了什么？"

薛放离垂下眼："本王让你在马车上候着本王回来。"

江倦"哦"了一声："我本来是在马车上的，但是睡醒好几次，王爷你都没有回来。"

薛放离似笑非笑地问他："怪本王？"

江倦无辜地看看他，什么也没说，但意思很明显——不然呢？

薛放离瞥他一眼，没再搭腔，只是松开了江倦的手，对他说："自己试一次。"

江倦："啊？我不会。"

薛放离淡淡地说道："方才教你如何握弓拉弦。"

江倦理直气壮地说："可是我们在说话，我没有注意。"

薛放离："本王再教你一次。"

江倦："可以不学吗？"

他本来就是无所事事，乱玩一通罢了，真让他学，他只觉得手疼。

见他摇头，薛放离问道："不想学，你跑这里做什么？"

江倦："是……"

他本来想说自己也是被叫过来的，可王爷好像对他跑出马车耿耿于怀，江倦就没有再往下说了。

薛放离淡淡地问："嗯？是什么？"

江倦还在想借口，不远处，薛从筠与蒋轻凉比试结束，似乎是蒋轻凉赢了，他大声喊道："倦哥，我赢了！你等着，待会儿秋露白我也给你赢过来！"

薛从筠射箭输了，口头却不肯认输："谁许你喊倦哥了？他是我的倦哥！就算你赢了，我跟我倦哥也是第一好，你快滚吧你！"

江倦怎么来的，显而易见，与他们两个人脱不开关系。

薛放离笑了一下，慢条斯理道："本王倒是不曾知晓，何时你与他们如此亲近了？"

江倦心虚地说："我和他们不熟。"

薛放离："是吗？"

江倦正要点头，薛放离又握住了他的两只手，开弓、拉弦，"嗖"的一声，一支箭射了出去。

破空之声传来，薛从筠吓了一跳，"咚"地一下，这支箭从他的脸上擦过，正中靶心。

薛从筠整个人都傻了，过了好一会儿才反应过来，跳起来就要骂人："谁啊？长不长……"

他抬头一看，竟是他五哥。薛从筠当即打了一个激灵，硬生生地吞下了"眼睛"两个字，强颜欢笑地打了一个招呼："五哥，你来了啊。"

摸了摸自己的脸，薛从筠忍了又忍，实在忍不住了，幽怨地问薛放离："五哥，我什么也没有做啊，你这箭为什么冲着我来？"

薛放离抬起眼皮，口吻平淡地说："你走路先迈左脚。"

薛从筠："……"

话音落下，薛放离又要笑不笑地瞥向蒋轻凉。蒋轻凉身体一僵，扭头看了看旁边的溪流。这一幕他太熟悉了，熟悉到都不用薛放离开口说什么，蒋轻凉就自觉地开了口。

"王爷，您的手串是不是也可能落在这里了？我到这条河里给您找找看吧。"

说完，蒋轻凉"扑通"一声跳入水中，对整套流程熟悉得令人心疼。

薛放离勾了勾唇，神色一片凉薄，与这两个人算完账，本要带江倦走，结果他目光一垂，正与江倦对视。

江倦轻轻蹙着眉，似乎在想什么事情。

过了好一会儿，江倦问薛放离："王爷，你刚才是在故意吓唬六皇子吗？"

薛放离"嗯"了一声，不咸不淡道："他太吵。"

江倦点了点头，又慢吞吞地说："那之前，你也对着我射了好几箭，也是在故意吓唬我吗？"

薛放离：始料未及。

找一个人为他挡灾，薛放离确实觉得没什么必要，那三箭也是薛放离以去晦气的由头射向江倦的，意图再明显不过——无声地恐吓。

江倦幽幽地问："王爷，你怎么不说话？"

薛放离神色不变："本王的确是有意而为之。"

江倦震惊地说："王爷，当时你说失了准头，道歉还那么诚恳，我都信了的。"

薛放离："本王身患不治之症，不想耽误你，挡灾之说更是无稽之谈。"

"本王在京中本就有诸多传闻——生性暴戾、手段狠毒。你一下轿，又朝你射了三箭，我本以为如此，再问及送你走之时，你有再多的顾虑，也不会选择留在王府里，但……"

江倦相信了这番说辞，甚至毫不犹豫地跟他走了。

"抱歉。"薛放离垂下眼皮，神色歉然不已。

他生就一副好相貌，唇红齿白，对上江倦，又刻意收起了一身戾气，只显得温和可亲，此刻又摆出这种愧疚的神态，简直让人没法再责备什么。

江倦："……"

这么说来，王爷吓唬他也是在为他着想。

可是他当时真的被吓到了。

江倦有点儿心软，薛放离见状，殷红的唇又弯了弯，又温和地说道："你若实在在意，也朝本王射几箭，把受过的惊吓全部讨回来，如何？"

顿了一下，薛放离言辞诚恳道："你有心疾，受不得气，本王怎样都可以，只要你不再惦记此事。"

江倦瞄了他一眼："可是我不会射箭。"

薛放离道："本王教你。"

江倦摇头："我不想学。"

薛放离又道："让六弟替你射箭？"

江倦一听这话，头摇得更厉害了："不行。"

他在担忧什么，薛放离完全猜得到。

——薛从筠游手好闲，整日只晓得吃喝玩乐，射艺不佳，连靶子都射不中，这么不靠谱，说不定真会射中人。

思索片刻，薛放离又报出一个名字："蒋轻凉？"

蒋轻凉从小习武，射艺好是好，可江倦还是没答应："也不要。"

怎么也不行，薛放离望着他，却没有丝毫不耐烦之色，只是轻声问："那你说，该怎么办才好？"

江倦垂下睫毛，想了好一会儿，难得使了一下小性子："我要静一静。"

"嗯？"

"王爷，我在和你生气，你先走开一点儿。"

"……"

薛放离看他几眼，江倦嘴上说生气，却又没有生气的样子。薛放离轻轻一笑，这才答应下来："好，本王等你消气。"

他抬脚走了，江倦也没有回头去看，只是低头喝自己放了一阵子的酸梅汤，再放下杯子时，正好与顾浦望对视。

"你……"

顾浦望微皱眉头，不知道什么时候醒了过来，神色诡异地问江倦："方才与你说话的人可是离王？"

这也没什么好隐瞒的，江倦点头："嗯，是王爷。"

顾浦望："……"

江倦奇怪地问他："怎么了？"

顾浦望缓缓地摇头："没怎么，我只是在想，兴许我还没睡醒。"

大名鼎鼎的离王，竟会说什么"本王身患不治之症，不想耽误你""本王怎样都可以"，甚至态度诚恳地道歉，脾气好到仿佛被夺了舍。

这怎么都像是他还没睡醒吧？

顾浦望对江倦说："你掐我一下。"

江倦一脸茫然的表情，当然掐不下手。恰好蒋轻凉偷偷摸摸地爬上岸，过来喊人，顾浦望便抬起手，在他身上狠掐了一把。

"啊——疼！顾浦望你做什么？！"

蒋轻凉一蹦三尺高，嗓门之大，吼得所有人都望了过来。顾浦望看看他，叹了一口气："不是做梦啊。"

蒋轻凉怒骂道："姓顾的，你是不是有病？！"

顾浦望没理他，蒋轻凉骂完，没好气地说："动一动，别养神了，去射箭。"

顾浦望这才理了理衣冠，慢悠悠地起身，走之前，蒋轻凉问江倦："你过去看吗？"

顾浦望："他不去。"

江倦："嗯，我不去。"

江倦与顾浦望对视，两条"咸鱼"再度交换了一个惺惺相惜的眼神。

能"躺平",他们为什么要站起来?

蒋轻凉:"……"

他看看江倦,再看看顾浦望,莫名其妙地觉得这两个人还挺处得来的,甚至可以称得上是有默契。为了不让自己显得过于格格不入,蒋轻凉只好放弃强行拉走江倦的想法,也"哦"了一声。

蒋轻凉:"不去就不去吧,你等着,待会儿我给你把秋露白赢过来,这酒好喝。"

江倦:"谢谢。"

蒋轻凉跟顾浦望也走了,只有江倦一个人坐在原处。他终于没忍住,回过头去张望。王府的马车就停在不远处,他没有看见王爷,猜测王爷应该坐在马车里。

王爷现在在做什么呢?

撵人走的是他,好奇的也是他,思来想去,江倦对夏公公说:"公公,你可不可以帮我送一扎酸梅汁?"

夏公公是薛从筠的心腹,知道江倦的身份,自然忙不迭地应下来:"没问题,三公子,奴才这就去送。"

"那你……"

江倦小声地对他交代了几句什么,夏公公吃惊地问:"当真如此?"

江倦点头:"嗯,就这样。"

夏公公面有难色,但还是艰难地说:"好的,奴才这就去。"

马车内,侍卫低声禀道:"王爷,那农夫交代了。"

薛放离头也不抬地问:"说了什么?"

侍卫取出一样物件:"他道……指使他从摊贩处偷狼的人并未言明自己的身份,见面的两次都戴着一个面具,他看不见脸。这人在事成之后,赏了他一块玉佩。"

话音落下,侍卫恭敬地将玉佩呈上。薛放离懒洋洋地接过玉佩,端详片刻,似笑非笑道:"我那大哥确实没什么脑子,却也不至于没脑子到这种地步。"

"哐当"一声,他把玉佩抛至矮桌上,上好的羊脂玉润泽细腻,右下侧刻有一个字,正是大皇子薛朝华的"华"字。

侍卫低头不语,薛放离也若有所思。

狼血一事,处处透露着蹊跷感,他却又查无所获。

每每一有线索，要不了多久，涉事者不是遇害就是自尽，他今日耗时这么久，就是提前放出了消息，打算引蛇出洞，结果对方似是察觉到了什么，并未再派出人马。

思及此，薛放离淡淡地说："继续往下查。"

至于这枚玉佩……

看来无论如何，他都要抽空去他大哥的府上坐一坐了。

薛放离双目轻合，神色倦怠道："退下吧。"

侍卫行了礼，刚撩开帘子，就听一位公公尖着嗓音问道："可是离王府的马车？三公子让奴才过来送酸梅汤。"

薛放离微抬眉梢，睁开了眼睛。

江倦生着气，却还让人给他送酸梅汤，这算生什么气？

这人嘴有多硬，心就有多软。

薛放离笑了笑，瞥向侍卫。侍卫会意地点头，正要替他取来酸梅汤，又听公公道："三公子说，早上几位大人守车辛苦了，这酸梅汤是特地给你们喝的。"

侍卫顿了顿，下意识地问道："王爷呢？"

夏公公压低了声音："嘘，小点儿声。"

他苦着脸，把江倦的原话复述了一遍："没有王爷的份。三公子说了，只许几位大人喝，一口也不许分给王爷。"

侍卫："……"

薛放离："……"

声音压得再低，该听见的，还是让人听了个清清楚楚，夏公公说完话就要溜，结果还是被叫住了。

"公公留步。"

男人嗓音低沉，颇为动听，可听在夏公公耳中，夏公公只觉得宛如催命一样，他腿一软，当即就跪在了地上，慌里慌张地问道："王……王爷，有何吩咐？"

"若是您也口渴，我再给您取来一杯酸梅汤？"

薛放离："不必，帮本王带一句话即可。"

夏公公："啊？什么话？"

薛放离淡淡地吐出几个字："问问三公子，他的气可是消了？若是没有，本王稍后再问一遍。"

夏公公："……"

难怪三公子不给王爷喝酸梅汁，原来是在与王爷置气。

可问题是——这是离王啊！那个性情残暴，一言不合就伤人的离王！

离王待三公子竟这样好？

夏公公神色恍惚地起了身。他实在是太恍惚了，以至没有听见，说完这句话后，男人又淡淡地开了腔。

"把酸梅汤拿进来。"

夏公公说得明明白白，是给侍卫喝的，一口也不许分给王爷，薛放离不仅置若罔闻，还颇为冷淡地对侍卫说："你们若是渴了，前面就是溪水，自己去喝。"

话音落下，他给自己斟满一杯酸梅汤，低头轻饮了几口，这才不急不缓地掀开帘子。夏公公正与江倦说些什么，江倦抬头望了过来。

薛放离与他对视，唇边噙着一丝笑容，江倦却慢吞吞地摇了摇头。

——我还在生气，你自己待着吧。

薛放离："……"

没多久，射箭比赛分出了胜负，果真是蒋轻凉赢到了秋露白。看见他提着一壶酒走过来，江倦一点儿也不意外。

蒋轻凉本就出身武将世家，从小习武，对射箭颇有天赋，连他的父亲骠骑大将军都自愧弗如。在不久的将来，他会参军，还会在百万军丛中直取敌人的首级。

当然，未来再怎么战功煊赫，现在的蒋轻凉也只是一个幼稚且爱抬杠的"小朋友"，跟薛从筠凑在一块儿，整个世界都不得安宁。

蒋轻凉兴冲冲道："倦哥，你快尝尝秋露白。"

薛从筠翻了一个白眼："倦哥你个头，你得叫三公子！"

蒋轻凉："你怎么不叫三公子？"

薛从筠："我和倦哥是什么关系，你跟他又是什么关系？"

两个人嚷成一片，一个胜负心极强，一个又爱抬杠得不行，没说几句话就掐了起来，江倦一言难尽地看看他们两个人，只觉得吵。

顾浦望显然对此早已习惯，淡定地向江倦推来一个酒杯："尝尝。"

江倦没怎么喝过酒，对秋露白也颇为好奇，低头轻嗅了几下，只觉得味道清洌，又带着一股甜香。

顾浦望介绍道："秋露白是用露水酿的酒。这一壶秋露白，取的是金秋时节的桂花瓣上凝出的晚露，集了五年，才酿出这一小壶。"

听起来工序还挺麻烦的,江倦便饮下一小口酒,仔细地品尝它的味道。

真的有桂花的香气,甜滋滋的,但这股甜味并不腻,而是一种回味无穷的甘甜味道,加上露水本就清冽,喝起来格外爽口。

江倦没喝过这样好喝的酒,忍不住又给自己倒了好几杯。顾浦望见他喝得高兴,就没拦着他,于是等薛从筠和蒋轻凉吵完架时,江倦已经喝蒙了。

薛从筠回过头来,当即吓了一跳:"他怎么了?"

顾浦望看了一眼:"喝醉了。"

薛从筠问:"醉了?这就醉了?才多久啊,他喝了多少?"

顾浦望抬了抬下巴,示意他看。薛从筠望过去,秋露白太好喝,江倦已经没有用酒杯了,而是抱着酒壶在喝,所以究竟喝了多少,只有他自己知道。

薛从筠:"……"

他头都大了,生怕又被薛放离找麻烦,连忙来夺江倦怀里的酒壶,可江倦人是蒙的,却还知道护食,把酒壶攥得很紧。

下一刻,有一只手伸来,把人拽了过去。

来人身着黑金色的衣袍,神色冷漠。

薛从筠打了一个激灵:"五……五哥……"

江倦在不停乱动,薛放离冷冷地瞥了薛从筠一眼。

薛放离撂下一句"改日再与你算账",就带走了江倦。薛从筠惊恐地倒吸一口冷气,欲哭无泪道:"我完了。"

可没多久,薛从筠又后知后觉地明白过来什么,大声喊道:"关我什么事啊,倦哥喝酒,酒是你蒋轻凉给他赢来的。江倦喝这么多,没看住的是你顾浦望,关我什么事,为什么五哥要与我算账?"

蒋轻凉和顾浦望相视一眼,不约而同地装作没听见。顾浦望饮了一口酒,感慨不已:"三公子确实称得上是天下第一美男。"

蒋轻凉深感认同:"是的,好看。"

感慨完毕,蒋轻凉摸起酒杯,动作忽然顿了顿,大叫道:"秋露白呢?我赢来的秋露白呢?我还一口都没喝啊。"

顾浦望饮下最后一口秋露白,慢悠悠地说:"三公子拿走了。"

蒋轻凉缓缓地扭过头,瞪着顾浦望。

薛从筠要被他五哥收拾,蒋轻凉忙活半天一口酒也没喝上,唯有顾浦望,什么都掺和了,却什么事也没有,酒更是喝够了。蒋轻凉迅速倒戈,与薛从筠一起扑上来掐顾浦望:"你怎么总能做一条漏网之鱼!"

假如江倦在,这道题他会回答,这属于"咸鱼"的特殊技能。

可现在，江倦已经被拉上了马车。

他一下坐下来，晕乎乎地抬起头看了好久，才认出身旁的人是薛放离，慢吞吞地说："王爷，我还在与你生气呢，你走开。"

说完，他伸手去推薛放离，可醉成这样，怎么也推不动，便低头去看自己的手。

原来他还拎着一壶酒呢。

是秋露白，好甜，他又仰起头对薛放离说："王爷，我偷他们的酒给你喝，你尝一口，好喝的。"

说的是给王爷喝，可江倦闻到酒香，自己又忍不住尝了一小口。

薛放离夺过江倦手中的酒壶："你醉了。"

喝醉的人从来不会承认自己喝醉了，江倦摇了摇头："我没有醉。"

说着，他伸手来抢酒壶。薛放离抬起手，江倦便怎么也够不着酒壶了。

江倦满眼都是秋露白，也只有秋露白，轻声说："王爷，我还想喝。"

薛放离漫不经心道："不是让本王尝吗？"

江倦恍惚地说："那你快尝呀。"

喉结轻轻滚动，薛放离饮下几口秋露白。江倦后知后觉地想起什么，又连忙晃了晃他的手："王爷，你给我留一点儿。"

薛放离抬眉，最后只是笑了一声，把秋露白丢给了这个醉鬼。

江倦将酒壶拿在手中摇了几下，顿时又弯起了眼睛："还有。"

喝了一点儿，还有小半壶，江倦真的很快乐，但他将酒抱在怀中，半天也没有再喝，倒不是舍不得，而是——睡着了。

薛放离看他一眼，吩咐道："回王府。"

第 24 章

承德殿里，大皇子薛朝华正端坐在棋盘边与一人对弈。身边的张公公悄无声息地走入，附在他的耳边低语了几句，薛朝华听完，眉头直皱。

"知道了。"他点了点头，大抵是心烦意乱，再静不下心来对弈，执在手中的棋子重重落下。

与他对弈的安平侯抬起头问道："殿下，怎么了？"

薛朝华叹了一口气："还不是为了刑部侍郎李大人一事。"

前一阵子，李侍郎之子李铭在书肆里出言冒犯江倦，依照律令，以下犯上者，理应当斩，但此事说大可大，说小也可小，李侍郎又为薛朝华的母族的旁支，于情于理，薛朝华都应该替他求求情。

实际上，薛朝华也尝试过了，只是上一回求见弘兴帝没赶上好时候，弘兴帝尚在思索该怎么赏赐薛放离，薛朝华若再一说，肯定讨不了好，这才暂时没有提及。

弘兴帝为人豁达，平日更是不拘小节，唯独在政事方面，从不许后宫之人插手。薛朝华的母妃梅贵妃急得团团转，却又无法亲自说情，于是一日恨不得派人来他这承德殿催上四五次。

薛朝华叹气："父皇格外纵容五弟，若非此事与五弟有关，本宫也不必思虑这么久。"

薛朝华与安平侯关系不错。安平侯父母双亡，得了弘兴帝的体恤，让他与大皇子一同在大本堂里念书。两个人年纪相仿，加之安平侯性格沉稳、师出名门，薛朝华也有意拉拢他，是以走动颇多，这些事情，也没有瞒着安平侯。

安平侯闻言，神色一变。

李铭一事，他当日也在场，至于李铭冒犯江倦的一席话，更是让安平侯丢了大面子，但真要论起来，李铭确实罪不至死。

思及此，安平侯提醒道："殿下，解铃还须系铃人。"

薛朝华苦笑道："本宫也想过啊，可那五弟就是个……"

他动了动嘴唇，无声地吐出"疯子"两个字来，说道："他一个不顺心，谁知道他又会怎么发疯。"

安平侯沉默片刻，摇了摇头："殿下怎未想过，兴许可以找江……三公子说说情？"

提及江倦，安平侯的心情复杂不已。

他自始至终不明白，江倦进入离王府以后，只是短短几日，怎就会宛如脱胎换骨一般，不仅性情大变，甚至对自己的那些仰慕表现，也再寻不见。

自书肆偶遇之后，安平侯在百花园里又远远地见过江倦一面，只是那一次，江倦跟在离王身旁，乖顺得让安平侯心中生出了一丝遗憾感。

倘若他没有毁约，此刻与江倦一同赏花的人可会是自己？

思绪纷乱，安平侯面上却不显分毫，倒是薛朝华经他提醒，恍然大悟道："有道理，侯爷你说得有道理，说不定此办法还真行得通！"

"父皇既然亲自下旨，本就是在为五弟出气，倒不如找三公子说情，本宫听说五弟待那三公子倒是……"薛朝华感慨道，"五弟疯归疯，待他那义弟倒是纵容。"

纵容？

生性如此残暴的离王，竟会纵容他人？

安平侯冷笑一声，心中却有着说不出的烦闷情绪。而薛朝华经他点拨，立刻便有了主意："本宫这就让人准备一下，晚上请五弟和这位三公子过来坐一坐，再想个法子支开五弟，向三公子求求情。"

说完，薛朝华又想起什么，自行摇了摇头："还是不行。"

这位三公子在进入离王府前，本就不大爱走动，更不与人打交道，薛朝华与他并不相识，突然要他帮忙说情，似乎有些唐突。

不过嘛，有一个人，三公子兴许会卖个面子。

"侯爷，"薛朝华道，"本宫听说三公子在被送入王府之前，与你交情匪浅，可否……"

安平侯知道他的意思："都已经过去了。"

薛朝华不以为意道："话是这样说的，但过去得再久，三公子也总归会念些旧情。"

安平侯本不该掺和此事。他向来懂得明哲保身，可那日在书肆里，江倦对他的态度始终让他如鲠在喉，也因此，兴许是出于不甘，兴许是出于探究，薛朝华的请求，安平侯到底答应了下来。

"好。"

薛朝华大喜过望，拍了拍他的肩，对张公公道："快去备宴！"

侍立的张公公忙不迭地要吩咐下去，可走了没几步，又想起什么，轻声细语道："殿下，这可不凑巧了，前几日您不是才把歌姬和舞姬都送出去了吗？若是备宴，没有助兴的节目，似乎也不太妥当？"

是有这么一回事，薛朝华险些忘了，不过也没太放在心上，随口道："无妨，你这就去趟红袖阁，让那鸨母挑几个唱歌跳舞不错的花娘送过来。"

公公应下声来："是，殿下。"

宿醉的下场就是浑身难受。

大半个白天都被睡过去了，江倦再起床，也还是没什么精神，反省道："我再也不喝酒了。"

他喝了一小壶，结果全身乏力，头疼胃也疼，浑身就没有舒服的地方。

兰亭见他醒了，连忙端来一碗清粥，闻言笑了一下："公子你可要记住，日后可不能再喝酒了。"

顿了一下，她又说："公子睡了一整日，先喝碗粥吧，垫垫肚子。"

江倦坐过来，动手搅了几下清粥，实在没什么胃口，又放下调羹："不想吃。"

恰好有人推门而入，江倦也没有抬头去看，只是推开粥碗，蔫巴巴地趴到桌上。

薛放离缓缓走近他，嗓音悠然："醒了？"

"嗯。"江倦不舒服，恹恹地应了一声。

薛放离又问他："怎么不吃东西？"

江倦回答："没胃口。"

薛放离看他几眼："收拾一下，与本王去一个地方。"

江倦不太想去："我……"

"你可知昨日你喝醉酒做了些什么？"

江倦打了一个激灵。

薛放离不说，他都要忘了这回事，此刻再去回想，根本什么也记不得。

他喝了没几口，就什么也不记得了。

"不……不知道。"江倦小心翼翼地问，"我做了什么？"

薛放离正欲开口，江倦又连忙阻拦："等一下。"

江倦神色忐忑："我有没有发酒疯？"

薛放离没有正面回答，只是说："好不容易才把你带回马车。"

好，那他就是发酒疯了。

江倦安静了一小会儿，又问他："上了马车，我没做什么吧？"

薛放离轻嗤一声，冷冷地觑向他："上了马车，更是麻烦。"

江倦："……"

"喝光秋露白，你不停问本王要酒，本王说没有，你便在马车上闹腾起来……"

"别说了！"江倦再没脸听了，痛苦地道歉，"对不起，我不是故意的，以后我再也不喝酒了。"

"倒也不必，"薛放离微微一笑，"小酌怡情，偶尔喝一喝，也无大碍。"

江倦羞愧不已，喃喃地说："酒品这么差，我不配，小酌怡情也不配。"

至此，江倦十分心虚，只得改了口。

"好吧，王爷你要去哪儿？我陪你一起去。"

薛放离微微颔首："嗯。"

这人真是好骗呢。

他望着江倦，缓缓扬起嘴角，神色颇为愉悦。

入了夜，宫中灯火辉煌，处处火树银花。

马车停了下来，江倦撩开帘子，奇怪地问薛放离："王爷，我们是来见陛下的吗？"

"不是。"

薛放离的话音才落下，已经有人迎了上来，薛朝华热情道："五弟，你们总算来了。"

说完，他微抬下巴，笑着骂身旁的张公公："三公子体弱，还不去扶着点儿。"

张公公忙不迭地点头，结果人还没凑过去，薛放离已经自己伸出手，扶着江倦一同下了马车，看也没看张公公一眼，漠然地吐出两个字："不必。"

张公公愣了愣，回头去看薛朝华。

薛放离此举无疑是落了薛朝华的面子，薛朝华心里不悦，但又有事相求，只好笑着打趣道："五弟，对这位三公子，你倒是凡事亲力亲为啊。"

江倦："……"

什么凡事亲力亲为，就是扶一下而已，不过江倦还是对薛放离说："王爷，你不用扶我。"

薛放离置若罔闻，江倦等了一小会儿，见他没有松开自己的意思，只好很小声地再补充了一句："我也要面子的。"

薛放离望他一眼，倒是开了口，却不是在与江倦说话："本王的义弟，本王亲力亲为，与你有什么关系？"

薛放离语气很淡："大哥，除了我，你便没有自己的弟弟了吗？你倒是挺关注本王的人的。"

薛朝华笑容一僵，险些一句"你有病吧"就骂了出来。他忍了又忍，终究只是忍气吞声道："是本宫失言了，不该如此打趣。"

薛放离没搭理他，只是低下头问江倦："这样可以了吗？"

江倦："啊？"

薛放离："不是说你也要面子？"

江倦："……"

他的要面子，是他走路不用扶，而不是让王爷给他撑腰。

见江倦没说话，薛放离便又道："大哥。"

江倦连忙拉住薛放离，生怕他再误会，又去说大皇子一次，连忙说："可以了，王爷，真的可以了。"

薛放离"嗯"了一声，薛朝华则转过头来，好声好气地问："怎么了？"

薛放离缓缓说道："没事了。"

薛朝华："……"

他脑门上青筋直冒，张公公凑过来，神色颇为担忧。薛朝华冲他摆了摆手，几乎是咬着牙说："没事就好。"

薛朝华亲自接待，没多久，几个人一同入了宴。

薛朝华身为大皇子，素来极为看重排场，今日的晚宴，他也下了一番大功夫，待薛放离与江倦落座，他笑吟吟地介绍道："此为金玉满堂宴，集多地之风味，煎、炸、炒、熘、烧兼备，口味多样，咸甜酸辣俱全，荤素相宜，用料极为精细。"

江倦只听说过满汉全席，倒是第一次听说金玉满堂宴，好奇地低头看了看。

薛放离问道："有没有胃口？"

这金玉满堂宴菜品不错，闻起来也挺香的，但是江倦连白粥都喝不下，更别提这些食物了。他摇了摇头："不想吃。"

薛放离抬起眼皮："大哥。"

薛朝华尚在滔滔不绝地介绍他这金玉满堂宴的妙处，冷不丁被打断，有些意犹未尽地问："怎么了？"

薛放离："你这里可还做得了莲叶羹？"

薛朝华愣了愣："啊？莲叶羹？"

他皇妃怀孕时，害喜害得厉害，什么都吃不下，因着是头孙，弘兴帝也颇为上心，特地让人从江南请来了一位名厨，而莲叶羹就是那厨子最拿手的一道膳食。

薛朝华虽然不解其意，还是答道："做得了，怎么做不了？"

薛放离颔首："上一碗莲叶羹吧。"

薛朝华强笑道："五弟，莲叶羹好做，什么时候都吃得上，但凑齐这金玉满堂宴可不容易，你不尝尝吗？"

薛放离神色冷淡道："莲叶羹便可。"

薛朝华动了动嘴唇，"不识好歹"几个字险些蹦了出来，好歹他还是忍住了，只给张公公使了个眼色。

他这人好面子，又与薛放离不对付，是以宴请薛放离自然怎么麻烦怎么来，结果精心准备一整日，薛放离却只要一碗莲叶羹，他花的那些心思倒是付诸东流了。

薛朝华越想越恼火，本欲说些什么，结果一转头，薛放离正闲散地与江倦低语。

"他这地方，只有莲叶羹尚可，清甜爽口，你说没胃口，本王特地带你过来尝一尝。"

薛朝华："……"

敢情这人当他这儿是菜馆了！

薛朝华饮了口酒，只能一遍又一遍地跟自己说不生气，他不跟这疯子计较，不过——

老五待这位三公子还真是实打实地好。

薛朝华哼笑一声，越发觉得让安平侯出面，这事还真能成。

思及此，薛朝华抬起头，遥遥地望向窗外的荷塘。

江倦也抬起了头，看向窗外，只不过看的不是荷塘，而是夜空。这本是一个月色明朗的夜晚，不知何时覆上了阴沉的云层，江倦轻声说："王爷，好像要下雨了。"

薛放离"嗯"了一声："无碍，我们在殿内，雨也下不了多久。"

江倦便不担心了，而没过多久，他的莲叶羹也被端了上来，一同出现的还有薛朝华的正妃苏妙音。

"你便是三公子吧？"苏妙音笑吟吟地说，"真是个妙人呢，妾身一见你就觉得心里欢喜。"

江倦："谢谢……"

他礼貌地笑了一下，又低下头去看莲叶羹。

苏妙音又说道："这莲叶羹，妾身也百吃不厌。将莲子捣碎，捏成豆子，再以高汤煮之，撒入新鲜的莲叶汁，味道清淡芬芳。"

王爷说清甜爽口，这位皇妃也说清淡芬芳，江倦还挺好奇的。只可惜莲子羹才出锅，实在是太烫了，他搅了几下，还是吃不了，便叹了一口气。

"怎么了？"薛放离问。

"好烫。"江倦回答。

话音落下，他的手被推开，薛放离替江倦一下一下搅动着莲子羹，说："等一等。"

江倦"哦"了一声，也不觉得有什么，但旁人就不这么认为了。

离王竟会伺候人用膳？

身为皇妃，苏妙音多少与离王接触过。

这位离王当真是性情暴戾、喜怒不定，可眼下，这位动辄杀人的活阎王在耐心不已地搅动一碗莲子羹，只因莲子羹才出锅，三公子又嫌烫。

说不惊诧是不可能的，但苏妙音出身名门，再怎么惊诧、失态也只有一瞬，片刻后就笑着说："莲子羹还烫着，三公子坐这儿也吃不进嘴里，不若……与妾身一同去散散步，如何？"

江倦："散步？"

苏妙音点头："承德殿内有一处荷塘，小荷已露出了尖角，倒是可爱，三公子可要去看看？"

江倦："不去。"

饭后他都不乐意散步，更何况饭前。江倦摇了摇头，坦诚地说："我想坐着等莲子羹凉凉，不想散步。"

苏妙音有些为难地望了一眼薛朝华，又道："殿下与王爷今日应当有要事商讨，他们那些事呀，听着就头疼，三公子若是不想散步，那与妾身过去坐一坐呢？荷塘里，妾身让人系了一叶扁舟，无事时上船坐一坐，倒也格外悠闲。"

江偌诚恳地说："这儿就挺好坐的，不用再过去坐了。"

他只是懒得动，可这行为看在苏妙音眼中他就是油盐不进，苏妙音压住心底的不耐烦情绪，笑道："三公子可真是离不开王爷半步呢。"

顿了一下，她又慢悠悠地说："三公子，王爷赏识你，可你呀，也要多交几个朋友，毕竟有这么一句话，远香近臭呢。"

江偌思索几秒，开始糊弄她了："嗯，你说得对。"

倒是薛放离，懒洋洋地问江偌："说得对吗？"

不等江偌答话，薛放离又道："是不是兄弟离心，才算是欢喜呢？"

他语气悠然，在与江偌说话，目光却又缓缓落在了苏妙音身上，冷得令人心惊。苏妙音与他对视，心里当即猛跳一下，意识到了什么——离王在警告自己。

他好似发现了什么。

也是，她如此反复劝说，离王若还未发觉什么，就不会是离王了。

苏妙音勉强地笑了笑，对薛朝华摇了摇头，从宴会上告退，匆匆走至荷塘。

安平侯已再次等候许久，按照他们的商定，苏妙音会把江偌带来。

安平侯见只有苏妙音独自前来，神色沉了沉："三公子他……不见本侯？"

苏妙音解释道："妾身借口来荷塘散步，却让三公子拒绝了两次，离王在旁边，妾身便没敢继续劝说。"

原来江偌是不知他身在此处。

思及此，安平侯摘下一片莲叶，画出一个"照"字，将莲叶交给了苏妙音："让人将此物转交给三公子，他看了自会明白。"

苏妙音道："那……侯爷你大抵要多等一会儿，毕竟离王也在，方才他似乎发现了什么端倪。"

安平侯点头："嗯，本侯知道了。"

苏妙音转身离去。

片刻后，张公公笑呵呵地捧来莲叶，对江偌说："三公子未去散步，皇妃便让人摘了这片莲叶送与您。"

江偌接过莲叶，才摆弄几下，就听见薛放离对自己说："莲子羹可以喝了。"

江偌尝了一小口，果真清新可口，再没有胃口也吃得开心，当即就放下了莲叶，专心进食。

与此同时，殿外忽而风声大作，雨也说下就下。

倾盆大雨"哗啦啦"地落下，承德殿内只闻风雨声，而荷塘处，没有任何能遮风避雨的地方，安平侯站立在雨中，眉头皱得很紧。

江倦怎么还不来？

雨越下越大，他浑身都被淋湿了，视线也变得一片模糊，几次想要离去，只是思及苏妙音的话，又忍不住心存期待。

江倦兴许已经拿到了莲叶，正在设法赶来。

自己再等等吧。

第25章

　　这场雨来时匆匆，走时却不急，足足下了一段时间才云散雨消。
　　安平侯站立在原地，雨水从身上"滴答滴答"地落下，他却想起了许多事情。
　　过去他对江倦避之唯恐不及。他受托照顾江倦，亦是真心实意地嫌弃江倦，可江倦总会想尽办法与他碰面。
　　宴会上，江倦悄无声息地请求丫鬟帮忙，向自己递送只言片语，请求与他相见。
　　他与友人相聚，江倦会徘徊在附近，他若待上一整宿，江倦也会等他一整宿，只为与他说上话。
　　他邀请江念外出游玩，江倦会自行跟上，哪怕自己对江倦不理不睬，甚至一再驱逐，江倦也从不怨恨。
　　…………
　　这一切都曾令他感到厌恶，可此刻再度想起，安平侯只觉得愧疚。
　　那个时候江倦生性胆怯，唯独对自己一片赤诚之心。
　　可安平侯总嫌江倦不够庄重，不懂礼仪，根本上不得台面，只想毁约。
　　江倦是否也曾在雨中等待过自己许久？
　　安平侯皱起了眉。
　　淋完了一整场雨，这陡然生出的一丝愧疚感，又让安平侯接着在原地等待，可自始至终，无一人到来。

安平侯的心也一点点地沉了下去。

江倦是不想来吗？

不，不应该是这样。

过去种种，安平侯不信可以在短短几日之内消失殆尽。

江倦还不来，肯定是有什么原因。

安平侯定在荷塘与江倦相见，本是不愿正面对上离王，更不想与离王过多纠缠，但此时此刻，安平侯既不甘心，又心存希冀，决定过去看看究竟是怎么一回事。

安平侯缓缓走向正殿。

承德殿内，掌灯的侍女低眉敛目，宫灯火光明亮，满室亮如白昼。

莲子羹正适口，温温的，江倦吃了好几口，想起王爷又是什么也没吃，便轻轻拍了拍薛放离："王爷，你也吃一口。"

莲子羹口味清爽，薛放离却毫无食欲，垂目扫了一眼，语气平淡地说道："待会儿再吃吧。"

作为糊弄大师，江倦一听这话就知道王爷是在糊弄自己，便执意道："待会儿凉了，你现在就得吃。"

薛放离闻言，皱了一下眉，神色颇为厌倦，江倦慢吞吞地问他："王爷，你真的不吃吗？"

薛放离没搭腔，江倦又幽幽地说："我心口好像有点儿疼。"

薛放离眉头一动，低头望着他："威胁本王？"

他语气又轻又缓，这句话从他口中吐出，本该象征着一种危险信号，偏偏他神色又温和至极，而江倦也点了点头，应得很是干脆："嗯，威胁你。"

"这么凶？"薛放离轻笑，"那本王只能好好用膳了。"

江倦把莲子羹推给他："给你。"

薛放离轻笑几声，如他所愿地尝了尝莲子羹。

此情此景，看得薛朝华无语。

吃个莲子羹还要人哄，五弟今年是三岁半吗？

离谱，真是离谱，薛朝华只觉得薛放离这个样子比他动辄打人杀人更为吓人。

众人浑然不觉有人已在殿外站了许久，直到侍女前来送酒，发出了一声惊呼。

"侯爷，您怎么在这儿？"

侍女的声音不大，却还是让人听得清清楚楚，连江倦都抬起了头，结果猝不及防地与安平侯对视上。

安平侯浑身湿透，狼狈不堪地站在外面，脚底满是水渍，正目光狠毒地盯着江倦。

江倦毫无防备，被吓了一跳。薛放离抬了一下眼皮。

安平侯？

他怎会在此？

不多时，薛放离似是想到了什么，似笑非笑地瞥了薛朝华一眼。

难怪苏妙音连番邀请江倦散步。

他大哥原来打的是这个主意。

这次宴请，薛朝华所为何事，薛放离再清楚不过。按照往常，他根本不会搭理这些人，但因为那枚刻有"华"字的玉佩，薛放离本就要来找薛朝华，便应了下来。

至于江倦，薛朝华特意提及，薛放离本不打算带来，只是见江倦没什么胃口，才又临时改了主意。

薛放离一个眼神投来，薛朝华手一抖，酒差点儿洒了出来。

私下再怎么安排，也不能放到台面上，何况这事情又不光彩，薛朝华故作惊诧道："侯爷，你怎么来了，还淋了一身雨？快进来，喝点儿酒暖暖身子，免得染上风寒。"

安平侯却没说话，只是死死地盯着江倦。

如果说之前安平侯还心存希冀，在目睹薛放离和江倦相处的全程之后，便只有愤怒情绪。

他在雨中等了这么久，江倦在做什么？在吃莲子羹。

江倦还让离王吃莲子羹。

自己替他找了这么多理由。

离王尚在，他脱不开身。

雨下得太大，他寸步难行。

现实却狠狠地打了安平侯一巴掌。什么脱不开身，什么寸步难行，江倦大抵自始至终都坐在离王身旁，根本没想过要出去。

江倦的敬仰之情，怎会如此廉价！

昨日这人尚且对他满目崇敬之色，进了离王府以后，便好似前尘尽忘，与他不过是陌路人，使尽浑身解数与他撇清干系。

为什么？

是因为离王吗？

圣上对离王最为纵容，世人皆惧他，唯独江倦一人获得了离王的赏识与看重，自认为特殊，在纸迷金醉中迷失了自我。

可这份赏识又能维持多久？

真蠢，江倦真是愚不可及。

安平侯无法形容自己现在的心情，恼怒更怨恨——恼江倦痴傻，怨江倦无情。无尽的愤懑情绪涌出，安平侯觉得不甘心，更觉得不可思议。

无论如何，江倦怎能让自己在雨中空等！

看见莲叶上刻的字，江倦便是不来，竟也未让人带来只言片语，任由他在雨中空等。

思及此，安平侯怒极，深吸一口气，缓缓走入殿中："见过殿下、见过王爷、见过……三公子。"

最后三个字，他几乎是咬牙切齿地喊出来的。

江倦有点儿茫然，不知道安平侯对自己哪里来的怨气，只好假装没听见，低头玩起莲叶，企图降低存在感。

他胡乱地卷起莲叶，结果手指突然掠过不平处。江倦重新展开莲叶，这才发现上面画出了一个"照"字。

江倦有点儿奇怪："莲叶上怎么还有字？"

薛放离扫了莲叶一眼，再抬起头时，神色颇是嘲弄地开了口："倒是巧了。"

江倦问他："什么巧了？"

薛放离淡淡地说："有人的名字里有这个字。"

江倦："皇妃吗？"

他在梦里不太记名字，所以也没太放在心上，莲叶是皇妃让人送来的，江倦就下意识地以为是皇妃的名字里有这个"照"字，殊不知这句话一说出来，安平侯的脸色变得难看极了。

江倦怎会不知他姓甚名谁！

"不是她，"薛放离似乎对江倦的反应极为满意，悠悠然地说，"侯爷啊。若本王没记错，侯爷姓宋，名照时。"

江倦："……"

安平侯？

莲叶不是皇妃送他玩的吗？

江倦震惊不已，连忙推开莲叶。

他只是不想和安平侯沾上关系，怕再被江念记上一笔，可这动作看在安平侯眼中，就是江倦迫不及待地与他撇清关系。

江倦让他在雨中空等便罢了，现在先是佯装不知他的姓名，又这样对他避之不及，饶是安平侯一再告诫自己要保持分寸，理智也有些崩溃。他一字一顿地质问江倦："你心中若存有怨恨，大可直言。本侯也一再与你说，本侯对你始终心存愧疚之情，也愿意弥补，你又为何一再，再而三地羞辱本侯？"

江倦疑惑地问："我什么时候羞辱过你了？"

安平侯说一而再，再而三，江倦只觉得自己好冤。江倦想了一下，除却上次在书肆一事，他真的什么也没干，于是说："如果你觉得我羞辱你了，可能是有什么误会，你说出来，也许我能解释。不过……"

每回碰见安平侯，这人都在说什么弥补，江倦觉得这样不行，再一次认真地对安平侯说："我对你没有怨恨，也不需要你来弥补什么，真的。"

怕安平侯不信，江倦又补充了一句："就算真的要弥补什么，为什么要你来弥补？王爷才是我的哥哥。"

离王，又是离王。

他离了离王，就不得活了吗？

江倦越是不在意，安平侯就越是恼怒。

安平侯只感觉气血上涌，沉声问道："倘若本侯始终心怀愧疚之情，想要弥补你一二呢？"

江倦想也不想地说："那你就愧疚着吧。"

安平侯以后会是皇帝，江倦一点儿不想得罪他，可他总这样纠结太讨厌了，江倦实在忍不住了，对安平侯说："愧疚的是你，又不是我，你愿意愧疚就愧疚吧。反正……我不想要你的愧疚感，更不想要你弥补什么。"

"你变了。"

江倦的每一个字、每一句话，都好似狠狠甩在安平侯的脸上，他沉默了很久，才又艰难地开了口。

过去的种种，原来江倦真的迅速遗忘了。

他感到愧疚，想要弥补，江倦却并不想要补偿。

江倦当然变了，连壳子里都换了个人呢，不过这件事情江倦当然不能说，他偷偷和薛放离抱怨："王爷，他话好多。"

薛放离垂下眼，淡淡地笑了笑："确实很吵。"

顿了一下，他状似漫不经心道："本王倒是头一回听你喊哥哥。"

江倦本来没反应过来，听他这样一说，才回过神来，连忙解释："我就是……就是……"

就是什么，江倦有点儿词穷，只好低下头喝水。

薛放离低笑着说：“还不错。”

江倦："啊？"

薛放离却未再说什么，只是饮了口酒。

安平侯把他们的一举一动看在眼中，连他自己都觉得狼狈，可一想到过去的事，又觉得不甘心到了极点。

江倦真的不在乎了。

他怎么能不在乎？

倘若他当真不在乎了，又为何要保留那枚玉佩？

是啊，玉佩还在江倦手中。

想到这里，安平侯心中又燃起了希望，江倦表现得再怎么无情，再如何与他划清界限，只要玉佩在江倦手上一日，他就不会放弃！

安平侯好似抓住了最后一根稻草，还要再说什么，薛朝华不动声色地撞了他一下，过来打圆场："照时，有什么话晚点儿再说，先喝点儿酒吧。"

薛朝华用了些力气，才把安平侯扯过来。侍女连忙斟酒，薛朝华却在心里暗骂不已。

不是说三公子爱追在安平侯屁股后面吗？

安平侯这劲头，反倒像是他缠着三公子才是。

自己这是……被坑了？！

薛朝华心中无比恼火，可再怎么样，面上也得维持得体的笑容。也不知道是不是心理作用，薛朝华总觉得现在气氛尴尬得很，眉头狠狠一皱，还是张公公提醒了他一句。

"殿下，节目，助兴节目。"

薛朝华这才如梦初醒，一拍掌说道："本宫倒是忘了，快，上节目，她们可全是本宫特地从红袖阁请来的美娇娘呢。"

薛朝华一声令下，没过多久，身着华服的女子鱼贯而入，莲步轻移，姿态曼妙无比，歌喉如珠似玉。

安平侯饮下一口酒，纷乱的心绪才被压下几分。他随意地抬起头，结果就这么一眼望去，倏地顿住。

为首的女子将水袖一抛，轻轻跃起，环佩叮当作响。

而那佩饰，安平侯再熟悉不过。

佩饰上刻的是喜鹊衔枝，象征着一种承诺，正是他给江倦的玉佩！

它本该保留在江倦手中，却出现在领舞女子身上！

"砰"的一声,酒杯被砸在桌上,安平侯霍然起身,大步向那女子走去,一把按住她的肩膀,扯下她身上的玉佩。

再三确认就是他给江倦的信物后,安平侯愣怔许久,无数个念头从心中掠过,他咬着牙一字一顿地问道:"这块玉佩怎会在你手中?可是你偷来的?"

如此变故,令女子都惊呆了,好半天她才慌忙摇头:"回侯爷,不是的……"

安平侯沉声道:"你老实一点儿!"

女子忙不迭地跪到地上,吓得面色苍白:"侯爷,真的不是奴家偷来的,倘若是偷来的,奴家又岂敢如此堂而皇之地佩戴在身上?"

安平侯捏紧玉佩,闭了闭眼睛,再睁开时,没有接着逼问这名女子,而是神色复杂地看向江倦。

玉佩如果不是这女子偷的,那么就只有一种可能。

这个可能,会让安平侯失去最后一根稻草,他近来的所作所为也会彻彻底底地沦为笑话。

深深地吸了一口气,安平侯问江倦:"这枚玉佩怎么会在她手中?"

江倦也蒙了:"我不知道。"

他认出了这枚玉佩。

上回在书肆,安平侯提及信物,回去江倦就想把它当了,毕竟水头这么好,能换不少银两,但王爷说没必要,可以收进王府的库房,江倦就把它交给了王爷。

见江倦神色茫然,摆明了不知情,安平侯狂跳不止的心终于落回原位,他神色缓和几分,又问江倦:"可是她从你手上偷来的?"

江倦怎么会知道?他回头看看,用眼神询问薛放离。

"你的东西,你自己不知道吗?"

江倦还真不知道,只可惜安平侯并不知情,只觉得江倦的举动刺眼不已,几乎不受控制地说出了这句话。

江倦:"……"

他好冤,莫名其妙地就被人说了,再"咸鱼"也忍不了了,江倦慢吞吞地说:"侯爷,你也说了这是我的东西,你怎么比我还关心?"

"我——"安平侯顿了顿,到底忍住了,只是又执着地问了一遍,"玉佩可是她从你手上偷来的?"

江倦正要答话,薛放离悠悠然地开了口:"不过是一块玉佩罢了,侯爷,你问再多遍，他没有印象就是没有印象，何必呢？"

稍一停顿，薛放离轻抬下颌："你若真想知道，何不问她？"

没有印象？江倦怎会没有印象？

才缓和下来的心情，又因为这句话而剧烈起伏，安平侯深深地看了江倦一眼，咬着牙接着问那女子："不是你偷来的，那这枚玉佩，你又是从何得来的？！"

女子当然不敢有任何隐瞒，结结巴巴道："奴家……奴家有一个老相好，他是离王府的管事，姓高，时常来红袖阁取乐，这玉佩也是他赠予奴家的。

"他说……说……是主子随手赏的。"

主子随手赏的……

江倦说不知道，离王说他没印象，难道玉佩当真是被随手赏给了下人？！

他当江倦保留玉佩是心存留念那一段友情。

实际上，江倦要了玉佩，却又随手赏给了下人。

从头到尾，都是他在自作多情。

难怪江倦再见他，好似只当他是陌路人。

心绪接连起伏，最后一丝侥幸心理也被打破，巨大的耻辱感袭上心头，安平侯感到愤怒，也感到憋闷。

既然如此，为何江倦不在那一日就任由玉佩被打碎？

他为何要保留玉佩，给自己传递错误的信号，让自己白白愧疚，更让自己试图弥补？！

安平侯只觉得气血上涌，眼前发黑，双手紧攥，几乎咬碎一口牙齿："你留下玉佩，就是为了今日羞辱本侯？"

安平侯一把摔碎玉佩，目光怨毒地盯着江倦，缓缓地说："你……可真是好啊。"

"侯爷，你可是忘了一件事？"薛放离嗓音淡漠地说，"本王的人，好与不好，都轮不到你来评头论足。你，算什么东西呢？"

话音落地，他抬起眼帘，笑得讥讽，眼神也带着几分警告之意。安平侯与他对视，这一刹那只觉得冷彻心扉，危险至极。

再大的怨气，再多愤懑，一触到薛放离的眼神，只剩下无尽的恐惧，再不情愿，再怎么恨得咬牙切齿，安平侯也只能说："王爷说得是。照时，什么东西也不算。"

薛放离微微一笑，垂目扫过他这一身狼狈的样子，骄矜地颔首："你知道就好。"

安平侯咬着牙低下头，浑身都在滴水，宛如一只落汤鸡，要多可笑就有多可笑，要多狼狈就有多狼狈。

可他再怎么狼狈，也抵不过尊严被狠狠践踏以后强烈的、无以消除的耻辱感。

从始至终，都是他在自作多情。

既然如此，他倒要看看，离王对江倦的赏识究竟能维持到几时！

江倦迟早会后悔的！

安平侯狠狠地握紧了拳头。

薛朝华看看安平侯，再看看薛放离，只觉得今日这事闹得实在难看。

他连忙挥挥手，让人把失魂落魄的安平侯拉下去，自己则强笑着对薛放离说："五弟，今日这可真是……"晦气，太晦气了。

他本想请安平侯做说客，结果说客没做成，反倒闹得没一人高兴。

薛朝华甚至怀疑，自己是不是上套了。

这位三公子显然对安平侯没一点儿兴趣，反倒是安平侯一直往上凑，莫不是安平侯见不到人，故意上自己这儿来献什么破计策了？

薛朝华越想越觉得有可能是这样。

阴损，这安平侯着实阴损！

他在心里暗骂不休，却冷不丁地听见薛放离似笑非笑道："大哥，你帮着别人私下约见本王的人？"

薛朝华一听这话，立刻反应过来了，老五这是跟他算账了。薛朝华含糊道："这不是想让他帮忙说个情嘛。"

薛放离笑道："说情？大哥不若先为自己说个情。"

话音落下，薛放离往他身上扔去一块玉佩："前些日子本王遭人算计，查了这么些天，拿到了这块玉佩。"

薛朝华接过玉佩一看，当即变了脸色："此事绝非我所为。"

薛放离淡淡地说："本王原先也这么认为。大哥再如何愚钝，也不至于赏赐一块刻有自己的名讳的玉佩，偏偏今日之事让本王大开眼界，说不定此事还真有可能是大哥所为。"

薛放离话里话外都在骂他蠢，薛朝华自然听出来了，可听出来了也不能怎么样，只能强笑道："五弟，此事绝非大哥所为，你给我几日时间，我一定查个清清楚楚，给你一个交代。"

薛放离没有搭腔，只是问江倦："可喜欢莲子羹？"

他转话题转得太快，江倦愣了一下，然后老实地点头："喜欢的。"

薛朝华似乎意会到了那么一点儿意思，试探着问道："若是喜欢，本宫让厨子把食谱给你们写下来？"

薛放离微笑："做的人不一样，口感也有差异。"

薛朝华沉默片刻，又试探着问："那……厨子你们一并带走？"

薛放离慢条斯理地问："大哥可愿割爱？"

薛朝华："当然……"

五弟把他这儿当饭馆就算了，结果吃高兴了，连厨子也想带走，还净跟他装模作样。

这人要厨子就要厨子，还搁这儿问他可愿割爱，是人吗？

薛朝华保持完美微笑，其实心里挺舍不得的，可今日又狠狠地得罪了薛放离一通，更何况还有玉佩的事情，再舍不得也没有办法。

薛朝华糟心地挥了挥手，心如刀割地说："带走吧，带走吧。"

薛放离："既然如此，恭敬不如从命。"

薛朝华：气死人了。

没求到情，还赔了夫人又折兵，薛朝华只觉得气不顺。

江倦却挺高兴的。

他知道王爷提莲子羹是因为自己，要把厨子带走也是因为自己，忍不住对薛放离说："王爷，你真好。"

薛放离打量他片刻，扬起了唇："嗯。"

关于安平侯的玉佩，薛放离本以为江倦多少会问他几句，见江倦似乎完全忘了这回事，薛放离也不会自找麻烦。

过了一会儿，江倦又说："王爷，你过来一下，我有话和你说。"

薛放离垂下眼，见江倦眼睛亮晶晶的，心中一动，想起他唤的那一声哥哥，朝江倦低下了头，状似漫不经心道："嗯？什么话要这样说？"

江倦郁闷地问道："王爷，你怎么回事啊？侯爷的玉佩，我说当了你不让我当，还说收回库房，可是你根本就没有这么做。"

江倦继续慢吞吞地说："我觉得现在你得好好给我解释一下了。"

第 26 章

　　薛放离没什么表情地盯着江倦，江倦却一点儿也不怕，甚至很善解人意地问他："王爷，要给你一点儿时间，让你想想怎么狡辩吗？"
　　江倦又不傻。玉佩是主子赏下来的，不是他赏的，那当然只能是王爷赏的了。刚才他不提，纯粹是讨厌安平侯，再顺便给王爷一点儿面子。现在安平侯走了，江倦就不忍了。
　　薛放离问他："不高兴了？"
　　江倦慢吞吞地说："你猜。"
　　薛放离神色如常道："只是一块玉佩，库房里还有不少，你若是想要，自己再去拿一块玩。"
　　关键又不在他有没有玉佩玩，江倦向他强调道："王爷，你又说谎。"
　　见他耿耿于怀，薛放离沉默了几秒，才缓缓地说："此事，本王也不知情。"
　　"那一日本王把玉佩交给了高德，让他收入库房里，你也在场，你忘了？"
　　江倦回忆了一下，是有这么一回事，于是说："嗯，我在。可是……"
　　薛放离神态自若道："后来本王给他奖赏，让他自己去库房里挑一样东西，他应该就是选了这块玉佩。"
　　江倦瞅了他一眼，不说话了，好像有点儿被说服了。
　　薛放离放下江倦的手，言辞诚恳道："是本王的错。他只说拿了块玉佩，本王并未多问，也没想起还有这一块玉佩，更不知晓他转手就将玉佩赠了他人。"

实际上，薛放离从头到尾都在糊弄江倦，没有一句真话。

高管事是什么样的人，薛放离再清楚不过，也正是因为高管事贪财好色，薛放离才把玉佩赏给了高管事，也知道不出两日，这块玉佩就会出现在红袖阁中，毕竟这枚玉佩实在碍眼——它是安平侯给江倦的信物。

薛放离本以为要过些时日才会被安平侯看见玉佩，没想到今日正好撞上了。

这也太巧了吧，江倦将信将疑地问："真的吗？"

薛放离颔首："嗯。"

江倦还是觉得哪里不对劲，但想着人与人之间应该保持信任，还是说："好吧……"

薛放离："回府？"

江倦："哦。"

江倦点点头，走了几步，又看见舞榭歌台处，因为方才的变故，女子们跪倒一片，而被发难的领舞女子也低下了头，泫然欲泣地看着被摔碎的玉佩，伸出手试图将其拼凑起来。

玉佩又不是偷来的，结果还被人砸了个粉碎，今天唯一的受害者只有她，而且这还是一场无妄之灾，想着想着，江倦慢慢地皱起了眉心。

见他不动，薛放离也停下了脚步，问道："怎么了？"

江倦叹了一口气："她好倒霉啊。"

薛放离垂下眼端详江倦，就见少年眉尖轻蹙，神色带着同情。

江倦这副模样，薛放离再熟悉不过了，只是往日被江倦这样注视着的人是他，被江倦同情的人也是他。

薛放离不着痕迹地皱了一下眉，漫不经心地问："小菩萨又动了恻隐之心？"

江倦看看他，抗议道："你不要这样叫我，好奇怪。"

薛放离笑了一下，换了一种问法："想帮她一把？"

这一次江倦老实地点了点头，犹豫地说："想帮她，可是……"

他还没想好要怎么帮。玉佩倒是可以修复，只是修复得再完好无损，被摔碎过一次，也不值钱了，他再送她一枚也不是不可以，就是——

"玉佩不是我摔碎的，我可以再送她一枚，但这样好像又是帮侯爷赔了一枚，我又不太愿意。"

江倦很纠结，求助似的望向薛放离，目光满是信赖。薛放离也看着他，心中的那些不悦与不满情绪在顷刻间灰飞烟灭，他缓缓地笑了笑。

"那就帮她吧，"薛放离神色愉悦道，"谁摔碎的玉佩，就让谁赔。"

话音落下，薛放离向女子走近，与她低语几句，交给了她一块令牌，这才回到江倦身边，望他一眼，示意他跟上自己："走吧。"

江倦回头看向那女子，女子果真破涕为笑了，他追上来好奇地问："王爷，你跟她说了什么？"

薛放离瞥他一眼，漫不经心道："过几日你就知道了。"

他扬起殷红的唇，嗓音低沉又动听："我弟弟真是菩萨心肠啊。"

江倦："……"

被"弟弟"这个称呼惊住了，江倦安静了好一会儿，才勉强镇定下来，幽幽地说："王爷，你的报复心真的好强。"

他不小心喊了一声"哥哥"，王爷就要用"弟弟"还回来。江倦慢吞吞地说："你就不能大度点儿吗？"

薛放离望向江倦，似笑非笑地问道："本王待你还不够大度？"

江倦摇了摇头："哪里大度了？"

薛放离倒也没多说什么，只是低笑了一声："贪心。"

两个人回了王府，高管事正候在外边。

"王爷、三公子。"他恭恭敬敬地唤了一声。

马车停下后，帘子被撩开，江倦与薛放离一前一后地走了下来。江倦看看高管事，想起来什么，对他说："管事，你……"

"去前面照亮。"薛放离不咸不淡地吩咐了一句，高管事对江倦笑了一下，提着灯笼往前小跑了几步。

江倦也没多想，接着对他说："管事，就是……"

"有什么话，回去再说。"薛放离神色不变，又一次打断了江倦的话。

江倦奇怪地问："为什么要回去再说？"

薛放离状似漫不经心地问："你想和他说什么？"

江倦小声地回答："花娘不是管事的相好吗？她今天受了这场无妄之灾，管事不得去安慰一下吗？"

薛放离："……"

倒是他多想了。

沉默片刻，薛放离笑了一下，神色温和道："现在与他说，只会让他分心，待晚些时候，他那相好应当也被送回去了，本王再与他说，他也可以直接去寻人。"

这么说好像有点儿道理，江倦"哦"了一声，不再说话了。

反倒是薛放离，打量了江倦几眼，又缓缓地说："你倒是心善。"

江倦郁闷地说："王爷，你每次这样说我，好像都在笑话我。"

薛放离幽幽地问道："为什么会这样想？"

江倦喃喃道："不知道为什么，反正就是这样觉得。"

薛放离笑了一声，语气悠悠然道："本王自然不会笑话你，你越是心善，本王就越是欢喜，毕竟……"

他求之不得。

到了凉风院，江倦便躺回榻上。薛放离头也不回地吩咐高管事："本王带回了一个厨子，去把他安置好。"

高管事应道："是，王爷。"

江倦没怎么将此事放在心上，而薛放离把高管事打发走以后，也起身去沐浴了。江倦摸出九连环接着玩，结果还没摆弄几下，就有人去而复返。

"三公子。"高管事做贼心虚似的压低了声音，"您要与奴才说什么？"

他伺候了薛放离好几年，自然明白薛放离方才一再打断，就是不想让江倦与他说上话。

要是放在以前，高管事当然老老实实地避开人，不让江倦抓到他，只不过今时不同往日，经过这么一段时间，高管事算是看明白了——王爷对三公子有求必应，连王爷都得哄着三公子，更别说他们这些下人了。

三公子有话与他说，那他自然是要好好听的，背着王爷也得好好听。

王爷说晚些时候再与管事说那件事，免得他分心，江倦就问他："你的事情忙完了吗？"

高管事笑呵呵地说："忙完了，当然忙完了。"

江倦犹豫了一下，大致讲了一下今日在承德殿发生的事情，然后对高管事说："玉佩被砸碎了，她好像很伤心。"

高管事愣了愣，没想到江倦会与他说这些，连忙道："有劳三公子特意告知，奴才得了空便去看看她。"

怕高管事太担忧，江倦又补充道："你也不用太担心，王爷说会帮她。"

王爷平日可没这么好心，怎么会出手？高管事用脚指头想都知道，这事肯定又与三公子脱不开关系。高管事心中颇为感激，笑眯眯地等着江倦的下文。

可是高管事等了又等，江倦都没有再开口，只低着头专心玩他的九连环，高管事迟疑了几秒，忍不住问他："三公子，您没有别的事情了吗？"

江倦茫然道："啊？还有什么事情？"

三公子要与他说话，王爷连番打断，这怎么看都像是王爷有事瞒着三公子，不应当只是三公子想提醒他红玉今日受了委屈。

高管事挠了挠头，委婉地提醒道："三公子，除此之外，您是不是想向奴才打听什么事情啊？"

江倦摇头："没有啊。"

高管事看他几眼，总觉得江倦比自己还茫然。高管事心里只觉得奇怪，暗自思忖是不是他会错了意，可王爷的模样，他又确实再熟悉不过。

——王爷回回哄骗三公子，都是这么一副气定神闲、不动声色的神态。

江倦说没有，高管事也不好再多过问。高管事其实也想过了，王爷哄骗三公子，就算三公子真的问起来，他也不好拆穿，还得配合王爷混过去。高管事见状，倒是松了一口气。

他随口道："王爷把玉佩扔给奴才的时候，奴才也在想，让侯爷看见了玉佩是不是不好？不过……"

那玉佩水头太好了，有便宜不占才傻。

江倦听见了一个关键字，慢慢地抬起了头："王爷扔给你的？"

高管事意识到了一丝不同寻常之处，迟疑地问道："三公子，怎么了？"

江倦思索几秒，心不在焉地拨了拨九连环："你怎么没让他再给你换一块玉佩？"

高管事慎之又慎地回答："奴才觉得这块玉就挺好的，王爷给什么奴才拿什么，不挑。"

江倦沉默了几秒，轻轻放下九连环，幽幽地说："王爷果然在骗我。他说这块玉佩是你自己在库房里挑的，他不知情。"

高管事心里"咯噔"一声，暗自叫糟。

他好像坑了王爷。

没多久，薛放离回房。

他一身花纹繁复的深色长袍，墨发尚在往下滴水珠，肩上、衣摆处濡湿了一片。

薛放离推门而入，却发现江倦不在，唯有高管事战战兢兢地立在一旁，便问道："三公子呢？"

高管事心虚地回答："走了。"

薛放离投来一个询问的眼神，高管事硬着头皮道："三公子说您骗他，还一回骗了两次，他走了。"

薛放离："……"

高管事暗中打量他几眼，咽了一下口水，又说："王爷，您还有什么事吩咐吗？若是没有，奴才也走了。"

薛放离皮笑肉不笑地问他："你往哪里走？"

反正横竖都是死，爱拼才会赢，高管事鼓起勇气道："三公子让奴才去见相好。他还说……还说王爷您若不许奴才去，或者怪罪奴才，他就……"

薛放离："他就怎样？"

高管事慢吞吞地说："您不只要自己待着，日后死了，他也不管您的后事了。"

薛放离："……"

一道目光扫过高管事，薛放离也不知是被气笑了还是怎么了，殷红的唇扬起几分，气息冰冷不已。

压迫感过于强烈，高管事简直大气不敢出一下。

不知道过了多久，薛放离才缓缓吐出两个字："滚吧。"

高管事行了礼，忙不迭就跑，生怕王爷改了主意再把他抓回来收拾一顿。

不过——

高管事差点儿以为自己死定了！

都说背靠大树好乘凉，他背靠三公子可真好乘凉啊。

高管事在心里啧啧称奇，并意识到了一件事情。

三公子地位日渐提升，俨然已是离王府说话最管用的人了！

他们离王府，大概不日就要改名为三公子府了。

三公子现在心情很不美妙。

江倦趴在桌子上，长发散落如瀑。他在专心生气，兰亭则拿起木梳一下一下地替他梳顺头发。

江倦喃喃道："又说谎，王爷又说谎。"

他突然扭过头，郁闷地问道："兰亭，我就这么好骗吗？"

兰亭吓了一跳，梳子还没收回来，要不是反应够快，差点儿扯断一缕头发。她无奈道："公子，你小心一点儿，待会儿扯到头发了，你又该疼得受不了，再哭一场，奴婢可哄不好你。"

江倦一听这话，更郁闷了："我哪有这么爱哭？"

兰亭张了张嘴，颇是欲言又止，不过最后还是配合地说："也是，公子哪有这么爱哭？"

停顿片刻，兰亭打量江倦几眼，少年面庞极美，仿佛不食人间烟火之人。

瑶池的仙人，又岂会懂人间险恶呢？

兰亭笑了笑，委婉地说："公子生性单纯，又极为信任王爷，所以……"

江倦解释道："我只是觉得人与人之间要保持信任。"

兰亭摇摇头，还要说什么，房门忽而被敲响，她连忙放下梳子，快步走过去。

将门一拉开，兰亭看清来人，怔了一下，连忙回头道："公子，王爷来了。"

江倦头也不回道："让他走开。"

兰亭当然不敢这样与薛放离说话，为难道："王爷……"

"无事。"男人嗓音平淡，并未有任何不悦之意。

兰亭偷眼打量，王爷满身潮气，头发尚在往下滴水珠，好像一得知江倦负气离去就追了过来。

这段时日，兰亭在离王府上也有了几个相处得不错的小姐妹，这位离王的事迹，兰亭从她们口中听了不少，这才惊觉他们公子对王爷的认知错得有多么离谱。

可再怎么离谱，王爷待自家公子又是实打实的好，兰亭自然也不会多嘴。何况她也看得出，在公子面前，王爷就算有天大的脾气也施展不出分毫。

这不，公子一生气，王爷就过来了。

兰亭偷笑了几下，又回头看来，江倦还趴在桌子上。他背对着兰亭坐着，面前就是一扇窗，屋内火光幽幽，映得剪影也在轻轻摇晃。

江倦一动也不动，似乎一点儿也不想搭理人，直到男人又若有所思地开了腔。

"不想见吗？"薛放离语气遗憾地说，"那本王先走了，待你消了气，本王再过来找你。"

江倦：怎么会有人这么过分？

他忍不了了，生气地扭过头，结果正对上一双含笑的眼睛。薛放离淡笑着望着他，说是要走，却没有半分要离开的意思。

江倦身体一僵，当即意识到了什么。

可恶，他又上当了。

王爷也太狡猾了吧。

"怎么就气成这样了？"薛放离轻笑着开口。

本来就生气，王爷还这样，江倦更生气了，转回头，打定主意说什么都不理薛放离了，抬起手捂住了耳朵。

薛放离看得好笑，一时之间倒是没人再开口。

犹豫了一下，兰亭轻声道："王爷，公子他……"

捂住耳朵的人又说话了，朝她喊道："兰亭，你别与他说话，他就会骗人。"

薛放离闻言，倒也不以为忤，只是笑笑地望着江倦。

只要江倦一闹脾气，东西不许分与他，话也不许与他说。

他抬起了脚，并没有走入屋内，而是走了出去。

下一秒，窗户被人从外面拉开。

"本王来接你回去。"

江倦不怎么高兴地说："不回去。"

薛放离："怎么？"

江倦："看见你就生气。"

薛放离缓缓地说："无所谓。歇下了，你也看不见本王。"

"我不要，"江倦慢吞吞地说，"今晚我就待在这儿。"

"也好，"薛放离面色不变，"本王陪你。"

江倦不可思议地问："你'也好'什么？不行，我不要你陪，你回凉风院。"

薛放离皱了一下眉，旋即不动声色地问道："本王一人回凉风院，若是旧疾复发了呢？"

江倦愣了愣，还真忘了有这么一回事，立刻犹豫起来。

薛放离见状，嘴角又扬起几分。

"罢了，"薛放离垂下眼，"你若实在不愿见到本王，便算了。本王已经许久没有再咳过血，自己一个人应当也无大碍。"

江倦："……"

这一段时日，王爷确实没有再咳过血了，可这种事情又说不准，王爷很久没有再犯病，也不能担保今晚一定没事。

生气归生气，江倦的担忧也是真的，他蹙起了眉尖，十分犹豫。

他陪着薛放离也不是不可以，可是他还在生气。

他若不陪薛放离，那薛放离一个人待在凉风院里，发病了怎么办？

江倦陷入了沉思之中，过了好半天才又说："我……"

他的态度明显软了不少，薛放离看得颇为愉悦，面上却没有显露分毫，只是嗓音柔和地说："你不必担心本王，今晚你一个人，也可以静一静。"

江倦：静一静？

他忽然想起前两天王爷承认了他被送入离王府的那一日，王爷是故意对自己射箭的，也是故意让几支箭堪堪擦过自己，把他吓了个够呛。

江倦缓缓抬起头。

他甩开薛放离的手，"砰"的一声迅速合上窗户还上了锁。新仇加旧恨，江倦都是受骗者，必不可能再照顾他。

薛放离："……"

他看着合上的窗户，眉头轻轻一动，颇为意外江倦怎么不吃这一套了。

不过很快薛放离就意识到了问题所在，轻"啧"一声，神色遗憾不已。

知道过犹不及，薛放离打算返回凉风院，只是还未走出几步，"咯吱"一声，门被打开，兰亭追了过来。

"王爷。"

薛放离脚步一顿，姿态散漫地抬起眼。

他来得仓促，浑身都还沾着水汽，湿黑的发、殷红的唇，此刻江倦不在，他也不再刻意收敛身上的戾气，就这么在夜色中望来，竟有种阴冷感。

兰亭打了一个哆嗦，只觉得眼前的人与方才的王爷判若两人。她也不敢多看，连忙低下头小声地说："公子……公子让王爷今晚别忘了找一个人守在旁边，免得真的再咳血。"

薛放离笑得漫不经心："本王知道了。"

江倦再怎么生他的气，还是担心着他。

他要想个办法，早点儿把人哄好。

这人哭起来难哄，真的与他生起气来，竟也这般难哄。

薛放离若有所思地垂下了眼。

翌日，江倦被拉起来的时候，整个人都是恍惚的。

兰亭喂他喝了几口水，他这才勉强清醒一点儿，问道："你刚才说谁来了？"

兰亭："公主府上的人。"

外面传来淅淅沥沥的雨声，江倦又问："王爷呢？"

兰亭回答："管事说，王爷一早就出去了，还没回来，所以得您去见一下客。"

这种天气，就适合赖在床上。

江倦懒懒地往后一倒，一点儿也不想"营业"。

兰亭把他拉起来，好笑不已地说："公子，回来再睡便是。"

回来再睡，那也得先回来了才能睡，这会儿江倦的困劲儿还没下去呢，他有气无力地说："这么早，雨还下得这么大，王爷去哪儿了？"

兰亭也不知道，摇了摇头："奴婢没问，待会儿公子可以问问管事。"

江倦"哦"了一声，恋恋不舍地从床上爬起来，收拾得能见人了，才走了出去。

"老奴见过三公子。"来的是一个太监，笑呵呵地说，"三公子被送入离王府时，咱们主子刚好不在京中，是以这次设宴，特地遣了老奴来王府送帖子。"

高管事收下帖子，转交给了江倦。

那公公又说："三公子与王爷可千万要来，主子昨晚可念叨了三公子大半宿。"

江倦太困了，所以也没仔细看帖子，随口应道："嗯，好的，会去的。"

公公笑了笑，将帖子送到了，也不必再多逗留，便恭敬地请辞，高管事一路相送。

营业结束，江倦放下帖子，只想回去补觉，结果还没走几步，高管事又小跑着回来了。

"三公子！"他手上捧着什么，看见江倦，连忙递给他，高管事说，"三公子，快尝尝这藤萝饼。"

江倦也没多想，高管事给他，他就将东西接了过来。饼还热着，江倦低头闻了闻，满是花卉的芬芳，于是咬下一口。

好香。

藤萝饼闻起来香，吃起来也香，是江倦喜欢的味道，馅料绵软甘甜，外壳酥脆可口，江倦一下就喜欢上了："好吃。"

说完，他又下意识地问道："管事，是昨晚带回来的厨子做的吗？"

高管事犹豫道："是吧……"

是就是，不是就不是，高管事说"是吧"，江倦觉得奇怪，看他好几眼，还要接着询问，兰亭却一眼就认出来了："这不是桃酥记的藤萝饼吗？"

江倦眨了眨眼睛："桃酥记？"

兰亭"嗯"了一声："桃酥记的厨子以前是宫中的御厨，专为先帝做一些小食，后来先帝驾崩，厨子也离了宫，开了这家桃酥记。

"奴婢也是才听说这藤萝饼，每年只有四月才有的吃。馅料用的清晨沾着露的藤萝花，水用的是梅花上集来的雪。每日都得早早地去排队，否则根本买不到呢。"

江倦"啊"了一声："那这藤萝饼……"

王爷一早就冒着雨出去了，难道就是为了给他买这藤萝饼？

江倦低头看看，轻声问高管事："是王爷给我买的吗？"

高管事看着江倦，想说什么，又闭上了嘴，好似有所顾忌。

江倦忍不住问道："你想说什么？"

"唉，三公子，王爷不许说，不是奴才不想说。"

高管事叹了一口气，嘴上说王爷不许说，可这话一说出来，藤萝饼是怎么来的就显而易见了。

这真的是王爷特地为他买的。

江倦眨了眨眼睛，轻轻地捏了一下藤萝饼。这饼还热着，外壳酥脆，没有被打湿一丁点儿，应当是被王爷护在怀中带回来的。

江倦有点儿感动，心也软了不少，慢吞吞地问道："那王爷呢？"

"王爷他……"高管事又开始吞吞吐吐了。

他瞄了一眼江倦，颇为心虚，不过这心虚的情绪也只维持了很短暂的时间，因为下一秒高管事就又愁眉苦脸地对江倦说："三公子，王爷也不许奴才多嘴，免得惹您担心，可奴才思来想去，这事还是得和您说一声。

"王爷昨晚一宿未眠，又问奴才三公子气得很了该如何哄，奴才就出了主意，让他去给您买这藤萝饼，可是……"

高管事唉声叹气道："今儿个天气不好。王爷出门的时刻，正是雨最大的时候，也不知道是不是受了凉，王爷一回来又开始咳血了。"

第 27 章

这下子，藤萝饼再怎么好吃，江倦也吃不下去了。

"王爷在哪儿？"怕什么来什么，江倦担忧得不得了，蹙起眉心，"要不要紧？"

高管事只是说道："三公子您随我来吧。"

雨还在下，江倦走了几步，兰亭连忙撑开伞追上他。高管事偷偷回头瞄了一眼，心虚得不行。

唉，他也没办法。

王爷一宿没睡、早早地去给三公子买藤萝饼的事倒是真的，可他本就睡不着觉。

至于什么受了凉，王爷又开始咳血了，通通是假的，不过是王爷在借题发挥，博取三公子的同情罢了。

高管事知道真相，却又不能实话实说，毕竟这次三公子与王爷置气，都怪他多嘴。

自己能保下这条小命，全仰仗三公子，但三公子一日不消气，高管事就得提心吊胆一日，毕竟王爷不顺心，他就可能要遭殃。

他能怎么办？

他只好在内心狠狠地谴责王爷，身体诚实地配合王爷把三公子哄回来了。

到了凉风院，丫鬟来来往往，手中端着一个金盆子，浸在水中的帕子染上了丝丝血迹，江倦一看，心里更担心了。

"王爷。"他慌忙走入屋子，就见男人倚在床上，侧目望了过来。

薛放离时常一身张扬、花纹繁复的深色长袍，今日却换了一身淡色衣衫。他神色怏怏，竟也在此刻显出几分雅致来。

"你怎么来了？"

薛放离见状，眼神一扫，最终落在高管事身上，嗓音冷淡道："本王是如何与你交代的。"

高管事牙疼地说："奴才……奴才……"

"王爷，你别怪他，是我一直在问。"

江倦怕高管事因为自己被怪罪，连忙替他说话。

高管事羞愧地低下头，在心里叹了一口气。

唉，三公子这样心善，他太不应当了。

王爷也是，就仗着三公子心善，成日骗他，真不是人。

江倦忧心忡忡地问道："王爷，你怎么样了？"

薛放离口吻平常道："本王没事。"

他面色苍白，神情倦怠，哪里像是没事的样子。

江倦又问："太医来过了吗？"

薛放离颔首："让本王静养几日。"

江倦"哦"了一声，还是放不下心来，还要说什么，薛放离却状似不经意地问道："那藤萝饼，你可尝到了？喜欢吗？"

王爷被藤萝饼害得咳了血，却还在问他喜欢不喜欢，江倦慢慢地摇头："不喜欢。"

听他说不喜欢，薛放离也没有什么反应，只是语气平淡道："不喜欢就算了，下回再给你尝别的。"

江倦怔了怔："王爷……"

薛放离："嗯？"

昨天王爷说谎，江倦是真的有点儿生气，可现在江倦又是真的被感动到了，垂下眼睫，轻轻地叹了一口气："我骗你的。我喜欢藤萝饼，就是……"

江倦顿了顿，继续说："你身体不好，下一次你不要再冒雨去买藤萝饼了。"

薛放离望他几眼，知道他这是被哄好了，轻笑着应下来："好，本王听你的。"

说完，薛放离挥了挥手，屏退了所有下人，这才又对江倦道："起得这样早，再睡一会儿？"

江倦本来就打算睡回笼觉，看看薛放离，也没有再与他闹脾气了，躺下了。

淡淡的药草清香弥漫开来。

薛放离嗅着药香，心中也一片平静。

窗外雨声淅沥，屋内又一片静谧，江倦陷在柔软的床铺上，很快就昏昏欲睡了。只不过意识迷糊之际，他突然想起什么，又一下抓住了薛放离的衣袖："王爷。"

薛放离垂下眼："怎么了？"

江倦喃喃地说："差点儿忘了最重要的事情。"

薛放离望着他，江倦认真地说："以后你不要再骗我了，好不好？我真的好不喜欢被瞒着。"

他这样说，意思就是玉佩的事情不再计较了，但要薛放离答应不会再骗他。薛放离却没有立刻搭腔，只是漫不经心地问："你可曾骗过本王？"

"没有"两个字差点儿脱口而出，江倦突然想起自己的心疾也在骗王爷。

沉默了几秒，江倦打了个补丁："迫不得已的谎言可以，别的不行……"

心疾是角色自带设定，他也不是很经常使用，只会偶尔不想"营业"了用一下，应该也没什么大不了的吧？

反正王爷命不久矣，他演到王爷去世，心疾的事情也就过去了。

江倦安慰自己一番，可还是有点儿心虚。

薛放离瞥他一眼，倒也没将此事放在心上。

江倦的谎话，不过都是在与他说一些无伤大雅的反话，但是，少年被他从头骗到尾的，有两件事情。

江倦误会他咳血。但少年心疾发作得越发频繁，他兴许撑不了太久了，咳血的事情不足为惧。

除此之外，少年被他骗得最厉害的还有一件事——少年以为他是个好人。

他也在尽力扮演一个好人。

薛放离在心中轻"啧"一声，缓缓地垂下了眼皮。

倘若江倦发现自己的真面目，可会害怕？

思及此，薛放离双目轻合，心中浮起几分烦躁感，脸上也染上几分晦暗之色。

养心殿。

"宣驸马都尉苏斐月。"

汪总管尖着嗓音传唤着，不多时，有人缓缓走入。

苏斐月不慌不忙地行礼："臣苏斐月拜见陛下。"

弘兴帝端坐在一旁，默默看着他行礼，也不下令让他起身。

苏斐月却没有丝毫不自在的样子，就这么气定神闲地跪着，任由弘兴帝打量自己。

"这么多年过去了，你倒是没怎么变。"许久，弘兴帝说了这么一句话，这才摆了摆手，"起来吧。"

苏斐月站起身来。他已年过不惑，面上却不怎么显老，笑吟吟地说："陛下也还是这么英武不凡。"

弘兴帝哼笑一声："朕听照时说，这些年你仍是游手好闲，整日只知晓喝酒钓鱼。"

苏斐月思忖片刻，说道："倒也没有如此游手好闲，偶尔也还是有些正经事的。"

弘兴帝来了兴趣："哦？何事？"

苏斐月缓缓地说："给扶莺描描眉，再为她画画花钿。"

他口中的扶莺就是长公主，弘兴帝骂道："少与朕嬉皮笑脸。"

笑骂过后，弘兴帝又道："你是朕昔日的状元郎，白雪朝的得意门生，如今却只知玩乐，一事无成，你心中就无一丝愧意？"

苏斐月笑了笑，很是坦然地说："陛下，臣也没办法啊，谁让这软饭太好吃了？"

弘兴帝又骂了他一句，这才说："你与扶莺出京之前，朕就想召你入宫，只你跑得太快，扶莺又一拦再拦，朕才什么也没说。现在你见了旧友，山水也游玩过一番了，总该为朕分忧了吧？"

苏斐月也不应，只是说："这得看陛下的忧棘不棘手。"

弘兴帝也不与他兜圈子："朕的这几个儿子之中，你觉得谁最可担当大任？这些年朕越发力不从心了，立储之事，先前一压再压，现在看来却是不得再推了。"

苏斐月沉默片刻，问弘兴帝："陛下想听真话还是假话？"

弘兴帝觑他一眼："先说点儿好听的吧。"

苏斐月便道："臣曾任少傅之时，与两位皇子有过接触。大皇子为人直爽，性格坚毅；五皇子离王殿下，多智而近妖，尚且年少时已有威势；至于六皇子……颇为纯良要强。"

弘兴帝点头："你这些场面话倒是好听。"

顿了顿，弘兴帝又问道："真话呢？"

275

苏斐月诚恳地说："都不能委以重任。陛下不若再多干几个年头，看看您的皇孙之中可有人能委以重任。"

弘兴帝听完这话，倒也不恼，只是问他："为何老五不行？老五从小天资就好，至于其他的——你是想说他喜怒不定、手段残忍吧？这些尚且可以约束。"

苏斐月皱了一下眉，提醒他道："陛下，现在尚且无人约束得了王爷，他日又有何人能约束王爷？"

弘兴帝道："老五现在性子倒是收敛了不少，扶莺不是设了宴？届时你再看看吧。"

苏斐月却没把这话放在心上，只是说："陛下始终不立太子，就是因为朝中诸多大臣无一不对五皇子怨声载道吧？别人尚且不提，可就连蒋将军与顾丞相，也时常劝诫陛下，连他们都忧心不已。"

这一次，弘兴帝未再说什么。

顿了一下，苏斐月又道："这些都不重要，江山是陛下的，这天子之位，陛下给谁都可以，只是陛下，依臣之见，五皇子似乎也没有这个意思，陛下想给他，五皇子却不一定想要。"

"哗啦"一声，雨势转大，弘兴帝缓缓抬起头，过了很久，才恍然大悟地说："是啊，他这样恨朕。朕就算将皇位捧给他，他也不一定会收下……"

薛放离要静养，江倦就陪他静养了几天。

当然，说是陪，江倦自己"躺平"也很开心。他每天无所事事，在床上躺累了就换到榻上躺着，快乐地荒废时光。

从某种意义上来说，江倦已经过上了"咸鱼"生活。

这日傍晚，薛放离轻拍了江倦一下："起来。"

江倦躺了三天，他打发时间的小玩意儿也在床上随处可见，江倦转了一下手上的鲁班锁，低着头问："怎么了？"

"去公主府。"

江倦茫然地抬起头："去什么公主府？"

薛放离口吻平淡地说："你接的那张帖子。"

江倦思索了几秒，总算想起来几天前王爷去给他买藤萝饼，他接了一张公主府上送来的帖子。

又要"营业"了，江倦长长地叹了一口气，幽幽地瞟了一眼薛放离。

——等他熬死了王爷，就不用再"营业"了吧？

薛放离似有所觉地望过来:"怎么了?"

江倦连忙摇摇头,假装无事发生。他接帖子的时候太困了,既没想起来问人也没仔细看帖子,就问薛放离:"王爷,是哪位公主?"

薛放离:"长公主。"

江倦:"啊?"

江倦惊住了。

不怪他反应这么大,他会这样,纯粹是因为长公主与驸马身份特殊,而且梦里有一个剧情与他们息息相关。

在梦里,除了开局没跳几下就完蛋的"炮灰"角色,驸马与长公主就算很重要的"反派"了。

安平侯父母早逝,驸马与长公主怜他年幼失怙,便将人接在身边亲自教养。对安平侯来说,把他抚养长大的驸马与长公主就如同他的亲生父母,安平侯敬重这两个人,也十分看重这两个人。

他们却与安平侯起了分歧。驸马与长公主更喜欢江倦,安平侯却一心重用江念,在梦的开端,长公主与驸马就外出寻访旧友了,所以并不知晓安平侯趁他们不在,先是毁了约,又进宫请求弘兴帝准许江念做他的幕僚。

按照那个梦里的剧情,长公主与驸马返京以后设了一场宴会,知道再也瞒不下去了,安平侯这才告知他们二人毁约一事。长公主惊坐而起,驸马更是勃然大怒,不只安平侯被狠狠地训斥了一顿,江念也被刁难了一番。

江倦想到剧情就有点儿害怕,怕再被记仇,问薛放离:"王爷,我可以不去吗?"

"帖子已经收下了,去一趟就回来。"

"好吧……"

江倦再怎么不情不愿,帖子也是他收下来的。何况公公特意提了长公主想见他,江倦那会儿也答应下来了,只好说:"那我们快去快回。"

只要他跑得够快,剧情就追不上他。

再说了,之前剧情已经偏了这么多次,这一次去长公主府,在梦中,他应该已经咬舌自尽了,现在却活得好好的,说不定这个变动也会产生蝴蝶效应,让剧情再一次发生改变。

江倦安慰好自己,坐起身来,让兰亭给他梳理头发,并不知道薛放离正靠坐在床上若有所思地望着他。

他怕什么呢?

长公主的宴会上又没有豺狼虎豹,他怎么就怕成了这样?

他不想去，薛放离本可以说那就不去了，只是见他怕成这样，薛放离便觉得有必要去看看了。

薛放离垂下了眼，神色发凉。

长公主府。

今日这场宴会，长公主宴请了不少人，江倦与薛放离来得迟，抵达的时候，客人已经来了大半，府上一片热闹。

两个人才踏出马车，长公主府上的公公就忙不迭地迎了上来，行过礼后，他恭敬道："王爷，长公主遣了奴才在这儿候着您，有要事与您商讨，请您先过去与她一叙。"

江倦看看薛放离，本想晃一晃就走，看来暂时跑不掉了，就对薛放离说："王爷你快去快回。"

薛放离问："你不与本王一起？"

江倦摇了摇头："不想动了，我等你回来。"

薛放离看他几眼，微微颔首，淡淡地交代道："若是有人不长眼惹你不高兴了，你不必顾忌什么，只管发落便是。你是离王府的人，想做什么都可以。"

江倦眨了眨眼睛，不知道王爷为什么和自己说这个，不过还是点了一下头："好，我记住了。"

薛放离去见长公主，又有一名小厮上前来引着江倦往里走，只是没走几步，江倦就被人叫住了。

"弟弟。"江念轻轻唤了他一声，"倒是巧了，我一下马车就碰见了你。"

江倦硬着头皮回过头，左看看右看看，还好，只江念一个人，没有倒霉成双。江倦松了一口气，也礼貌地打了一声招呼："念哥。"

前几日在承德殿发生的事情，江倦觉得挺尴尬的，所以才会看来看去，但这举动看在江念眼中，让他产生了误会。

"侯爷不在。"

江念看着江倦的脸——这几日，他的梦中无数次闪过这一张脸，江念再怨恨、再气恼，也不得不承认，他的这个弟弟堪称绝色。

可江倦生得再美又能怎样呢？

日后安平侯会登基，他的这个弟弟实在是错过了太多太多东西，他与江倦之间，输的那一个永远不会是他。

思及此，江念微微一笑，近日来的不忿与怨恨情绪终于被消化，心中也生出了几分隐秘的优越感。

他走近几步，神色热络，再不见上回的怨毒之色，笑吟吟地说："你是在找侯爷吧？他被驸马唤去了，侯爷说我们的事情也该……"

话音戛然而止，江念好似自知失言一般向江倦道歉："我不该与你说这些，毕竟过去你敬仰侯爷这样久。"

说完，江念不安地看着江倦，面上担忧不已，实际上在悄悄欣赏江倦的表情。

过去每一回，若是想激怒江倦，他只要像这样提及安平侯，再佯装不经意地戳几下江倦的心窝子，他的这个弟弟急起来，可也是会咬人的。

最厉害的一次，就是江倦把他推入了湖中，但也正是江倦这一推，他获得了一切他想要的东西。

江念想到这里，眼中的笑意加深。

安平侯去见驸马了？是去给驸马说毁约的事情了吧。

剧情可能发生改变，但按梦里的情况看，驸马与长公主本来就不太喜欢江念。

江倦同情地看着江念："这样啊。"

同情？

他在同情什么？

江念始终紧盯着江倦，自然也捕捉到了他的这个眼神，觉得不可思议，更觉得荒谬。

什么时候，连江倦也能同情自己了？

江倦的同情眼神，无端地让江念感到愤怒，江念也无比讨厌他神色中的怜悯之意。在江念眼中，如果一定要有同情眼神，那也是他施舍给江倦的。

江念的笑容再也维持不下去了："你……"

江倦没注意到他的眼神变化，只是营业性地安慰了一下："没事的，侯爷已经进宫请陛下让你做他的幕僚了，陛下应该也答应了的。"

没说出口的话硬生生地被吞了回去，江念问他："什么？侯爷已经进宫说过此事了？"

江倦："嗯，你不知道吗？"

江念确实不知道此事。安平侯倒是与他说过驸马更中意江倦，所以打算趁驸马与长公主外出之时先斩后奏，只是后来江念再问起此事，安平侯都语焉不详，江念只当他自有打算。

原来安平侯已经进了宫定下了此事。

可为什么安平侯没有告诉自己？

江念喃喃道："我确实不知道。"

江倦"啊"了一声，有点儿心虚了："那他可能是想给你一个惊喜，但是被我提前说了。"

先前江念还因为江倦的同情眼神而感到不满，可现在得知事情已经定了下来，一切又变得不再重要了。

陛下既然已经应允幕僚之事，他与安平侯自此就绑在一起了。

江念粲然一笑，觉得连眼前的江倦都变得没那么碍眼了，埋怨道："侯爷竟将我蒙在鼓里，一个字也没有透露……若非弟弟告诉了我，也不知道要到什么时候他才肯告诉我此事。"

江倦不敢说话，越想越觉得安平侯始终不提这件事，就是打算给江念一个惊喜，只好胡乱点了点头。

江念心中颇为快活，还要再说什么，公公传唱的声音却响了起来。

"长公主驾到——"

"离王驾到——"

长公主？

江念慌忙跪下，一阵环佩作响后，香风袭来，长公主薛扶莺缓缓走来，停在了他的面前。江念心中一阵紧张，轻轻攥住了衣袖。

——长公主可是已经知晓了他与侯爷的事情，特意来见他的？

他正这样想着，只听薛扶莺道："抬起头来。"

天家之女，语气再柔和也自带威势，说话好似在下达什么命令。

江念连忙依言照做，嘴角微翘，脸上挂上了最得体的笑容，只是抬起头了才发现，薛扶莺并未在与他说话，正看着江倦。

江念面上的笑容僵住。

"真是个好孩子，来，与本宫过来。"

薛扶莺端详江倦一番。少年生得清俊，见了她这个长辈，柔软的唇向上轻弯，整个人都显得乖得不行，更何况他眼神干净，气质也纯粹，薛扶莺见了就格外欢喜。

她素来爱与没什么心思的人打交道，便拉起江倦的手，在他的手背上轻拍了两下，当即就要携着江倦一同入宴。

江念怔怔地看着他们，薛扶莺走了两步，眼风一扫，就这么与江念对视上了，她皱起眉头："这是哪家的孩子？行礼时却还东张西望的，怎的这般不懂规矩！"

江念慌忙低头："回长公主……"

薛扶莺却不等他把话说完，就拉着江倦走了。江念只好咬了咬唇，暗自恼怒不已。

这是他头一回被说不懂规矩。

江念心中气闷,手也越掐越用力,却又只能垂首静待薛扶莺离去。下一刻,他又听见有人轻嘲着开了口。

"不服气?"

黑金色的长袍在地上堆叠如云,男人嗓音偏冷,却颇有质感:"你的那些心思,本王懒得与你一一追究,只有一点,离他远一点儿。"

薛放离语气平静,但一个字一个字地吐出来,却又满含警告之意。

江念浑身冰冷,呼吸都要滞住了。

薛扶莺把江倦拉到了上席。

江倦坐下来,也意识到了一个问题,坐到这个位置上,他可能就跑不掉了。

江倦只好开始祈祷剧情一定要发生改变。

"在本宫这儿,不要拘束。"薛扶莺倒没什么架子,表现得很是平易近人。

江倦对她点了点头,薛扶莺怎么看怎么觉得他乖顺,不由得又感叹了一次:"真是个好孩子。"

可他再怎么好,也不是自己家的,薛扶莺叹了一口气,愧疚地说:"毁约一事,是我们对不起你。"

江倦立刻警惕起来,连忙摇头:"你们没有对不起我,现在我也很好。"

——他不能让江念因为毁约被刁难,不然肯定是他被记仇,这仇还不小。

薛放离一来就被喊了过去,正是薛扶莺要与他谈及江倦的事情。毁约一事,与三公子就是江倦,薛扶莺是同一时间得知的,只觉得骇然。

她这个侄子,实在不是好相与的。

江倦被毁约,又被送入了离王府,薛扶莺直觉这些事与安平侯脱不开关系,是以见了薛放离,就一直在劝告薛放离莫要欺负江倦。

江倦说很好,薛扶莺却还是不太放心,笑吟吟地说:"你这孩子,本宫一见就喜欢,王爷若是真的欺负你了,你也不要忍着,只管来本宫这儿,本宫替你做主。"

王爷才不会欺负自己,江倦想了一下,认真地对她说:"王爷待我很好,真的很好,好到我还要感谢侯爷的毁约之恩呢。"

薛扶莺愣了愣,倒是被他逗笑了。薛放离也勾了勾唇,嗓音淡淡地说:"确实是毁约之恩。"

薛扶莺摇摇头,还是不太放心,但也不好多说什么了,只打趣薛放离道:

"这么好的孩子，你还真是有福。"

话音落下，薛扶莺抬起头，见一人大步走来，连忙拉起江倦的手，轻声说："斐月，就是这个孩子。"

斐月？苏斐月吗？

这好像是驸马啊。

江倦也抬起头，苏斐月与薛扶莺一样，一见江倦就愧疚地说："是我们对不住你。"

薛扶莺捂着嘴笑道："方才呀，本宫问过了，倦倦说还要感谢照时的毁约之恩，他在王府里过得好着呢。"

苏斐月淡淡一笑："是吗？那就好。"

听他们这样说，江倦勉强地放下了心。

其实这一段剧情，江倦也研究过了，觉得长公主与驸马会这么生气，主要是因为与他同名同姓的"炮灰"角色咬舌自尽了，安平侯也算是间接害死了一个人。

现在安平侯毁了约，江倦还好好的，过得也很好，驸马与长公主没有那么愧疚，可能就会好一点儿。

想到这里，江倦舒了一口气，咬着筷子看向饭菜，只是忽然之间，听见"砰"的一声，苏斐月放下了酒杯，对薛扶莺道："听说二公子今日也来了，叫过来看看吧。"

他与薛扶莺一样，都是宴会前才知晓毁约一事的。尤其是在得知江倦还被送入了离王府以后，苏斐月震怒不已。

离王本就威名在外，何况苏斐月还做过他的少傅，深知薛放离是什么样的人——暴戾恣睢、行事毫无章法。江倦过得好这种话，苏斐月也只是听听，心中仍是恼怒不已。

薛扶莺叹了一口气，自然明白驸马让人叫江念的用意，也知道驸马对江倦的担忧之情，是以并未阻拦，递给了公公一个眼神："去，把二公子叫过去。"

江倦心道，怎么就要叫江念了？

江倦心中有了不妙的预感。苏斐月向他看过来，颇为温柔地说："这些日子你应当受了不少委屈，无论如何，毁约一事我们都会给你一个交代。"

江倦：怎么回事啊？

他想老老实实地走剧情的时候，剧情偏要来一个大反转，不许他走剧情；现在他不想走剧情了，结果剧情又跑了回来，他被迫直面江念被刁难的场面。

这剧情怎么会这么叛逆啊？

第 28 章

江倦心虚道:"不……不用吧?"

苏斐月摇头:"怎么会不用?你外祖父将你托付给我们,是出于信任,何况过去他曾救过我一命,无论如何,你受的委屈,我们都会为你讨回来。"

江倦陷入了沉默之中。

没多久,公公领着一个人走来。江倦看看江念,又低下头,努力降低自己的存在感。

薛扶莺见状,却会错意了,笑着问江倦:"可是要吃螃蟹?"

江倦"啊"了一声,这才注意到自己面前有一个蒸笼,里边放了好几只螃蟹,蒸得红红的。

江倦还挺喜欢吃螃蟹的,就是吃起来太麻烦了,正要摇头,薛扶莺已经亲自挑了一只螃蟹给他:"尝尝。"

"这是青蟹,四月吃正好,蟹肉鲜甜,蟹油甘香。"

江倦还挺心动的,就是看来看去,实在懒得动手。最后懒惰战胜了嘴馋,他只拿筷子拨了螃蟹几下就又抬起了头,却没想到苏斐月一直在看他。苏斐月问他:"怎么不吃?"

江倦:"不……"

说不想吃不太好,懒得吃也不好,思来想去,江倦郑重地回答:"不会吃。"

江念恰好走来,看了一眼江倦碗中的螃蟹,嘴角勾了起来。

江俺果然是从乡下来的，真是丢人哪。

苏斐月与薛扶莺似乎也没有料到会是这样的答案，愣了好一会儿。

这时有只骨节分明的手伸来，拿走了江俺碗中的螃蟹。江俺连忙说："王爷，螃蟹性寒，你不能多吃。"

薛放离慢条斯理地取出剪刀，头也不抬地说："知道了。"

苏斐月与薛扶莺对视一眼，也各自从蒸笼中拿了一只螃蟹。

一时之间，桌上再无一人说话。

江念走上前来，规规矩矩地跪下行礼："江念拜见长公主、驸马、离王。"

话音落下，还是一片安静。

江念跪在一旁，自始至终都无人搭理他，更没人让他起身。因着入宴前被长公主训斥之事，江念也不敢再擅自抬头，但对这样的情况并不意外。

长公主与驸马应当是存了心要晾着他、冷落他。

毕竟他们二人更为中意江俺，但如今侯爷私自取消誓约，又进宫先斩后奏，长公主与驸马恼自己也是应该的。

实际上，不止江念一人这么想。

江俺也觉得长公主与驸马这是在给江念下马威，毕竟他们是讨厌江念的"反派"。

无人发话，江念就这么跪着，面上没有任何不忿之色，表现得极为谦恭，一心想在长公主与驸马面前减少一些恶感。

不知道过去了多久，江念跪得腿都有些麻了，才终于听见席上有人说话。

"剥好了，吃吧。"

薛扶莺向江俺推来一个小碟，蟹壳已经被她敲开、剪碎，敞开的红壳内，是鲜美的蟹肉与蟹黄。

与此同时，苏斐月也把手上那只处理好的螃蟹拿给了江俺，看了一眼薛扶莺推来的碟子，笑着对江俺说："一只是吃，两只也是吃，既然没有吃过，你再多吃一只吧。"

江俺："……"

他看看苏斐月与薛扶莺，再低头看看剥好的螃蟹，陷入了深深的迷茫之中。

所以他们不是故意冷落江念，只是在给自己剥螃蟹没顾上江念？

江俺："……"

他要是被记仇，真的不冤，可是吃螃蟹有人帮忙处理，真的好快乐。

江俺咬住筷子，心情十分复杂，结果眼前又多了一碗蟹肉。

薛放离看了看薛扶莺与苏斐月给江倦剥好的螃蟹，不动声色地移开，这才又把自己剥好的蟹肉送上前来。

螃蟹太好吃了，还有人帮忙处理，江倦挣扎不到两秒就向美食投降了。

他被记仇就被记仇，尊重食物最要紧。

这个时候，江念也反应过来了。

江倦说不会吃螃蟹，驸马与长公主竟也没有丝毫轻视之意，甚至亲手给江倦剥螃蟹壳，好让他尝一尝味道。

他们怎就对江倦这样好？

江倦又凭什么比他更受青睐？

安平侯受托照顾江倦一事，江念询问过江尚书，哪怕已经知晓原因，可长公主与驸马对待江倦的态度，还是让江念忌妒不已，他也始终觉得江倦不配。

——江倦只不过是沾了他外祖父的光，外祖父侥幸救过驸马一命而已。

江念深深地吸了一口气，好让自己平静下来。与此同时，苏斐月也想起让人传了江念前来，望了江念一眼："你就是尚书府二公子？"

江念："家父江佑。"

苏斐月"嗯"了一声，薛扶莺也瞟了江念一眼，随即惊诧道："怎么会是你？"

江念心中一跳，果不其然，薛扶莺下一句话就是："本宫记得你。行礼的时候你还在东张西望，不懂规矩得很。"

苏斐月笑了笑，不怎么意外地说："照时道他为人和善、温和端方，我听了便在想，再如何为人和善、温和端方，也不过浮于表面，还真是如此。"

驸马这一席话，毫不掩饰对他的厌恶之意，江念听后本想辩解，只是思及驸马与长公主本就不喜他，到底什么也没有说，生生地受了下来。

但这确实是江念第一次被人如此评价，说一点儿也不在乎是不可能的。

若非他们抚养安平侯长大，若非安平侯极为看重他们……

江念压下了不满情绪，缓缓地说："驸马说得是。江念确实有许多地方做得不好，尚且称不上待人和善、温和端庄。"

苏斐月听了这话后，点了点头："你也自认为有许多地方做得不好？看来你还是反思过的，这些不好的地方又是哪些地方？说来听听。"

江念愣了愣。他说不好，不过是谦虚之言罢了。他自认为许多事情即使出发点并非出于本心，也没有做到尽善尽美，但也让人挑不出错处。

可驸马这样问了，江念只好说："礼未学透。"

"未学透，"苏斐月重复了一遍，笑吟吟地说，"只是未学透？我看你根本不懂礼数！"

苏斐月陡然发难："你若真心想为照时效力，就该让我们看见你的能力，得到我们的认同，而非与他自作主张，这便是你的礼未学透？"

江念早已料到驸马会如此质问，定了定神，轻声答道："我们本想告知，只是那时驸马您与长公主俱不在京中，我们也是……不得已而为之。"

"好一个不得已而为之，"苏斐月说，"我且问你三个问题。江倦是你何人？"

"弟弟。"

"照时与他又是何种关系？"

江念低声回道："侯爷答应要照料他。"

苏斐月便又道："第三个问题。照时受我之托，承诺照顾好你弟弟，你却从中作梗，怂恿照时毁约。你连你弟弟都容不下，当真可以全心全意地辅佐照时？"

江念强笑道："驸马您也许多有误会，在此事上，小辈并未从中作梗，小辈只是……"

苏斐月一字一顿地说："并未从中作梗？你明知你弟弟应入府辅佐照时，却怂恿照时毁约。照时说此事错全在他身上，我看则不然。他言而无信，你亦无情无义！"

苏斐月不留一丝情面，把一切说得明明白白。

其实关于安平侯、江倦与自己三个人的事情，江念也一直是如此告诉自己的。

他什么也没做——安平侯前来邀约，他并非次次都会前往，只是拒绝得多了，安平侯颓靡不振，江念为了顾及这个友人的心情，只好再邀约一次。

他也不想这样做，只是不愿安平侯愁眉不展。

至于江倦，至于安平侯所受的托付——承诺是安平侯做下的，他什么也没有做错，也没有任何逾越与不规矩之处。

可就在今日，这些冠冕堂皇的理由被驸马毫不留情地拆穿了，江念只觉得被狠狠地打了一耳光！

"为人和善、温和端庄，"苏斐月再度重复这两个安平侯用以形容江念的词，"如此心术不端，你配得上这两个词吗？"

从头到尾，苏斐月没有说一个脏字，江念听在耳中，却只觉字字如利刃，狠狠地刺在心上。

他原以为没人会发现的小把戏，竟这样就被人看破，他的不堪手段也大白于天下。

苏斐月继续道:"你们尚书府,你的父亲偏心于你,不好生教导你,现下也只好由我这个外人出面教导一番了。你如此待你弟弟,可曾向他道过歉?

"想也知道,你不曾道过歉。既然如此,择日不如撞日,今日你向他道个歉吧。"

道歉?

江念一听这话,面上血色尽失,几乎摇摇欲坠。

他怎么能道歉?

他不能道歉。

倘若他道了歉,就是承认自己心术不正,连弟弟都容不下。

江念十分崩溃,而江倦坐在台上,没想到驸马说给自己一个交代,竟然会是这样的交代,吓得睁大了眼睛。

驸马这番话真的很不留情面了,这么一通羞辱下来,还要江念给自己道歉,江倦觉得今日之事,自己起码能被江念记三笔仇。

这么一想,螃蟹再好吃,江倦也忍不住蹙起了眉心,下意识地往薛放离那边挪了过去。

薛放离望他几眼,也缓缓抬起头来。

江念跪在地上,浑身颤抖不已,好似再承受不起任何摧残,下一秒就会昏倒。

这位尚书府二公子,野心过大,心机不足,说到底还是一个字——蠢。

江倦究竟有什么好怕的?

淡淡的药草味袭来,薛放离不再看江念,垂目看去,少年挪到他身边,手也轻轻攥住了他的衣袖。被逼着道歉的人是江念,江倦却也浑身都弥漫着一股绝望的气息。

苏斐月问他:"二公子,你可听见了?给你的弟弟道歉。"

江念攥紧了手心。他不能道歉,道了歉就是承认了这些指控。

在那个梦里,他克己守礼,最后郁郁而终,现在凭什么不能遵从心意?

他凭什么要道歉?

思及此,江念双唇紧闭。

他抗拒道歉,但并不打算硬碰硬,是以缓缓地抬起头,没有一丝血色的脸上缓缓淌下了两行泪,好似委屈至极,事情有着万般隐情。

这一招对安平侯与江念的那些好友管用,只要江念摆出这副隐忍而委屈的神情,就能驱使他们为自己做任何事情,可偏偏对上苏斐月,这招无济于事。

苏斐月看了他一眼，了然地说："看来你是不想道歉了。"

江念泪流满面地摇头："驸马，我……"

他怎么样，苏斐月并不想听，也没有耐心去听，然而还有一个人，耐心更是已经告罄。

薛放离懒洋洋地开口："二公子，本王劝你还是早点儿道歉为好。"

他本不想插手此事，可江倦总是一对上江念就格外慌张，薛放离也只好插手了。

江倦有什么好怕的呢？

他与少年说再多次不必害怕，少年也还是怕，他只好替他出头了。

薛放离似笑非笑地说："若非驸马提醒，本王还忘了应当让你道歉。他与侯爷的交情，本王不在乎，可你在本王面前说了那么多他的不是，总该道歉吧？"

江念浑身一僵，又听薛放离悠悠然道："本王之前只是再三警告你，今日倒是突然想与你算一算这些旧账了。

"还有一事，本王每每想起都觉得恶心至极。二公子，侯爷可知晓你的本性？比起他，你似乎更愿意……"为本王做事。

"王爷！"

薛放离话未说完，江念已然冷汗直流，心脏也几乎停止跳动，因为薛放离的话正好戳中了他心底最为隐秘之处。

他不想道歉，也不愿道歉，可更不愿这件事被公之于众，这比驸马指着他的鼻子骂他更让他感到羞耻。

因为他的一颗真心，曾被狠狠地践踏过。

这是他的人生之中最为失败的一件事，也是他午夜梦回时分，每每想起都会恨得咬牙切齿的事情。

"我道歉。"江念一字一顿地说，"我愿意道歉。"

千般不情愿，万般抗拒，江念也不得不看向座上的江倦。最终登上帝位的人是安平侯，他要一路跟随安平侯，决不能节外生枝。

侯爷待他再怎么好，也绝对无法容忍他不够忠心，何况他已经耗费了这么多心血，不能功亏一篑。

只是道歉而已，他忍一忍便过去了。日后他受的这些耻辱，他会一样一样地讨回来的。

思及此，江念深吸一口气，对江倦说："是我对不起你。你是我弟弟，我不该心胸如此狭窄……"

他在向江倦道歉，可面上没有丝毫愧色，甚至在注视着江倦的时候，还不受控制地浮出几分怨毒之色。

他对江倦的怨恨，多到连他自己都无法控制的地步，哪怕他拥有的东西比江倦多得多，他也忍不住忌妒江倦。

就如同此刻，他忌妒江倦有人撑腰。

可他再忌妒也无济于事，安平侯并不在场。安平侯应当是与驸马坦白幕僚之事之后，受了责罚。若是安平侯在，应当也会护着自己，也会试图阻拦驸马他们。

江倦有的靠山他也有，可他还是好忌妒。

薛放离平静地说："再以这种眼神看他，你的这一对眼珠子，信不信本王给你剜下来？"

江念眼皮一跳，慌忙低下头，心下一片冰凉。

薛放离又道："你当真是不知礼数。"

说完，薛放离看了一眼侍卫，侍卫立刻向江念走来。

下一刻，有人一把抓住江念的头发，江念甚至来不及惊呼，就被狠狠地按在地上，整个人都匍匐在地，毫无尊严可言，头皮更是痛到发麻。

薛放离面无表情道："接着道歉。"

江念颤抖着声音开口："弟啊！"

才吐出一个字，江念就又被薅着头发提了起来，他眼眶发红，倘若之前那次流泪只是作态，这次是真的痛得很了，泪流不止。

"二公子，你在向谁道歉？"

男人的语气十分森冷。

江念流着泪说："弟……"

薛放离微笑道："错了。"

话音落下，侍卫并未心慈手软，又把江念往下一按，"砰"的一声，江念的额头狠狠地磕在地上。江念被撞得头脑发晕，只觉得天旋地转，再跪不稳。

"你到底在向谁道歉？"

江念意识到了什么，动了动嘴唇，急切地改口道："三公子！他是三公子！我在向三公子道歉。"

薛放离笑得颇为遗憾："原来你知道啊。继续。"

这一次，侍卫终于松开了手，没有再抓着江念的头发把他往地上拽了。江念瘫软在地，被这么一番折腾，即使他道歉本身没有多少真情实感，他的痛苦却是实打实存在的，以至于他再开口，话语听起来颇为情真意切。

"对不起，三公子，你与侯爷之事，我不该从中作梗，我不该与王爷说你的不是。是我的错，我错了……我真的错了。"

江倦看着他，却有点儿走神。

事态的走向与梦里的情节一致，江念在宴会上受辱，可情节又不完全一致，因为追根究底，侯爷与长公主是为了给江倦一个交代，薛放离也是在为江倦撑腰。

江倦本来应该因为造化弄人而失去梦想，可是他这会儿满脑子都在想别的事情。

江念什么时候与王爷说他的坏话了？

王爷怎么还背着他见江念了？

江倦想了很久。

王爷也有自己的生活。

王爷想与江念打交道就与江念打交道，王爷就算想跟安平侯拜把子，也一点儿问题都没有，这属于王爷的正常社交。

他不应当耿耿于怀，应该大度一点儿。

他是一条宽宏大量的"咸鱼"，从来不记仇，也一点儿不幼稚，不跟六皇子和蒋轻凉这样的小朋友一样，偏要争一个天下第一好。

江倦勉强哄好了自己，就看见有只骨节分明的手端起酒杯朝他送来，男人嗓音低沉。

"桂花酒，尝一口？"

江倦摇了摇头："我不喝。"

薛放离："甜的，你喜欢。"

江倦才不承认："我不喜欢甜食，甜酒也不喜欢。"

薛放离眉头一动，垂目看向他。

江倦也不管他，说不喝桂花酒就不喝，推开薛放离执着酒杯的手，低下头来，张口咬住筷子尖，好似在思考该吃什么东西。

实际上，江倦一点儿胃口也没有了，甚至觉得连螃蟹都不香了。

他睫毛轻垂，安静得有点儿异常。薛放离看着江倦，自然也发现了端倪，但什么也没有说，更没有拆穿江倦蹩脚的谎话，只是语气如常道："嗯，你不喜欢，是本王喜欢。尝一口。"

话音落下，薛放离又抬起了手。

桂花的甜香飘来，江倦犹豫了一下，还是摇了摇头，但薛放离注意到了他的犹豫举动，所以并未收回手："与秋露白的味道差不多。"

就算是秋露白，江倦现在也不喝。酒杯被送了过来，江倦又伸手推他，结果一个不慎，手竟轻飘飘地挥在薛放离的脸上，"啪"的一声，好似给了他一耳光。

江倦睫毛一动，怔住了，手指微蜷，都不知道要不要收回来，也吓了一跳。

"王爷……"

这动静不算大，可那巴掌声还是引来了薛扶莺与苏斐月的目光。江倦只是怔住了，他们两个人却是惊住了。

——发生了什么事暂且不论，他们这侄子脾气可不算好，被人甩了一巴掌，这……这……

他们怎么看，江倦都怎么危险。

作为长辈，薛扶莺并不确定薛放离会不会卖自己一个面子，但还是笑吟吟地打圆场："倦倦，放离待你再好，你也不能这样啊，快，向他道个歉。"

"王爷，我……"江倦自己也心虚，好小声地开口，手腕却被一把抓住。

"放离！"

"离王殿下！"

薛放离的举动，让薛扶莺与苏斐月心中一凉，两个人同时开了口，生怕他会就这样折断江倦的手，可下一秒，出乎意料的事情发生了。

薛放离拽住江倦的手腕，没什么表情地拉近他的手，低头打量几眼，只是问江倦："疼不疼？"

江倦眨了眨眼睛，意识到他在问自己手疼不疼，对着他摇了摇头："不疼。"

他说不疼，薛放离却还是检查了一遍他的手，确定没什么事以后，头也不抬地问道："怎么了？"

薛扶莺："……"

苏斐月："……"

还能怎么了？

他们怕他当场折断江倦的手，结果他被挥了一掌，却在问江倦手疼不疼。这……这……他们怎么想都觉得不可思议。

这真是薛放离，而不是被人夺了舍？

无人答话，薛放离抬了抬眼皮："姑姑、姑丈？"

薛扶莺与苏斐月对视了一眼，薛扶莺大大方方地说："没什么。方才你沉着脸，本宫想着倦倦有心疾，受不得惊吓，还打算提醒你一下呢。"

薛放离嗤笑了一声："是怕本王欺负他吧？"

他平静地说："本王怎么敢欺负他？从来只有他欺负本王的份儿。"

话音落下，薛放离垂下眼，语气轻缓地问江倦："又在生什么气？本王又怎么惹你生气了？"

江倦嘴硬道："我没有生气。"

薛放离似笑非笑地问他："是本王喜欢吃甜食，也是本王喜欢秋露白？"

江倦："……"

他思索了几秒，居然无法回答，很不讲理地说："就是没有生气。"

结果也就是这么一下子，江倦的衣袖又扫到了酒杯，"砰"的一声，酒杯被掀翻，酒水泼了江倦一身。

江倦甩了甩衣袖，心情更不好了，喃喃道："我怎么这么倒霉！"

薛扶莺见状，连忙收起眼中的惊诧之色，对江倦说："可别着凉了，快去清洗一番，换一身干净的衣裳再回来。"

说着，她给服侍自己多年的孙公公递了个眼色，孙公公赶紧上前来，恭敬道："三公子，快随老奴来。"

江倦本就心情不佳，也已经收拾过江念了，薛放离便不打算再久留，淡淡道："不必，他与本王回王府。"

听他说不必，江倦突然就想叛逆一下，慢吞吞地说："可是好难受，我想先换衣裳。"

薛放离抬起眼帘，要笑不笑地看着江倦。

江倦理不直气却壮："桂花洒在身上好黏，很不舒服。"

顿了一下，江倦还开始"甩锅"："都怪你。"

薛扶莺看着他们，犹豫着要开口，却被苏斐月轻轻按住了手。薛扶莺侧头望去，苏斐月笑着冲她摇了摇头，示意她再看看，薛扶莺便也作罢。

"是本王扫落的酒杯？"

"不是啊。可是是你把酒杯放在这儿的，还是你非要问我在生什么气，"江倦一点儿也不心虚，"不怪你怪谁？怪我吗？"

少年嘴上说着不生气，眼角眉梢却全是懊恼之色，他这站不住脚的指控理由，甚至颇有几分借题发挥的意思，薛放离望了他许久，低低地笑了。

"那就算是本王的错吧。"

江倦却还是不肯放过他："什么叫就算是你的错啊，本来就是你的错。"

薛放离从善如流道："嗯，是本王的错。"

292

成功让王爷认错，江倦的心情总算好上了一点儿，他可算大发慈悲，放过了薛放离，让孙公公带他去沐浴了。

倒是薛扶莺，见到此情此景，错愕不已，江倦走了好一会儿，薛扶莺才堪堪回过神来："放离，倦倦说你待他好，原来竟是好到这种程度。如此一来，他外祖父那边，本宫与驸马也算是有所交代了。"

早先江倦说过得好，薛扶莺与苏斐月本是不信的，可这接二连三的事情看下来，他们不得不信了。

薛扶莺叹道："本宫倒是没想到，放离啊，你竟也是个会照顾人的人。"

他这个侄子，堂堂离王，再如何性情暴虐，对上他这弱不禁风的义弟，居然也只有认错的份儿。

薛扶莺乐不可支，薛放离也没有任何不悦的样子，只是懒洋洋地开了腔："本王说了，本王可不敢欺负他。"

江倦娇气得很，也难哄得很，薛放离不想给自己找麻烦。

长公主府上有了一处温泉，江倦一泡进去就舒服得不想动了，所以待他清理好自己，再换上干净的衣裳时，时辰也不早了。

孙公公候在外头，恭敬地说："三公子，王爷在花园里候着您。"

江倦"哦"了一声，本来和王爷胡搅蛮缠一番，心里好受多了，可泡完温泉，这会儿又有点儿不得劲儿了。

孙公公提着一盏灯笼在前面引路，江倦心事重重地跟着他，没走几步停了下来，忍不住叹了一口气。

孙公公回过头，微笑道："三公子，怎么了？"

江倦幽幽地问他："你说……有件事情我很好奇，有点儿想弄清楚，可是这又好像只是一件小事，问起来好奇怪，我要不要问啊？"

孙公公怔了怔，斟酌片刻，对江倦说："三公子您身份尊贵，无论是何事，只要入了您的眼，就不算是小事，您自然是该弄清楚的。"

停顿片刻，孙公公又对他说："您是王爷的义弟，想做什么事都有道理，无人可以置喙。"

江倦眨了眨眼睛，王爷也对他说过类似的话。

思索了几秒，江倦决定不折磨自己了。

他要去折磨王爷。反正是王爷说的，让他嚣张一点儿，谁惹他不高兴了，他不必顾及什么，只管发落便是。

那他就不客气了。

江倦想开了，点了点头，真心实意道："谢谢你。"

孙公公笑着摇摇头，又回过头来，替江倦照着前面的路，领着他走入花园。

凉亭内，掌灯的丫鬟站了一排，男人姿态悠闲地坐在一旁，正往湖中投着果仁，锦鲤拖着红尾巴汇聚，水花浮动，"哗啦"声响个不停。

"王爷。"

江倦唤了他一声，薛放离也没抬头，只是把手中的一把果仁全部撒下，这才说："回府？"

"你先等一下，我有话要和你说。"

薛放离眉头一动，这才望向他。

"你……"江倦觉得好难启齿，憋了好半天才吐出一个字来。

薛放离慢悠悠地问道："嗯？本王什么？"

江倦低下头："就是……"

凉亭外，牡丹花开得正盛，甚至有几丛斜斜伸入凉亭，枝头的花苞层层叠叠，颜色鲜艳，江倦伸出手，一片一片地往下摘着花瓣。

"你怎么还背着我见念哥啊？"

江倦鼓起勇气问出来，从头到尾不敢抬头，还在对牡丹花下毒手，用以缓解自己的紧张情绪。

"你说……他与你说我的不是，我都不知道是什么时候的事情。"

江倦的声音很轻，轻到好似风一吹就会散开来，薛放离却还是听见了。

薛放离意识到了什么，轻轻地笑了。

本来就很不好意思，王爷还笑他，江倦要烦死了："你笑什么啊？又不是什么不能问的秘密。"

薛放离悠悠然地说："你确实可以问。"

江倦瞅他一眼："那你快说啊。"

薛放离垂下眼，缓缓地开了口："你可以问，本王也可以不说。除非……"

薛放离笑得漫不经心，"喊一声哥哥听听吧。"

第29章

哥哥。

喊什么哥哥啊，有什么好喊的？

不过——

江倦问道："啊？喊什么？"

薛放离望他一眼，懒洋洋地吐出两个字："弟弟。"

江倦立刻应下声来："哎！啊？"

他倏地睁大眼睛，本想套路王爷，结果套路不成被王爷反套路，江倦有点儿傻眼，呆愣愣地看着薛放离。

薛放离又无声地笑了。

江倦抬起手，恼羞成怒地甩了薛放离一脸的牡丹花瓣："你好烦啊。"

说完，江倦扭头就走。

薛放离被兜头甩了一脸花瓣也不恼，伸手悠悠然地拂去，神色愉悦至极，笑得也很轻。

江倦又听见了，背对着薛放离停下脚步，就算看不见也要管一下："你不许笑了，有什么好笑的啊？"

他很大声地抱怨着，薛放离缓缓地向他走来，嗓音低沉动听："你近来倒是越发大胆了，竟还管到了本王头上，本王见了谁要管，本王笑不笑也要管。"

江倦为自己辩解："我就是随便问问，谁要管你？"

"是吗？"薛放离颔首，"你想知道，说与你听倒也无妨。但你又说只是随便问问，似乎不是很想知道，那便算了。"

江倦："……"

他想知道啊。

不行。

他都被笑成这样了，得忍住。

他也是要面子的。

"不说就不说，反正我也不是很想知道。"

江倦抿了抿嘴，假装一点儿也不在意。

这一次，没有花瓣再给江倦薅，他也不能再甩薛放离一脸花瓣，只好低下头，对地上的影子下手。

他一下一下地踩着薛放离的影子。

让你笑。

让你不说。

让你乱喊。

你才是弟弟呢。

王爷就是烦人。

两个人回到王府时，时辰已经不早了，兰亭伺候着江倦睡下。

事实证明，好奇心会害死猫，也会害得"咸鱼"失眠。

从来倒头就睡的江倦，这一晚怎么也没有睡意，在床上翻来覆去。他自认为动静很小，可没多久就听见了薛放离的声音。

"怎么了？"

江倦："我睡不着。"

薛放离"嗯"了一声："想什么想到睡不着？"

江倦纠结地说："王爷……"

"嗯？"

"我……"他又吞吞吐吐起来。

江倦很后悔，真的后悔。

他好想知道王爷究竟什么时候见的江念。

想到这里，江倦开始自我反思。

这不应当。

他是一条成熟的"咸鱼"，怎么会如此幼稚和小气？

大度一点儿，王爷背着他见江念，没什么大不了的。

烛火尽熄,黑暗中,薛放离只看得见少年的轮廓。

尽管对江倦的反常心知肚明,薛放离还是悠悠然地说:"该不会还是想问本王何时见的二公子吧?你不是不想知道吗?"

江倦:"……"

可恶,他又被堵死了。

江倦想知道得要命,可也要面子,只好郁闷地说:"当然不是。"

薛放离轻笑一声:"不是就好好睡觉。"

这怎么可能睡得着啊?过了没一会儿,江倦慢吞吞地问他:"王爷,你睡着了吗?"

薛放离问:"到底想说什么?"

"我……"

黑暗中,薛放离笑得颇为开心,他的语气却听不出分毫:"晚宴上你只吃了些蟹肉,可是又饿了?"

江倦一点儿也不饿,可是能怎么办?他只好小幅度地点头,自暴自弃地说:"嗯,我饿了。"

薛放离颔首,点燃了蜡烛。

凉风院一亮起来,守在院外的丫鬟便敲开了门。

薛放离吩咐道:"备膳。"

"等一下。"这么晚了,江倦没什么食欲,饭菜真被端上来了,他也吃不了,只好硬着头皮改口道,"王爷,我又不饿了。"

薛放离回头望着他,面上没有任何不悦之色,语气状似不解道:"你今晚到底怎么回事?从在宴会起,你就不太高兴。"

江倦回忆了一下:"也没有很不高兴吧?"

薛放离却问他:"为什么不高兴?"

停顿片刻,薛放离若有所思道:"若非在长公主府上,你说只是随口一问,本王只怕会误会你介意本王与二公子见面。"

江倦:"……"

好,这人又把他的话堵死了。

江倦安详地躺回床上,伸出手去拽珠串。

珠帘晃动,发出清脆的响声,江倦叹了一口气,扭过头去,轻轻地往扶手上撞,结果没控制好力道,"砰"地一下,这一下撞得颇重,他"啊"了一声,捂住额头坐了起来,蹙起眉说:"好疼。"

下一刻,江倦捂住额头的手被拿开,薛放离低头端详他片刻,额头倒是没有见血，只是红了一片。

薛放离终于放弃再逗他了，语气遗憾道："想听你说句实话，怎么与你不再弄伤自己一样难。"

江倦愣了一下："啊？"

薛放离缓缓说道："你不是想知道本王何时见的二公子吗？这一晚上，你说了多少次谎？"

江倦下意识地辩解道："也没有很多次吧。"

停顿了一小会儿，江倦又反应过来什么，不可思议地问他："王爷，你知道啊？"

薛放离颔首："是啊，本王知道。本王想看看，你的嘴究竟有多硬。"

江倦："……"

亏他还纠结了这么久。

王爷从头到尾都在看他的笑话吧？

"你怎么这样啊？"江倦有点儿恼了，"什么我骗你，你不是也一直在明知故问？"

薛放离低笑一声，问他："本王再问你一遍，想不想知道？"

江倦瞥他一眼，最后的一丝尊严让他选择含糊不清地开口道："你说呢？"

"让本王来说？"薛放离徐徐道，"本王觉得你不想知道。"

"想知道，我想知道，"江倦不装了，摊牌了，"你什么时候偷偷见的念哥？"

江倦强调道："我也没有介意，只是好奇。"

薛放离轻笑一声，仍没有立刻回答，而是问江倦："可还记得本王是怎么与你说的？"

江倦眨了眨眼睛："啊？"

薛放离饶有兴趣道："喊一声哥哥听听。"

江倦想了一下，说："你先说。"

薛放离语气轻描淡写道："带你去百花园那一日，你在睡觉，他误入海棠苑，与本王说了几句话。"

江倦："就这？"

"不然呢？"薛放离望着他，笑笑地说，"你与他关系不好，又这样容易发脾气，本王又岂敢与他多说一句话？"

自己居然为这事失了眠？

薛放离问他："不是要喊哥哥吗？"

江倦耍赖道："我说会喊，又没说会今天喊，明天再说吧。"

早料到他会耍赖，薛放离倒也不意外，只是哼笑一声。

江倦躺下没多久，又想起什么，重新坐起来，瞅一眼薛放离，对他说："王爷，现在轮到我跟你算账了吧？你看了我一晚上的笑话。"

薛放离懒懒地问他："嗯？你要如何与本王算账？"

江倦装模作样地摸了摸心口："王爷，你知道的，我有心疾，不能生气，所以……"

凉风院的灯火亮了太久，高管事琢磨着是不是出了什么事，连忙穿好衣物，匆匆走了过来。结果他刚抬起手要敲响门，就听见他们三公子慢吞吞地开了口。

"你给我出去，今晚不许睡这儿了，看见你就烦。"

高管事愣了愣，有点儿没反应过来。

下一秒，房门被推开，男人面无表情地走了出来，目光一垂，扫过高管事，语气冷漠地问："有事？"

高管事："没……没事。"

他好像撞上他们王爷被赶出房门了。

等一下，这不是凉风院吗？

高管事陷入了沉默之中。

他们离王府现在是已经正式改名为三公子府了吧？

是夜，晚宴结束，长公主府外，车如流水马如龙。

尚书府的马车也还未出发，停于灯火阑珊处。

安平侯大步走过一辆又一辆马车，而后一把掀开轿帘。

江念仰着头，正让人用帕子替他处理额头上的伤口。见了安平侯，江念把下人屏退，望着安平侯，微微动了动唇，到底什么也没有说出来，唯有眼泪无声地滑落。

"小念，你受委屈了。"安平侯皱起眉，"今日之事，我已知晓，离王实在是欺人太甚！"

"我本应在宴上，只是舅舅留我在书房里，我才未出席宴会，若是我在，你也不会被如此羞辱。"

江念摇摇头，好似对这一番羞辱浑然不在意，只是情绪低落地说："侯爷，长公主与驸马不喜欢我……我究竟要怎么样，才能入他们的眼？"

安平侯安慰他："舅舅与舅母只是没有与你接触。你很好，他们若是肯放

299

下芥蒂与你接触，定会喜欢你的。"

江念咬了咬唇："可他们也没有与弟……"

他话音一顿，又想起了在宴会上自己被人摁着头磕在地上的场景，这种耻辱与痛楚，当真足以让江念铭记一辈子。

江念攥紧手心，深吸一口气，颤抖着声音说："他们也没有与江倦有过接触。今日他们第一次见他，我瞧长公主就十分欢喜，驸马与他更是相处得其乐融融，甚至为他问责于我。侯爷，我当真不如他？"

马车内灯火昏暗，江念声音一度哽咽，面上满是泪痕，看起来十分可怜。

安平侯本要作答，却又想起了那个少年的模样。

江念，当真不及江倦。

"侯爷？"

见安平侯许久未应答，江念轻唤了他一声，安平侯这才堪堪回过神来，勉强地笑了笑："你怎会这样想？你便是你，无须与他人比较，也不要想太多。"

安平侯没有正面回答，江念却没有发觉，因为他手中被塞入了一个小瓷瓶。

安平侯向他解释道："这是我从舅母手中讨来的生肌膏。你这几日便在府上好好养伤吧，药记得每日上一遍，免得留疤。"

江念攥紧了小瓷瓶："嗯。"

安平侯又道："宴会之事，本侯已叮嘱过府上的下人不得提起，但……来客众多，所以今日之后若是有人说什么，你不要放在心上。"

江念双目轻闭，喃喃地说："我知道。"

他怎么会不知道呢？宴会之上，众目睽睽之下，他被如此责罚，定会流言四起。

可那又怎么样？他有的是办法让流言消失，也有的是办法再让他们提起尚书府二公子就赞不绝口。

——在那个梦里，这个夏天可不安生。

江倦有离王回护，有长公主与驸马眷顾又如何？

再过不久，莫说是长公主与驸马，就连弘兴帝，也会待他江念礼让三分，他会如往常一样，把江倦狠狠地踩在脚底。

思及此，江念笑了一下，心绪终于平复许多。

他状若不经意道："侯爷，先前你道要趁着长公主与驸马不在，进宫让陛下应允我为你效力之事，现在他们二人已归来，此事……"

江念会问此事，不过是想看看安平侯做何反应，毕竟已经从江倦口中得知，弘兴帝已经恩准他做安平侯的幕僚之事，他今晚一再隐忍，也是不想让安平侯为难，他二人已经是一条绳上的蚂蚱了。

可谁知道，话音才落下，安平侯浑身一震，倏地甩开了江念的手，反应很大。

"侯爷？"江念惊诧不已。

安平侯霍然起身，含糊其词道："出了一些意外。"

他十分仓皇，江念只当他一心想给自己惊喜，便佯装温和道："没关系，侯爷，时日还长，可以慢慢来。"

安平侯点头，神色躲闪道："时辰不早了，你也快些回去休息吧。"

"好。"

道过了别，安平侯走出来后，车夫一鞭子甩在马背上，马蹄踏开，安平侯目送马车远去，人却久久未动。

那一日在宫中，他并未坚持要江念入侯府，便没有第二次机会了。

他该如何告知江念此事？

翌日，离王府上。

江倦一觉睡到正午。睡到自然醒以后，他也没睁开眼，觉得自己还能再睡一觉，就翻了个身，打算换一个姿势接着睡，结果一见屋中还有人。

"谁让你进来的？"江倦皱起眉。

"昨晚不许进，"薛放离和衣躺在床上，"不是已经白日了吗？"

江倦："我没有答应。"

"本王回凉风院，怎么也要你答应了？"

江倦故意怼他："嗯，谁让我管得多？管你笑不笑，还管你见了谁，什么时候见的。"

薛放离轻抬眉："你可知姑姑是如何说本王的？"

"长公主说什么？"

薛放离低笑道："她说，倒是没想到，本王也会对人这么好。"

江倦理直气壮道："我天天这样担心你，生怕你病发，你对我好是应该的。"

薛放离笑了一下，正要说话，敲门声骤然响起。

"进来。"薛放离皱了皱眉。

高管事推门而入，笑眯眯地说："王爷，今儿个陛下去御马场走了一遭，突然兴致大发，打算办一场马术比赛，陛下让您与三公子也去散散心。"

江俙立马装睡:"我不去,我不用散心,我心情很好。"
江俙不想去,高管事又问薛放离:"王爷,那……御马场就不去了吗?"
薛放离本要遂江俙的意,忽而想到什么,若有所思道:"去,怎么不去?"
"你自己去。"
江俙一点儿也不需要散心。再说了,他要是真的心情不好,当然首选是睡觉,只有睡不够才会让他不高兴。
江俙很坚定地说:"反正我不去。"
"可以,"薛放离微微一笑,"昨晚欠了本王什么,你还记不记得?"
江俙:"啊?欠了什……"
话音未落,江俙就想起来了,身体一僵。
薛放离语气散漫道:"昨日说今天,现在今天到了,喊吧,本王听着。"
江俙抿了抿唇,又想耍赖了:"王爷。"
薛放离要笑不笑地说:"耍赖没用。"
江俙蔫蔫地趴回床上,薛放离轻拍了他一下:"那就与本王去御马场,教你骑马。"
江俙还没骑过马,有点儿好奇,只好爬起来,回忆了一下梦里的剧情。
现在是江念的低谷期,京城会出现许多关于他的流言蜚语,不过问题不大。
主角嘛,他的一生就是这样,起起伏伏,再怎么身处低谷,也有翻身的一天,何况他还有主角团的人。
在梦中,也有这一场马术比赛。
薛从筠、蒋轻凉与顾浦望来到了御马场,结果听说了长公主府上发生的事情,走又走不了,薛从筠干脆狠狠地发了一通脾气,让人不许再提此事。
只是——在梦里,江俙这个角色已经咬舌自尽了,所以长公主与驸马再怎么训斥江念,也与他无关。可是现在,江念昨晚之所以受辱,就是王爷、长公主和驸马在为自己做主。
主角团的人会不会也对自己下手啊?
想到这里,江俙皱起了眉心,有点儿不安了。
之前江俙与薛从筠、蒋轻凉、顾浦望相处得还挺融洽的,也觉得他们挺好玩的,但那还没有涉及江念的事,现在事情涉及江念,他们应该都要和自己翻脸了吧。
江俙叹了一口气。
挺可惜的,尤其是顾浦望,自己好不容易找到一条"咸鱼"呢。

"在想什么？"薛放离见江倦想得出神，嗓音淡淡地开了腔。

江倦下意识地回答："顾浦望。"

下一秒，他的脸被人捏住："想他做什么？"

江倦郑重地说："王爷，我是陪你去的，所以……你得看好我，不能让人欺负我。"

尤其是薛从筠和蒋轻凉。

薛放离微眯双眼："本王自然会看好你。"

只是——

"在长公主府上你怕，去御马场你也怕。你到底在怕什么？本王何时让人欺负过你？

"做本王的义弟，你总是在害怕，是不是只有做皇弟，你才不会再害怕？"

第 30 章

皇弟？

江倦很是诚恳地说："王爷，你清醒一点儿啊。你都病成这样了，还是好好养身体吧，不要想太多了。"

江倦可太知道了，这江山以后要跟安平侯姓，他和王爷充其量只是两个"小炮灰"。

现在他们过得多舒心，以后要是跑得不够快，大概就死得有多惨。

江倦没太将这话放在心上，薛放离看了他几眼，口吻平淡道："那日后就别什么都怕。对本王，你倒是颐指气使。碰到了外人——安平侯、二公子，你却慌得不得了，怎么不拿出你待本王的态度，去对他们颐指气使？"

江倦厌厌地说："又不一样，王爷你不会对我怎么样，他们就说不准了。"

最近这段时间，江倦每天都想小心做人，可不是让安平侯出丑，就是得罪江念，能怎么办？他只好发誓下次一定不会再得罪他们。

"本王不会对你怎么样？"

薛放离瞥了江倦一眼，对此话嗤之以鼻。

快乐的时光是短暂的。

用过了午膳，江倦不得不营业，与薛放离来到御马场里。

御马场位于京郊之外。

先帝爱马，也精通马术，是以设立了这一处御马场，方圆百里，开阔平坦，水草丰美。

此时正是春夏交接之时，午后也是最舒服的时刻，弘兴帝并未骑马，走走停停，正与同行的人交谈。

"驸马，如何？"弘兴帝神色悠闲，"昨晚在宴上，老五的性子可是收敛了不少？"

说收敛倒也不至于，毕竟在宴上，离王为了一个称呼，命人按着那位尚书府的二公子的脑袋磕头，但真要论起来，也是事出有因，他作为王爷，倒也并无过错，只是仍不堪为君。

为人君主，须清明宽厚，否则他一个不顺心，动辄斩杀大臣与百姓，又怎么了得。

苏斐月笑了一下，并不正面回答："王爷待三公子确实纵容。"

看出他有所保留，弘兴帝摇了摇头："往日他无牵无挂，行事自然无所顾忌，现在有了牵挂，总归是在转变了，这是一桩好事。"

苏斐月点头："陛下说得是。"

"你与那人，也该有所交代了吧？"弘兴帝哼笑一声，"照时可真是……你这个舅舅又岂会害他，他怎么就想不明白呢？"

苏斐月完全不想提起此事，只得跟着笑笑。弘兴帝见他一脸晦气的样子，反倒开怀不已："那人都活成人精了，到头来吃了这么大一个闷亏。"

话音刚落，汪总管笑容满面地追了上来："陛下，王爷与三公子来了，可要叫过来说说话？"

弘兴帝："叫来吧。"

汪总管转身就要走，又被弘兴帝叫住，弘兴帝挥了挥手："罢了，单让老五来就是了。那三公子薄得跟张纸似的，你寻个帐篷让他好生歇着。"

"是，陛下。"

江倦与薛放离一下马车，汪总管就小跑着过来，脸上也堆满了笑容："王爷，陛下唤您去他跟前说几句话。"

薛放离侧头问江倦："与本王一同过去？"

江倦瞄了一眼弘兴帝在的地方，必定是浩浩荡荡一大队人马，所以很好找，一下就看见了，还挺远的，江倦的懒劲儿立马上来了："我不想去。"

汪总管便道："王爷您尽管去吧。陛下说了，让奴才带三公子去帐篷里歇一歇，三公子有奴才照顾着。"

薛放离望向江倦，用眼神询问他的意思。

有帐篷可以歇，江倦当然选择躺平，就说："王爷，我等你回来。"

薛放离颔首，对江倦说："不要乱跑。待本王回来，带你去骑马。"

江倦点了点头，汪总管领着他走向帐篷处，薛放离也与宫人一同离去了。

这一路上嬉笑声阵阵，江倦看了一眼，汪总管向他解释道："陛下今日心情好，不仅邀了王爷与三公子，几位殿下与娘娘也在，还让不少大人携家眷同来。这些都是各府的公子。"

江倦当然不意外，"哦"了一声，表示自己在听，然后开始思考另一件事情。

主角团的人现在是不是已经知道了长公主府上发生的事情？

薛从筠那几个人，这会儿的确已经听说了此事。

"啪"的一声，薛从筠骑在马上，一鞭子甩了下去，沉着脸问道："你说什么？"

被发难的是伺候在大皇子的母妃梅妃身旁的丫鬟宝珠，这一鞭子打散了她的发髻，宝珠哆哆嗦嗦地跪下："殿下饶命，是奴婢多嘴……"

"你……"

薛从筠沉着脸，又要甩下一鞭子，蒋轻凉提醒道："你别吓她了啊，越吓她越是不敢说。"

薛从筠骂他："就你会怜香惜玉。"

蒋轻凉无端挨骂，白眼差点儿翻上天。他恶狠狠地咬了一口桃子，把桃核往薛从筠身上砸去，问宝珠："说吧，到底是怎么回事？"

宝珠面色苍白道："奴婢也只是听说。昨晚长公主设宴，中途把二公子请了过去，然后……然后……二公子被摁着给三公子赔不是。"

余下的情况，心知二公子与这几位爷交好，宝珠便不敢多说了。

尚书府的二公子在京中是何等人物啊，却在昨天夜里，于众目睽睽之下被撕破了温和端庄的面具，被侍卫按倒在地，不知道对三公子磕了多少个头、流了多少血，又道了多少歉。

他亲口承认，安平侯毁约之事，有他从中作梗。

他也亲口承认，曾与离王说过三公子的不是。

宝珠听说此事，只觉得震惊不已。

京中的人对这位二公子评价颇高。他乐善好施、心地善良，待人处事更是让人舒心，连皇太后都对他青睐有加，宝珠实在不明白，这样的人怎么会做出这种事情。

侯爷受托照顾三公子——二公子的亲弟弟，二公子都不乐意！

遑论在侯爷毁约、三公子被送入离王府之后，二公子还与离王说三公子的不是，当真为人所不齿！

可再如何，这也是贵人们的事情，宝珠私下议论被抓了个正着，哭哭啼啼地求饶："殿下，您就饶了奴婢这一次吧，奴婢再也不敢了，真的不敢了……"

念哥被逼着给倦哥道歉？

薛从筠抿着唇，半天没说话。蒋轻凉也是愣住，好似左右为难。唯独顾浦望平静地问："所为何事？"

"为了……"宝珠颤抖着嘴唇，实在不敢说，怕自己被迁怒。

可她就算不说，顾浦望也大致猜得出来是怎么一回事。

过去顾浦望也曾提醒江念几次，安平侯再看重他，也不要妄议什么，让江念注意与安平侯保持距离，免得惹人非议，可惜收效甚微。

江念不是与安平侯泛舟湖上，就是与他外出踏春，并无任何收敛之意，顾浦望见提醒无效，便懒得再费口舌，现在东窗事发，顾浦望毫不意外。

他们与江念交好，可近日又与江倦往来密切，蒋轻凉犹豫道："这该怎么办？"

薛从筠也不知道，试探地问："就当没听见？"

蒋轻凉也想当没听见，可江念待他又是真的好，蒋轻凉不确定地说："这样好吗？"

江念待蒋轻凉好，待薛从筠更是不错，薛从筠心虚道："好像是不太好，那该怎么办？"

蒋轻凉与他对视，挣扎一番过后，蒋轻凉狠了狠心："念哥再怎么样，也不该被如此对待。"

他都这样说了，薛从筠也只好跟着点头，甩了甩鞭子："真是岂有此理！"

"顾浦望，你怎么看？"

此事真要论起来，本就错在江念，可江念又于他有恩……

顾浦望没说话，他们几个人之中，他向来沉默，只要不出言反对，就会被视为默认。

实际上，他只是不想插手江念的这些事情。

蒋轻凉见状，缓缓地说："倦哥这样对念哥，实在是太过分了，必须狠狠地教训倦哥一通。陛下今日也喊了倦哥，薛六，你快去给他一个教训！"

薛从筠："……"

冷不丁地被点名，薛从筠倒没和往常一样，一被怂恿就气冲冲地杀过去，而是沉默了片刻，用平生最真诚的语气对蒋轻凉说："我觉得你去更合适。你嘴皮子利索，又会打架，简直是'文武双全'。念哥被欺负成这样，我们应该狠狠地给他找回场子，我觉得应该你去。"

蒋轻凉谦让道："还是你去吧，倦哥有心疾，我怕我没说几句话，就把他气晕过去了，这不就让他躲过去了吗？"

薛从筠摆了摆手："倦哥应该没这么脆弱，你最合适，你去，你去。"

蒋轻凉："他是你的表哥，亲表哥，肥水不流外人田，教训他的事也该你来。"

薛从筠："上回射箭你赢了，你跟他天下第一好，不该你去动之以情，晓之以理，必要时刻动用武力吗？"

蒋轻凉："……"

薛从筠："……"

两个人对视，纷纷露出一个假笑，陷入了僵局，然后齐齐扭头去看顾浦望，意思很明显——要不，你去吧？

顾浦望见状，皱起了眉头，好似看穿了一切，冷冷地斥责道："你们口口声声念哥再如何也不该被如此对待，结果却又来回推让，理由倒是冠冕堂皇，究根结底，可是怕这一去三公子再不与你们来往了？"

薛从筠小声道："我为了念哥，对他找过好几轮碴，再来一次，他准得记仇，再不理我了。"

蒋轻凉也心虚地说："我赢了射箭，还请他喝了酒，我俩现在关系这么铁，我怎么好去数落他啊？"

薛从筠一听这话，当即怒道："好你个蒋轻凉，原来你打的是这个主意，你不好意思去，就推我去？"

蒋轻凉也不甘示弱："你还说我？你老让我去，是不是忌妒我和倦哥最好，想取而代之？"

见他们差点儿吵起来，顾浦望又道："这些年来，念哥对你们两个人多有照顾，现在他出了事，你们就是这样对他的？"

顾浦望的语气冷冷淡淡："若是念哥知晓你们如此，定会感到伤心。"

此言一出，薛从筠与蒋轻凉都怔了怔，颇是羞愧地低下了头，在内心狠狠地谴责自己，然后深吸一口气，气沉丹田——

"薛六，你快去！"

"姓蒋的，你别磨蹭了！"

顾浦望失望不已："你们真是冥顽不灵。"

蒋轻凉正要狡辩，结果突然意识到什么，骂骂咧咧道："姓顾的，你这人心也太黑了吧？什么我们两个人冥顽不灵？你自己不也是？你有空激我们两个去，自己早就过去了，你激我们还不是你自己也不想去？"

他这么一说，薛从筠也后知后觉地明白过来了，震怒道："顾浦望，你真是个阴险小人！"

蒋轻凉："我提议，心眼最多的人去。"

薛从筠："本皇子附议。"

顾浦望看了蒋轻凉几秒，颇是意外地问道："你竟然看得出来？"

蒋轻凉感觉被侮辱到，面目狰狞道："姓顾的，我再给你一个重新组织语言的机会。"

顾浦望没搭理他，真实意图被拆穿，也丝毫不慌，面色不变地提议道："耳听为虚，宴会上究竟发生了何事，我们尚且只能猜想，于情于理，都该问个清楚，但我们三个人又都不想去，那便一起前去，怎么样？"

能推一个顾浦望去，干吗自己也要上阵？薛从筠又不傻："不怎么样。"

蒋轻凉也无情地拒绝："我觉得不行。"

既然如此，顾浦望迫不得已使出绝招，幽幽地说："六皇子，我们三个人与他一同聊一聊这件事情，你都不敢吗？"

薛从筠："……"

可恶，他那该死的胜负欲又上来了。

薛从筠忍了又忍，好不容易才没让自己吭声。顾浦望看了他几眼，了然地点头，然后轻蔑一笑："好，我知道了，你不敢。"

薛从筠："……"

笑话，这世上就没有他不敢做的事情，薛从筠受不了这诬蔑，不忍了，怒气冲冲地吼顾浦望："我敢，我怎么不敢！那就一起去与他说，谁临阵脱逃谁是狗！"

蒋轻凉："……"

这简直是天降横祸，蒋轻凉好不容易才把自己摘出来，结果又惊闻三人同去的噩耗，震惊不已道："怎么就成三个人了啊，关我什么事啊！你敢我不敢啊！"

话说再多也无益，说了三个人就是三个人一同前去，少一个都不行，蒋轻凉一脸菜色地被拖走，只好无能狂怒："顾浦望，你真是诡计多端！"

托了薛从筠的福，江倦在帐篷里，且离王去见弘兴帝了，都被打听得清清楚楚，三个人很快就摸到了江倦所在的帐篷外，并开始鬼鬼祟祟地朝里张望。

帐篷里也不是只有江倦一个人。

汪总管侍立在江倦跟前，又是端茶倒水，又是摇着扇子，笑呵呵地与江倦讲着一些宫里宫外的趣事，免得江倦一个人待得无趣。

打探完敌情，薛从筠说："赶紧，速战速决，趁我五哥不在问完就跑，不然他回来我们都得遭殃。"

蒋轻凉不愿再泡水，赞同道："你说得对，你打头阵，我们随后。"

薛从筠不可思议道："你以为我傻吗？"

蒋轻凉露出了一个假惺惺的微笑："你终于长大了啊。"

薛从筠："……"

他差点儿跟薛从筠打一架，还是顾浦望及时拦了下来，顾浦望淡淡地说："不必再争这些，既然我们是三个人同来，便再三个人一同进去，问清楚昨晚到底是怎么回事，然后……"

薛从筠不确定地说："狠狠地教训他一顿？"

蒋轻凉犹豫道："不行吧？他有心疾，狠狠地教训一顿，他发病了怎么办？"

薛从筠也觉得不妥，从善如流地改口："轻轻地教训他一顿？"

蒋轻凉重复了一遍："轻轻地教训？"

薛从筠问他："太轻了吗？"

蒋轻凉回答："不是，他不是有心疾吗？我在想不管教训得是轻是重，只要是教训了，他都不一定承受得了。"

薛从筠想了一下，又迟疑道："那就……谴责他？狠狠地谴责他吗？"

蒋轻凉道："轻一点儿吧。就算我们不动手，把话说得太狠，说不定也会刺激到他。"

薛从筠一听这话，立马松了一口气："那就这样吧，轻轻地谴责一下，不然我也怕他受不了。"

他们两个人商量完，得出了"轻轻地谴责一下"的结果，顾浦望却说："等一下。"他皱了皱眉，"你们这是在做什么？"

薛从筠和蒋轻凉对此事有意高高举起轻轻放下，被叫停还挺心虚的，不过蒋轻凉还是挣扎道："不是在商量怎么为念哥出气吗？你上次不也见到他了吗？他弱不禁风的，若真被气晕了，你心里过意得去吗？"

顾浦望淡定地说："我只是在想，你们知道他有心疾，不是教训就是谴责的，就不怕他被你们气出个好歹？谴责也重了，我们与他好好聊聊这件事，再问问他对念哥是什么想法即可。"

薛从筠："没问题。"

蒋轻凉："可以。"

三个人达成一致意见，顾浦望又说道："我数三声，我们一同进去。"

薛从筠插话道："说好的三个人共同进退，谁临阵脱逃谁是小狗啊。"

蒋轻凉收起了嬉笑表情："没问题。"

顾浦望也点了点头："嗯。"

"三、二、一。"

话音落下，帐子被撩开。

正在喝水的江倦怔了怔，看见了闯进来的薛从筠。

来了，主角团的人来找他的麻烦了。

他就知道。

江倦内心紧张不已，眼睛眨也不眨地盯着薛从筠。

薛从筠："念哥昨晚……"

他才吐出几个字，就发现不对劲了。薛从筠左看看右看看，终于意识到了问题所在，咬牙切齿道："蒋轻凉、顾浦望，你们两个是人吗！"

他们说好的共同进退，结果当真的只有薛从筠一个人，蒋轻凉与顾浦望这两只小狗，根本没进帐篷。

而薛从筠的话音落下后，帐外传来两个声音。

顾浦望："汪。"

蒋轻凉："汪汪汪。"

薛从筠："……"

这一刻，他是真的起了杀心。

薛从筠陷入了沉默之中，江倦只好主动问他："怎么了？你有什么事情吗？"

薛从筠：不慌，镇定一点儿，刚才他们是怎么说的来着？

倦哥体弱，不能给他教训，也不能谴责他，他们要好好与倦哥聊一聊昨晚的事情，问问他对念哥是什么想法。

薛从筠稳了稳心神，中气十足地开口："倦哥，你知道四耳猫吗？天下猫两耳，唯四川简州猫盖，轮廓重叠，两大两小，合成四耳也。前几天父皇得了只四耳猫，还挺可爱的，待会儿有一场马术比赛，赢了的人就能把这猫抱回去养，你想不想养啊？待会儿我赢来给你玩。"

蒋轻凉："……"

顾浦望："……"

两个人无语，江倦也很是意外。

怎么回事？

以六皇子与江念的关系，六皇子不应该狠狠地教训他一顿吗？怎么还要给他送猫啊？

江倦很是迷茫。

这个六皇子究竟来做什么？

薛从筠："要不要啊？"

会有人不喜欢毛茸茸的东西吗？

反正江倦喜欢。

四只耳朵的猫，江倦还挺好奇的："我想看看。"

薛从筠"嘿嘿"一笑："没问题，待会儿我给你弄过来。"

帐篷外，蒋轻凉不解地说："这家伙怎么回事啊？该带上脑子的时候就是个傻东西，该傻了反倒又聪明起来。让他来是问正事的，结果他倒好，张口就是送猫。"

蒋轻凉评价道："丢人，真是丢人！"

说完，蒋轻凉装模作样地拍拍身上的灰尘，对顾浦望说："我先走了。"

顾浦望慢悠悠地问："去哪儿？"

蒋轻凉："随便走走。"

蒋轻凉没走几步，顾浦望又幽幽地开口："你走错了，赛马场在另一边。"

蒋轻凉脚步一顿，身体诚实地改了道，嘴上却还在嘟囔："我真的就是随便走走。"

顾浦望也评价道："丢人，真是丢人。"

蒋轻凉被噎了一下，义正词严道："就薛六那骑术，我怕他夸下了海口最后却抱不回猫，更丢人。"

顾浦望瞥他一眼，懒得搭话，走了与蒋轻凉相反的方向。蒋轻凉好奇地问他："你去哪儿啊？"

"钓鱼。"

薛放离与弘兴帝说完话，宫人领着他去帐篷的时候，薛从筠还在与江倦讲那四耳猫。

"这猫可是皇室贡品，"薛从筠说，"稀奇着呢，当地人把它视为神猫。"

江倦"哦"了一声，下一秒，帐子被掀开，男人优雅地走入，江倦喊了他一声："王爷，你回来了。"

312

停顿了一小会儿,江倦又问他:"王爷,我可以养猫吗?"

养猫?

薛放离望他一眼,少年眼睛亮晶晶的,好似十分期待。往日被他以这种眼神注视,薛放离都会遂他的意,但这一次,薛放离却淡淡地说:"不行。"

江倦一听这话,失望地问:"为什么啊?"

薛放离似笑非笑道:"离王府上,进食要人递到面前,出入要人背,整日赖在床上的祖宗只能供一个。"

江倦:"……"

可恶!

江倦挣扎道:"王爷,不用你管它。我给它喂食,抱也由我来抱,它只能赖在我的床上,这样可以吗?"

薛放离语气遗憾道:"还是不可以。猫太缠人了。"

见他始终不松口,江倦只好放弃,毕竟养宠物不只是他一个人的事情。江倦就对薛从筠说:"王爷不喜欢,那就算了吧。"

谁管他五哥喜不喜欢,薛从筠小声地对江倦说:"没关系,放我那儿养也是一样的,五哥不在我就抱来给你玩。"

还有这种好事?

江倦又快乐起来,薛放离见状,冷冷地扫了薛从筠一眼:"老六,本王怎么不知道你竟这么热心肠?"

薛从筠被他看上一眼,整个人都差点儿弹起来,硬着头皮说:"五哥,我一直都这么热心肠啊。"

"是吗?"薛放离望着薛从筠,懒洋洋地说,"既然如此,你也帮本王办件事情吧。"

薛从筠直觉不好:"什……什么事?"

薛放离扬了扬唇:"若无意外,今晚我们要留宿在御马场里。本王向来不喜欢毛茸茸的东西,五弟你既然如此热心肠,就替本王把这张毡毯上的绒毛拔干净吧。"

话音落下,他甩来一张毡毯。

薛从筠:"……"

薛放离:"记得用手拔,剪刀铰不干净。"

薛从筠惊呆了。

他早知道他五哥会折磨人,谁知道竟连拔绒毛的法子都想得出来。薛从筠欲哭无泪地问道:"五哥,我又怎么得罪你了啊?"

薛放离慢悠悠地说:"六弟怎会这样想呢?若非你,本王险些忘了自己不喜欢这些毛茸茸的东西。"

薛从筠:"……"

他还能怎么办?他当然是拿起毡毯,露出一个比哭还难看的笑容:"五哥,没问题,交给我了。"

薛放离颔首:"有劳六弟。"

薛从筠委屈地瞄了江倦一眼。他不常见他五哥,但每回一碰面,必定会挨收拾,也不知道江倦日夜与他五哥相处,究竟是怎么熬过来的。

薛从筠想到这里,越发同情,也努力在用眼神向江倦传达信息——猫的事情,包在我身上了!

"五哥,我先走了啊。"

"嗯。"

不敢再久留,怕会变得更加不幸,薛从筠抱着毡毯一溜烟地跑掉了。

江倦则好奇地问薛放离:"王爷,为什么你不喜欢毛茸茸的东西啊?你不觉得抱起来很舒服吗?"

薛放离瞥他一眼:"不觉得。"

他答得太干脆,江倦被噎住了。

薛放离说:"走了,带你去骑马。"

江倦瞅他一眼,磨磨蹭蹭地"哦"了一声。

骑马从挑马开始,薛放离把江倦带到了马厩里:"挑一匹你喜欢的马。"

江倦不懂马,让他来挑,只能选一选颜色。江倦左看看右看看,最后指向一匹通体乌黑的马。

"王爷,我喜欢这一匹马。"

薛放离"嗯"了一声,御马场的苑令立刻把这一匹马牵了出来。

简单地熟悉一番过后,薛放离翻身上马,向江倦伸来一只手:"上来。"

江倦"啊"了一声,失望地问:"王爷,你带我骑吗?"

薛放离眉头一动:"你想自己骑?"

江倦诚实地点头:"想。"

薛放离望他一眼:"太危险了。"

好吧,同乘就同乘,摔了一起疼,江倦把手给他,被拉着坐上了马背。

第一次骑马,江倦看什么都稀奇,摸摸马鞍,又扯了扯缰绳。薛放离问他:"坐好了?"

江倦点了点头："嗯。"

下一刻，马就动了起来。

顾及着江倦，薛放离没让马跑得太快，可它一动，江倦还是吓了一跳，紧紧地攥着薛放离的衣袖。

"又怕了？"

"我……"

这个"又"字就很讨厌，江倦敏感地捕捉到这个字眼以后，就努力让自己坐好，故作镇定地说："我才不怕。"

"是吗？"

薛放离轻笑一声，低头望着江倦攥紧的手指。

少年的手指生得白净，指尖是漂亮的淡粉色，可他现在太紧张了，也攥得太用力了，所以指尖泛白。

"这有什么好怕的？"江倦说，"王爷，你就不能快一点儿吗？"

"那就快一点儿吧。"

手在马身上拍了一下，马匹奔跑起来，真的如江倦所愿地快了起来。

可是它跑得太快了。

宽阔的草原上，马在飞奔，江倦什么也看不清，只听得见猎猎作响的风声。他觉得自己坐也坐不稳，随时会被马甩下去，慌张地闭上了眼睛。

江倦不装了，摊牌了："王爷，太快了，太快了，慢一点儿。"

薛放离慢悠悠地说："不是你想快一点儿吗？"

江倦摇摇头，再害怕也有借口："我让你快一点儿，可你快了两点儿。"

"把眼睛睁开。"

"你先慢下来。"

他们在说话，风也在耳旁猎猎作响，马扬开四蹄，猛地越过水潭，"哗啦"一声，水花溅开，那一下悬空的感觉，江倦的心也提了起来："王爷……"

这一次，却无人应声。

"王爷？"

喊一次不应，喊两次还是不应，江倦突然很慌。

比起马跑得快得吓人，他更怕王爷不在，可想也知道，马没有停下来，王爷哪里也去不了，但是江倦听不见薛放离的回应，就是感到不安。

没办法了，江倦深吸一口气，慢慢地睁开了眼睛。

江倦仰起头，结果薛放离也正垂眼看着他。

"怎么了？"

315

江俙与他对视，慢慢地皱起了眉心，指控似的说："你听见了，可是不理我。"

　　薛放离漫不经心道："是啊，本王听见了，可那又怎么样呢？"

　　薛放离问他："你害怕？"

　　江俙慢吞吞地说："嗯，我害怕。"

　　薛放离："怕什么呢？"

　　江俙："马跑得好快。"

　　薛放离缓缓地说："不对，你怕的不是这个。马跑得快，你害怕，所以闭上了眼睛。"

　　薛放离扬起唇，嗓音很轻也很缓地说道："现在你睁开了眼睛，又是在怕什么呢？"

　　"或者本王应该问……你在找什么？"

番外　丢猫

大暑。

午后时光，蝉鸣纷扰，流水潺潺。

江倦咸咸地瘫在廊道上，他把手往下一垂，"哗啦"一声，浸入了水中。

——他躺的地方，四面环水，正是水殿。

去年这地方就建得差不多了，薛放离带江倦来过一次，江倦一直惦记着它，今年一入夏，江倦就急急地搬了过来，住上了他的"新房"。

不得不说，真的很凉快。江倦来了这儿，再没喊过一声热。

手浸在水中，江倦正胡乱划拉，突然听见一阵脚步声与呼喊声。

"公子！公子——！"

是兰亭的声音。

她回回见江倦玩水，都要如临大敌地阻拦，无非是说什么江倦身子差，不能这般贪凉，这一次也不例外。

"公子，你若是想睡，就回榻上睡呀。"

兰亭端来一份冰酪，不赞同地说："地上本就凉，你又把手浸到水里，再这样，奴婢可要告诉陛下了。"

"你别跟他告状！"

兰亭自己抱怨就算了，万一她给薛放离说，江倦一准儿会被制裁。

江倦慢吞吞地坐起来，接过冰酪，他吃下一小口，乳酪在口中化开，凉丝丝的，解暑又消愁，江倦惬意不已。

"这才是夏天嘛。"

兰亭瞟他一眼,什么夏天不夏天的,在她看来,江倦什么时候的状态都没差。

——永远在犯懒,一动不爱动的。

江倦拍拍旁边的位置,邀请兰亭也一起坐下来乘凉。

"兰亭,你也来坐。"

江倦是不讲究主仆尊卑这一套的,兰亭也没什么事,就坐到了他旁边,两个人有一搭没一搭地闲聊了起来。

"最近团子好奇怪。"

江倦拧起眉,"它好像都待不住似的,也不要人抱了,是不是提前进入了青春期?"

兰亭没听懂什么是青春期,但她也发现了团子的不对劲,"是有点奇怪,手一伸出过,它就扭头来咬,往日团子从来不咬人的。"

想了一下,兰亭轻声说:"可能是要发情了。"

江倦"啊"了一声,"那是不是得给它绝育啊?不然去欺负人家小母猫了。"

兰亭犹豫地说:"……不用吧?"

怎么用不着,得科学养猫,江倦立刻决定下来,他扭头向侍女吩咐道:"帮我把团子带过来一下。"

"哦,还有,再帮我问一问……宫里的公公净身,都是由谁动的手?他能不能再帮忙给猫净个身?"

兰亭:"……"

江倦总有一些稀奇古怪的想法,侍女闻言,虽是一脸诡异的神情,但毕竟是主子的吩咐,她只得照办。

本以为侍女再回来,会拎着猫带着人一起过来,结果她却是慌慌张张地小跑过来。

"三公子!三公子!"

"猫——好像跑丢了!"

江倦一愣,"跑丢了?"

以前也不是没有发生过这种事情,毕竟团子姓薛,它高贵着呢,整座皇宫就没有这只猫不能去的地方,江倦下意识问:"确定是跑丢了,不是跑去别的宫殿玩了？"

"还不知道。"

侍女摇摇头，"汪总管正带着人到处找呢。"

江倦一愣，再没心情乘凉了，急忙说："快带我过去。"

"是。"侍女应下声来。

"每一个角落，都给我仔仔细细地看一看，床底也不要落下！"

江倦过来的时候，汪总管正焦头烂额地指挥人找猫，见了江倦，他勉强挤出一个笑，"三公子……"

"它这几日都没回去吃东西吗？"

汪总管唉声叹气道："老奴问过了，说是没有。"

江倦拧了拧眉。

薛团子是江倦的猫，它猫凭主贵，整日在皇宫里作威作福，明明每日有专人给它备餐喂水，但薛团子又爱到处乱跑，旁人见了它，也会好心地喂上一喂，所以准备的东西也不会次次都吃。

之前江倦就想过还是得让它到了饭点，老老实实地回来吃东西，不然跑丢了都不知道，但他又一再拖延，结果就拖到了现在。

"三公子放心，应当……跑不远的吧。"

汪总管犹豫着开了口，江倦也没说什么，只是道："我跟你们一起找吧。"

高管事点了点头。

这个时候，江倦倒是不嫌热了，他东跑西跑，一路都在喊团子的名字，可是自始至终，他都没有得到一丝回应。

从午后找到日暮，走过一座又一座宫殿，最后汪总管对江倦摇摇头，"三公子……好像真的丢了。"

"老奴刚才问了禁卫军……值守的人似乎昨夜看见有什么蹿了出去，但他们当时没太放在心上，只当是野猫老鼠之类的。"

江倦抿了抿唇，他没说话，只是蹲了下来。

"笨死了。"

江倦说："这只猫吃得多，挨过训以后也不抓老鼠了，它在外边儿怎么办啊……我好不容易给它喂成小猪咪。"

江倦越想越伤心，整颗心都揪成了一小团。

它一只小猫，平时倒是亲人，可跑到了宫外，万一亲的是坏人呢？被抓走做猫肉火锅了呢？

它这么笨，万一想回来了，还找不找得到回来的路啊？

"它要是迷路了……"

"会回来的。"

极为好听的嗓音响起，有人缓缓朝江倦走来，站定在他面前，衣摆浮动着金色。

"起来。"薛放离说。

江倦没动，只是低着头问："它这么笨，真的回得来吗？"

"回得来。"

薛放离平平淡淡地说："它姓薛，日后可是有皇位要继承，自然要回来。"

江倦一怔，知道薛放离这是在故意逗自己，他伸手在地上划拉几下，闷闷不乐地说："它最好是。"

"起来。"

薛放离又说了一遍，江倦也又问了他一次："团子真的会回来吗？"

"会回来。"

"好。"

江倦揉了揉眼睛，终于站了起来。

薛放离看他一眼，皱眉道："又哭了？"

江倦解释道："我没哭，我只是……"

有点担心。

他都还没来得及哭呢。

薛放离轻喷一声，给了汪总管一个眼神，汪总管连忙哄着江倦朝寝宫走去，薛放离则不咸不淡地吩咐禁卫军："贴一张皇榜，若是有人找到猫，重赏。"

"是。"

心里装着事情，江倦再也无法快乐地待在凉殿乘凉，他蔫巴巴地住回了寝宫。

几乎称得上是茶饭不思、夜不能寐。

这一晚，江倦又是睡不着，他在床上翻来覆去，江倦还没起床，薛放离已然烦躁地起了身。

"你要去哪儿？"江倦奇怪地问。

薛放离沉着脸，冷冰冰地挤出两个字，"找猫。"

这几日，其实也不是没人撕皇榜，但都不是团子，毕竟它那四只耳朵的特征很是明显。

薛放离推开门，汪总管提着灯就候在殿外，见了他颇为惊诧地问："陛下，您要去哪儿？"

薛放离淡漠地说："替孤跑一趟。让杨柳生给猫画几张像，再交给禁卫军，让他们挨家挨户地问。"

"提供线索者，赏黄金百两；送来猫者，赏黄金千两。"

这么大手笔？

汪总管惊了一瞬，但很快他就了然了。

——猫丢了，三公子一连好几日都愁眉不展，吃也吃不下，睡更是睡不好，他一不好，陛下不也就跟着不好了吗？

可不得大手笔！

再找不到猫，给三公子愁坏了，那可麻烦了！

汪总管应了声，忙不迭地提着灯笼走远了。

"候着吧。"

薛放离也没回头，但他知道江倦肯定竖着耳朵在听，薛放离嗤道："整日麻烦得要命。"

江倦假装没听见，他低头摸摸锦被，好半天才轻轻地咕哝了一句话。

"我也不想麻烦你呀，可是——"

江倦软乎乎地说："哥哥不就是用来麻烦的吗？"

撒娇倒是越发地理直气壮了。

薛放离轻喷一声，却没说什么，只是笑了一下。

如此重金找猫不说，薛放离还派了人挨家挨户地询问，天不亮时，汪总管抱着一只猫，喜气洋洋地赶来："三公子！三公子——！"

"猫找到……"

最后一个字还未说出口，汪总管就见薛放离一个眼神，他噤了声。

大抵是熬了一宿，终于有些撑不住了，江倦歪在软榻上睡着了。

汪总管把怀里的猫交给薛放离，压低了声音道："猫找着了，是在城南的一户猎人家中发现的。"

薛放离扫了它一眼，微微颔首，又把猫扔给了汪总管，"洗干净再送过来。"

"是。"

江倦这一觉，睡到了正午。

他醒来第一件事情就是追问薛团子的情况："团子呢？找到了吗？"

兰亭掀开帘子，"公子，你瞧。"

江倦一扭头，就看见窝在旁边睡得呼噜响的团子。

还好，还是一只小猪咪。

没有瘦，看来也没受什么委屈。

江倦松了一口气。

他一把抱住选团子，郑重其事地对兰亭说："兰亭，我抓住它了，你快叫人过来给它净身，免得团子下回发情，又往外跑一次。"

兰亭："欸？"

怎么又开始了？

薛团子是只幸运猫，老太监断"根"无数，却不太敢对猫动手，生怕出什么意外——毕竟这只猫有多高贵，这几日大伙儿都看在眼中。

江倦只得遗憾地放过薛团子。

然而几个月后，立秋这一日，汪总管抱来一箩筐小猫，"三公子，上回团子溜出宫，与农户家的小母猫，生了这么一窝猫崽。"

汪总管愁眉苦脸地问："这该怎么办啊？"

江倦："……"

小猫崽们在箩筐里喵喵叫个不停，江倦扭头看看在身旁睡得四脚朝天的薛团子，选择推卸责任。

他对正在看奏折的薛放离说："陛下，子债父偿。你们老薛家的太子干的好事，你自己看着办吧！"

薛放离："……"